ハヤカワepi文庫
〈epi 94〉

ブラッド・メリディアン

あるいは西部の夕陽の赤

コーマック・マッカーシー
黒原敏行訳

epi

早 川 書 房

8236

BLOOD MERIDIAN

Or the Evening Redness in the West

by

Cormac McCarthy

Translated by
Toshiyuki Kurohara
Published 2018 in Japan by
HAYAKAWA PUBLISHING, INC.
This book is published in Japan by
arrangement with
M-71, LTD.
c/o INTERNATIONAL CREATIVE MANAGEMENT, INC.
through THE ENGLISH AGENCY (JAPAN) LTD.

著者はリンドハースト財団、ジョン・サイモン・グッゲンハイム記念財団、ジョン・D・アンド・キャサリン・T・マッカーサー財団に感謝する。また二十年来の担当編集者であるアルバート・アースキンにも感謝の意を表したい。

その理由はあなたがたの観念が厄介で、あなたがたの心臓が脆弱だからだ。あなたがたの憐憫や残虐さは愚劣で、落ちつきがなく、抵抗しがたい感じがする。要するに、あなたがたは、次第次第に血を怖れる。血と時とを怖れるのだ。

ポール・ヴァレリー
（鈴木力衛訳『鴨緑江』）

とは言っても、そこで闇の生命が悲惨に打ち沈み、まるで悲しみに我を忘れているかのように考えるべきではない。それは悲しみなどではない。というのも、悲しみとは死において打ち沈むものである。ところが、死と死滅は、闇の生命なのである。

ヤーコプ・ベーメ
（薗田坦・松山康國・岡村康夫訳『神智学の六つのポイント』
ドイツ神秘主義叢書9『ベーメ小論集』所収）

昨年エチオピア北部のアファル地方で調査をしたカリフォルニア大学バークレー校のクラーク調査隊長と同僚のティム・D・ホワイトはまた、以前に同地方で発見された三十万年前の人間の化石化した頭蓋骨を再び調べたところ、頭皮を剥いだ形跡があるのがわかったと述べた。

ユマ・デイリー・サン紙、一九八二年六月十三日

ブラッド・メリディアン

あるいは西部の夕陽の赤

1

テネシーでの子供時代――家出――ニューオーリンズ――喧嘩――撃たれる――ガルヴエストンへ――ナコドーチェス――グリーン師――ホールデン判事――騒動――トードヴァイン――ホテル放火――逃走

この子供を見よ。青白い膚に痩せこけた体、身につけているのは薄くすり切れた亜麻布のシャツ。今彼は炊事場の火をかきたてている。外には耕されて暗い色をした畑が雪のきれはしを散らして広がりその向こうにはもっと暗い色の森があってまだ少し狼が生き残っている。この子の一族は薪を切り水を汲む者として知られるが実をいうと父親はもとは学校の教師だった。酒びたりで、今は名を忘れられた詩人たちの詩をそらんじる。少年は火のそばにしゃがんで父親をじっと見つめる。

お前が生まれた夜はな。一八三三年のことだが。獅子座流星群といってな。どえらく星が降ったもんだ。俺は天に黒いところはないか、穴は空いてないかと探したよ。柄杓星も底が抜けた。

母親は十四年前に死んだがこの女は自らの命をとる生き物をその胸で養ったのだった。父親はその女の名を一度も口にせず子は母の名を知らない。姉が一人いるがもう逢うこともないだろう。青白い不潔な体の子供は父親を見つめる。読み書きができず見境のない暴力への嗜好をすでに宿している。その顔にはすべての歴史が現われ、ゆえに子供は大人の父（子供の性格は成人後の性格をすでに示しているという諺）と言う。

この子は十四の年で家出する。夜明け前の闇のなかの凍りつくほど寒い台所小屋を見ることは二度とないだろう。薪も、洗濯桶も。平坦で牧歌的な風景のなかを一人放浪し、西へ流れてメンフィスに着く。痩せ細った体をかがめた畑の黒人たち、綿を摘んでいく蜘蛛の脚のような指。庭園のなかの暗い苦悶。陽が沈みゆっくりと暮れていく空を背景に黒い切り絵のような地平線の上を動く人間たちの影絵。雨の降る低地で夜になっても騾馬に砕土機を引かせて働きつづける一人の背の高い奴隷の黒い姿。

一年後にはセントルイスにいる。そこから平底船でニューオーリンズに向かう。川の上で過ごすこと四十二日。夜に蒸気船が汽笛を鳴らしながら黒い川面をゆっくりと進むさまは灯火燦然たる街が通っていくようだ。平底船はばらされ材木として売られ少年は街を歩いたが耳に入ってくるのは聴いたことのない言葉ばかり。酒場の裏庭を見おろす部屋に住み夜になると何かおとぎ話の獣のように降りてきて水夫たちと喧嘩をする。大柄ではないが手首が太く手が大きい。肩ががっちりしている。顔は傷跡だらけだが不思議と傷に損なわれない何かが残っており眼は奇妙なくらい無垢（むく）だ。彼らは拳、足、酒瓶、ナイフで戦う。あらゆる人種に氏素性。発話が類人猿の唸（うな）りに似た人間たち。遠い聴いたこともないような国から来た男たちが血を流して地面に倒れているのを見おろすと少年は人類の仇（かたき）をとったような気分になる。

　ある夜マルタ人の水夫長が小型の拳銃で少年の背中を撃つ。反撃しようと振り返ったとき心臓のすぐ下にもう一発くらう。水夫長は逃げ少年はカウンターにもたれかかってシャツから血を流す。ほかの客はみなよそを向いている。しばらくして少年は床に坐りこむ。

　二階の部屋の寝台に二週間寝ているあいだ少年の世話をするのは酒場のあるじの妻だ。食事を運びこみ下の始末をする。男のような硬い筋ばった体の気の強そうな女だ。傷が治ったとき少年は宿代が払えないので夜逃げして川岸で眠りそのうちに自分を乗せてくれる船を見つける。テキサスに向かう船だ。

　今ようやく少年はそれまでの自分のすべてを脱ぎ棄（す）てる。彼の来（き）し方も最終的な運命も遠いものとなりこの世界全体がいつまで回りつづけようと二度とお眼にかからないような荒々しい野蛮な領域が現われて被造物は人間の意志のとおりに形作れるものなのかそれとも人間の心もただの土くれにすぎないのかが試されることになる。船客はみな内気だ。眼を合わせずほかの客に旅の目的を尋ねたりもしない。少年は巡礼のようにほかの者に交じって甲板で眠る。模糊とした暗い岸が上下に動くのを眺める。大きく口をあける灰色の海鳥。海岸に沿って灰色のうねる海面のうえを飛ぶペリカンの群れ。

客たちは船からはしけに乗り移る。開拓者は家財道具を運んでいる。みなで平坦な海岸線を眺めると入江の狭い砂浜と矮性松が靄のなかで泳ぐように揺れている。

少年は港の狭い通りを歩く。空気は潮と挽かれたばかりの材木の匂いがする。夜には娼婦たちが餓えた亡霊のように暗がりから呼びかけてくる。一週間後に少年は稼いだ数ドルを財布に入れて再び移動を始め、安物の木綿の上着のポケットに拳を突っこみ南部の夜の砂道を一人で歩く。湿地帯の土手道。苔のあいだにある巣の群れで蠟燭のように白く見えている白鷺。風は鋭く身を切り道端の落葉は跳ねながら夜の畑のなかへ駆けこんでいく。少年は北に進みながら途中の小さな集落や農場で日雇いの仕事を見つける。ある集落の十字路では親殺しが首をくくられるのを見たがそのとき殺された男の友人たちが駆け寄って吊るされた男の両足を引っ張りズボンが小便で黒くなった。

少年は製材所で働いたりジフテリア患者の隔離病院で働いたりする。ある農夫からは賃金のかわりに騾馬一頭をもらいそれにまたがって一八四九年の春にかつてフレドニア共和国（一八二六年に当時メキシコ領だったテキサス内でアメリカ人が樹立を宣言したが失敗に終わった国）の建国が宣言された土地を進んでナコドーチェスの町に入る。

グリーン師の説教集会は雨が降っているかぎり満員だったが今回の雨は二週間降りつづけていた。少年がみすぼらしいキャンバスのテントのなかに入ると壁ぎわに一人か二人立てる場所があるだけで風呂に入っていない連中の濡れた体がひしめいて頭が痛くなるほどの悪臭がこもりときどき新鮮な空気を求めて土砂降りの雨のなかへ飛び出す者もいたがすぐにまた雨に追い立てられて戻ってきた。少年は自分と同じような連中と一緒に後ろの壁ぎわに立った。ほかの聴衆とちがっているのは武器を持っていないことだけだった。

わが隣人のみなさん、と牧師は言った。彼はこの地獄、この地獄、このナコドーチェスにある地獄の穴から離れてはおれんのです。私は彼に言った。こう言ったのです。お前は神の子を一緒にそこへ連れていくつもりか。すると彼は言った。いやいや。とんでもない。そこで私は言った。お前はあの方が私は道の果てまであなたについていくと申されたのを知らんのか。

いや俺は誰に対しても一緒に来てくれなどと頼んではいない、と彼は言った。そこで私はこう言った。わが隣人よ、頼む必要などない。頼もうと頼むまいとあの方はあなたと一歩一歩歩みを合わせて一緒にそこへ行かれるからだ。私はこう言った。わが隣人よ、あの方を振り切ることはできんぞ。さあ。お前はあの方を、ほかでもないあの方を、あの地獄の穴へ引きずりこむつもりかな。

こんなに雨の降る土地を今まで見たことあるか。

じっと牧師を見ていた少年はそう声をかけてきた男のほうを向いた。男は駅馬車の御者ふうの長い口髭を生やし山が低くて丸いつば広の帽子をかぶっていた。心もち外斜視の眼でまるであんたの雨についての意見は知っているとでも言いたげにまじまじと見つめてきた。

俺はここへ着いたばかりだ、と少年は言った。

こんな土地は初めてだぜ。

少年はうなずいた。今しがたテントに入ってきたオイルスキンの雨合羽を着た大柄な男が帽子を脱いだ。石のような禿頭(とくとう)で顔に髭が一本もなく眉毛(まゆげ)と睫毛(まつげ)もなかった。身長は七フィート（約二百十三センチ）近くありこの各地を転々とする神の家のなかでさえも葉巻を吸っていたが帽子を脱いだのは水を切るためだけらしくまたすぐにかぶった。

牧師は説教を完全に中断していた。テントのなかは物音一つしなかった。みなが禿頭の男を見つめていた。男は帽子をかぶり直してから牧師の立っている木箱まですたすたと足を運びそこで振り返って会衆に語りかけた。顔は穏やかで不思議と子供のようだった。手は小さい。その両の手を前に差し伸べた。

紳士および淑女のみなさん、私はこの伝道集会を主宰する人物がぺてん師であることをお知らせする義務が自分にあると感じているのであります。この人物は世間に認知されたものと即席のものとを問わずおよそいかなる教会組織からも聖職者であることを証明する書類を交付されておりません。資格がないにも拘わらず聖なる儀式を執り行ない聖書の文句をいくつか暗記して自身のいんちきな説教に敬虔な香りをかすかに漂わせるのですがその実およそ信仰というものを蔑んでいる。本当のところを申しあげれば今みなさんの前に牧師として立っているこの人物は読み書きがまったくできない無学の徒であるばかりかテネシー州、ケンタッキー州、ミシシッピ州、アーカンソー州の官憲から追われているお尋ね者でもあるのです。

なんということを、と牧師は叫んだ。嘘だ、嘘だ！　そして開いた聖書を熱烈に朗読しはじめた。

告発されている罪状のうち最も新しいものは十一歳の少女に関係しています――さよう十一歳です――この人物を信用して相談にやってきた少女をこともあろうに神に仕える身の服装で犯そうとして現場を押さえられたのです。

会衆のあいだに呻きが広がった。一人の婦人がへなへなと膝をつく。

これがかの者だ、と牧師は泣き声で叫んだ。この男がそうだ。悪魔だ。悪魔がここに立っておる。

下司野郎を吊るせ、と人群れの後ろのほうにいる醜いごろつきが怒鳴った。

その事件の三週間足らず前にアーカンソー州のフォートスミスから逃げてきたのは山羊と交渉を持ったからであります。そうです、そこのご婦人、今私が言ったとおりです。相手は山羊です。

こん畜生、そんなくそ野郎は撃ち殺してやらなきゃ気がすまねえ、と一人の男がテントの反対側で立ちあがりブーツから拳銃を抜き腕を水平に伸ばして発砲した。

若い御者はすぐに服のどこかからナイフを出してテントを切り裂き雨の降る外に出た。少年もあとに続いた。背をかがめてぬかるみの上を走りホテルに向かった。テントのなかではすでに何発も銃が撃たれテントが十何カ所で切り開かれて女の悲鳴があがるなか会衆が外へよろけながらあふれ出てぬかるみをばしゃばしゃ踏んだ。少年と連れはホテルの玄関ポーチにたどり着くと眼もとから水をぬぐいとり振り返った。見るとテントはゆさゆさ揺れながら潰れはじめ傷ついたメドゥーサのようにゆっくりと地面にうずくまりぼろぼろのキャンバスの壁と汚い張り綱を地面に横たえた。

二人が酒場に入ると禿頭の男がすでにいた。磨かれた木のカウンターに帽子が二つと硬貨が二つかみ置かれていた。グラスを掲げたが少年たちに向けてではなかった。御者と一緒にカウンターの前に立った少年がウィスキーを注文して金を置くとバーテンダーがそれを親指で押し返して顎をしゃくった。

判事さんのおごりだ、とバーテンダーは言った。

二人は酒を飲んだ。御者はグラスを置いて少年を見た、あるいは見たような気がしたが、眼つきからはよくわからなかった。少年はカウンターの判事が立っているところへ眼を向けた。カウンターはかなりの高さがあり人によっては肘（ひじ）をかけられないほどだが判事の場合は腰の高さで、その判事は両掌をカウンターに突いてまるでまたひとくさり演説をぶとうとでもするように軽く前に身を傾けていた。やがて血を流した泥まみれの男たちが罵（のの）り言葉を口にしながらどやどや入ってきた。そして判事の周囲に集まる。逃げた牧師を追う捜索隊が編成されたと言う。

判事、あのやくざな野郎のネタはどこで仕入れたんだい。

ネタ？　と判事は言った。

フォートスミスにはいついたんだ。

フォートスミス？

さっき言ってたようなことをどこで知ったんだい。

それはグリーン師のことかね。

そうさ。あんたここへ来る前フォートスミスにいたんだろ。

フォートスミスなど一度も行ったことはない。あの牧師もそうじゃないかな。

男たちは顔を見合わせた。

じゃああいつとどこで逢ったんで。

今日この日まで逢ったことは一度もない。名前を聴いたことすらなかったよ。判事はグラスを持ちあげて酒を飲んだ。

酒場に奇妙な沈黙が流れた。男たちは泥でできた人形のように見えた。やがて一人が笑いだす。それからまた一人。まもなく男たちがみなどっと笑い声をあげた。誰かが判事に酒をおごった。

少年がトードヴァインと出逢ったとき雨はすでに十六日続いていたが今でもまだ降りつづけていた。やはり同じ酒場に立って所持金のほとんど全部を飲んでしまい二ドルしか残っていない。御者はもう姿を消して酒場はほとんど空っぽだった。扉は開けっ放しでホテルの裏の無人のがらんとした空き地に雨が降っているのが見えた。少年はグラスを干して外に出た。ぬかるみの上に渡された木の板を踏んで戸口から洩れる明かりの徐々に暗くなっていく帯をたどり空き地のはずれの屋外便所に向かっていった。別の男が便所から出てきて狭い渡り板の途中で少年と向かい合わせになった。男の体が小さく揺れた。雨に濡れている帽子のつばは肩までだらりと垂れているが前の部分だけは持ちあげてピンで留めてあった。片手で酒瓶をゆるく握っている。俺の前をふさがねえほうがいいぜ、と言う。

少年は道を譲る気がなく話し合いも無駄だと見てとった。男の顎を蹴った。男は倒れたがまた立ちあがった。そして言った。てめえ殺してやる。

男が瓶を振ると少年は背をかがめてかわしもう一度男が瓶を振ると一歩さがった。少年が男を殴ると男は瓶を少年の側頭部に叩きつけ瓶が割れた。渡し板からぬかるみの上に出た少年に男はさらに追い討ちをかけて瓶のぎざぎざの縁を眼に突き刺そうと迫る。それを両手で防ぐと両手が血でぬるぬるになった。少年はナイフを抜こうと何度も手をブーツのほうへ伸ばした。

殺す、と男は言った。二人はブーツを脱ぎ暗い空き地で殴り合った。少年はナイフを抜き円を描いて蟹歩きしながら飛びかかってきた男のシャツを切り裂いた。男は瓶の首を棄て自分の首の後ろの鞘から大型のボウイーナイフを抜いた。帽子が脱げて黒い縄のような編毛が頭のまわりで揺れる男は脅し文句を殺すの一語に集約して狂った唱句のように繰り返す。

おう切られたぜ、と渡し板に立つ数人の男の一人が言った。

殺す殺すと男は呟きながら泥の上を歩いてくる。

だが別の誰かが牛のようにズポッズポッと泥を吸いつけるような足音を大きく規則正しく立てて空き地をやってきた。その男は大きな棍棒を持っていた。まず少年のところへ行き棍棒を振ると少年はぬかるみの上にうつぶせに倒れた。誰かが体を引っくり返してくれなかったら死んでいただろう。

眼が醒めると昼間で雨はすでにあがり全身泥まみれの髪の長い男の顔を見あげていた。

男は何か言っていた。

なんだ、と少年は訊いた。

五分にするか。

ごぶ？

勝ち負けなしにするか。まだやるなら相手になるぞ。

少年は空を見あげた。うんと高いところに禿鷹（はげたか）が一羽、うんと小さく見えていた。少年は男を見た。俺の首の骨折れてないか、と訊いた。

男は空き地を見まわして唾を吐きそれからまた少年を見た。立てるか、と訊いた。

さあな。まだやってみてない。

俺はお前の首の骨を折ろうなんてしなかった。

ああ。

殺そうとしたんだ。

俺を殺したやつはまだいないよ。少年は泥に両手をついて体を押しあげた。男は渡し板に坐りブーツを体の脇に置いていた。お前は別にどうもなってねえよ。

少年はこわばった動きで周囲を見まわした。俺のブーツはどこだ。

男は眼を細めて少年を見た。乾いた泥のかけらが顔から落ちた。

俺のブーツを盗んだやつがいるんならそいつをぶっ殺す。

あそこに片っぽがあるみたいだぜ。

少年はぬかるみのなかを苦労して歩きブーツの片割れを拾いあげた。空き地を歩きまわりそれらしい泥の塊を手で探る。

これはあんたのナイフか。

男は眼を細めて少年を見た。そうらしいな。

少年がそのナイフを放ると男は背をかがめて拾いあげ大きな刃をズボンの脚で拭いた。お前誰かに盗まれたかと思ったぜ、とナイフに話しかけた。

少年はもう片方のブーツを見つけて渡し板に戻り腰をおろした。泥がついて大きくなった手の片方を膝でさっとぬぐいまただらりと垂らした。

二人は並んで坐り何もない空き地を眺めた。空き地のはずれに杭垣がありその向こうで少年が一人井戸で水を汲んでいてそこの敷地には鶏がいた。酒場から出てきた男が渡し板をつたって屋外便所のほうへ向かう。少年たちが坐っているところで足をとめて二人を見るとぬかるみに降りてまた歩きだした。しばらくして戻ってくるとまたぬかるみに降りて二人を避けてから再び渡し板にあがった。

少年は隣の男を見た。男の頭は奇妙に幅が狭く髪の毛は泥で固められて原始人めいた異様な髪型になっていた。額にHT、眉間にFの焼印が押されていたが鉄を当てられる時間が長すぎたかのように文字は滲み広がっていた（HTは馬泥棒[horse thief]、Fは喧嘩闘争者[fraymaker]）。男が顔をこちらに向けたときには両耳がないのがわかった。男が立ちあがってナイフを鞘におさめ片手でブーツを持って渡し板を歩きはじめると少年も腰をあげてあとに続いた。男はホテルまでの道のりの半ばで足をとめてぬかるみを眺めやると渡し板に坐りこみ泥が入ったままのブーツを履いた。それから立ってぬかるみのなかを重い足取りで歩いて何かを拾いあげた。

おい見てくれ、と男は言った。俺の糞ったれな帽子を。

それは何か正体不明のもの、何かの死骸のように見えた。男がそれをばたばた振ってから頭にかぶりまた歩きだすと少年もあとをついていった。

酒場は細長い建物で腰板がニスの光沢を放っていた。壁ぎわにテーブルが並び床には痰壺がいくつか置かれていた。客は一人もいない。二人が入っていくとバーテンダーが顔をあげ床を掃いていた黒人が箒を壁に立てかけて出ていった。

シドニーはどこだ、と服を泥まみれにした男が訊いた。

寝てると思うよ。

男と少年はまた歩きだす。

トードヴァイン、とバーテンダーが呼びかけた。

少年が振り返った。

バーテンダーはカウンターの後ろから出てきて二人を見送った。二人が酒場からホテルのロビーに出て階段に向かっていくあとにはいろいろな形の泥の足跡が残った。階段をのぼりはじめたときフロントのデスクから係員が身を乗り出して声をかけた。

トードヴァイン。

トードヴァインは足をとめて振り返った。

行くと撃たれるぞ。

シドニーにか。

ああシドニーに。

二人は階段をのぼった。

二階の廊下は長くそのはずれには硝子（ガラス）一枚だけの窓があった。並んだニス塗りの扉はクロゼットのそれかというほど間隔が詰まっていた。トードヴァインは廊下の端まで歩く。最後の扉の前で聴耳（ききみみ）を立て少年を見る。

マッチ持ってるか。

ポケットを一つずつ検（あらた）めた少年は潰れて汚れた木のマッチ箱を見つけた。

トードヴァインはそれを受け取った。焚きつけがいるなあ。そう言って箱を壊しその切れ端を扉のきわに積む。マッチを擦ってそれに火をつけた。燃えだした小さな木切れの山を扉の下の隙間からなかへ押しこみさらにマッチを擦った。

そいつなかにいるのかい、と少年が訊く。

それを確かめるんだ。

黒い煙が渦巻きながら立ちのぼりニスが青い炎をあげて燃えた。二人は廊下でしゃがんで見守った。薄い炎が板壁を駆けあがり巻き戻った。見ている二人は沼沢地(しょうたくち)から掘り出された古代人の死体のように見えた。

扉をノックしろ、とトードヴァインが言った。

少年は立ちあがった。トードヴァインも立ちあがって待った。部屋のなかで火が爆(は)ぜる音が聴こえた。少年は扉を叩いた。

もっと強く叩け。野郎酒を食らってるからな。

少年は拳を固めて五回ほど扉を強打した。

火事だ、と声がした。

出てくるぞ。

二人は待った。

くそっ、あちちち、と声が言った。それから取っ手が回って扉が開いた。

下着姿の男が扉の握りをつかむのに使ったタオルを手に立っていた。二人を見るとまた部屋に引っこんだがトードヴァインが両手を首に回して床に押し倒し髪を鷲づかみにして床に押しつけながら親指で眼玉をえぐり出そうとする。男はトードヴァインの手首をつかんで咬みついた。

こいつの口を蹴れ、とトードヴァインが叫んだ。蹴るんだ。

少年は二人の脇を抜けて部屋に入ると体の向きを変えて男の顔を蹴った。トードヴァインは髪をつかんだまま頭を引き戻す。蹴飛ばせ。そら蹴飛ばすんだ。

少年は蹴った。

トードヴァインは男の血まみれの顔を引きあげてちらりと眺めまた床に落とすと立ちあがって自分も男を蹴った。野次馬が二人廊下にいた。炎は扉を完全に包み壁と天井の一部にも燃え移っていた。トードヴァインと少年は部屋を出て廊下を歩いた。ホテルの係員が階段を二段ずつあがってきた。

トードヴァイン、きさま、と係員が言う。

トードヴァインが四段上から蹴り出した足は係員の喉をとらえた。係員は階段の上で坐りこんだ。少年がその脇を通るときこめかみを殴ると係員はぐったりと上体を倒し階段を滑り降りはじめた。少年は係員の体をまたいでロビーに降りると玄関に向かい外に出た。

トードヴァインは通りを走り頭上で拳を狂ったように振りながら笑った。その姿はヴードゥー教の呪いの粘土人形のようであり少年も同様だった。背後では炎がホテルの二階の一角を舐め黒煙がテキサスの暖かな朝の大気のなかへ立ちのぼっていた。

少年は騾馬を預けた町はずれのメキシコ人一家が営む馬預かり所へ凶暴そうな姿で息を切らしながらやってきた。老女が扉を開けて少年を見た。

俺の騾馬を出してくれ、と息をあえがせながら言った。

老女はなおしばらく少年を見つめたあと家の奥へ声をかけた。少年は裏手へ回った。馬が何頭かつないであり柵のきわに寄せた荷馬車の端には何羽かの七面鳥がいてこちらを見ていた。老女が裏口のほうへ行った。ニート、来とくれ（ベンガ）、と呼んだ。お客さん（アイ・ウン・カバイエーロ）が来てるんだよ。来とくれ（アキ・ベンガ）。

少年は納屋の馬具置き場へ行き自分のみすぼらしい鞍と巻いた毛布をとって戻ってきた。騾馬も見つけて馬房から出し革製の頭絡（とうらく）をつけて柵のところまで引き出してきた。騾馬の体に肩をつけて寄りかかり背中に鞍を置き鞍帯を締めると騾馬は前後に動いたり頭を柵にこすりつけたりした。少年は騾馬を引いて敷地内を横切った。騾馬は何か耳に入ったかのようにしきりに首を横に振った。

騾馬を道路に引き出した。家の前を通ったとき老女が出てきて重い足取りであとを追う。そして少年が片足を鐙（あぶみ）にかけるのを見て走りだした。少年はぼろぼろの鞍にさっとまたがり騾馬を前に進ませた。老女は門のところで足をとめて後ろ姿を見送った。少年は振り返らなかった。

街に戻るとホテルが燃え野次馬がまわりで見物しそのなかには空のバケツを提げている者もいた。馬に乗った見物人も何人かおり、そのうちの一人が例の判事だった。そばを通るとこちらに顔を向けてきた。馬にも見せてやるかのようにその向きを変えた。少年が見返すと判事はにやりと笑った。少年は騾馬に軽く鞭を当て古い石造りの砦の脇を通って西に向かう道をたどっていった。

2

平原を横切る――隠者――黒人の心臓――嵐の夜――再び西へ――牛追いの一行――彼らの親切――再び出発――死体運搬車――サン・アントニオ・デ・ベハル――メキシコの酒場――またも喧嘩――教会の廃墟――聖具室の死人――浅瀬で――川での水浴び

物乞いの日々と泥棒の日々。ほかに誰一人いない道を騾馬で行く日々。松林の広がる地方を出ると前方の果てしない窪地の向こうに夕陽が沈んで暗闇が雷鳴のように降り冷たい風が草の葉をきしめかせる。夜の空には夥しい星が散って黒い部分がほとんどないほどで星が一晩じゅう鋭い弧を描いて降り注ぐが数はいっこうに減らなかった。

地元の住民と出逢うのを怖れてキングズ・ロードからは離れていた。小さなコヨーテが啼きつづける夜が明けたときには風を避けるために入った草の生えた涸れ谷にいた。両脚を縛られて少年のそばに立つ騾馬が白みはじめた東のほうを見ていた。

のぼった太陽は鋼鉄の色をしていた。馬に乗った少年の影は前方に何マイルも伸びた。

頭に草の葉でつくった帽子をかぶった少年と騾馬は陽にあぶられて皮膚が渇いてひび割れ少年は鳥を脅していた菜園からさまよい出てきたかかしのように見えた。

夕方近く低い山と山のあいだから斜めに伸びた一筋の煙をたどり暗くなる前に年寄りの隠者（いんじゃ）が草地につくって地上性ナマケモノのように住む小屋の戸口にやってきた。老人は独りきりでなかば狂気に冒され眼は熱く焼けた針金の枠にはまっているかのように縁が赤い。だがそれにしては目方のありそうな体つきだった。隠者は少年が騾馬からぎこちなく降りるのを黙って見ていた。強い風が吹いて隠者のぼろぼろの衣服をはためかせた。

煙を見たんだ、と少年は言った。それで水をめぐんでもらえないかと思って。

年老いた隠者は汚れた髪を掻きまわしながら地面を見つめた。体の向きを変えて小屋に入り少年もあとに続いた。

なかは暗く土の匂いがした。土の床の上で小さな火が燃え一隅に動物の皮が重ねてあった。隠者は編んだ木の枝と泥でできた低い天井にぶつけないよう頭をさげ、引きずるような足取りで家のなかを歩いた。隠者は床に置いたバケツを指さした。少年は背をかがめて浮かんでいる柄杓をとり水を汲んで飲んだ。水はしょっぱく硫黄（いおう）の匂いがした。少年はお代わりをした。

表の騾馬にも飲ませてやっていいかな。

隠者は掌に拳を打ちつけながらあちこちに視線を投げた。

水はまた汲んでくるから。場所を教えてくれたら。

どうやって飲ませるんかね。

少年はバケツに眼をやってから暗い小屋のなかを見まわした。

わしは騾馬が使ったやつで水を飲む気はないからな。

古いバケツか何かないのかい。

ない、と隠者は語気を強めた。ないよ。そんなもの。両方の拳を握りしめて親指の付け根で同時に何度も胸を叩いた。

少年は立ちあがって戸口のほうを見た。容れ物は何か見つけるよ、と言った。泉はどこにあるんだい。

小道をたどって丘をのぼるんだ。

もう暗すぎて足もとが見えないだろうな。

くっきりとした道だ。足の感じでわかる。騾馬のあとへついていくといい。わしは行けんが。

少年は風のなかに出て周囲を見まわしたが騾馬の姿はどこにもなかった。遠い南で稲妻が音もなく閃(ひらめ)いた。鞭打ちを加えてくる草叢(くさむら)と草叢にはさまれた小道をのぼると騾馬が井戸のそばにいた。

井戸は砂地に掘られ周囲に岩が積んであった。乾かした皮で口を覆い石を重しに載せていた。本体も紘も生皮でできたバケツに革綱が一本取りつけてあった。紘には石もくくりつけてあるので傾いて水が汲みやすいバケツを革綱がゆるむまでおろすのを騾馬は少年の肩ごしに覗きこんでいた。

少年は水を都合三杯汲んで騾馬がこぼさないようバケツを押さえて飲ませてから井戸に覆いを戻し騾馬を引いて小道をくだり小屋に戻った。

水ありがとう、と少年は声をかけた。

隠者は戸口におぼろな姿を現わした。今夜は泊まっていけ、と言った。

いやいいよ。

泊まっていったほうがいい。これから嵐になる。

ほんとに？

わしの予想はいつも正しい。

へえ。

寝具やら何やらをなかへ入れるといい。

少年は帯をほどいて鞍をおろし騾馬の前足と後足を縄でつなぐと寝具を小屋に運びこんだ。明かりは焚火だけで老人はそのそばにあぐらをかいて坐っていた。

好きなところへ坐ってくれ、と隠者は言った。鞍はどこかね。

少年は顎をしゃくって示した。

外へ置いとくと何かに食われちまうぞ。ここは腹ぺこの地方（くに）だからな。

少年は外に出るとすぐ暗闇のなかで騾馬とぶつかった。騾馬は小屋のなかの焚火を覗きこんでいた。

馬鹿あっちへ行け、と少年は言った。鞍を持ってなかに戻った。

吹き飛ばされそうだ扉を閉めてくれ、と隠者が言った。

扉というのは革紐の蝶番で戸口に取りつけた木の板だった。少年は土の上を引きずって閉め掛金がわりの革紐を引っかけた。

あんたは道を見失ったみたいだな、と隠者は言った。

いや、ここを目指してきたんだ。

隠者はすばやく手を振った。そうじゃなくて、ここへ来たということは道に迷ったってことだろうと言うんだ。砂嵐に遭ったのか。夜中に進んでいるうちに道からはずれてしまったのか。追い剝ぎどもに追われたのか。

少年は考えた。ああ、と答えた。どっかで道からはずれたんだろうな。

そうだと思ってたよ。

いつからここに住んでるんだい。

ここって。

少年は焚火をはさんで老人と向き合う場所に巻いた毛布を置いてその上に腰かけていた。

ここだよ。この家にだよ。

　隠者は答えなかった。不意に横を向いて親指と人差し指で鼻をつまみチンと息を吹いて洟水をふたすじ床に垂らすと指をジーンズの縫い目で拭いた。わしはミシシッピから来た。何を隠そう奴隷商人だった。うんと儲けたよ。捕まったわけじゃない（ミシシッピ州では一八三二年の憲法で奴隷売買が禁止された。奴隷制を廃止したのではなく奴隷の州外流出を防ぐためだった）。ただ飽きただけだ。黒んぼにはうんざりだった。いいものを見せてやろう。

　隠者は重ねた皮をめくってごそごそやったあと火の向こうから黒い小さなものをよこした。少年は手にとってあちこち向きを変えて眺めた。乾燥して黒ずんだ人間の心臓だった。少年が返すと隠者はそれを掌に載せて重さを測るような仕草をした。

　地を滅ぼしかねんものは四つある、と隠者は言った。女、酒、金、そして黒んぼだ。

　二人は黙って坐っていた。煙を逃がすために屋根に突きさしたストーブの煙突のなかで風が唸った。しばらくして隠者は心臓をしまった。

　あれは二百ドルしたんだ、と隠者は言った。

　あんなものに二百ドルも出したのか。

　そうだ。それがあれを胸のなかに入れてた黒いくそ野郎の値段だったからな。

　隠者は隅でもぞもぞやっていたがやがて黒ずんだ真鍮（しんちゅう）の古鍋を出してきて蓋（ふた）をあげ人差し指をなかに突っこんだ。冷えた脂に埋まっているのは痩せた野兎の肉で薄青い黴（かび）が生えていた。隠者はまた蓋をかぶせて鍋を火にかけた。あんまり残ってないが分けて食べよう、と隠者は言った。

悪いね。

あんたは闇のなかで道を見失った、と隠者は言った。火をかきたてながら灰のなかから細い尖った骨を掘り出して立てた。

少年は返事をしなかった。

隠者は頭を前後に揺らした。はみ出し者の道は厳しいものさ。神はこの世界を創ったが誰にでも合うようには創らなかった。そうじゃないか。

神さまは俺のことをあんまり考えてなかったみたいだ。

そのとおり、と隠者は言った。しかし人間はいろんな考えをどこで手に入れるんだ。こんな世界だったらいいのにと思うその世界はどこで見たんだ。

俺はこんな場所がいいとかこういうのがいいってのを想像できるよ。

それを現実のものにできるか。

いや。

できないだろう。それは神秘だ。人間が自分の頭の働き方を知ることができないのは知るための道具が自分の頭しかないからだ。心を知ることはできるがそっちは知りたいとは思ってない。当然だ。そこは覗きこまないほうがいいからな。神が定めた道に縛られるのは生き物の心じゃない。残酷さはどんなちっぽけな生き物にもあるが神が人間を創ったときには悪魔がそばにいた。人間はなんでもできる生き物だ。機械をつくったり。機械をつくる機械をつくったり。放っておいても千年のあいだ勝手に動きつづける邪悪なものをつくったり。というようなことを信じるかね。

さあ。

信じるんだ。

温まった食べ物を隠者がよそい分けそれを二人で黙って食べた。雷が北上してきてまもなく頭上で轟（とどろ）くと錆（さび）の細かい粉が煙突の内壁から落ちてきた。皿の上に背をかがめた二人は脂のついた指を拭いて柄杓で水を飲んだ。

少年は外に出てカップと皿の汚れを砂でこすり落とすと闇のなかで待ち伏せしている幽霊を追い払うためだというように錫（すず）のカップと皿を打ち合わせながら戻った。遠い積乱雲が放電する空を背景に身を震わせながら浮かびあがり再び闇のなかに吸いこまれた。老隠者は坐ったまま片耳を戸口のほうへ向けて外の音を聴いた。少年が扉を閉めた。

お前さん煙草は持ってないだろうな。

持ってない、と少年は答えた。

そうだろうと思った。

雨が降ると思うかい。

降ってもおかしくない。けどたぶん降らないだろう。

少年は火をじっと見つめた。早くもこくりこくりとやりだしていた。だがそのうちに立ちあがって首を振った。隠者は消えかけた焚火ごしに少年を見た。もう寝るといい、と言った。

少年はそうした。踏み固めた土の床に毛布を広げて臭いブーツを脱いだ。煙突が呻き外で騾馬が足踏みをし鼻を鳴らすのを聴きながら眠りこんだ少年はもぞもぞと身じろぎをし、夢を見ている犬のように小さな声を洩らした。

ほぼ真っ暗な小屋のなかで夜中にときどき眼を醒ますと隠者が毛布のなかになかば体を入れてかがみこんできていた。

なんだ、と少年は訊いた。隠者は這い出していき朝少年が眼を醒ますと小屋のなかには自分一人なので荷物をまとめて出発した。

その日は一日じゅう北に砂埃の細い線が見えていた。線は微動だにしないように見えたが夕暮れが近づくころにはこちらに向かってくるのがわかった。樫の森を抜けて小川で水を飲み黄昏時にもしばらく進んでから火を焚かずに野宿をした。乾いた埃っぽい森のなかで鳥の声で眼が醒めた。

正午前にまた平原に出たときには北の砂埃は地平線の端から端まで伸びていた。夕方には牛の群れが見えはじめた。大きく張り出した角を持つ痩せた気性の荒い獣たちだった。

その夜は牛追い人たちの夜営地で豆と堅パンをもらい牛追いの旅の話を聴いた。

一行はテキサス州のアビリーンを四十日ほど前に出発しルイジアナ州の市場に向かっているとのことだった。一行のあとから狼やコヨーテやインディアンたちがついてくる。牛たちは暗闇のなかで何マイルにもわたってそのことで不平を言うように唸りつづけた。

少年はあれこれ訊かれなかった。牛追い人たち自身がぼろを着た男たちだった。白人と有色人種の混血児や自由黒人も交じっていたし、インディアンも二人ばかりいた。

持ち物を盗まれたんだ、と少年は言った。

男たちは火明かりのなかでうなずいた。

何もかも盗られた。ナイフも持ってない。

俺たちが雇ってやろうか。こっちは途中で二人いなくなったんだ。カリフォルニアへ勝手に帰っちまった。

行く方向はおんなじだな。

お前さんカリフォルニアへ行く途中じゃなかったのか。

そっちでもいいけど。まだ決めてないんだ。

抜けた二人はアーカンソーから来た連中と一緒に行っちまったんだ。とりあえずベアー郡のほうへ行ったよ。そこからメキシコへ入ったりしながら西へ進むつもりなんだ。

やつら今ごろベアー郡でべろべろに酔っ払ってるよ。

ロニーのやつは町の娼婦とかたっぱしからやってるぜ。

ベアー郡までどれくらいあるんだい。

二日くらいで行けらあ。

もっと遠いだろ。四日はかかると思うぜ。

行くとしたらどう行きゃいいのかな。

まっすぐ南へ向かったら半日ほどでそっち行きの広い道に出るよ。

お前さんベアー郡へ行く気か。

行くかもしれない。

ロニーに逢ったらよろしく言ってくれ。オーレンって名前を言やあ一杯おごってくれるよ。有り金すっかり飲んじまってなきゃな。

翌朝はパンケーキに糖蜜をつけて食べ牛追いの一行は馬に鞍を置いて出発した。少年の騾馬の引き綱にはいつのまにか小さな布袋が取りつけられており、なかに乾し豆とピーマンと古いグリーンリヴァー・ナイフが入っていた。ナイフは柄に糸を巻きつけてある。少年は騾馬にまたがったがその背中はすりむけて毛が禿げ蹄にはひびが入っていた。肋骨が魚の骨のような感触を与える。騾馬は果てしなく続く平原をよたよた進んだ。

四日目の夕方にベアー郡に着き土地の低い隆起の上でぼろぼろの騾馬をとめて下方の町を眺めると日干し煉瓦の静かな家並みがあり楢とヒロハハコヤナギの緑色の筋が川の流れ

をなぞり、広場には粗い綿布の幌を張った馬車が何台も停められ白い漆喰壁の公共の建物が建ち並び木立から教会のムーア様式の丸屋根が突き出ていて遠景には守備隊の砦と丈高い石造りの製粉工場がある。微風が少年の帽子の麦藁のほつれと脂じみた髪を揺らす。頬のこけた取り憑かれたような顔のなかで眼は暗く落ちくぼみブーツの縁の隙間からは悪臭が立ちのぼってきた。ちょうど陽が沈んだところで西空には血のように赤い雲の環礁が横たわりそのなかから砂漠に棲息する夜鷹が地の果ての大火災から逃げてきたように出てきた。少年は白い乾いた唾を吐き木製の鐙を騾馬の脇腹にあてるとまた前に進んだ。

　狭い砂地の坂道をくだっていくと死人を満載した死体運搬車とすれちがい小さな鐘が鳴る音が聴こえ門柱からさがったランタンが揺れていた。荷車の御者席に坐っている三人の男も死人か精霊のようで防腐剤の石灰がついた顔が薄闇のなかで燐光を放っているように見えた。二頭の馬に引かれた荷車は消毒薬の石炭酸水が発するかすかな瘴気のなかを進んでいきやがて見えなくなった。少年は振り返って見送った。死体の硬直した裸足の足が左右に揺れていた。

　町に入ったときにはすでに暗く犬が何匹か吠えながらついてきてあちこちでランプの灯のともる窓のカーテンが割れて顔が覗いた。騾馬の蹄の軽い音が狭い無人の通りに響く。騾馬が空気の匂いを嗅ぎながら路地を進み狭い広場に出ると星明かりのもとに井戸と桶と馬をつなぐ横木が見えていた。少年は騾馬から降りて石囲いの縁に置かれた桶をとり井戸のなかにおろした。小さな水音がこだました。引きあげた桶が暗闇のなかで水を滴(したた)らせる。柄杓で水をすくって飲むと騾馬が肘に鼻面をすり寄せてきた。飲み終わると桶を地面に置いて井戸の石囲いに坐り騾馬が桶から水を飲むのを眺めた。

それから騾馬を引いて町のなかを進んだ。通りには人影がまったくなかった。別の広場に入るとギター数台とトランペット一本の音が聴こえてきた。広場の反対側にある酒場から明かりと笑いと黄色い声が洩れ出していた。騾馬を引いて広場を突っ切り長い屋根つきポーチの脇を通って明かりのほうへ向かった。

広場から一つ入った通りでは派手な衣装を着た踊り手の一団がスペイン語で掛け声をかけながら踊っていた。少年は明かりの輪の端に立って見物した。年配の男たちが酒場の壁に沿って椅子に坐り子供たちは地面で遊んでいる。服はみんな風変りだった。男は天辺の平らな黒い帽子に白いゆったりしたシャツと脚の外側をボタンで留めるズボン、若い女は化粧がけばけばしく青みを帯びた黒髪に鼈甲(べっこう)の櫛(くし)を差している。少年は通りを渡って騾馬を横木につなぎ酒場へ入った。カウンターの前に立っている男たちが話をやめた。少年が土を固めて滑らかにした床を横切っていくと眠っていた犬が片眼を開けて少年を見る。少年はカウンターの前に立ちタイル張りの上面に両手をついた。バーテンダーがうなずきかけてきた。なんだい(ディガメ)。

金がないんだけど一杯飲ましてくれないかな。酒を運ぶのでも床を掃くのでもなんでもやるから。

バーテンダーはテーブルでドミノのゲームをしている二人の男の一方に声をかけた。祖父（アブエリート）さん。

年嵩（としかさ）のほうが顔をあげた。

このガキはなんて言ってんだ（ケ・ディーセ・エル・ムチャーチョ）。

老人は少年を一瞥（いちべつ）してまたドミノに眼を戻した。

バーテンダーは肩をすくめた。

少年は老人のほうを向いた。あんた英語話すのかい、と訊いた。

老人はまた眼をあげた。無表情に少年を見る。

仕事するから一杯飲ませてほしいって言ってくれよ。金、持ってないんだ。

老人は顎をしゃくりながら舌打ちを一つした。

少年はバーテンダーを見た。

老人は親指を立て小指を下に向けて頭をのけぞらせながら想像上の酒を一杯あおった。一杯飲みたいそうだ（キエーレ・エチャルセ・ウナ・コーパ）。けど金がないんだと（ペロ・ノ・プエデ・パガール）。

カウンターについている男たちがじっと見ていた。

バーテンダーが少年を見た。

働きたいらしいよ（キエーレ・トラバーホ）、と老人は言った。よくわからんが（キエン・サーベ）。老人はまたドミノの牌に注意を戻してそれ以上何も言わなかった。

坊や働きたいのかい（キエーレス・トラバハル）、とカウンターにいる男の一人が言った。

みんなが笑った。

何笑ってんだ、と少年は訊いた。

笑いがやんだ。少年を見る者、口を引き結ぶ者、肩をすくめる者。少年はバーテンダーに向き直った。何かするからこの店の美味い酒を一、二杯飲ませてくれよ。

カウンターにいる男の一人がスペイン語で何か言った。少年はその男をきっと睨（にら）んだ。男たちは眼くばせをし合ってまたグラスを手にとる。

少年はまたバーテンダーのほうを向いた。暗く光る眼を細めた。床を掃くから、と少年は言った。

バーテンダーは眼をしばたたいた。

少年が後ろにさがって箒で床を掃く仕草をするとそのパントマイムに男たちは顔を伏せて笑みを隠した。掃く、と少年は床を指さす。

汚れてないんだけどな（ノ・エスタ・スーシオ）、とバーテンダーが言う。

少年はまた掃く動作をした。掃くってのがわかんないかな。

バーテンダーは肩をすくめた。カウンターの端へ行き箒をとって戻ってきた。少年はそれを受け取りカウンターからいちばん遠い壁ぎわまで行った。

かなり広い店だった。まずは鉢植えの木がひっそり立つ暗い隅を掃いた。痰壺のまわりを掃きドミノをしているテーブルのまわりを掃き犬のまわりを掃いた。カウンターの足もとを端から掃いていき酒を飲んでいる男たちのところへ来ると体を起こして箒を床につき男たちを見た。男たちは眼を見交わして無言で相談をしたが、やがて一人がカウンターに置いたグラスを手にとって後ろにさがった。ほかの者もそれに倣（なら）う。少年は床を掃きながら男たちの脇を通って出入口まで行った。

踊り手たちの姿はなく音楽も消えていた。酒場の明かりが薄暗く届いている通りの向かいのベンチに男が一人坐っていた。騾馬はつないだ場所にいた。少年は階段で箒の汚れを落としてから店のなかに戻り箒をバーテンダーが最前とってきた場所へ戻した。それからカウンターの前に立った。

バーテンダーはそ知らぬ顔をしている。

少年は拳の関節でカウンターを叩いた。

バーテンダーが少年のほうを向いて片手を腰にあて口を一文字に結んだ。

酒はどうした、と少年は言う。

バーテンダーはじっと立っている。

少年は最前老人がやった飲酒の仕草をしたがバーテンダーはタオルを少年のほうへ振った。

もう行け（アンダレ）。バーテンダーは手の甲を少年のほうへ振って追い払う仕草をした。

少年の顔が曇った。このくそ野郎、と言った。バーテンダーのほうへ近づいていく。バーテンダーは顔色を変えない。カウンターの下から古風な火打石式の軍用拳銃を取り出し掌底で撃鉄を起こした。静寂のなかで木がかちりと鳴る音が大きく響いた。カウンターにグラスが置かれる音がいくつもした。壁ぎわのテーブルでドミノをしていた男たちが椅子を引く音がした。

少年はぴたりと動きをとめた。おい爺さん、と呼びかける。

老人は応えない。酒場のなかでは物音一つしなかった。少年は首をめぐらして老人を眼で探した。

そいつは（エスタ）・酔っとるんだ（ボラーチョ）、と老人は言った。

少年はバーテンダーの眼を見た。

バーテンダーは拳銃を入口のほうへ振った。

老人はスペイン語で店のなかの男たちに何か言った。次いでバーテンダーに何か言った。それから帽子をかぶり酒場を出ていった。

バーテンダーの顔から血の気が引いた。カウンターの端を回ってこちらに出てくると拳銃はすでに置いてかわりに酒樽の栓を緩めたり抜いたりするための木槌（きづち）を持っていた。

少年は店内の真ん中あたりまでさがりバーテンダーは何かちょっとした作業をしにいく

ような感じで少年のほうへのそのそ歩いていく。少年に向かって二度木槌を振り少年は二度右へよけた。それからまた後ずさる。バーテンダーが動きをとめた。少年は軽々とカウンターを飛び越えて拳銃を手にとった。男たちは誰一人動かない。少年は打ち金の先をカウンターに押しつけて火皿を開き装薬を出すとまた銃を置いた。それから背後の棚から中身がいっぱい入った酒の瓶を二つ選びそれぞれの手に持ってカウンターの端から出てきた。

バーテンダーはフロアの真ん中に立ち尽くしていた。荒い息をつきながら首をめぐらして少年の動きを追う。少年が近くに来ると木槌を持ちあげた。少年はすっと腰を落として一度牽制をかけてから右手の酒瓶をバーテンダーの頭に叩きつけた。血と酒が飛び散りバーテンダーは膝をがくりと揺らして白眼をむいた。少年はすでに瓶の首を棄てていた。追い剥ぎが仲間に武器を投げてよこすように二本めの瓶を右手へ投げて持ちかえ棄てた瓶の首が床に落ちる前に左から右へ瓶を振ってバーテンダーのこめかみを殴りぎざぎざに割れた瓶を眼に突き刺すとバーテンダーは床に倒れた。

少年は店のなかを見まわした。ベルトの鞘に拳銃を差した者もいるが誰も動かなかった。少年はもう一度カウンターを飛び越えて酒をもう一瓶とりそれを脇にはさんで入口から出ていった。犬はもういなかった。ベンチの男も消えていた。少年は綱をほどいて騾馬を引き広場を横切った。

少年は教会の廃墟のなかで眼を醒ましアーチ型の天井や色褪(あ)せたフレスコ画が残る高いたわんだ壁を見あげた。床には鳥や牛や羊の乾いた糞が厚く溜まっていた。埃を浮かびあがらせている陽射しの筋のあいだで鳩が羽搏(はばた)き祭壇のある内陣に横たわった何かの動物の白骨化した死骸を三羽の禿鷹がつついていた。

頭が割れるように痛く舌が渇きで腫れあがっていた。体を起こして周囲を見た。鞍の下に置いておいた酒の瓶を出し一振りしてからコルクを抜いて飲んだ。額に汗の玉を浮かせ眼を閉じて坐っていた。それから眼を開けてまた酒を飲んだ。禿鷹が一羽ずつ死骸から降りて聖具室へ入っていった。しばらくして少年は立ちあがり騾馬を探しに外へ出た。

騾馬の姿はどこにも見えなかった。教会の敷地は十エーカー足らずの荒涼とした土地で山羊と驢馬が何頭かずつ飼われていた。泥煉瓦の塀で囲われた敷地には何家族かが勝手に住みついている小屋がいくつかあり朝陽のもとで炊事の煙が薄く漂っていた。少年は教会の横手を歩いて聖具室に入った。禿鷹が大型の家禽のように藁や漆喰の微粉を巻きあげながら逃げた。頭上の穹窿(きゅうりゅう)ではむくむくした黒っぽい塊が動き息をし囀(さえず)った。室内には陶器の壺がいくつか置かれた木のテーブルがあり奥の壁沿いには死体の残骸がいくつか横たわっていたがそのうち一体は子供のものだった。聖具室を通り抜けてまた教会の身廊に入り鞍をとりにいった。酒の残りを飲みほし鞍を担(かつ)いで教会を出た。

教会の正面の壁に並ぶ壁龕(へきがん)の聖者像はアメリカ軍兵士のライフルの試し撃ちの的にされ

て耳や鼻が欠け石の表面に酸化した鉛が黒い斑点を散らしていた。彫刻を施して羽目板を張った大きな扉は蝶番がゆるんで若干傾き聖母の石像が抱いている幼子には首がなかった。少年は真昼の陽射しに眼を細めた。それから騾馬の足跡を見つけた。砂埃のかすかな乱れが教会の入口を出て前庭を横切り塀の東門まで続いていた。少年は肩に担いだ鞍を揺すりあげてから足跡をたどりはじめた。

門のそばの日陰で寝ていた犬が起きて不機嫌そうにふらふら日向に出てきたが少年が通り過ぎてしまうとまたもとの場所に戻った。坂道をくだって川に向かう少年はぼろ屑のような姿をしていた。ペカンと楢の深い森に入ると道は少し上り坂になり下方に川が見えた。浅瀬で黒人たちが馬車を洗っている川まで少年は降りていき岸辺にしばらく佇んだあとで声をかけた。

黒い漆塗りの馬車に水をかけていた黒人の一人が立ちあがって少年のほうを見た。数頭の馬は膝までを流れに浸している。

なんだい、と黒人は訊いた。

騾馬、見なかったかな。

騾馬？

いなくなっちまってさ。こっちへ来たと思うんだ。

黒人は腕で顔を拭いた。そういや一時間ほど前になんかこっちへ来たよ。川の下流のほうへ行ったんじゃないかな。ありゃ騾馬だったかもしれない。尻尾も毛もないようなやつだったけど耳は長かったな。

あとの二人の黒人はにやりと笑った。少年は川の下流を見た。唾を吐いて柳の木が生えている草地のなかの道を歩きだした。

百ヤードほど行くと騾馬が見つかった。腹まで濡れている騾馬は顔をあげて少年を見、それからまた川べりに生い繁る草に鼻面をおろした。少年は鞍を放り出して騾馬が引きずっている綱を拾いあげ木の枝にくくりつけると騾馬の腰を中途半端に蹴った。騾馬は軽く横へよろけながらも草を食べつづけた。少年は頭へ手をやったがあの珍妙な帽子はどこかで失くしていた。木立を抜けて岸に立ち渦巻く冷たい川水を眺めた。それからこの上なくみじめな洗礼志願者のように川へ入っていった。

3

軍隊に志願――ホワイト大尉との面接――大尉の思想――宿営地――騾馬を売る――ラレディートの酒場――メノー派教徒――仲間が殺される

少年が木立の枝にぼろ毛布を広げその下で裸になって寝そべっていると川の下流からやってきた男が乗っている馬をとめた。

少年はそちらを見た。柳の枝葉ごしに馬の脚が見えた。少年は寝返りを打って腹這いになった。

男が地上に降りて馬の脇に立った。

少年は柄に糸を巻きつけたナイフを手にとった。

よう、と男は言った。

少年は答えない。柳の枝の向こうの男の姿がよく見えるよう脇へ体をずらした。

よう。あんたどこにいるんだ。

なんの用だ。

ちょっと話したいだけだ。

何を。

何をって、まあ出てこい。俺は白人のキリスト教徒だ。

少年は頭上の柳の枝に引っかけたズボンのほうへ手を伸ばした。ベルトが垂れさがっているのでそれを引っ張ったがズボンは枝に引っかかったままとれない。

おいおい、と男は言った。木の上にいるんじゃないだろうな。

俺に構わないでさっさと先へ行ったらどうだ。

ちょっと話したいんだよ。あんたを怒らせる気はないんだ。

もう怒らしてるよ。

あんたはゆうべあのメキシコ野郎をぶちのめした男じゃないのか。俺は保安官じゃないから安心してくれ。

誰がそれを知りたがってるんだ。

ホワイト大尉だよ。メキシコ野郎をぶちのめした男を軍隊に入れたがってる。

軍隊？

そう。

なんの軍隊。

ホワイト大尉が率いる軍隊だ。俺たちはメキシコ人討伐にいく。戦争（一八四六年－四八年の米墨戦争）はもう終わったぜ。

大尉はまだ終わってないと言ってる。なあどこにいるんだ。

少年は立ちあがりズボンを枝からとって穿（は）いた。ブーツを履きナイフを右のブーツのなかに滑りこませシャツを着ながら柳の木立から出ていった。

男は草地の上にあぐらをかいて坐っていた。鹿革の服を着て黒い絹の布地が砂埃まみれの山高帽をかぶり口の端にメキシコ製の小さな葉巻をくわえていた。柳の枝を掻き分けながら出てきた少年を見ると首を振った。

だいぶたいへんな目に遭ったようだな。

いい目には遭ってないな。

どうだメキシコへ行かないか。

俺はメキシコに何か置き忘れてきたわけじゃない。

世の中に打って出るいい機会だぞ。何かやらんとお前さんは落ちていくだけだ。

軍隊に入ったら何をくれるんだ。

めいめい馬一頭と弾薬をもらえる。お前さんには服もやらんといかんな。

俺ライフル持ってないぜ。

一挺見つくろってやる。

給料はいくらだ。

給料なんかいるもんかい。なんでも分捕りゃ自分のもんだ。行先はメキシコなんだ。戦利品を手に入れりゃいいんだよ。除隊するときゃ大地主だ。あんた今土地はどれだけ持ってる。

兵隊の仕事なんかなんにも知らないんだけどな。

男はじっと少年を見据えた。火のついていない葉巻を口からとり首をめぐらし唾を吐いてからまた葉巻をくわえた。あんた故郷はどこだ。

テネシー。

テネシーか。ライフルくらいは撃てるんだろう。

少年は草地でしゃがんだ。男の馬を見た。馬具は革に模様が型押しされ銀の縁飾りが施されている。顔に星があり脚は四本とも膝から下が白い馬は汁気の多い草をたっぷりくわえて嚙んでいた。あんたどっから来たんだ、と少年は訊いた。

三八年からテキサスにいる。ホワイト大尉と出逢わなかったら今ごろどこでどうしてるかわかったもんじゃないよ。俺は今のあんたより情けない有様だったが大尉がラザロみたいに生き返らせてくれた。正義の道を歩かせてくれたんだ。それまでは大酒飲んで女を抱いて地獄からも来るなと追い返されそうなやくざな男だった。大尉はそんな俺にもどこか見所があると思ってくれたが今の俺はあんたに同じことを感じてるんだよ。どう思う。

どうって。

とにかく一緒に来て大尉に逢ってみろ。

少年は草を引きちぎった。また馬を見た。ま、べつに行ってもいいけど。

二人は町に入っていったが立派な四つ白の馬にまたがった徴募係のあとから騾馬に乗ってついていく少年は捕虜のように見えた。建ち並ぶ小さな家の草葺き屋根が炎暑に湯気を立てている狭い路地を進んでいった。家の屋根に雑草とウチワサボテンが生え路地に山羊がうろつくその泥煉瓦のごみごみした王国のどこかで小さな弔鐘がかぼそい音で鳴っていた。コマース通りを経て中央広場の馬車の群れのあいだを突っ切りさらに別の広場に入るとそこでは小さな男の子たちが小さなぼろ荷車に積んだ葡萄や無花果を売っていた。何匹かの痩せ犬が二人の前をこそこそ歩いていく。そのミリタリー広場を通り抜けて狭い通りに入ると前の夜に少年と騾馬が水を飲んだ井戸があり今その井戸端に何人かの女と少女たちがいて周囲に枝編細工の覆いをつけた陶器の壺が何個も置かれていた。前を通り過ぎたとある小さな家のなかでは女たちが泣き戸口に小ぶりな葬儀馬車が停められて数頭の馬が暑熱と蠅のなか不動の姿勢で辛抱強く待機していた。

大尉が部隊本部を置くホテルが建つ広場には木が植えられベンチを並べた小さな緑色の東屋があった。ホテルの玄関の鉄柵門を開くと小道があり奥の中庭に通じていた。白い漆喰壁には色とりどりの小さな装飾タイルが埋めてある。徴募係の革に装飾のある踵の高いブーツが小気味よい音を立ててタイル床の上を進み次いで中庭から二階へあがる階段をのぼる。中庭の緑豊かな植え込みや鉢植えは水やりがすんだばかりで湯気を立てていた。徴募係は長いバルコニーを歩いてそのはずれの扉を鋭くノックする。入れ、と声がした。

籐製の机で手紙を書いている男が大尉だった。少年と黒い山高帽を両手で持った徴募係の男が気をつけの姿勢で立った。大尉は顔をあげずに書く手を動かしつづけた。外で女がスペイン語で叫んでいるのが聴こえた。それ以外は大尉のペンが紙を引っ掻く音だけが響いていた。

手紙を書き終えると大尉はペンを置き顔をあげた。部下を見、少年を見てからまたうつむいて今書いたものを読んだ。独りうなずき縞瑪瑙(しまめのう)張りの小箱から砂をつまみ出して振りかけてから便箋を折りたたんだ。机上の箱からマッチを一本とって火をつけ封蠟の棒をあぶって便箋の上に溶けた赤いメダル状の溜まりをつくる。マッチを振って火を消し便箋にふっと息を吹きかけ封蠟に指輪の印章を押しつける。便箋を机に置いた二冊の本のあいだにはさむと椅子の背にもたれてもう一度少年を見た。重々しくうなずく。二人とも坐りたまえ、と大尉は言った。

徴募係と少年は黒っぽい木でできたベンチのような椅子に腰かけた。徴募係は大型の回転式拳銃を差したベルトをぐるりと回し拳銃が股のあいだに来るようにして坐った。股間に帽子を載せて椅子の背にもたれる。少年はぼろぼろのブーツを前後に並べるようにし背中を起こして坐った。

大尉は椅子を引いて立ちあがると机の後ろから出てきた。一分ほど計ったような間を置いてからひょいと机に腰かけブーツを履いた両足をぶらりと垂らした。髪は白髪交じりで両端をひねりあげた口髭を生やしているがさほど年はとっていない。君が例の男か、と大尉は言った。

例の男？

なんのことでありますか、大尉どのと言え、と徴募係が言った。

年はいくつだ。

十九。

大尉はうなずいた。少年の全身を見る。何があってそんなざまになった。

え？

なんでありますか、大尉どのと言え。

なんでありますか、大尉どの。

何があってそんなざまになったかと訊いてるんだ。

少年は隣に坐っている男を見た。それから自分の姿を見て大尉に眼を戻した。追い剝ぎにやられたんだ、と少年は言った。

追い剝ぎか。

全部盗られた。時計も何もかも。
ライフルは持ってるか。
持ってない。
どこで追い剝ぎにやられたんだ。
さあ。どこって名前はわからない。ただの野っぱらだ。
追い剝ぎにあう前はどこにいたんだ。
ナカ……ナカ……。
ナコドーチェスか。
それだ。
それです、大尉どのだ。
それです、大尉どの。
何人いた。
少年は大尉をじっと見る。
追い剝ぎだよ。何人いたんだ。
たしか七人か八人。角材で頭を殴られた。
大尉は片眼を細めて少年を見た。そいつらはメキシコ人だったか。
メキシコ人もいたよ。黒んぼも。白人も一人か二人。盗んだ牛をいっぱい連れてた。俺に残ったのはブーツに隠してあったナイフだけだ。

大尉はうなずいた。両膝のあいだで手を組み合わせた。条約（一八四八年に米墨戦争を終結させたグアダルーペ・イダルゴ条約）のことはどう思ってる、と訊いた。

少年は隣の男を見た。男は眼をつぶっていた。少年は自分の両手の親指を見おろした。

そういうことはなんにも知らないな。

残念ながらアメリカ人の多くはそうなんだ。君の故郷（くに）はどこだ。

テネシー。

君はモンテレーの義勇軍に入ってたんじゃないのか。

いいえ、大尉どの。

銃火のもとであれほど勇敢に戦う男たちは見たことがなかった。北メキシコの戦場ではどこの州よりもテネシー州の兵士が多く血を流し死んでいるはずだ。そのことは知ってたか。

いいえ、大尉どの。

だが彼らは裏切られたんだ。砂漠で戦い死んでいった兵士たちは祖国に裏切られた。

少年は黙っていた。

大尉は前に身を乗り出した。われわれは祖国のために戦った。そして親友や兄弟たちを失った。ところが祖国はなんと土地を返してしまったんだ。野蛮人を最大限に贔屓（ひいき）する偏った者たちですら神の嘉(よみ)したまう土地という観念も正義の観念も共和国政府の意義も理解していないと認める連中に。臆病な連中が裸の野蛮人どもに土地を百年貸す約束をした。そこの作物や家畜を放棄してしまったんだ。鉱山は閉鎖された。どこの村も無人になった。野蛮な異教徒どもは馬を乗りまわして略奪や人殺しをやり処罰もされない。あれはどういう連中か。アパッチは殺すのに銃すら使わない。そのことは知ってたか。石で殺すんだ。大尉は首を振った。こういう事実を告げなければならないのが悲しいというふうだった。

ドニファン大佐がチワワ市を制圧したとき敵軍の死者は千人だったが自軍は一人だけでそれも自殺だったというのは知ってたか。大佐をビルと呼んで慕った無給の非正規軍兵士たちが上半身裸でミズーリ州から徒歩で戦場へおもむいたことは。

いいえ、大尉どの。

大尉は背を起こして腕組みをした。われわれが相手にしているのは劣化した人種だ。黒んぼとほとんど変わらない雑種の人種だ。いやまったく変わらないと言っていいかもしれない。メキシコには政府というものがない。それどころか神もいない。これからもいないだろう。われわれが相手にしているのは自らを統治する能力を明らかに欠いている連中だ。自らを統治できない連中がどうなるかわかるか。そう。ほかの者がかわって統治することになるんだ。

ソノーラ州にはすでに一万四千人のフランス人入植者がいる。入植地をただでもらえるんだ。道具や家畜も与えられる。開明的なメキシコ人が入植を奨励しているからな。パレデスはすでにメキシコからの分離独立を呼号している。追い剝ぎや馬鹿どもよりは蛙を食う連中（フランス人のこと）のほうがましというわけだ。カラスコ大佐などはアメリカの介入を望んでいる。彼の望みが叶うことになるだろう。

彼らは今ワシントンで委員会をつくってこちらへ進攻しメキシコとの国境を引くための準備をしている。最終的にソノーラ州がアメリカ合衆国の領土になるのは間違いない。グアイマスがアメリカの港になる。アメリカ人は文明の遅れた姉妹共和国を通らずにカリフォルニアへ行けるようになりわれらが市民は今通らざるを得ない道筋に跳梁する悪名高い人殺しの強盗どもの脅威からようやく解放されることになるのだ。

大尉は少年を凝視している。少年は居心地悪くなった。いいかね、われわれは混沌とした暗黒の土地を解放する運動の先兵となる。そのとおり。躍進する運動の先鋒となるんだ。われわれにはカリフォルニア州知事バーネットの暗黙の支持がある。

大尉は前に身を傾けて両手を膝に置いた。われわれは戦利品をみんなで分配する。わが部隊の人間は一人残らず土地を手に入れることになる。質のいい草地だ。その質のよさは世界でも指折り。しかも想像を絶する埋蔵量の金や銀などの鉱物資源が眠っている。君はまだ若い。だが私は君を読み違えてはいない。私はめったに人を読み違えないからな。思うに君は世の中で名をあげたいと考えている。どうだ違うか。

いいえ、大尉どの。

そうだろう。それに君はアメリカ人が命を捧げた土地をよその連中にむざむざくれてやるような人間じゃないと思う。いいかよく聴け。君や俺のように祖国を大事にするアメリカ人が行動しなければ、ワシントンの腰抜けどもがケツを椅子に落ち着けてるあいだにメキシコに――あの国全体に――ヨーロッパの国の旗が翻ることになるんだ。モンロー主義を掲げようと掲げまいと。

大尉の声は低い、しかし力のこもったものになっていた。頭を一方に傾けてある種の慈愛の眼で少年を見る。少年は汚いジーンズの膝に両手をこすりつけた。隣に坐っている男をちらりと見るがどうやら眠っている様子だ。

鞍はどうなのかな、と少年は訊いた。

鞍?

はい。

鞍を持ってないのか。

はい。

馬を持ってると思ったが。

騾馬だ。

そうか。

騾馬用の古い鞍を持ってたけどもうぼろぼろで。騾馬のほうもよれよれなんだ。そいで馬とライフルをくれるって話だったたんだけど。

トラメル軍曹がそう言ったのか。

鞍をやるとは約束しておりません、と軍曹は言った。

まあ一つ手に入れてやろう。

服をやるとは言いました、大尉どの。

いいだろう。われわれは非正規軍だがならず者に見えるのは困るからな。

はい、大尉どの。

ただ馴らした馬がもうないんですが、と軍曹が言う。

それなら一頭馴らすといい。

例の年寄りの達人がもう除隊しまして。

それは知っている。誰かほかの者を使え。

はい、大尉どの。ひょっとしたらこの若造にできるかもしれません。おいお前馬の調教はできるか。

いいえ、大尉どの。

俺は大尉どのじゃない。

はい。

軍曹、と大尉が言って机からするりと降りた。

はい。

この男を入隊させろ。


宿営地は川を遡った町はずれにあった。古い幌馬車の幌でテントを一つ張ったほかに柴でいくつか小屋をつくりその向こうにはやはり柴でこしらえた八の字型の馬を入れる柵囲いがあり小ぶりな白黒の斑馬(まだらうま)が何頭か炎天下で不機嫌そうに佇んでいた。

一等伍長、と軍曹が声をあげた。

いないですよ。

軍曹は馬を降りてテントのほうへ歩き垂れ布をはねあげるようにめくった。少年は騾馬にまたがったままでいた。一本の木の陰に三人の男が寝そべってこちらを見ていた。よう、と一人が声をかけてきた。

よう。

お前新入りか。

まあな。

この糞みたいな陣地をいつ出発するか大尉どのは何か言ってたか。

いやなんにも。

軍曹がテントから出てきた。一等伍長はどこにいるんだ、と訊いた。

町へ行きましたよ。

町へ行っただと。ちょっとこっちへ来い。

男が起きあがりテントのそばまでのそのそやってくると両手を腰にあてて立った。

今連れてきた若いのは装備を持ってない。

男はうなずいた。

大尉どのがブーツを修理する金とシャツを一枚くださった。あとは馬と鞍を用意せねばならん。

鞍ね。

まともなのを手に入れるならあの騾馬を売らにゃならんだろうな。

男は騾馬を見てから顔を戻し眼を細めて軍曹を見た。背をかがめて唾を吐く。あの騾馬じゃ十ドルにもなりゃせんが。

それでも金には違いない。

兵隊どもはまた牛を一頭殺りましたぜ。

その話は聴きたくない。

やつら言うことを聴かねえんで。

報告するつもりはないよ。大尉どのが眼を回してその眼がぽこっと飛び出て地面に落ちるだろうからな。

男はまた唾を吐いた。そりゃほんとのこってさ。

新入りの面倒を見てやってくれ。俺は出かける。

はあ。

病気のやつはいないだろうな。

いねえです。

まあそれだけでもありがたい。

軍曹は鞍にまたがり手綱で軽く馬の首に触れた。それから振り返って首を振った。

夕方少年と二等伍長ともう一人の新兵は町へ入った。風呂に入り髭を剃り大尉にもらった青いコール天のズボンと木綿のシャツを着た少年はブーツを除けば別人のようになった。

二人の仲間が乗っている色のまちまちな斑馬は四十日前までは原野にいた野生馬で人見知りをして落ち着きがなく隙あらばカミツキガメのように咬みつこうとする。

今にお前にもああいうのを一頭やっから、と二等伍長が言った。騾馬じゃつまらんだろうて。

こいつはなかなかいい馬だよ、と仲間の新兵の一人が言った。

いい乗り馬になるのが一、二頭いるかもしれんから。

騾馬にまたがった少年は仲間の馬を見た。馬は護衛のように左右にいて騾馬は頭を高くあげてちょこちょこ歩き眼を落ち着きなく動かしていた。振り落とされて頭を地面にぶつけるかもしれんがな、と二等伍長は言った。

　一行は荷馬車や家畜が群れている広場を通り抜けた。よそからの移住者にテキサス人にメキシコ人、黒人奴隷にリパン族、カランカワ族のインディアン、このカランカワ族は長身で謹厳な雰囲気を漂わせ顔を青く塗り背丈と同じくらいの槍をしっかり握っているが皮膚に彩色をした全裸に近い野蛮人は人肉を好むと噂されておりこのごった煮の人群れのなかでも禍々しい異彩を放っていた。二等伍長と二人の新兵は手綱を短く握って馬と騾馬を進め裁判所の前を通り塀の天辺に割れた硝子を植えた留置場の前を通り過ぎた。中央広場では楽隊が楽器の音合わせをしていた。三人がサリナス通りを進んで賭博場とコーヒーを売る屋台の前を通り過ぎるとその同じ通りにメキシコ人が経営する馬具職人の店や闘鶏用のシャモを売る店や靴の修理屋や製造職人が小さな屋台や日干し煉瓦造りの店を構えていた。テキサス出身でスペイン語を少し話す二等伍長が騾馬を売ろうとした。もう一人の新兵はミズーリの出だ。三人とも風呂でさっぱりして髪を梳かしシャツも清潔で上機嫌だった。今夜は酒を飲んでたぶん女を抱く。そんな期待に満ちた一夜のあと冷たい死骸になって朝を迎える若者も数知れないのだが。

　二等伍長は騾馬とおんぼろの鞍と手綱をテキサス式鞍と交換したが、木の本体に生皮を張った鞍は新品ではないがしっかりしていた。鞍と一緒に手に入れたのは新品の馬勒と銜。

それとサルティーヨ産の毛布だがこちらは新品かどうかわからず埃っぽかった。それから二ドル半の金貨が一つついた。二等伍長は少年の掌の金貨を見てもっと寄越せと馬具職人に掛け合ったが馬具職人は首を振り両手をあげてこれで終わりと宣言した。

ブーツは、と少年は訊いた。

ブーツは（イ・スス・ボータス）どうなんだ、二等伍長が馬具職人に言う。

ブーツ（ボータス）？

そう（シ）。二等伍長は縫う手つきをした。

馬具職人は少年の足もとを見た。片手を椀の形にしてじれったげに小さく振ると少年はブーツを脱ぎ土の上に裸足で立った。

用事がすべて終わると三人は通りで互いの顔を見合わせた。少年は新しい馬具を肩にかけている。二等伍長がミズーリ出身の若者を見た。お前金はあるか、アール。

一セントもねえ。

俺も文無しだ。となりゃあの情けねえ陣地に帰るしかないか。

少年は肩の馬具を担ぎ直した。飲み代ならこの二ドル半ってゼニがあるよ。

ラレディートの町はすでに暮色が濃い。蝙蝠（こうもり）が裁判所の鐘塔にあるねぐらから出てきて飛びまわる。空気には炭を燃やす臭いが満ちている。子供や犬が日干し煉瓦の家の前の階段に坐り果樹の繁みのなかでシャモが羽搏いたり静まったりしている。三人の兵士仲間は日干し煉瓦の塀に沿って歩いていく。広場からは楽隊の音楽がかすかに聴こえている。水売りの車の脇を通り年寄りの鍛冶屋が小さな火のそばで焼けた鉄を打っているちっぽけな仕事場の前を通る。とある家の玄関先に立っている若い女はたいそう美しく路地に花が咲いたようだ。

ようやく三人はとある木の扉の前に着く。大きな門扉の一部が切り取られそこに小さな扉が蝶番で取りつけられており出入りするには高さ一フィートの敷居をまたがなければならないがその敷居は千のブーツがこすってすり減らし数百のうっかり者や酔っ払いがつまずいて通りへ転げ出た歴史を持つ。中庭に入り東屋の脇を通り抜けるそのそばには古い葡萄棚があり夕闇のなかねじくれた不毛な幹のあいだで小さな鶏がうなずいているがその先にある酒場に入るとなかはランプがともされており低い梁（はり）の下で背をかがめてカウンターの前へ来て一人二人三人と順番に背を起こす。

酒場には精神を病んだ年寄りのメノー派教徒（キリスト教の福音主義的プロテスタントの一派）がいて三人のほうへ首をめぐらしじっと見つめる。この痩せた老人は革のチョッキを着てつばの平らな黒い帽子をまっすぐ頭にかぶり薄い頬髯を生やしている。三人はめいめいグラス一杯のウィスキーを注文して飲みほしお代わりをする。壁ぎわのテーブルではモンテ（スペイン起源のカード賭博）が行なわれ別のテーブルには娼婦たちがいて三人のほうを見ている。三人はカウンターの前で体を横向きにし親指をベルトに突っこんで立ち酒場のなかを眺める。三人がこれから出かける遠征のことを声高に話していると年寄りのメノー派教徒がやれやれという顔で首を振り酒を舐めるように飲んでは何か呟く。

お前さんら川でとっ捕まるよ、と老人は言う。

二等伍長が二人の仲間の頭ごしに老人を見る。爺さんそりゃ俺たちに言っとんのか。

川でな。よく聴いとけ。一人残らず刑務所にぶちこまれる。

誰に。

アメリカ合衆国陸軍。ワース将軍にさ。

捕まるわけあるけえ。

捕まるのを祈ることだな。

二等伍長は二人の連れを見る。それからメノー派教徒のほうへ身を乗り出す。そりゃどういう意味だ、爺さん。

不法入国戦士としてあの川を渡ったら戻ってこれんぞ。

戻るつもりはないな。俺たちはソノーラへ行くんだ。

だいたいあんたになんの関係があるんだよ、爺さん。

メノー派教徒は三人の前の暗い影がカウンターの上の鏡に映っているのを見つめる。それから三人のほうを向く。濡れた眼をした老人はゆっくりと話す。神の怒りは眠っている、と老人は言う。それは人間が現われる百万年前に隠されたが人間だけがそれを眼醒めさせる力を持ってるんじゃ。地獄はまだ半分も埋まっていない。よく聴いとけ。狂人が始める戦争をよその国へ持ちこんでみろ。犬ども以上のものを眼醒めさせることになるぞ。

だが三人が毒づき罵声を浴びせたので老人はぶつぶつ呟きながらカウンターの離れた場所へ移っていったがこれは当然の成り行きだった。

この一件はどう決着したか。混乱、悪態、流血。三人は酒を飲みつづけそのあいだに外の通りでは風が吹き空の星は西に低く沈んだがやがて三人とほかの客とのあいだに衝突が起こって取り返しのつかない言葉が口にされ夜が明けるころ少年と二等伍長はアールという名のミズーリから来た若者の脇に膝をついたが二人が名前を呼んでもアールは返事をしなかった。アールは中庭の土の上に横向きに寝ていた。ほかの男たちはいなくなり娼婦たちの姿もなかった。酒場では一人の年寄りが土の床を箒で掃いていた。アールは割られた頭を血溜まりに浸けていたが誰にやられたかはわからなかった。中庭に三人めの人間がやってきた。あのメノー派教徒だった。暖かい風が吹き東の空が白みはじめていた。葡萄畑で鶏が動きだし啼き声をあげた。

酒場での愉しさは酒場までの道の愉しさに及ばずじゃて、とメノー派教徒は言った。そして両手で持っていた帽子を頭に載せると体の向きを変えて門から出ていった。

4

不法入国戦士団の一員として出発――見知らぬ土地で――羚羊を撃つ――コレラの猛威――狼の群れ――馬車の修理――荒野――夜の嵐――馬の群れの幻――雨乞い――砂漠の入植地――老人――新しい国――廃村――平原の牧夫たち――コマンチ族の襲撃

五日後に少年は死んだ新兵の馬に乗り幌馬車と騎馬兵からなる部隊の一員として広場を出発し南へ向かう道をたどった。コヨーテが人間の死体を掘り出して骨を散らかしていたカストロヴィルを通過してフリオ川を渡りニュエーセス川を渡ってプレシディオ街道をはずれ隊列の前方と後方に斥候を出して北へ向かった。夜にリオ・グランデ川を渡り砂地の浅瀬にあがって獣の吠える不毛の地へ入っていく。

夜が明けたとき長い列をなして平原を進む一行の馬車の乾いた木材はすでに軋み馬たちは鼻を鳴らしていた。蹄の鈍い音と装備の揺れる音と馬具が絶え間なく立てる軽い音。鹿草とウチワサボテンと縮れた芝草がまばらに生えているほかは地面はむきだしで南に連なる低い山並みも岩膚がむきだしだった。西の地平線は水準器で確かめたようにまっすぐ水平だった。

最初の数日は猟獣も禿鷹以外の鳥も見つからなかった。遠くの地平線上には砂埃の襟巻をして移動する羊や山羊の群れが見えたが一行がようやく食べたのは平原で撃ち殺した野生の驢馬の肉だった。軍曹は鞍につけた鞘に重いウェッソン・ライフルを差していた。擬似銃口と紙パッチを使い椎の実形の弾丸を発射するそのライフルで軍曹は砂漠に棲む小型の臍猪（へそいのしし）を撃ち、羚羊（れいよう）の群れが見えたときには陽が沈んだばかりの薄闇のなかでライフルの銃身の下側にあるネジ山を切った突起に二脚架を取りつけて半マイルほど先で草を食べている標的を撃ち殺した。ライフルはヴェルニエ可動照尺つきでマイクロメーターのようにこれを使って距離と風を計算に入れながら照準を合わせる。二等伍長が脇に寝て望遠鏡で観測をし撃ち損じたときに高すぎとか低すぎとか教え馬車は軍曹が三、四頭仕留めるのを待って再び冷えていく大地をごとごと進みはじめ馬車の荷台で猟獣の解体係たちはにんまり笑いながら肘で互いにつつき合った。軍曹は銃をしまう前に必ず汚れを拭き銃口に油をすりこんだ。

兵士は各自ライフルを一挺ずつ持ち多くの者はコルトの小口径の五連発回転式拳銃も持つという具合に武装は充分だった。大尉は鞍の前橋にドラグーン拳銃を差した鞘を二つ取りつけ左右の膝もとで抜けるようにしていた。これらの銃はすべてアメリカ合衆国陸軍の支給品でコルト社製、大尉はソレダードの馬預かり所である脱走兵から鞘や弾丸や火薬入れと一緒に八十ドル分の金貨で買った。

少年が渡されたライフルは銃身を切り落として腔線を切り直したものでかなり軽く弾丸が小さすぎるので鹿革で包んでこめなければならない。だが何発か撃ってみるとけっこう狙った方向へ飛んだ。鞘がないので銃は鞍頭に横たえて馬を進める。長年そのようにされてきたらしく鞍頭はすり減っていた。

暗くなりはじめたころ馬車が肉を回収してきた。一緒に積んできた薪用のメスキートの枝や馬に引かせて掘り出した木の株をおろしたあとの荷台で解体係の男たちが内臓だけ抜いた羚羊の肉をボウィーナイフと斧で切る血まみれの作業を大笑いし咳きこみながら行なうその悪臭芬々(ふんぷん)たる情景が手持ちランタンの光に浮かびあがった。夜の帳(とばり)が完全に降りると焦げたあばら骨が火の熱で湯気をあげ男たちは炭火の上で肉を刺したメスキートの枝で剣撃遊びをし金物の食器をかたかた鳴らし果てしのない揶揄(からか)いの応酬を続けた。その夜も四十六人の男たちは異郷の冷えこむ平原で毛布にくるまりいつもと同じ星の下でいつもと同じ狼の啼き声を聴きながら眠ったが、同時にすべてが普段とは違う馴染みのないものだった。

毎朝まだ陽が出る前の暗いうちに馬具をつけて出発し昼間は焚火をせずに冷たい肉とスコーンを食べた。太陽はこの六日間ですでにむさ苦しさの度を深めている隊列の上にのぼった。服もあまり統一できていないが帽子はそれ以上にまちまちだった。小ぶりな斑馬たちは不機嫌で足取りに落ち着きがなく猟獣を積む馬車では獰猛(どうもう)な蠅との戦いがずっと行なわれていた。隊列が巻きあげる砂埃は広大な風景のなかでたちまち拡散して消えたがそのほかに砂埃が眼につかないのは一行のあとを追う白人の従軍商人は姿を見られないように馬を進めていたしその痩馬と貧弱な荷車はどんな土地にも跡を残さないほど軽量だからだった。鉄青色の夕暮れにはいくつもの焚き火で商品を守る商人は口を歪めてにやにや笑う男で軍隊のどんな遠征にもついていけるし漂白された荒野の穴に神から逃れるように隠れている敗走兵を見つけて物を売ることもできた。この日は二人の兵士が病気になり陽が暮れる前に一人が死んだ。翌朝には欠員を埋めるようにまた一人が病気になった。二人の病人は食糧運搬用馬車の豆や米やコーヒー豆の袋のあいだに寝かされ陽射しを避けるために毛布をかぶせられたが馬車が激しく揺れるので肉が骨から剝がれ馬車からおろして置き去りにしてくれと泣き叫びながら死んでいった。兵士たちはまだ暗い早朝に羚羊の骨で墓穴を掘って死体を入れその上を石で覆ってまた先へ進んだ。

　隊列が先へ進んでいくと東の空に青白い陽光が射しはじめ次いで深い血の色に染まった光がみるみる平原に広がって世界の縁で大地が空と溶け合いその溶け合って無となった部分のなかから巨大な赤い男根の亀頭にも似た太陽がのぼり曖昧な縁から離れて一行の背後で禍々しく脈打ちながらうずくまった。小さな石の一つ一つまでが鉛筆で描いたように影を砂地の上に引き、人馬の群れの影が今抜け出してきた夜が引きずる紐のように、あるいはこれからやってくる闇に伸ばす触手のように、前方に長く伸びていた。うつむいて馬を進める男たちは帽子の下に顔がなくまるで眠りながら行進する軍隊のようだった。午前半ばにまた一人死ぬと食糧の袋のあいだで荷台を汚していたその男を馬車からおろして埋めまた先へ進んだ。

やがて狼があとをつけてきはじめた。黄色い眼をした薄灰色の大きな狼は陽炎（かげろう）の立つ暑熱のなかを刻み足に走りあるいは坐って一行が正午の休憩をしているのを見張っていた。群れがまた動きはじめる。跳びはね斜めに歩き時に歩調を落として長い鼻面を地面に近づける。陽が暮れると焚火の明かりの輪のすぐ外で彼らの眼が動いたり瞬いたりし朝が来て部隊が冷たい闇のなかを出発したときには夜営地で肉の残骸をあさる彼らの唸り声や口を開け閉めする音が背後で聴こえた。

どの馬車も乾いて犬のように左右に揺れ砂にこすられてすり減りはじめた。車輪は縮んで輻（や）がぐらつき機織り機のような音を立てるので夜になるとほぞ穴に木の枝を突っこみそれと輻を生皮で縛るとともに車輪の鉄輪と陽射しにひび割れた外縁のあいだに楔を打ちこんだ。砂の上には横這いをする蛇のようにふらふら進む馬車の轍（わだち）が残った。車輪の木部に使っているだぼがゆるんで後ろに点々と落ちる。車輪が壊れはじめた。

出発後十日たって四人が死んだ時点で隊列は眼路のかぎり草木が一本もない純粋な軽石

の平原に差しかかった。大尉は停止を命じてメキシコ人の案内人を呼んだ。二人は話をし案内人が手振りをし大尉が手振りをしてしばらくすると一行はまた先へ進んだ。

　なんだか地獄への一本道って感じじゃねえか、と兵卒の一人が言った。

　馬に何を食わせる気かな。

　馬は鶏みたいにこの砂を食ってそのうちほぐした玉蜀黍（とうもろこし）が出るのを待つしかねえだろよ。

　二日たつと人骨と衣服が眼につきだした。たいそう白く滑らかで燦然たる陽射しに負けないほど眩（まばゆ）く輝いているように見える騾馬の半分埋まった骨格や背負い籠（かご）や荷鞍や人間の骨、それに騾馬一頭まるごとの鉄のように硬そうな黒く乾いた死骸。隊列は先へ進んだ。白い正午の光のもとでこの集団は幽霊の軍隊のように見え、砂埃をかぶって青白いその姿は黒板の消え残った白墨の跡のようだった。狼はそれ以上に青白い体を寄せ合い軽快に走りほっそりした鼻面を宙に持ちあげる。夜には馬に人の手で食糧袋の餌を食わせ桶の水を飲ませた。病人はもう出なかった。生き残った男たちはがらんと何もない火口に体を横たえて暗い空を白熱する星がさざ波を立てるように瞬きながら移動していくのを眺めた。あるいは殺人星（アナレタ）（占星術で生命を破壊するとされる惑星）を旅する疲れ果てた巡礼のようによそよそしい心臓を砂のなかで鼓動させ夜の闇のなかを循環する無名性をしっかりつかんで眠った。一行がさらに先へ進むにつれて車輪の鉄輪は軽石に磨かれクロムのように光る。南の青い山並みは湖面に影を映すように大地に色淡い似姿を横たえていたがこのあたりへ来ると狼はもうついてきていなかった。

もっぱら夜に行なう移動は馬車の車輪の音と馬の鼻息やいななきだけが聴こえる沈黙の旅だった。口髭と眉毛に白い砂埃を厚く積もらせた男たちは月明かりのもとで異様な老人たちの一行のように見えた。先へ進むにつれて星々は押し合い圧し合いしながら弧を描いて大空を渡り漆黒の山並みの向こうで死んだ。兵士たちは夜空に詳しくなった。彼らの近代的な眼は古代人が考えた星座よりも幾何学的なまとまりで星の配置を読んだ。北極星につながれた柄杓星がその周囲をまわりオリオン座は南西の空に電光を放つ大凧のようにのぼった。月明かりに砂は青く染まり車輪の鉄輪は人馬の影のあいだでぎらぎらと回転しながらときおり反転するように見えまたどことなくほっそりとした形の中世の天体観測儀アストロラーベのようで馬の蹄鉄は荒涼とした平原の上で夥しい眼が瞬くように地面を打つ。兵士たちはあまりにも遠くて音が聴こえない嵐が布状の雷光を黙って光らせ山並みの薄い背骨がちらちら明るんではまた闇に吸いこまれるのを眺めた。平原で野生馬が疾駆し自分たちの影を夜の闇に叩きつけ月明かりのなかに蒸気のような砂埃を自分たちの通ったあとの薄い染みのように残すのを見た。

一晩じゅう風が吹き細かい砂埃が兵士たちを苛立たせた。砂はあらゆるもののなかに入り食べ物をじゃりじゃりさせた。朝になると薄暗く眼鼻のない世界に尿色の太陽が砂の薄幕を透かしておぼろにのぼった。馬が弱ってきた。一行が進行を停止して薪も水もない野営をすると馬たちは群れ集まって犬のようにくんくん啼いた。

その夜一行が進んでいったのは電気を帯びた荒野で馬具の金属に奇妙な形の柔らかな青い火がまつわり馬車の車輪は火の輪となって回転し馬の耳や人間の顎鬚に小さな薄青い火が付着した。一晩じゅう西空の真夜中の積乱雲の向こうで源のわからない帯状の稲光が震えて遠い砂漠を青みがかった昼間にし青黒い山並みの輪郭をくっきり浮き出させてそこに何か異質な秩序が支配する土地であり地形の実質が石ではなく恐怖であるかのように見せていた。雷雲が南西から移動してきて稲妻が隊列の周囲の不毛の土地を青く照らし出したがその土地は絶対の夜からつくられた鏘然（そうぜん）たる広がりでまるで呼び出された悪魔の王国かもとの土地とは似て非なる取り替え子（民間伝承で妖精がさらった子供のかわりに残す醜い子供）の土地であり朝になればどんな悪夢よりもきれいさっぱり消えて痕跡も煙も残骸も残さないはずだった。

部隊は進行を停めて馬を一カ所に集めたが兵士のなかには落雷を怖れて銃を馬車にしまう者がいたしヘイワードという男などは雨乞いをした。

彼はこう祈った。全能の神よ、もしそれがあなたの永遠の計画から大きくはずれるものでないのでしたらどうか私たちに少しばかりの雨をお恵みくださいますように。

どんどん祈れ、と誰かが叫び、ヘイワードは雷鳴と風のなかでひざまずいて声をあげた。神よ、私たちは干肉のように乾ききっています。どうか故郷を遠く離れてこの広い荒野にいる私たちに少しばかりの雨をお恵みくださいますように。

アーメン、と男たちは唱えて馬にまたがりまた先へ進む。一時間とたたないうちに風が涼しくなり葡萄弾（昔の大砲に用いた数個の小鉄球からなる弾丸）ほどの大きさの雨粒が荒野を覆う闇から降ってきた。濡れた石の匂いと濡れた馬と革の馬具の甘い匂いがした。一行は先へ進んだ。

次の日に一行は水の樽が空の状態で馬の息も絶え絶えに熱のなかを進んだがこの狂気に陥り馬に乗ってさまよう製粉所の労務者の群れといった風情の真っ白に砂埃をかぶった一隊は夕方になると砂漠から離れて低い石山の谷間に入り木の枝の下地に泥を塗り屋根を草で葺いた小屋が一棟と粗末な家畜小屋と柵囲いがあるところへやってきた。

この埃っぽい小さな地所を統べているのは骨でできた柵であり風景の支配的な特徴は死と見えた。砂と風がこすって磨き太陽が漂白して古い茶色の風化の割れ目がある陶器のようにひび割れさせた奇妙な柵のなかには命あるものの気配がまったくなかった。くたびれた服装の兵士たちは装備をかちゃかちゃ鳴らしながら乾いた煤色の土地に建つ泥の家の前を通過し馬たちは体を震わせながら水の匂いを求める。大尉が片手をあげると軍曹が指示を出して二人の兵士が馬を降りライフルを構えて家に近づいた。扉がわりの生皮の垂れ布を押してなかに入る。数分後にまた出てきた。

近くに人が隠れてるようです。炭が温かいですから。

大尉は注意深げな眼を周囲の遠景へ走らせた。それから部下の無能さには馴れていると いうような物腰で馬を降りて家の前へ足を運んだ。家から出てくるとまた周囲を眺めた。

馬が身動きをし馬具や装備をかちゃかちゃ鳴らし足踏みをすると兵士たちは顔をさげて馬を口荒く叱った。

軍曹。

はい、大尉どの。

住人はそう遠くへは行っていないはずだ。探してみろ。馬糧がないかどうかも調べるんだ。

馬糧。

馬糧だ。

軍曹は鞍の後橋に片手をついて敷地内を見まわし首を振ってから馬を降りた。

軍曹と兵士たちは家のなかを調べたあと裏の柵囲いに出て家畜小屋に入った。家畜はおらず仕切りは飼料にするソトルの乾いた葉で半分埋まっていた。裏口から外に出ると水槽に水が溜まりそこから一筋細く砂の上へこぼれていた。水槽のまわりには蹄の跡と乾いた糞がありこぼれた水の細い流れに沿って数羽の小鳥が無心にちょこちょこ動いている。

しばらく地面にしゃがんでいた軍曹が立ちあがって唾を吐いた。周囲二十マイルほどはどの方角も見通しがいいんだがな、と言った。

兵士たちは四方の空漠とした土地を見渡した。

ここからいなくなったのはそんなに前のことじゃないはずだが。

軍曹と兵士たちは水を飲んでから家のほうへ戻った。馬が細い通路に引き入れられてきた。

大尉は両手の親指をベルトにかけて立っていた。

住人はどこへ行ったんだか見当もつきません、と軍曹は言った。

家畜小屋には何がある。

古い乾いた飼料です。

大尉は眉をひそめた。山羊か豚を飼ってるはずなんだ。鶏かもしれんが。

何分かして家畜小屋から一人の老人が二人の兵士に引き出されてきた。全身が砂埃と乾いた藁屑にまみれた老人は片腕を眼の前へかざしていた。呻きながら大尉の足もとへ引かれてきてうずくまった老人は白い綿の塊のように見えた。両手で耳をふさぎ眼の前に突き出した肘と肘をくっつけている様は何かおぞましいものを見るよう強要されているかのようだった。大尉は嫌悪感をあらわに眼をそむけた。軍曹がブーツの爪先で老人をつつく。

どうしたんですかね、と軍曹は言った。

小便だ軍曹、こいつは小便を洩らしたんだ。大尉が手袋をはめた手で老人を示した。

なるほど。

さっさと連れていけ。

カンデラリオに尋問させますか。

こいつは薄のろだ。とにかく俺のそばに近づけるな。

老人は引きずられていった。何か喋りはじめていたが誰も聴こうとせず朝になるともうどこにも姿がなかった。

一行は水槽のそばで夜営をし軍馬係の下士官が騾馬と馬の世話をし蹄鉄をはずして馬車の荷台で焚火の明かりを頼りに深夜まで作業をした。剃刀（かみそり）の刃面（はづら）のような空と大地に真紅の曙光が射しそめるなか一行は出発した。雲の黒い小群島と広大にひろがる砂と無限の虚空に突き立つ低木の繁みの世界で青い島々は震え大地は曖昧になり薔薇色と曙光の向こうの宇宙の最も遠い継ぎ目まで続く闇のさまざまな濃淡の色合いを経ながら大きく傾きそれていく。

斑模様の石の層がぎざぎざの切り口を見せて隆起したり玄武岩の岩脈が断層に沿ってそそり立ったり地層の背斜の部分にその地層自身が折り返して重なったり石でできた大きな木の幹の切り口のように途切れたり古い時代の嵐のさなかに雷が岩を切り裂いて地下水が蒸気となって噴き出した跡が見られたりする土地を進んだ。また山の稜線から茶色い溶岩が流れ落ちて平原に古い壁が並ぶ遺跡のような地形をつくっている場所のそばを通ったがこうした人間やそのほかの生物が登場する以前に人間の登場を前知らせしたような地形は至るところにあった。

一行はかつて村だったが今は廃墟となっている場所に入り高い日干し煉瓦の教会のなか

で夜営をし落ちている屋根の木材で焚火をすると暗い丸天井で梟が啼いた。

翌日は南の地平線上に砂埃の雲が何マイルもの長さで横たわっているのが見えた。そちらへ進んでいき砂埃が近づいてくると大尉は片手をあげて停止を命じ鞍袋から騎兵隊時代に愛用した真鍮製の望遠鏡を取り出して伸ばしゆっくりとそちらを観察した。しばらくすると隣に馬を並べている軍曹に望遠鏡を渡した。

何かのとんでもない大群だな。

たぶん馬でしょう。

どれくらい離れてると思う。

さあそれはちょっと。

カンデラリオを呼べ。

軍曹は後ろを振り返ってくだんのメキシコ人を手振りで呼んだ。そばへ来たので望遠鏡を渡すとメキシコ人はそれを覗いて眼をすがめる。望遠鏡をおろして肉眼で見、また望遠鏡を持ちあげて覗いた。それから望遠鏡を十字架のように胸にあててじっとしていた。

どうだ、と大尉が訊く。

メキシコ人は首を振った。

どういう意味だ。あれはバッファローじゃないのか。

いいえ。たぶん馬です。

遠眼鏡をよこせ。

メキシコ人から返された望遠鏡でまた地平線を眺めてから掌の肉厚な部分でそれを縮め鞄に戻し手をあげて出発の号令をかけると一行は先へ進んだ。

砂埃の源は牛と騾馬と馬だった。数千頭の家畜の群れが四十五度の角度でこちらへ向かってきた。午後遅くには肉眼でも馬上の人間の姿が見分けられてきたが、そのうち数人はぼろ服を着たインディアンで敏捷な馬に乗って側面から群れをまとめる役目を担っていた。それ以外の帽子を被った男たちはメキシコ人らしい。先頭を行く軍曹が速度を落として大尉と馬を並べる。

あれはなんだと思います、大尉どの。

たぶん異教徒の家畜泥棒だろう。お前の考えは。

私にもそう見えます。

大尉は望遠鏡を覗いた。こちらに気づいたようだな。

ええそのようです。

何人いると思う。

十人ちょっとですかね。

大尉は手袋をはめた手で望遠鏡を軽く叩いた。やつら不安がってはいないようだな。

ええ。そうですね。

大尉は酷薄な笑みを浮かべた。陽が暮れるまでにちょっとしたお愉しみができそうだな。

家畜の先頭集団が砂埃の黄色い棺布をひるがえしながら脇を通過しはじめたが鎧板のようなあばら骨に左右不揃いの斜め上に伸びた角を持つ牛に肩をぶつけ合い木槌のような頭を仲間の背中より高くもたげる炭のように黒い小型の痩せた騾馬、そのあとさらに牛がやってきてようやく家畜の群れとホワイト大尉の隊列を両側からはさんで馬を走らせる牧夫の最初の集団が現われた。その後ろからは数百頭の馬の群れがやってくる。軍曹はカンデラリオを眼で探した。隊列に沿って後ろにさがるが見つからない。兵士の隙間に馬をこじ入れて反対側へ出た。砂埃を突き抜けて家畜の群れの最後尾が近づいてくるなか大尉が手振りをしながら叫んでいた。馬がばらばらと群れから離れはじめていて牧夫たちが平原で出くわした武装集団のほうへ馬を飛ばしてきた。すでに砂埃を透かして馬の体に描かれた山型の印や手形やさまざまな意匠の昇る太陽や鳥や魚の絵が画布の絵の具の下の古い絵のように見えはじめ蹄鉄をつけない蹄の音にかぶさる人骨でつくった縦笛の音色が聴こえはじめホワイト大尉の軍団のある者が馬を短く行きつ戻りつさせたり数人で混乱して動きまわったりするうちに馬の群れの横手のほうからおとぎ話に出てくるような槍や弓や楯で武装した者たちが現われその楯に取りつけた鏡の破片が千のかけらに散乱した陽光をはねて敵の眼をくらませる。数百騎のおぞましい軍団は半裸かあるいは典雅とも旧約聖書的とも熱にうかされた悪夢の産物ともいえる衣装を身にまといその衣装とは動物の皮や絹の美衣や前の持主の血がまだついている軍服、殺された竜騎兵の外套、留金やモールで飾られた騎兵隊員の上着で、ほかには山高帽をかぶった者が一人、パラソルをさした者が一人、白い長靴下に血染めの花嫁のベールを身につけた者が一人、何人かは鶴の羽根の被り物や生皮に牛やバッファローの角をつけた兜を頭にいただき、ある者は燕尾服の上着を後ろ前に着てあとは全裸、またある者はスペインの征服者(コンキスタドール)の鎧をつけその胸当てと肩鎧には棍棒やサーベルの古傷が深く刻まれているがその傷がついたのは別の国での話であり傷をつけた男たちはもう骨になりその骨が塵になっていてそして多くの者が自分の髪に動物の毛を継いで地面に引きずり馬の耳と尾に色鮮やかな布切れを飾りある者の馬は顔全体を真っ赤に塗られすべての騎手は顔に絵の具でけばけばしい奇怪な化粧を施してさながら騎馬の道化師の一団、まさに死の陽気な浮かれ騒ぎ、みな野蛮人の言葉で叫びキリスト教徒が報いを受ける硫黄地獄よりも怖ろしい地獄から来た軍団のように襲来して甲高い声で喚(わめ)き雄叫びをあげるこの者たちは眼があてどなくさまよい唇がひくつきながら涎(よだれ)を垂らす理解不能な世界の空想上の人間たちのように服が煙に包まれている。

なんてこった、と軍曹は言った。

けたたましい音を立てて矢の大群が隊列を通過し兵士たちがぐらりと揺れて落馬した。馬が棒立ちになり駆けだすと蒙古人種の群れは側面へ回りこんで馬の向きを変え槍を構えて突進した。

　非正規軍部隊が進行を停めて銃を撃ちはじめ灰色の硝煙が砂埃に混じり渦巻くなか野蛮人の槍騎兵が隊列を切り裂きにかかる。少年の体の下で馬が長い吐息とともに沈みこむ。すでに馬上でライフルを撃っていた少年は今度は地面に坐って弾薬袋をまさぐった。近くに坐っている男は首に矢が刺さりまるで祈っているように軽く前へ身を傾けている。少年は血に濡れた平たい矢尻のほうへ手を伸ばしかけたがよく見ると胸にも一本の矢が羽根のところまで突き刺さり男はもう死んでいた。至るところで馬が倒れ男たちが這いずりまわりある男は坐ってライフルに弾をこめながら両耳から血をだらだら流し別の男たちは拳銃を分解して弾薬を装填した弾倉を取りつけようとしある男たちは膝立ちの姿勢で前に上体を倒して地面の自分の影を抱きしめ何人もの男たちが槍で刺し貫かれ髪をつかまれて頭の皮を剥がれ野蛮人の軍馬が倒れた男たちを踏みにじり薄闇のなかから白い顔の片眼が濁った馬が突然現われて犬のように少年に咬みつこうとしてまた姿を消した。負傷者のなかには呆然として何もわからなくなっているらしい者もいて砂埃の白い仮面をかぶった者や排泄物を垂れ流している者やよたついて野蛮人の槍のほうへ自ら近づいてしまう者もいた。今や白眼をぎょろつかせ鑢をかけた歯をむきだして前のめりに突進する馬たちと矢の束を口にくわえた裸の騎手たちと砂埃のなかで光を瞬かせる楯の群れが狂乱の帯状浮彫り装飾（フリーズ）をつくりあげずたずたにされた隊列の向こう側では人骨の笛が吹き鳴らされるなか馬から横へ落ちて片足だけが革の鐙に引っかかり宙吊りになる者たちがいて野蛮人の馬の前に伸ばした首の下で弓が引き絞られやがて野蛮人たちは隊列をぐるりと取り巻き大きく二つに分断し再びびっくりハウスの奇怪な人形のような姿をすっくと起こしたがそのうちある者は悪夢に出てくるような顔を胸に描いており落馬した白人どもを馬で追って槍で刺し棍棒で殴りナイフを手にして馬から飛び降りると珍しい運動の様式を持つ生物のように奇妙ながに股で地上を走り死者の衣服を剝ぎ生きている者も死んだ者も区別なく髪をつかんでナイフの刃で頭蓋の皮を切り剝ぐと血まみれの鬘をさっと高く掲げ裸の肉体にナイフの刃を叩きつけて手足を断ち切り首を落とし異様に白い上体を切り裂いて腸を手いっぱいにつかみだし生殖器を手にとるその野蛮人のなかには血糊でずぶずぶに濡れて今にも血溜まりのなかを犬のように転げまわりだしそうな者がおりまたある者は瀕死の男にのしかかって鶏姦をしながら仲間に向かって声を張りあげる。乗り手に死なれた馬たちが煙と砂埃のなかから姿を現わして革具をぱたつかせ鬣を振り乱し恐怖に盲いたような白眼になりある馬は羽根飾りのように矢を身に帯びある馬は槍を刺されてよろめき血を吐きながら殺戮の場をぐるぐる回り蹄の音を響かせながらまた姿を消した。傷より下のぐるりの毛髪を残して皮を剝がれ骨が見えている裸の濡れた頭に砂埃がまぶされて血止めとなっている者たちが体を損傷された裸の修道僧のような姿で血を吸った土の上に横たわり至るところで瀕死の男たちが呻き譫言を口走り倒れた馬が悲鳴をあげた。

5

マピミ盆地を漂流――スプラウル――死んだ赤ん坊の木――虐殺の情景――禿鷹――教会で殺された者たち――死人たちと過ごす夜――狼の群れ――浅瀬の洗濯女たち――西へ歩く――蜃気楼――山賊との遭遇――吸血蝙蝠に襲われる――井戸掘り――荒野の十字路――二輪の荷車――スプラウルの死――逮捕――大尉の首――生還者たち――チワワ州へ――チワワ市――刑務所――トードヴァイン

夜の闇が降りると驚くべきことに一人の人間が真新しい惨殺死体のあいだから起きあがり月明かりのもとで秘かに逃げ出した。血と馬の膀胱から流れ出た尿でぬかるむ地面に体を横たえていた彼は戦争という牝の親から生まれたかのようだった。騾馬を焼きに小高い丘へあがった蛮族の焚火の明かりが見え奇妙に物悲しい歌声が聴こえた。人間の青白い千切れた四肢、倒れて脚を投げ出した馬のあいだを進み星で方角を割り出して徒歩で南へ向かった。夜の闇のなかで千の物影を含む藪には眼を向けず前方の地面を見て歩いた。星と欠けていく月の明かりが暗い荒野に少年の影をおぼろに落とし山の稜線では殺戮の場へ北上してくる狼たちが吠えていた。少年は一晩じゅう歩いたがそれでも背後に焚火が見えていた。

夜が明けるころには盆地に一マイルほどの長さで露出している岩山のほうへ向かっていた。いくつもの巨礫が転がる勾配をのぼっていくと広大な空間のなかで人の呼ぶ声が聴こえた。平原を見渡したが誰の姿も見えない。また声がしたのでそちらを向いて腰をおろし休憩をしていると何かが斜面をのぼってくるのが見え、やがてぼろ屑のような男がガレ場をこちらに向かって来るのだとわかった。用心深く通り道を選び、ときどき後ろを振り返る。何もついてきていないのが少年にはわかった。

毛布を肩にはおった男はシャツが破れて血で黒く染まり片腕を反対側の手で体に押しつけている。名前はスプラウルといった。

逃げられたのは八人だけだった。スプラウルの馬は何本か矢が刺さっていて夜中に倒れたが大尉を含めたほかの連中はそのまま行ってしまった。

二人は岩のあいだに並んで坐り陽射しが下の平原に長く伸びるのを眺めた。

食い物は持ってないのか、とスプラウルが訊いた。

少年は唾を吐いて首を振った。スプラウルを見る。

その腕はだいぶひどいのか。

スプラウルは腕を胸に引きつけた。そんなでもねえ、と言った。

二人は砂と岩と風の世界を眺めていた。

あれはどういうインディアンだったんだ。

知らねえな。

スプラウルは拳を口にあてて深く咳きこんだ。血まみれの腕を胸に引きつけた。とにかくキリスト教徒には災難以外の何物でもねえよ、と言った。

岩陰の灰色の溶岩砂を掘ってその溝に体を横たえ昼過ぎまで眠り午後は戦争で使われた道をたどって盆地を進んだが、広大な風景のなかで二人の姿はあまりにも小さくまたあまりにも歩みが緩慢だった。

夕方近くに再び盆地を取り巻く岩山のほうへあえぎながらのぼる途中、スプラウルが草一本ない崖の黒い染みを指さした。見かけは焚火の跡のようだった。少年は眼の上に手をかざした。崖の斜面は暑熱のなかで帆立貝の表面のように襞を波打たせていた。

水が沁み出てるのかもしれねえ、とスプラウルが言った。

ずいぶん高いぜ。

もっと近くに水があるってんならそこへ行こうじゃねえか。

少年はスプラウルを見た。二人は出発した。

目当ての場所までのぼっていく涸れ谷は落石や溶岩滓がごろごろし何本もの剣が放射状

に飛びでた禍々しい形の千寿蘭が生えていた。その黒っぽいオリーブ色の小さな繁みは太陽の下で爆発しているようだった。二人は罅割れた粘土の川底をよろよろのぼった。途中で休憩しそれからまた先へ進んだ。

水の湧き口は高い岩棚にありそこから伝いこぼれる水が黒い滑らかな岩膚にミゾホオズキやリシリソウが垂れさがる小ぢんまりした剣呑な庭園をつくっていた。涸れ谷の底に達したときにはちょろちょろしたか細い流れにすぎず、二人は交代で這いつくばり熱烈な信心家が教会の床にキスするようにすぼめた唇を石につけた。

その夜は少し上手にある浅い洞窟で過ごしたが、洞窟の石の床には叩き割った火打石の屑や砂利が散らばりそこに貝殻ビーズや磨かれた骨片や古い焚火の炭が混じっていた。寒さのなか一枚の毛布をともに使うスプラウルは闇のなかで静かに咳をし、二人ともときどき起きて水を飲みにいった。陽が出る前に洞窟を出て明るくなるころには平坦な盆地に戻っていた。

インディアンの戦闘部隊が踏み荒らした道をたどって午後になると逃げ損ねて槍に刺され放置された騾馬の死骸に出くわし次いで別の一頭の死骸にも出くわした。土地が岩がちになって道が狭まりやがて死んだ赤ん坊がぶらさがっている木が現われた。

二人は並んで足をとめ酷暑のなかで頭をくらくらさせた。この七、八人の小さな犠牲者は下顎に穴をあけられそこにメスキートの枝を通されて盲いた眼で裸の空を見あげていた。

まる禿の青白い膨れあがったそれらは得体の知れないものの幼虫のようだった。二人の漂流者はよろよろ歩きだしてからまた振り返った。動くものは何もなかった。午後には平原のとある町へやってきたがそこはまだ煙をあげている廃墟ですべてが死滅していた。遠くから見ると朽ちかけた煉瓦窯のように見えた。二人は塀の外でしばらく沈黙に耳を傾けたあとで町に入った。

泥の通りをゆっくりと歩いた。山羊と羊が囲いのなかで殺され豚がぬかるみのなかで死んでいた。粗末な泥の民家の前を通り過ぎると玄関先や屋内には殺された人々がさまざまな死に様で裸の膨張した奇妙な物体となって転がっていた。食事の途中で放置された食卓がありその陰から猫が一匹出てきて日向に坐り興味なさげに二人を眺めるそのあいだじゅう熱い澱んだ空気のあちこちで蠅が唸りをあげていた。

通りのはずれに広場がありベンチや木立で禿鷹が黒い汚らしい群れをつくっていた。馬の死体が一つ横たわりとある玄関の前ではこぼれた食物を鶏の群れがつついていた。建物の屋根が焼け落ちた下で焦げた柱がくすぶり教会の開いた入口の前に驢馬が一頭いた。

少年と一緒にベンチに腰かけたスプラウルは傷ついた腕を胸に引きつけたまま上体を前後に揺らしながら陽射しに眼をしばたたいた。

あんた今何したい、と少年は訊いた。

水を飲みてえ。

そのほかに。

さあな。

引き返したいか。

テキサスへか。

そこしかないだろ。

たどり着けねえよ。

じゃ考えを言ってくれ。

考えなんざねえ。

スプラウルはまた咳きこんだ。いいほうの手で胸を押さえて息を整えようとするような姿勢をとった。

どうしたんだ、風邪か。

肺病だよ。

肺病？

スプラウルはうなずく。俺は転地療養のためにこっちへ来たんだ。

少年は相手を見た。首を振りながら立ちあがり広場を横切って教会のほうへ向かう。彫刻を施した古い木の持送りで支えられた梁に何羽もとまっている禿鷹に石を投げたが鳥たちは動かなかった。

広場の上では影が長々と伸び乾ききった土の通りでは土埃が小さく渦巻いていた。死肉喰らいの鳥たちは建物のいちばん高い隅にいて訓戒を述べるように翼を大きく広げる姿は黒ずくめの小柄な司教といったところだった。少年はもとの場所に戻り片足をベンチに載せて膝に体重をかけた。スプラウルは最前と同じように片腕を抱えて坐っている。

まったく糞みたいな目に遭ったもんだ、と言う。

少年は唾を吐いて通りのほうを見た。今夜はこの町に泊まるしかないな。

大丈夫だと思うか。

何が。

インディアンが戻ってきたら？

何しに戻ってくるんだ。

かりに戻ってきたらどうなんだ。

戻ってきやしない。

スプラウルは腕に手を添えた。

あんたがナイフを持ってたらな、と少年は言った。

俺はお前が持ってたらいいのにと思ってるよ。

肉はあるんだからあとはナイフさえあれば。

俺は腹は減ってねえ。

家を一軒一軒見て何があるか見てくるか。

お前行ってこいよ。

寝る場所を見つけないと。

スプラウルは少年を見た。俺はどこへも行かねえ。

そうか。まあ好きにするさ。

スプラウルは咳をして唾を吐いた。そうするよ。

少年は通りを歩きだした。

どの家の戸口も低いので楣（まぐさ）に頭をぶつけないよう背をかがめてひんやりした土臭い屋内に入った。家財道具は寝藁と、家によっては食糧入れの木箱があるだけだった。家から家へと見ていく。ある家では小さなアビが黒焦げで煙をくすぶらせていた。別の家では丸焼けになった男の皮膚がぴんと突っぱり眼窩（がんか）のなかで眼が煮えている姿があった。ある家の泥の壁龕には人形の服を着せ荒削りの木の顔を極彩色に塗った聖人像が数体安置されていた。壁には古い雑誌から切り抜いた挿絵、どこかの女王の写真、カップの4のタロット・カードが貼られている。乾燥した唐辛子を紐でつないだもの、いくつかの瓢簞（ひょうたん）。何かの草を入れた硝子瓶。外はオコティーヨの枝の垣をめぐらした土がむきだしの庭で丸い土の炉に穴があいており射しこんだ光のなかで凝りかけた黒いものが震えていた。

豆の入った壺と何枚かの乾いたトルティーヤの生地を見つけた少年はそれを通りの端の

焼け落ちた屋根の木材がまだくすぶっている家へ持っていき燃え殻で温めて食べたが、そのしゃがんだ姿は脱走兵が自分の逃げ出した町の廃墟へ戻ってきて物をあさっているといったふうだった。

広場に戻るとスプラウルの姿はなかった。あたりは影に沈んでいた。広場を横切り教会の玄関の石段をのぼって堂内に入った。スプラウルは玄関ホールに立っていた。西側の壁の高窓からは長い控え壁のような光が射し入っていた。堂内に会衆席はなく石の床には異教徒の襲撃から身を守るためこの神の家に籠城した四十人ほどの住民の頭皮を剝がれ部分的に食われた裸の死体が積み重なっていた。野蛮人たちは屋根に穴を穿ちそこから弓を射おろしたが、その矢の柄があとで死体が服を剝がれるときに折りちぎられて床に散らばっていた。祭壇は倒され聖櫃は略奪されメキシコ人の大いなる眠れる神は黄金の杯から追い出されていた。壁にかけられた額入りの素朴な聖人画は地震でも起きたように傾ぎ硝子の棺に納められたキリストの遺体の像は内陣の床の上で壊れていた。

殺された者たちはみなの血が混じり合った大きな血溜まりのなかに横たわっていた。どろどろの血糊はあちこち狼や犬に踏まれた跡をつけ周辺は乾いてひび割れ赤葡萄酒色の薄い陶器の破片のようになっている。血は黒っぽい舌のように床に広がり敷石の目地となり玄関ホールへ流れ出して敬虔な信徒たちやその祖先の足でこすられてくぼんだ床を流れ階段を伝い落ち腐肉をあさった獣や鳥の赤黒い足跡をつけられていた。

スプラウルは首をめぐらしてお前が考えていることはわかっているという眼で少年を見たが少年は首を振っただけだった。死人の皮を剝かれ髪を失った頭蓋や縮んだ眼球に蠅たちがのぼっていた。

行こうぜ、と少年は言った。

暮れ残る光のなか広場を横切り狭い通りを進んだ。ある家の戸口に子供の死体がありそこに禿鷹が二羽とまっていた。スプラウルがいいほうの手を振ってしっと鋭く声を絞ったが鳥はぎこちなく羽搏いただけで飛び立たなかった。

朝陽が射しはじめるころ二人が出発するとあちこちの戸口から狼がそっと出て街路の霧に溶けこんだ。野蛮人がやってきたのとは逆向きに南西行きの道をたどった。砂地の小川が一本、ポプラの木立、白い山羊が三頭。二人が渡る小川の岸の洗濯場で女が何人か死んでいた。

一日じゅう火山岩滓が煙をあげる呪われた大地を苦労しながら進み、ときどき死んだ騾馬や馬の膨れあがった死骸と出くわした。夕方までには持っていた水を全部飲み尽くした。その夜は砂の上で眠りまだ暗く涼しい早朝に眼を醒ますとまた出発して火山砕屑物の土地を気絶しそうになりながら歩きつづけた。昼過ぎに踏み固められた小道に放置された二輪の荷車を見つけた。轅の先を地面につけて斜めに停めた荷車の大きな車輪はポプラからとった丸い棒を車軸のほぞ穴に差してつくってあった。二人は荷車の下の影のなかに潜りこんで眠り暗くなってからまた先へ進んだ。

昼間ずっと空に出ていた薄皮のような月が姿を消して荒野の小道を照らすのは星明かりで、昴は頭の真上にごく小さく見え大熊は北の山並みの上を歩いた。

腕が臭え、とスプラウルが言った。

え？

腕が臭えと言ったんだ。

見てほしいか。

見てどうなる。何もできやしねえ。

そうか。じゃ好きにしろよ。

そうするよ、とスプラウルは言った。

二人は先へ進んだ。夜中に二度、低木の繁みにガラガラ蛇の音を聴いて怖れた。夜が明けるころには玄武岩の柱が預言者の彫像のように立ち並ぶ暗色の単斜層の壁に沿って頁岩と玄武岩の岩屑が転がる登り道をたどったがその道端には死んだ旅人を埋めて石を積み木の十字架を差して立てたケルンがいくつもあった。丘のあいだを縫う九十九折りの道をのぼっていく二人の漂流者は陽に灼かれて膚を黒ずませ眼球をあぶられて視界の隅に虹色の光を散らした。オコティーヨとウチワサボテンのあいだを歩いていくと岩は陽の熱で震えて霞み、至るところ岩と砂地の小道ばかりで水はなく水がある徴かもしれない緑色を探したが水はどこにもない。袋から玉蜀黍の粒をつまみ出して食べそれからまた進む。炎熱の昼が過ぎ夕暮れが近づくと蜥蜴は冷えていく石に皮張りの顎を密着させ眼を石皿のひびのように細めて薄く笑い世界をやり過ごした。

陽が沈むころに山の頂上にたどり着き視界が開けた。眼下に広大な湖がありその穏やかな湖面に遠くの青い山並みと空を翔ける一羽の鷹の影と陽炎に揺れる木々それに青い空と翳った丘を背にした遠い真っ白な町が映っていた。二人は坐ってその風景に見入った。太陽が西のぎざぎざの大地に沈むのを見、山並みの背後で残光が燃えるのを見、湖面が暗くなってそこに町の影が溶けこむのを見た。岩のあいだに死人のように仰向けに眠り翌朝起きると町も木々も湖もなくただ荒涼とした埃っぽい平原があるばかりだった。

スプラウルは呻き声を洩らして崩れるようにまた岩のあいだに横たわった。少年は彼を見た。下唇に火膨れがぼつぼつできシャツの破れた袖に包まれた腕は腫れあがって袖には赤黒い血のほかに何か汚い液体が沁み出していた。少年は連れから平原へ眼を戻した。

誰か来る、と少年は言った。

スプラウルは返事をしない。少年は彼を見て、嘘じゃない、と言った。

インディアンだろ、とスプラウルは言った。

わからない。まだ遠すぎる。

お前どうする気だ。

どうするかな。

湖はどうなった。

わからない。

二人とも見ただろ。

人間てのは見たいものが見えちまうんだ。

じゃなんで今見えねえんだ。俺は今見てえよ。

少年は平原を見おろした。

インディアンだったらどうする、とスプラウルが訊く。

どうやらそうらしい。

どこへ隠れりゃいいんだ。

少年は空唾（からつば）を吐き手の甲で口をぬぐった。石の下から蜥蜴が出てきて小さな肘を曲げ空唾のかすかな湿りを舐めてまた石の下に戻ったが、そのとき砂地に残ったかすかな痕跡はたちまち風に消えた。

二人は長いあいだ待った。少年は下の峡谷へ水を探しにいったが見つからなかった。煉獄のような荒地で動くものは肉食鳥だけだった。昼過ぎになると山の斜面の九十九折りをたどってくる馬上の男たちが見えてきた。メキシコ人だった。

スプラウルは両足を前に投げ出して地面に坐っていた。俺のぼろブーツはもう持たない、と言った。目をあげて、お前はもう逃げろ、と追い立てる手振りをした。

二人は岩棚の下の幅の狭い影のなかにいた。少年は答えなかった。一時間もしないうちに蹄が岩を打つ音と馬具や荷物の金具の音が聴こえてきた。最初に岩角から姿を現わして峠を通過した馬はホワイト大尉の鹿毛馬で鞍も大尉の鞍だが大尉を乗せてはいなかった。少年とスプラウルは道端に立っていた。男たちは焦げるほど陽に灼かれて窶(やつ)れた顔をしまるで体重がないかのような感じで馬に乗っていた。男たちは七人、いや八人いた。つばの広い帽子をかぶり革のチョッキを着て鞍の前橋にエスコペータ銃を横たえた一行の頭目が二人に軽く会釈をし帽子のつばに手を触れてそのまま進んでいった。

スプラウルと少年は彼らの後ろ姿を見た。少年が男たちに呼びかけスプラウルがぎこちない小走りで一行のあとを追いはじめた。

男たちが酔っ払いのように上体を揺らし首をがくりと垂れた。馬鹿笑いの声を岩のあいだに反響させながら馬の向きを変えにやにや笑いながら二人の漂流者を眺めた。

なんの用だ(ケ・キエーレ)、と頭目が訊く。

ほかの男たちは甲高く笑いながら互いの体を叩き合った。馬を前に進めてきて意味もなく二人のまわりを回る。頭目がまた二人を見た。

お前らインディアンを探してるのか(ブスカン・ア・ロス・インディオス)。

頭目のこの言葉に何人かの男が馬を降りて抱き合い手放しで泣く真似をした。頭目はその男たちを見てにやりと笑い、いかにも略奪者が持っていそうな白い大粒の歯をむきだした。

いかれてる、とスプラウルは言った。こいつらいかれてる。

少年は頭目を見あげた。水、もらえないかな、と言った。

頭目は真顔になった。不機嫌な表情になる。水？　と訊き返す。

水を持ってないんだ、とスプラウルが言った。

そいつは妙だな。こんなからからの土地を旅してるのに。

頭目が顔を前に向けたまま手を後ろへ伸ばすと男たちが革製の水筒を手から手へ中継して頭目に渡した。頭目は水筒を揺すってから下に差しおろす。少年は栓を抜いて水を飲み息をあえがせてからまた飲んだ。頭目が手を伸ばして水筒を叩いた。もういいだろう（バスタ）。

少年はなおも飲みつづけた。頭目の顔が曇るのは見えなかった。頭目が片足を鐙から抜いて後ろへ引き水筒を蹴飛ばすと水筒は少年の両手のあいだからすぽんと抜けて少年は一瞬大声で人を呼ぶ仕草のまま取り残され水筒は陽にきらめく水の尾を引きながら宙に弧を描き岩のあいだに落ちた。スプラウルが即座に追い水をこぼしはじめた水筒をひったくるように拾いあげ眼でメキシコ人たちの様子を窺いながら水を飲んだ。頭目と少年が顔を見合わせる。スプラウルは水筒から口を離し息を切らして咳きこんだ。

少年は歩み寄って水筒を取りあげた。頭目は両膝を締めて馬を前へ進め脚の下の鞘からサーベルを抜くと背をかがめて刃を水筒の吊紐にひっかけ持ちあげた。切っ先は少年の顔の三インチ先にあり吊紐は水筒に巻きついている。少年が手の動きをとめると頭目はその手から水筒をそっと持ちあげサーベルの峰に吊紐を滑らせて水筒を手もとに回収した。頭目が男たちを見まわしてにやりと笑うと男たちはまた囃し立てながら類人猿のように互いの体を叩き合った。

頭目は紐でぶらさがった栓を振りあげて飲口に差し掌底で叩きこんだ。水筒を背後の男に投げてから少年とスプラウルを見た。お前らなぜ隠れなかった、と訊く。

誰から。

俺から。

喉が渇いてたんだ。

相当渇いてたみたいだな。え？

二人は答えなかった。頭目はサーベルの刃面で鞍の角を軽く叩きながら頭のなかで何か言葉を組み立てているようなそぶりを見せた。それから二人のほうへ軽く身をかがめて言った。山で迷子になった子羊はめえめえ啼く。すると母羊が来ることもあるし狼が来ることもある。頭目がにやりと笑いサーベルを持ちあげてそれを抜いた場所へ戻し馬に鋭く方向転換させて背後の馬たちのあいだを進みはじめると手下たちもみな馬にまたがってあとに従いまもなく一行の姿は見えなくなった。

スプラウルはじっと坐っていた。少年はそちらを見たがすぐに眼をそらした。故郷から遠く離れた敵地で怪我をした男は眼で異邦の岩地を眺めながらも魂はその向こうのより大きな虚空に呑みこまれているように見えた。

二人は両手を前に突き出し岩を探るようにして山を降りたが荒れた土地の上でゆがむ影はまるで自分のとるべき形を求めている生き物のようだった。夕暮れ時に山を降りきって徐々に冷えていく青い平地を歩いていくあいだ西にはぎざぎざのスレート板を一列に大地に植えこんだような山並みが見えどこからともなく吹く風のなかで乾いた草が身を傾けたりよじったりしていた。

二人はさらに歩いて真っ暗になると砂の上で犬のように眠ったが眠っているあいだに何か黒いものが夜の大地からばさっと現われてスプラウルの胸に飛び乗った。それは細い指の骨に皮を張った翼で体を支えてスプラウルの体の上を歩く。顔の真ん中がくしゃっと詰まった小さいながらも凶暴なそれは唇を引いて怖ろしい微笑みを浮かべ星明かりのもとで青白い歯をむきだした。体を前に傾ける。スプラウルの首に二つの小さな穴を巧みにあけ翼を折りたたみ血を吸いはじめた。

だが吸い方が少し強すぎた。スプラウルが眼を醒まして片手を持ちあげた。そして悲鳴をあげたので血吸い蝙蝠(こうもり)は羽搏いて胸の上に戻り体勢を立て直して口から鋭い音を絞り出し歯軋(はぎし)りをした。

少年が眼を醒まして大きめの石をつかんだが蝙蝠ははじかれたように飛び立ち闇に消えた。首をつかみヒステリックに譫言を口走っていたスプラウルは少年が立って自分を見おろしているのを見ると非難するように血まみれの両手を差しあげ次いで両耳をふさぎ叫び声をあげたがそれはまるで自分でも聴きたくないとでもいうような世界の脈動をとめかねない叫びだった。だが少年は自分とスプラウルのあいだの闇に唾を吐いただけだった。あんたみたいなやつのことは知ってるよ、と少年は言った。性根からすっかり腐ってるんだ。

翌朝乾いた川床(かわどこ)へやってくると少年は上流に向かって歩き水の溜まった石の窪みか穴がないか探したが見つからなかった。そこで川床のほかより低い場所を選び骨で砂地に穴を掘ると二フィートほど掘ったところで砂が湿りはじめもう少し掘るとじわじわ水が沁み出てきて溝に溜まったので指ですくった。シャツを脱いで掘った穴の底に敷きそれが濡れて黒っぽい色になるのを眺め襞にゆっくりと水が溜まりはじめてカップ一杯分ほどになったところで穴に顔を突っこんで水を飲んだ。それから顔を出してまた水が溜まるのを待つ。それを一時間あまり繰り返した。それからシャツを着て川床を下流のほうへ引き返した。

スプラウルはシャツを脱ぎたがらなかった。直接水を飲もうとしたが口のなかが砂だらけになった。

お前のシャツを貸してくれよ、と言う。

少年は乾いた砂利の上でしゃがんでいた。吸いつくのはてめえのシャツにしろよ。スプラウルはシャツを脱いだ。膚に貼りついたところを剝がすと黄色い膿が出た。腕は腫れて腿ほどの太さになり毒々しく変色し開いた傷口に蛆がわいていた。スプラウルは穴にシャツを押しこみ顔を突っこんで水を飲んだ。

午後には十字路と呼べなくもない場所へ来た。一台の馬車の薄い轍が北からやってきて少年たちがたどってきた道と交わり南へくだっていた。二人は空漠たる風景を見まわして取るべき道の指針を探した。スプラウルは轍が交差している地点に坐りこんで頭蓋骨の大きな洞窟に収まった眼で外を眺めていた。俺はもう立たないと言った。

でもあっちに湖があるぜ、と少年は言った。

スプラウルはそちらを見ようともしなかった。

湖は遠くでちらちら光っていた。周囲は塩で縁取られている。少年はそれを眺めてから三方の道を観察した。しばらくして南へ向かう道を顎で示した。人や馬車がいちばん通ってるのはあっちだな。

俺はもういい、とスプラウルは言った。一人で行ってくれ。

じゃ好きにしなよ。

スプラウルは歩きだす少年を見送った。しばらくして立ちあがりあとを追った。

二マイルほど進んでから休憩をすることにし、スプラウルは脚を投げ出して両手を膝のあいだにはさみ少年は少し離れたところにしゃがんだ。汚い体をぼろ服に包んだ髭面の男二人はしばらく瞬きをしていた。

ありゃ雷か、とスプラウルが訊いた。

少年は顔をあげた。

耳をすましてみろ。

少年は太陽が白い穴のように燃えているところ以外はむらのない薄青い空を見あげた。

地面に響いてるのがわかるんだ、とスプラウルが言った。

なんでもないだろ。

まあ聴け。

少年は立ちあがって周囲を見た。北に砂埃が小さく立っているのが見えた。それを見つめた。それ以上巻きあがる気配も薄れる気配もない。

それは小さな騾馬に引かれて平原をがたごと渡る荷車だった。御者は眠っていたのかもしれない。前方に二人の放浪者を見ると騾馬に回れ右をさせたが方向転換を果たしたころには少年が追いついて騾馬の生皮の頭絡をつかみ行き足をとめさせた。スプラウルもぎくしゃくした足取りでやってくる。荷車の後尾で子供の顔が二つ覗いていた。砂埃にまみれて髪から何から真っ白で顔は窶れまるで地中に住む小鬼のようだった。少年が前方に現われて御者はひるみ隣に坐った女は甲高い声で何かまくしたてながら地平線のあちらの方角こちらの方角と指さしたが少年は荷台にあがりスプラウルも追いすがって乗りこみ二人で熱いキャンバスの幌を見あげ、浮浪児のような二人の子供は隅へ逃げてモリネズミのように黒い眼で闖入者を見つめるうちに荷車は再び南に向きを変えて出発しがらがらと音を高めていく。

少年は荷台の前方の支柱に紐で吊りさげた陶器の壺をとりなかの水を飲んで壺をスプラウルに渡した。だがすぐに取りあげて残りを飲みほす。それから壺を床の古い獣皮やこぼれた塩のあいだに置いてしばらく眠った。

町に入ったときはもう暗かった。荷車が停まるときの揺れで二人は眼を醒ました。少年は身を起こして外を見た。泥の通りに星明かりが落ちていた。荷車はすでに空。騾馬が鼻を鳴らしその場で足踏みをする。まもなく御者が暗がりから出てきて荷車を狭い路地に導き、とある庭に入れ、騾馬に少し後戻りさせて荷車を壁と平行にすると騾馬を軛(くびき)からはずしてどこかへ連れていった。

少年は傾いた荷台でまた横になった。夜は寒く両膝を胸へ引きつけて黴と小便の臭いがする生皮を体にかぶせて眠ったが夜のうちに何度も眼が醒めて犬が吠えるのを聴きやがて夜が明けると鶏の啼き声と馬が通りをやってくる音が聴こえた。

白々明けの光のなかで蠅が体にたかりはじめていた。顔にたかると眼が醒めて手で払う。しばらくして起きあがった。

荷車が停められたのは泥の塀に囲まれた殺風景な庭で葦と土でできた家が一軒建っていた。鶏が歩きまわりコッコッと呟きくちばしで体を掻いた。家から小さな男の子が出てきてズボンをおろし大便をしまた立ちあがって家に入った。少年はスプラウルを見た。スプラウルは顔を側面の板に向けて寝ていた。体の一部に毛布をかけ全身に蠅をくっつけている。少年は手を伸ばして体を揺り動かした。体は冷たく硬かった。蠅の群れが一旦飛び立ってからまた張りついた。

少年が荷車の脇で立ち小便をしていると馬に乗った兵士たちが庭に入ってきた。兵士たちは少年を捕らえて両手首を後ろで縛り荷車を覗いて何か相談をし合ったあと少年を連れて通りに出た。

少年は日干し煉瓦の建物の空部屋へ入れられた。床に坐った少年を凶暴な眼の若い男が古いマスケット銃を手に見張った。しばらくしてまた外に連れ出された。

泥を固めた狭い通りを引き立てられていくとファンファーレのような音楽が聴こえはじめそれが徐々に大きくなった。最初は子供たち、次に老人たち、それから病院の看護人のような白い木綿の服を着た褐色の膚の男たちと黒いスカーフを頭からかぶった女たちがぞろぞろついてきたが女たちのなかには顔を代赭（たいしゃ）で赤く染め乳房を露わにしている者や小さな葉巻を吸っている者もいた。その人数が次第に増えてきて銃を肩にかけた警護兵たちは顔をしかめ群衆を怒鳴りつけたがそうするうちに行列は教会の高い塀に沿って進みやがて広場に出た。

広場では市が立っていた。旅回りの薬売りの演芸ショーや鄙(ひな)びた風情のサーカス。鎖蛇、南国に棲息する緑色の大型の蛇、黒い口を毒液で濡らしているメキシコ毒蜥蜴などを詰めた頑丈な柳細工の檻。硝子瓶からサナダムシをずるりとつかみ出して虫下しの効能を叫び立てる葦のように痩せた皮膚病の老爺をはじめとする品のない薬屋や香具師や物乞いの前を通り過ぎていくと最後に現われたのは架台に厚板を載せたテーブルでそこに透明なメスカル酒を満たした大型硝子瓶が置いてある。その瓶のなかで髪の毛をふわふわ漂わせ青白い顔で白眼をむき天を睨んでいるのは人間の首だった。

兵士たちは少年を前へ引き出して首を手で示しながら、見ろ(ミーレ)、見ろ(ミーレ)と叫んだ。少年が瓶の前に立つと兵士たちは瓶を傾けたり回したりして首と少年を正対させる。首はホワイト大尉のものだった。つい先日野蛮人との戦争を遂行した男だ。少年は酒漬けの元司令官の何も見ていない眼を覗きこんだ。自分を注視している村人たちを見、兵士たちを見てから地面に唾を吐き口を拭いた。俺はこんなやつとは関係ないよ。

少年は家畜を入れる古い石囲いに非正規部隊のぼろ屑のようになったほかの三人の生き残りと一緒に放りこまれた。四人が石塀にもたれ頭をぼうっとさせて瞬きをしたり騾馬や馬の乾いた足跡がついた塀ぎわをうろうろ歩いて嘔吐したり脱糞したりするのを塀の上に腰かけた小さな男の子たちが囃し立てる。

　四人仲間の一人はジョージア州出の痩せた少年だった。俺はひでえ病気になった、とジョージアの少年は言った。最初は死ぬんじゃないかと怖かったけどそのうちいつまでも苦しいばっかりで死ねないんじゃないかと怖くなった。

　山の上で大尉の馬に乗った男を見たよ、と少年は話した。

　そうか、とジョージアの少年は言った。大尉とクラークともう一人名前を知らない若いやつがそいつらに殺されたんだ。俺たちは町へ入った次の日に捕まって刑務所へぶちこまれたがその刑務所じゃあんたが見たくそ野郎が看守どもと大笑いしながら酒を食らってカードをやってそのうちそのくそ野郎と所長が大尉の馬と銃を賭けた勝負をやりだした。あんた大尉の首を見ただろ。

　見たよ。

　あんなひでえことは初めて見たぜ。

　あいつはとっくの昔にピクルスになっててもよかったんだ。こっちもピクルスにされるかもしれねえや。あんな馬鹿と関わり合っちまったおかげで。

　四人は昼のあいだ影を求めて時々刻々塀ぎわを移動した。ジョージアの少年は非正規隊員の死体が市で見世物にされていると話した。大尉の首なし死体はぬかるみで半分豚に食われたという。ジョージアの少年は踵で土を掻いてその踵を収めるための窪みをつくった。

俺たちはチワワ市へ送られるんだ、と言った。

なんで知ってるんだ。

そう言ってたんだ。よくわからないけどさ。

誰がなんと言ってた。

そこにいる船乗りがな。ちょっとだけ言葉がわかるんだ。

少年はその男を見た。男は首を振って空唾を吐いた。

一日じゅう小さな男の子たちが交代で塀の上に坐り囚人を見張って指さしながら何やら喋った。塀の上を歩いて日陰で寝ている囚人に小便をかけようとするが囚人側も警戒を怠らない。何人かの子供が石を投げてきたが少年が卵ほどの大きさの石を拾って投げ返し小さな子供にきれいに命中させ子供は塀の向こう側へ落ちてどさりと音を立てたが泣き声一つ聴こえなかった。

お前やっちまったな、とジョージアの少年が言った。

少年は相手を見た。

今に鞭を持ってやってくるぜ。どうなるか俺は知らないからな。

少年は唾を吐いた。連中はここへ来て自分らが鞭で打たれるわけじゃないだろうよ。

結局少年は鞭打たれなかった。一人の女が豆をよそった碗と窯で焼いていない土の皿に載せた黒焦げのトルティーヤを運んできた。苦労のにじみ出た顔の女は囚人たちに笑みを向けショールの下に忍ばせてきたお菓子を出し碗の底には自分の家の食卓から持ってきた肉の切れ端も少し入っていた。

その三日後四人は湿疹のある小さな騾馬に乗せられ予告どおり州都チワワに向けて出発した。

一行は五日のあいだ砂漠を進み山を越え住民が見物に出てくる埃っぽい村々を通り抜けた。護送する兵士たちはさまざまな意匠の元は上等だった服が古びたものを着ており囚人たちはぼろをまとっていた。夜は荒野で毛布を与えられて焚火のそばに坐る囚人たちの陽灼けし痩せて骨張り毛布を肩掛けのようにはおった姿は神の深遠な意思に仕える下働きのように見えた。兵士は誰も英語を話せず命令は唸り声や身ぶりで発した。武装はあまり充分ではなくインディアンをひどく怖れている。玉蜀黍の皮で煙草を巻き黙然と焚火のまわりに坐って夜の物音に耳をすましていた。たまに話をするときは魔法使いやそれより悪いものが話題で暗闇から聴こえる声や叫びから普通の動物の声でないものを聴き分けようと絶えず注意をしていた。

コヨーテってのは魔法使いなんだってな（ラ・ヘンテ・ディーセ・ケ・エル・コヨーテ・エス・ウン・ブルーホ）。魔法使いがじつはコヨーテだってことは多いんだ（ムチャス・ベセス・エル・ブルーホ・エス・ウン・コヨーテ）。

インディアンもそうなんだ（イ・ロス・インディオス・タンビエン）。コヨーテみたいな声を出すことがあるだろう（ムチャス・ベセス・ヤーマン・コモ・ロス・コヨーテス）。

今のは何だ（イ・ケ・エス・エソ）。

なんでもないよ(ナーダ)。
梟(ウン・テコローテ)さ。ただの梟(ナーダ・マス)。
たぶんな(キサース)。

峠に来て眼下に州都を見おろした護送隊長が隊列を停止させて後ろの男に何か言うとその男は馬を降りて鞍袋から生皮の紐を出して囚人たちに近づき両手首を重ねて前へ出せと自分で手本を示しながら命じた。そして四人の手首を縛ってまた先へ進んだ。

州都に入ってごみを投げつけられながら家畜のように石畳の通りを追い立てられていくと後ろのほうで兵士たちへの歓迎の叫びが起こり兵士たちはしかるべく微笑みながら市民にうなずきかけて差し出される花や酒杯を受け取りながらみじめな姿の一山当てにきた不法入国戦士たちを護送し噴水が水をはね暇人が白斑岩の彫刻を施されたベンチに坐っている広場を通り抜けて知事公邸の前を過ぎ教会の前を通り過ぎたがこの教会の埃っぽい軒下や正面壁のキリストや使徒の像のあいだの隙間に何羽もの禿鷹が黒い衣に身を包み奇妙に慈悲深げな姿勢でうずくまっておりまたそのそばに張り渡された紐には殺されたインディアンの乾いた頭皮が数珠つなぎに吊るされて風にひるがえり石の部分にぱたぱた当たるその長い艶のない髪の毛は海藻の繊維のようだった。

一行は教会の入口近くで皺だらけの掌を出して施しを求める年寄りやぼろを着て悲しい眼をした体に障害のある物乞いや日陰で眠り夢など見そうにない顔に蠅をたからせている

子供たちのそばを通り過ぎた。物乞いが持つ器のなかの黒ずんだ銅貨、盲人の皺々に縮んだ瞼。教会の玄関前の階段のそばに羽ペンとインク壺と砂入れを用意してしゃがんでいる代書屋、通りで呻いている重い病気の患者、毛のはげた骨と皮だけのような犬、タマーレを売る屋台、道端で炭火を熾し得体の知れない肉を焦げ目がつくまで焼いている老女の耕された土地のように労苦に荒れた浅黒い顔。年端のいかない浮浪児たちがあちこちで怒り狂った小人や精神病者や涎を垂らして腕を振りまわす飲んだくれのようにうろつく州都の小さな市場へやってきた囚人護送の一行は殺戮現場のような肉屋の蠟のような臭いのする屋台の前を通り過ぎたが、臓物は蠅が真っ黒にたかり赤かった肉の切り身も今は日にちがたって黒ずみ、牛と羊の脂を取り除かれた頭蓋骨は濁った青い眼をぎょろりとむき、硬くなった体を並べた鹿や臍猪や鴫や鶉や鸚鵡などこの地方で獲れた野生の動物も鉤から逆さまに吊るされていた。

囚人たちが騾馬からおろされ群衆のあいだを追い立てられて歩き古い石階段を降りて石鹸のようにすり減った敷居をまたぎ鉄の通用門をくぐって連れてこられたひんやりした石の地下室は長く刑務所として使われてきた場所でそこにいる古い時代の殉教者や愛国者の亡霊たちと同房者になるとすぐに背後で扉ががしゃりと閉まった。

眼が闇に馴れると壁沿いにしゃがんでいる男たちの列が見分けられた。藁の寝床に巣をつつかれて鼠がうごめくような動きがあった。軽い鼾が聴こえる。外からは通りを行く荷車の音や馬の蹄の音が届き石壁を隔てて建物のどこかで鍛治屋が槌を使う音がこもって聴こえた。少年は部屋のなかを見まわした。石の床のあちこちに蠟燭の芯の黒い燃え残りや汚れた蠟の溜まりがあり壁には唾の乾いた跡がいく筋もついている。ひっかき傷のような名前の落書きも明かりの加減でいくつか見えた。少年はしゃがんで眼をこすった。誰かが眼の前を横切り部屋の真ん中の桶の前まで行って小便をした。その男がこちら向きになって戻ってくる。背の高い男で髪を肩まで伸ばしていた。藁の上をすり足で歩いたあと立ちどまり少年を見おろす。お前俺がわからないだろ、と訊いた。

少年は唾を吐き細めた眼で男を見あげて言った。わかるよ。あんたのことは革工場で鞣し革になってても見分けがつくよ。

6

街路で——真鍮歯野郎——異教徒たち（ロス・エレーティコス）——退役軍人——ミエル——ドニファン大佐——リパン族の墓地——金鉱探索者——頭皮狩り隊——判事——刑務所からの釈放——この件は陪審の判断に委ねる（エ・ド・スー・ス・メット・アン・ル・ベイ）

陽がのぼると男たちは藁の寝床から起きてしゃがみ昨夜来た新入りたちを興味もなさそうに眺めた。上半身裸の囚人たちはちっちっと歯を吸い空気の匂いを嗅ぎ猿のように互いをつつき合う。遠慮がちな光が小さな高窓から闇を洗いながし早起きの辻売りが声をあげはじめていた。

囚人たちは朝餉（あさげ）に一碗の火を通さないピノーレ（玉蜀黍粉に水や湯を加えたもの）を食べたあと鎖でつながれて金属音と悪臭を放ちながら外に出された。それから金歯の変質者めいた男が生皮の編鞭をふるって監督するなか歩道ぎわでしゃがんでごみ拾いをした。屋台の荷車の下にごみ袋を引きずって歩く物乞いの脚が見えた。昼になるととある塀ぎわの日陰に坐って昼餉を食べながら通りで二匹の犬がじゃれ合い走ったり横に跳んだりするのを見ていた。

都会の生活はどうだい、とトードヴァインが訊いた。

今んとこあんまり気に入っちゃいないな。

俺もいずれ気に入りだすのを待ってるんだがまだだな。

背中で両手を組み帽子を斜めに引きさげて片眼を隠した監督が眼の前を通り過ぎるのを、二人はちらりと盗み見た。少年は唾を吐いた。

やつをやるのは俺が先だからな、とトードヴァインが言った。

やつって誰だい。

誰ってお前。そこの真鍮歯野郎よ。

少年はぶらぶら歩いていく監督の背中を見た。

俺はあの野郎に何か起きやしないか心配でたまらないね。やつを護ってくださいと神さまに毎日祈ってるよ。

あんたどうやってここを出る気なんだ。

俺もお前もじきに出られるさ。ここは州刑とは違う。

しゅうけいって何だ。

州刑務所さ。そこには二十年代にアメリカから来た巡礼どもがまだ入れられてるんだぜ。

少年は二匹の犬を見た。

しばらくすると監督が塀ぎわで眠っている囚人の足を蹴飛ばしながら戻ってきた。若い警備兵がこのぼろ服を着て鎖につながれた囚人たちが今にも一斉蜂起しそうだとでもいうようにエスコペータ銃を構えた。出発（バモノス）だ、出発（バモノス）だと叫ぶ。囚人たちは立ちあがり日向にのそのそ出た。小さな鐘が鳴る音とともに一台の馬車が通りをやってきた。囚人たちは歩道ぎわに並んで帽子をとる。旗を持った者が鐘を鳴らしながら通り過ぎ次いで馬車が通り過ぎた。馬車は横腹に眼が一つ描かれ四頭の騾馬に引かれてこれからある人に終油の秘蹟を与えにいくところだった。太った司祭が聖画を一枚抱えて小走りについていく。兵隊が不敬な新入りの囚人たちの頭から帽子をむしりとってその手に押しつけた。

　馬車が通過するとみなまた帽子をかぶり歩きだした。二匹の犬が盛っていた。少し離れたところに坐っている毛がすり切れて皮膚がたるんだ別の二匹は交尾する二匹を眺め次いでじゃらじゃら鎖を鳴らして歩いていく囚人たちを眺めた。暑熱のなかでこれらの生き物たちはささやかな奇蹟のように軽く揺らめいていた。それは人類の記憶から消えたものを聞き伝えによって大まかに描いた似姿のようだった。

　少年はトードヴァインと別のケンタッキー州出の退役軍人のあいだの寝藁に陣取っていた。この退役軍人は二年前にこの町で別れた黒い瞳の恋人に逢うため戻ってきたのだが二年前に別れたのは彼の所属するドニファン大佐の連隊が東のサルティーヨに進軍したときそれまで引き連れていた数百人の男装した若い女を追い返さなければならなかったからだった。今の彼は通りで鎖をつけられて孤独に立つ奇妙に謙虚な姿の男で町の住人たちの顔を眺め渡し夜には少年とトードヴァインに西のほうで軍務についていたころの話を語る人のいい寡黙な元戦士だった。ミエルで戦ったときは道の排水溝や家の雨樋（あまどい）に大量の血が流れたとかスペイン植民地時代の古い鐘は薄手で鉄砲の弾が当たると爆発するように割れたという話、またあるとき建物の壁にもたれて怪我をした脚を丸石舗装の道に投げ出して坐っていると砲撃や銃声がふとやんで不思議な静けさが降りその静けさのなかでごろごろと低い音が響いてきたので雷かと思っていると砲弾が一つ角を曲がってきて狙いを大きくはずれたボウリングのボールのように通りを転がり彼の眼の前を通り過ぎてやがて見えなくなったというような話をした。それからチワワ市を攻めたときはぼろ服や下着の姿で戦った非正規隊が一つあったとか砲弾は銅無垢で草地を跳ねてくるとまるで暴走する太陽のようだったが馬までもが脇へよけたりまたぎ越したりできたこと、町の奥さまたちが馬車で丘にのぼりそこで食事をしながら戦闘を見物したこと、夜になって焚火を囲んでいると平原で死にかけている兵士の呻き声が聴こえたり明かりをともして戦死者のあいだを移動する死体運搬車が冥界から来た葬儀馬車のように見えたりしたことなどを話した。

メキシコ人は根性はあるが戦い方を知らん、と退役軍人は言った。とことん踏んばるがな。野戦砲の駐鋤（ちゅうじょ）に砲兵と馬を鎖でくくりつけて逃がさんようにしたって話を聴くだろう。

俺は見たことなかったがね。俺たちはこの刑務所の鍵に火薬を詰めて爆破して門を開けた。そのときぶちこまれてた連中は皮を剝いだドブ鼠みたいだったよ。あんな色白なメキシコ人は見たことなかった。連中は俺たちの前にひれ伏して足に接吻した。ビル親父（指揮官のドニファン大佐）は一人残らず釈放しちまったよ。ありゃまったく考えが足りなかったな。盗みはするなと言い聞かせた上でだがもちろん連中は手当たり次第に部隊のものを盗んだ。そのうち二人を鞭で打ったらそのせいで死んじまったが次の日にはさっそく別のやつらが騾馬を何頭か盗んで逃げたからビル親父はとっ捕まえて今度はさっさと縛り首にしちまった。もちろん今度も泥棒どもはくたばっちまったがね。しかし俺は自分がここへ入るはめになるとは思わなかった。

　少年たちは蠟燭のそばにあぐらをかいて坐り陶器の碗から手づかみで食べ物を食べていた。少年は顔をあげた。碗をつつく。

　これは何なんだ。

　極上の牛肉。闘牛だよ。日曜の夜はこれが出る。

　しっかり嚙んだほうがいい。弱ってると気づかれたら角で突かれるぜ。

　少年はよく嚙んだ。嚙みながらコマンチ族との遭遇のことを話すとトードヴァインと退役軍人ももぐもぐやりながら聴きうなずいた。

　その踊りに加わらずにすんでよかったよ、と退役軍人は言った。やつらは酷（むご）いからな。

知り合いにヤノのオランダ人入植地の近くに住んでた男がいたがインディアンに襲われて馬から何から全部盗まれた。本人はその場に置き去りだ。六日後にフレデリクスバーグにやってきたときは四つん這いでしかも素っ裸だったが何をされてたかわかるかい。足の裏の肉を切り取られてたんだ。

トードヴァインは首を振った。この爺さんはやつらをよく知ってるよ、と少年に言った。やつらと戦ったからな。そうだろ、爺さん。

退役軍人はよしてくれというように手を振った。馬泥棒を何人か撃っただけさ。サルティーヨに近いところでな。たいしたことじゃない。そこにリパン族の墓場だった洞穴があってな。なかで千人ほどのインディアンの死体が輪になって坐ってた。いちばんいい服を着て上等の毛布をはおって。弓やらナイフやらも持ってて。硝子玉を体に飾って。それをメキシコ人は全部持ち出した。死体を裸にした。何もかも奪っちまったんだ。死体も運び出してめいめい自分の家へ持っていって服を着せて隅に飾ったんだが洞穴から出して空気が変わるとだんだん腐りだしたから結局棄てにゃならんかった。まだ死体が残ってるときにアメリカ人も洞穴へ入って頭の皮を剥いでデュランゴで売ろうとしたよ。売れたかどうかは知らんがね。あのインディアンのなかにゃ百年ほど前に死んだのもあったんじゃないかな。

トードヴァインは折りたたんだトルティーヤで碗のなかの脂を拭き取っていた。蠟燭の明かりを受けたその顔が少年に眼くばせをして真鍮歯野郎の歯はいくらで売れると思うと訊く。

囚人たちは騾馬に車を引かせたみすぼらしい一隊が町へ入ってくるのを見た。これから南へくだり山岳地帯を越えて海岸線に出ようとしている男たちは金鉱探索の一行だった。西へ流れていく向日性の疫病とでもいうべき退化し堕落した人間たち。彼らは道端にいる囚人たちにうなずきかけたり話しかけたりして煙草や小銭を投げた。

囚人たちは化粧をした黒い眼の若い女たちが小さな葉巻を吸いながら二人ずつ腕を組んで歩き自分たちを無遠慮にじろじろ眺めるのを見た。知事が窓に絹布の縦仕切りがある二輪軽馬車に乗って知事公邸の両開き門から出てくるのを見、また別の日には凶悪そうな一団が蹄鉄をつけないインディアン・ポニーに乗って半酔状態で街路を通っていくのを見たがこの粗野な髭面の男たちは動物の毛皮をその動物の腱で縫い合わせた服に身を包み重量のある回転式拳銃や太刀ほどもあるボウイーナイフや銃口に親指を突っこめそうな銃身の短い二連ライフル銃などさまざまな武器を持ち馬具の装飾は人間の皮膚でつくられ手綱は人間の髪を編んで人間の歯を飾ったものを用い乗り手は乾いて黒くなった人間の耳の肩飾りや首飾りを着け馬は野性的な眼をし野犬のように歯をむく獰猛な性質を持っていてまたこの一隊には何人もの上半身裸のインディアンも交じり鞍の上でふらふら体を揺らしている彼らは危険で不潔で粗暴な雰囲気を漂わせておりこの一隊はみなが人肉を食って暮らしているどこかの野蛮な国からの視察団といった趣だった。

この一隊の先頭にはあの毛が一本もない子供のような顔をした巨漢の判事がいた。判事は血色のいい頬に笑みを浮かべ汚れた帽子を持ちあげて婦人たちに会釈した。帽子を持ちあげたときに眩しい白光を放つドーム形の巨大な頭は完璧な球形でまるで絵に描かれているかのようだった。判事と悪臭芬々たるごろつきたちは啞然としている住民たちを尻目に通り過ぎ知事公邸の前で停止し、頭目である髪の黒い小柄な男がブーツの底で楢材の門扉を蹴った。即座に開いた門扉のなかへ一隊が入っていくと扉は再び閉ざされた。

ご同輩、とトードヴァインは言った。今のがどういう連中か俺にはちゃあんとわかったぜ。

翌日判事がほかの仲間と一緒に通りで葉巻を吸いながら体を前後に揺らしていた。上等の子山羊革のブーツを履いた判事は囚人たちが歩道脇にしゃがんで素手でごみを取り除いているのを眺めていた。少年はじっと判事を見つめた。判事は少年と眼が合うと葉巻を口からはずしてにやりと笑った。あるいは笑ったように見えた。それからまた葉巻をくわえた。

その夜トードヴァインが少年と退役軍人を呼び壁ぎわにしゃがんで声をひそめて話した。親玉の名前はグラントン、とトードヴァインは言った。知事のトリアスと契約してるんだ。頭の皮が一枚百ドル、ゴメス（頭皮剝ぎを伴う虐殺への報復として白人とメキシコ人の頭皮一枚に千ドルの懸賞金をかけたインディアンの酋長）の首が千ドル。俺たちは三人だと言っといた。ご同輩、この糞溜めから出られるぜ。

でも俺たち銃も何もないだろ。

そりゃ先方も承知さ。腕が確かなら誰でもよくて支度にかかる金は分け前から差っ引かれる。だからインディアン殺しなんぞ馴れてねえなんて言うんじゃねえぞ、三人とも腕っこきだと吹いといたからな。

三日後に薄灰色の牡馬にまたがった知事とその供の者たちのあとから小ぶりの戦馬に乗った人殺しどもが一列に通りを進み微笑みながら会釈をし膚の浅黒い可愛らしい娘たちが窓から花を投げある者は投げキスをし小さな男の子たちが行列の脇を走り老人たちが帽子を振りながら万歳を叫ぶその隊列のしんがりをトードヴァインと少年と退役軍人がつとめたが退役軍人の脚が長く馬の脚が短いため彼の革の鐙覆いは地面すれすれまで来ていた。古い石の導水管がある町はずれで知事が一行を祝福し健康と幸運を祈る簡単な乾杯の辞を述べて酒をあおると一行は北へ向かう道をたどりはじめた。

7

黒人と白人のジャクソン——町はずれで集合——コルト・ホイットニーヴィル・モデル——試し撃ち——判事の仲裁——デラウェア族インディアン——ファン・ディーメンス・ラント人——農場——コラリトスの町——古い国を旅する者たち（パサヘーロス・デ・ウン・パイース・アンティーグオ）——虐殺の現場——手品師の老人——運勢占い——暗い川面に車輪のないものが——不吉な風——第三のもの（テルティウム・クイド）——ヤノスの町——グラントン頭皮を一枚獲得——ジャクソン芸をする

この頭皮狩り隊にはジャクソンが二人いて一人は黒人もう一人は白人、どちらもファースト・ネームはジョンだった。二人は仲が悪くたとえば荒涼たる山の裾を進んでいくあいだ白人ジャクソンが馬の歩みを遅らせて黒人ジャクソンの隣に並びその影のなかに入って陽射しを避け何やら囁く。黒人ジャクソンは歩調をゆるめたり前に出て振り切ろうとしたりした。まるで白人ジャクソンの行動は自分の人格を侵しその暗い血ないし魂に眠っているある種の規範に突っかかってくるものでありこの岩がちな土地に太陽が刻んだ人間の形はその人間の一部を含んでいてそこに割りこむのはその人間を危険に晒すことだとでも言いたげだった。白人ジャクソンは笑いを洩らし低い柔らかな声で愛の言葉めいたものを囁きかけた。どういうことになるかみなが注目していたが誰も反目をやめさせようとはせずグラントンもときどき列の後ろへ眼をやるときには二人をただ員数の一部と見るだけといったふうでそのまま馬を進めていった。

この日の朝一行は町はずれのとある家の裏庭に集合した。馬車から二人の男がバトン・ルージュの兵器庫から来た武器弾薬のステンシル文字が刷られた木箱をおろすとシュパイアーというプロイセン出身のユダヤ人が蹄鉄に釘眼を打つためのポンチと鉄鎚で蓋をこじあけ油が染みたパン屋の包装紙のような茶色い油紙に包まれた平らなものを取り出した。グラントンが包みを開けて油紙を地面に棄てた。その手にはコルト社が特許を取得した銃身の長い六連発拳銃が握られていた。騎兵隊用の大型拳銃で長い輪胴にライフル銃弾を全弾こめると重量は五ポンド（約二・三キログラム）近くになる。厚さ六インチの堅木の板を撃ち抜ける重さ半オンスの椎の実形弾丸を発射する弾薬は箱に四ダース入っていた。シュパイアーは一括弾丸鋳型や火薬入れなどの付属用品を出しホールデン判事は別の拳銃の包みをはがした。みながグラントンのまわりに集まる。グラントンは銃腔と薬室を掃除しシュパイアーから火薬入れを受け取った。

でけえな、と一人が言う。

薬室に火薬を入れ弾丸をこめて銃身の下部についたローディング・レバーで押しこむ。グラントンは六つの薬室全部に弾丸を装塡し輪胴後部に雷管をはめて周囲を見た。その裏庭には武器弾薬の売り手と買い手以外にも生き物が少しいた。グラントンがまず狙ったのはちょうどそのとき高い塀の上に鳥がとまるように音もなく向こう側から現われた猫だった。泥煉瓦に植えこんだ硝子の破片をよけながら猫は歩きだした。グラントンは大型の拳銃を片手で持ちあげ撃鉄を起こした。静寂のなかですさまじい発射音が轟く。猫はふっと消えた。流血も悲鳴もなく単純に消えた。シュパイアーは落ち着かなげにメキシコ人たちを見た。メキシコ人たちはグラントンを注視している。グラントンはまた親指で撃鉄を起こして銃を振りあげた。庭の隅の乾いた土の上で何羽かの鶏が思い思いの方向に首を向けてせわしなく餌をつついていた。銃が轟音をあげ鶏の一羽が爆発して羽根の雲になった。ほかの鶏は首を長く持ちあげ黙って歩きだす。グラントンはまた発砲した。もう一羽の鶏がくるりと回って倒れ両脚を蹴り出した。ほかの鶏が小さく啼きながら散開するのには構わず今度は恐怖で塀に首を押しつけている小さな山羊に銃を向けて撃ち山羊が即死してすとんと地面に落ちると次には陶器の水差しを破片と水の驟雨に変え、さらに銃を家に向けて屋根の上の泥の小塔に吊るされた鐘を鳴らすと銃声の谺が消えたあともがらんと空虚な空間に厳かな鐘の音が余韻を引いた。

硝煙の靄が庭にたなびいた。グラントンは撃鉄を半起こしにして輪胴を回転させてから撃鉄をおろした。家の戸口に女が一人現われたがメキシコ人の一人が何かを告げるとまた家のなかに戻った。

グラントンはホールデン判事を見、シュパイアーを見る。ユダヤ人シュパイアーはおずおずと笑みを浮かべた。

これで五十ドルは高い。

シュパイアーは真面目な顔になった。あんたの命はいくらなんですか。

テキサスじゃ五百ドルの賞金首だが狙うやつは自分の命を経費として差っ引くことになる。

リドルさんはまっとうな値段だと言ってますが。

金を出すのはやつじゃない。

でも仕入れの資金を出したのはあの人ですから。

グラントンは手にした拳銃をためつすがめつ見た。

話はもうついてたと思うんですがね。

なんの話もついちゃいない。

売り手は軍と関係のある人たちです。取引できる機会は二度とないですよ。

金の支払いがすむまではなんの話もついてない。

十人ほどの兵士が銃を構えて通りから裏庭に入ってきた。

どうかしたのか（ケ・パサ・アキ）。

グラントンは無関心な顔で兵士たちを見た。

べつに（ナーダ）、とシュパイアーは答えた。なんでもないですよ（トード・バ・ビエン）。

なんでもない（ビエン）？　分隊長は死んだ鶏と山羊を見る。

裏口にまた女が現われた。

なんでもないんだ（エスタ・ビエン）、とホールデン判事が言った。知事の代理で交渉中でね（ネゴシオース・デル・ゴベルナドール）。

分隊長は一同を見渡してから家の裏口にいる女に眼を向けた。

私らはリドルさんの友達なんです（ソモス・アミーゴス・デル・セニョール・リドル）、とシュパイアーが言った。

もう行け（アンダレ）、とグラントンが言う。お前らみたいな半分黒んぼの半端野郎どもに用はない。

分隊長が前に出てきて威厳のある姿勢をとった。グラントンは唾を吐く。すかさず判事が二人のあいだに入り分隊長を脇へ連れていって何事か話しだした。自分の腕の高さほどしか背丈のない分隊長に判事は気持をこめて手振りもたっぷりに温かみのある口調で話していた。マスケット銃を持った兵士たちは地面にしゃがんで無表情に判事を見ている。

そのくそ野郎に金なんか払うな、とグラントンが言う。

だが判事はすでに分隊長を正式に紹介しようとしはじめていた。

こちらはアギラル軍曹だ（レ・プレセント・アル・サルヘント・アギラル）。判事はそう言って傷んだ軍服姿の軍曹を抱擁した。軍曹は重苦しい表情でグラントンに手を差し出した。じっとその空間を占めている手が何かの認可を待つ書類であるかのようにそこにいる男たちは注目したが、つとシュパイアーが歩み寄ってその手をとった。

お逢いできて光栄です（ムーチョ・グスト）。

こちらもだ（イグアルメンテ）、と軍曹は返した。

軍曹は判事と一緒に一人ずつ堅苦しく挨拶していったがアメリカ人側は何か侮辱的な言葉を呟いたり黙って首を振ったりしていた。軍曹の部下たちはしゃがんだまま最前からと変わらない無関心な様子でこの茶番の展開を逐一（ちくいち）見守っていたがやがて判事と軍曹は黒人ジャクソンの前に来た。

黒人ジャクソンは煩（うるさ）そうな顔をする。それを見た判事は軍曹にもよく相手が観察できるよう一歩近づけさせてからスペイン語で詳細きわまる紹介の言葉を繰り出した。まずは黒人ジャクソンの真偽不明な経歴をかいつまんで語りながらさまざまな事柄のたどった道筋が一つに合わさり何本もの糸が一つの針の穴を通るように——判事の言葉をそのまま使えば——現存するものの究極的権威を持つに至ったか巧みな手振りでその形を示した。そして参考になる事実としてハムの子孫やイスラエルの失われた諸部族に言及しギリシャの詩人の詩句を引用し地殻変動がもたらした人種の分散や孤立に関する人類学的な考察を述べ気候と地質が人種の特性に与えた影響について論じた。軍曹は長々と続くそうした話を注意深く聴きそれが終わると前に進み出て手を差し出した。

黒人ジャクソンは無視した。判事を見る。

この男に何を言ったんだ、ホールデン。

この人を侮辱するんじゃないぞ。

何を言ったんだ。

軍曹の顔は曇っていた。判事が相手の両肩をつかみ背をかがめて耳に何か囁きこむと軍曹はうなずき後ろにさがって黒人ジャクソンに敬礼をした。

何を言ったんだ、ホールデン。

握手は君の国の習慣にないとね。

その前は。その前はなんて言ったんだ。

判事は微笑んだ。ここにいる主だった人物が自分の参加する事柄に関係する諸事実を知っている必要はない。なぜなら当人たちが理解していようといまいと最終的には行動が歴史を説明するからだ。もっともそうした事実は——できるかぎりの範囲で——誰か第三者に証人になってもらうほうが正しい原則の観念に合致する。アギラル軍曹はそういう第三者であり彼の職務に軽侮すべき点があるとしてもそれは絶対的運命の正式な規定が要求するより大きな計画における逸脱に比べれば二次的な問題にすぎない。言葉は物だ。ある人間が所有する言葉は誰にも奪えないんだ。たとえその意味を知らなくても言葉の所有者の正当な権限は否定されるものじゃない。

黒人ジャクソンは汗をかいていた。こめかみの動脈が導火線のように脈打っている。グラントンの一隊は黙って判事の言葉を聴いていた。にやにや笑う者もいた。ミズーリ州から来た少し頭の足りない人殺しは喘息持ちが小さくあえぐような声で笑った。判事は軍曹に向き直って二人で何か話したあと荷箱のある場所へ行き拳銃とその性能を丁寧に説明した。軍曹の部下たちはすでに立ちあがって待っていた。門のところで判事は軍曹の掌に硬貨をいくつか握らせ部下の一人一人と折り目正しい握手をしながらあなた方の挙措（きょそ）動作はいかにも軍人らしいとお世辞を言い彼らが通りに出ていくのを見送った。

その日の正午にグラントンの一行はめいめい拳銃を二挺ずつ携えて言われたとおり北に向かった。

夕方斥候が戻ると隊の全員がその日初めて馬を降り馬を窪地に集めてグラントンが斥候と協議した。それからまた先へ進み夜の帳が降りたところで夜営をした。トードヴァインと少年と退役軍人は焚火から少し離れたところに坐った。三人とも自分たちが砂漠で殺された三人の補充要員だとは知らずにいた。隊のなかに何人かいるデラウェア族のインディアンを見ると彼らも焚火からいくらか離れてしゃがみ一人がコーヒー豆を入れた鹿革の袋を石で叩いているほかは銃口のように黒い眼で火を見つめている。その夜少年は一人の男がパイプに火をつけるのにちょうどいい炭を求めてまだ熱い残り火を探っているのを見た。

翌朝は陽が出る前から起きて支度をし馬に鞍を置いてあたりが見えるほど明るくなるとすぐに出発した。鋸歯状の峰を連ねる山は夜明けには純粋な青に見え至るところで鳥が囀りやがて太陽がのぼると月が正反対の西空にあって大地をはさんで向き合い白熱する太陽とその淡い写し絵のような月があたかも一つの長い筒の両端のように見えその両端で世界が想像を絶する形で燃えているようだった。乗り手たちがメスキートやピラカンサの繁みのあいだを一列に武器や銜を軽く鳴らしながら進むうちに陽がのぼり月が沈んで馬と露にしとどに濡れた騾馬が体からも影からも湯気を立てはじめた。

トードヴァインはファン・ディーメンス・ラント（オーストラリアのタスマニア島の旧名）から逃げてきたバスキャットという脱獄囚と話すようになった。生まれはウェールズで右手には指が四本しかなく歯も数本しか残っていない。トードヴァインは片耳がなく額に焼印を押されており概ねバスキャットと同じ経歴を歩んできたがバスキャットはこいつは自分と同類だと見抜いたのだろう、どちらのジャクソンが相手を殺すか賭けようと持ちかけてきた。

どっちもよく知らないんだ、とトードヴァインは言った。

でもどう思うよ。

トードヴァインは音を立てずに片側へ唾を吐いてから相手を見た。賭けはしたくねえな。

遊びはやんねえってか。

遊びによるよ。

おらあ黒が勝つと思うな。お前どっちか賭けろや。

トードヴァインは相手を見た。バスキャットの人間の耳の首飾りは黒く乾いた無花果の連なりに見えた。大柄でいかにも粗野な風貌で片眼の瞼は刃物傷がついて垂れさがり服装や装備は上等のものから粗悪品までまちまち。ブーツは上物で洋銀の装飾があるライフルも立派だがライフルを吊る革紐は古ブーツを切ったものだしシャツはぼろぼろで帽子は悪臭を放っていた。

お前先住民（アボリジニ）狩りはまだやったことねえだろ、とバスキャットが言う。

誰がそう言った。

わかるんだよ。

トードヴァインは黙っていた。

今にわかるが面白えぜ。

そうらしいな。

バスキャットはにやりと笑う。ここも随分変わったよ。俺がこの国へ来たころはサン・サバあたりの野蛮人どもはほとんど白人を見たことなかったもんな。俺らの夜営地へ来て一緒に飯を食ったこともあったがやつら俺らのナイフから眼を離さなかったっけ。次の日にゃ馬をいっぱい連れてきて交換に来た。やつらが何を欲しいのかわかんなかったけどな。ナイフならお粗末ながらもう持ってたからよ。ただあれだ、シチューの肉の骨が鋸で切ってあるなんてのは見るのが初めてだったみたいだけどな。

トードヴァインは相手の額を見ようとしたが帽子が眼のあたりまで引きおろされていた。バスキャットがにやりとして親指で帽子を軽く押しあげる。額には帽子の縁の跡が傷跡のように残っていたが焼印はなかった。右前腕の内側には数字の入墨が入っているがトードヴァインがそれを見るのはあとでチワワ州のとある風呂屋へ行ったときとこの年の秋にピメリア・アルタの荒野で踵に串を通されて木の枝から吊るされたバスキャットの死体を切り落とすときになるだろう。

ウチワサボテンとノパルサボテンのあいだを進み棘のある木の小さな森を抜け山の石地の峠を越えて花の咲いたヨモギとアロエの繁る山道をくだった。それからシャボンノキが点々とし草がまばらに生えた広い平原を横切る。山の斜面を見ると稜線から灰色の石壁が降りていきやがて崩れて平原になだれていた。一行は昼餉をとらず昼寝もせず東の山のくびれに顔を出した昼間の月が彼らに追いついて真夜中の最高点に達したときもまだ道中を続けていたがそのとき月は北に進むこの怖ろしい巡礼たちを青いカメオの浮き彫りのように描き出した。

その夜は小さな農場の家畜を入れる囲いで寝て一晩じゅう家の屋根で警戒の篝火を焚いた。この農場は二週間前に襲撃され自分たちの鍬で叩き殺され死体の一部を豚に食われたが襲撃したアパッチ族は家畜を駆り集めて山間部に姿を消してしまった。グラントンが山羊を一匹潰すよう命じたので囲いのなかで屠ると馬たちはひるみ震えたが男たちは焚火の揺れる明かりのなかでしゃがみ肉を焼きナイフで食べ指を髪の毛で拭いたあと踏み固められた土の上で眠った。

三日目の夕方コラリトスの町に入ると固まった灰が馬群に踏み崩され煙となって夕陽に赤く染まった。精錬所の煙突が灰色の空を背景に並び溶鉱炉の球形の光が黒い山影の裾で輝いていた。この日は日中雨が降ったので道に水溜まりができて低い泥の家々の明かりのともった窓が映り、馬がやってくるのを見た大きな豚がその水溜まりから呻き滴を垂らしながら沼地から追い出されたのろまな悪鬼のように起きあがった。どの家も壁に銃眼をあけ屋根に胸壁を設けており空気には砒素の臭いがこもっていた。町の住人が出てきて厳粛な面持ちで道に並びテキサスから来た一行を眺めてちょっとした動作にも畏怖と驚異の反応を示した。

一行は広場で夜営をし焚火でポプラの木立を焦がし眠っていた鳥を追い立て火明かりでみすぼらしい町のちっぽけな家畜小屋まで照らし出すと盲人が昼になったのかといぶかり両手を前に伸ばして近づいてきた。グラントンと判事とブラウン兄弟は馬でスロアガ将軍の農園まで出かけて歓迎され夕餉をとりその夜は何事もなく過ぎた。

朝広場に集まって馬に鞍を置き出発しようとしていると旅回りの手品師一家がやってきてヤノスまで行くのだが安全のため同行させてほしいと頼んだ。グラントンは隊列の先頭からその者たちを見おろした。荷物を傷んだ籠に積んで三頭の驢馬の背中にくりつけているのは老人とその妻とかなり大きな男の子と小さな女の子だった。四人とも星と半月の刺繍をあしらった道化師の衣装を着ていたがかつて派手だった色は路上の砂埃に褪せまるで邪悪な土地に追放されてさまよう義人たちといったふうに見えた。老人が前に出てグラントンの馬の口をとった。

手を離せ、とグラントンは言った。

老人は英語がわからないながらも言われたとおりにした。家族を手で示しながら事情を説明しはじめる。グラントンは老人を見ていたが話を聴いているのかどうかは誰にもわからなかった。男の子を見、老女と女の子を見てからまた老人を見おろした。

お前らは何だ。

老人は耳に手をあててグラントンのほうへ向け口をぽかんと開けて顔を見あげた。

お前らは何だと訊いてるんだ。芸人か。

老人は振り返ってほかの男たちを見る。

芸人か。道化師（ブフォーネス）一座か。

老人の顔がぱっと輝いた。そう（シ）、そうです（シ）、道化師です（ブフォーネス）。みんなそうです（トード）。男の子のほうを向いた。カシメロ！　犬持ってこい（ロス・ペロス）！

男の子が驢馬の一頭に駆け寄り荷物をあさった。取り出したのは毛の禿げちょろけた蝙蝠耳の犬二匹で大きさはドブ鼠より少し大きいくらい色は薄茶色それを男の子が宙に投げあげて両掌で受けとめると二匹の犬は闇雲にぐるぐる回りだす。

どうです（ミーレ）、どうです（ミーレ）！　と老人は叫びあげた。ポケットを手で探り木の球を四つ出してグラントンの馬の前でお手玉芸を見せる。馬は鼻を鳴らして顔をぐいと持ちあげグラントンは脇へ身を傾けて唾を吐き手の甲で口を拭いた。

下痢便みたいな芸だな、とグラントンは言った。

老人がお手玉をしながら後ろを振り返って妻と娘に何か言うと犬がなおも踊りつづけるなか女二人は何かの用意に取りかかったがグラントンは老人に言った。

これ以上くだらん芸は始めなくていい。一緒に来たいのなら隊列の後ろにつけ。俺は何も約束せんがな。行くぞ（バモノス）。

グラントンは馬を進めた。隊列が金属音を立てながら動きだすと老人は女二人をしっしっと驢馬のほうへ追い立て犬を腋に抱え眼をまん丸に見開いて立っている男の子を叱咤した。一行は人群れのあいだを進み鉱滓（こうさい）や尾鉱（びこう）の大きな円錐形の山の脇を通り過ぎていく。町の住民があとを見送った。男たちの何人かが恋人同士のように手をつないで見物し盲人を紐で引いている小さな子供が一人もっとよく見える場所へ移っていった。

正午ごろにカサス・グランデス川の石のごろごろする河原を渡り痩せ細った流れを見お

ろす段丘に沿って進み数年前にメキシコ軍が野営中のアパッチ族を虐殺した骨だらけの土地を通過したが半マイルにわたるその部分には女子供も含めたインディアンの手足の骨や肋骨や頭蓋骨が散乱し幼児の小さな手足の骨や紙でできているような歯のない頭蓋骨が子猿の骨のように見え壊れた籠や壺の古い残骸が砂利に混じっていた。一行はさらに馬を進めた。不毛の山から流れてきた川は両岸に樹木の黄緑色の廊下をつくっていた。西にはぎざぎざの稜線を描くカルカーハ山があり北にはアニマス山脈が薄青く横たわっていた。

その夜の夜営地は松と杜松（ねず）の木が生えている風に吹きさらされる台地で闇のなか焚火の火は風下に身を傾け低木の繁みのあいだに火の粉の熱い鎖を走らせた。道化師一家の老人は驢馬から荷をおろし大きな灰色のテントを張りはじめた。意味不明の文字が書かれたキャンバスの布ははためき揺れそそり立ちまたはためいて四人の体に巻きついた。女の子は一つの隅にしがみついて地面に寝た。そしてそのまま砂地の上を引きずられた。老人は狭い歩幅でよろめく。火明かりを受けた老女の眼は据わっていた。荒くれ者たちが見ているなかばたばた暴れる布にしがみついた四人家族は声もなく焚火の明かりの外で吠えたける荒野へ引きずり出されていったがその姿はさながら怒りに燃える猛々しい女神の裳裾にすがって嘆願する信徒のようだった。

見張り役の男たちはテントがすさまじい音とともに夜の闇のなかへ駆け去るのを眺めた。やがて一家は何やら口争いをしながら戻ってきたが老人はまた火明かりの端まで行って荒れ狂う闇のほうを見やり盛んに拳を振りながらいつまでもそれに話しかけて戻ってこないので老女が男の子に連れ戻させた。今老人は荷解きを家族に任せて焚火を見つめていた。家族は落ち着かない眼で老人を見ている。グラントンも老人にじっと眼を据えていた。

おい芸人、とグラントンが言った。

老人は顔をあげた。人差し指で自分の胸を指す。

そうお前だ。

老人は腰をあげてすり足で前に出た。グラントンは細い黒い葉巻を吸っている。眼をあげて老人を見た。

お前運勢は占えるか。

老人は眼をぱちくりした。へっ？（コモ）

グラントンは葉巻をくわえて両手でカードを配る仕草をした。カードだ（ラ・バラーハ）。運勢を占うやつだよ（パラ・アディビナール・ラ・スウエルテ）。

老人は片手をはねあげた。はいはい（シ・シ）、と言いながら元気よくうなずいた。全部わかる（トード）、全部わかる（トード）。人差し指を立ててからくるりと体の向きを変え驢馬からおろされたみすぼらしい荷物のほうへ歩いた。それから愛想のいい笑顔でカードを巧みに捌きながら戻ってきた。

おいで（ベンガ）、と呼びかける。おいで（ベンガ）。

老女がついてきた。老人はグラントンの前でしゃがみ低い声で話しかけた。老女を振り返りカードをリッフルしてから立ちあがると老女の手をとって焚火から離れた場所まで連れていき老女を闇に向かって坐らせた。老女がスカートの裾を整え居住まいを正すと老人はシャツのポケットからスカーフを出して老女に眼隠しをする。

よし（ブエノ）。どうだ見えるか（プエデス・ベール）。

いいえ（ノ）。

全然（ナーダ）か。

全然（ナーダ）。

よし（ブエノ）。

老人はカードを手に向き直りグラントンのほうへ歩いてきた。老女は石のように坐っている。グラントンは手で追い払う仕草をした。

ほかの野郎ども（ロス・カバィエーロス）を見てやれ。

老人は体の向きを変えた。焚火のそばにしゃがんでいる黒人ジャクソンが腰をあげてカードを扇状に広げた老人のほうへ歩み寄った。

老人は黒人を見あげた。カードを畳んでまた扇状に広げその上で左手をさっと振ってから前にぐっと出すと黒人ジャクソンが一枚抜いて見た。

はい（ブエノ）、と老人は言った。はい（ブエノ）。人差し指を薄い唇にあてて何も言うなと警告してから黒人ジャクソンからカードを受けとり高く掲げてその場でぐるりと回った。カードが一度だけ鋭い音を立てた。老人は焚火の周囲に坐った男たちを見る。男たちは煙草を吸いながら老人を注視している。老人は体の前で突き出したカードをゆっくりと水平に動かした。カードの図柄は道化師の姿をした愚者と猫だった。愚者（エル・トント）、と老人は叫んだ。

愚者（エル・トント）、老女が復唱する。そして顎を軽く持ちあげて一本調子に何かを唱えだした。黒人ジャクソンは法廷に出たように神妙な顔で待った。眼だけ動かして隊の男たちを見る。焚火の風上に坐った判事は上半身裸で彼自身が青白い大きな何かの神のようだったが黒人の視線が自分にたどり着くとにやりと笑った。老女の声がやんだ。火が風下にさっと靡（なび）いた。

誰（キエン）、誰（キエン）、と老人が叫ぶ。

老女は少し間を置いて、黒人（エル・ネグロ）、と言った。

黒人（エル・ネグロ）、と老人は声をあげカードを手に体を回した。服が風に鋭くはためいた。老女が声を高くして何か言いはじめると黒人ジャクソンは仲間のほうを見た。

なんて言ったんだ。

老人はその場で回り終え一同に向かって小さなお辞儀を繰り返した。

婆はなんて言ったんだ、トビン。

元司祭のトビンは首を振った。そんなものは偶像崇拝だよ、黒ちゃん（ブラッキー）。偶像崇拝。気に

する な。

なんて言ったんだ、判事。

判事はにやりと笑った。最前から毛のない頭の皺のなかから小さな生き物を親指で探していたが今それを一匹親指と人差し指でつまみ祝福するような仕草でぎゅっと押し潰してその見えない何かを眼の前の火中に棄てた。婆さんがなんと言ったか。

なんて言ったんだ。

たぶんお前の運勢にわれわれ全員の運勢が重なっていると言ったんだと思う。

そりゃどういう運勢なんだ。

判事は穏やかに微笑んだが、皺のできた額は海豚（いるか）のそれに似ていなくもなかった。お前は酒飲みか、ジャッキー。

まあ普通だ、と黒人ジャクソンは答えた。

たぶん酒の悪魔に気をつけろと言ったんだと思うよ。いい忠告だと思わないか。

それは運勢じゃない。

そのとおり。だから司祭の言うとおりなんだ。

黒人ジャクソンは顔をしかめたが判事は前に身を乗り出して相手の顔を見た。その漆黒の額に皺寄せて私を見るな、友よ。すべては最後に明らかになるだろう。お前にもほかのみんなにも。

坐っている男たちは判事の言葉を吟味するような顔をしたり黒人ジャクソンを見たりした。栄誉を受けながら何か気持ちが落ち着かないといったふうなジャクソンがやがて焚火のそばから離れると老人が立ちあがりカードを持った手を動かし体の前ですっと扇状に開いてまるでカード自身が次の対象を見つけるだろうというようにぐっと突き出して焚火のまわりの男たちのブーツのそばを歩いた。

誰（キエン）、誰（キエン）、と老人は囁く。

誰も引く気がない。判事の前に来ると、指を広げた片手を大きな腹にあてた判事は人差し指をあげてある方向を指した。

そこにいる若い放火犯がいい、と判事は言った。

はい（コモ）？

若いやつ（エル・ホーベン）だ。

若いやつ（エル・ホーベン）、と老人は呟いた。謎めいた雰囲気を漂わせてゆっくりとあたりを見まわすうちに眼がそれらしき者にとまる。老人は足を急がせて男たちの前を通り過ぎた。少年の前で立ちどまってしゃがみある種の鳥の求愛行動に似たゆっくりとしたリズミカルな動きでカードを扇状に開いた。

一枚引いて（ウナ・カルタ）、一枚引いて（ウナ・カルタ）、とあえぐような声で言う。

少年は老人を見、隊の男たちを見まわした。

さ（シ）、さ（シ）、と老人はカードを差し出す。

一枚引いた。その種のカードは見たことがなかったが、今引いた一枚には見覚えがある気がした。

老人は少年の手をとってカードが見えるよう自分のほうに向けた。それからカードをとって高く掲げた。

カップの4（クワトロ・デ・コーパス）、と声をあげる。

老女が頭をあげた。眼隠しされた人形が糸を引かれて眼醒めたように見えた。

カップの4（クワトロ・デ・コーパス）、と老女は言った。肩をうごめかした。風が服と髪を吹き煽っていく。

誰（キエン）、と老人が言った。

その人は（エル・オンブレ）……と老女が言う。その人はいちばん若い（エル・オンブレ・マス・ホーベン）。若い子（エル・ムチャーチョ）。

若い子（エル・ムチャーチョ）、と老人は叫んだ。カードを横に動かしてみんなに見せた。老女は老人の持つカードのなかの一枚に描かれている闇の柱（ボアズ）と光の柱（ヤヒン）の対話をとりもつ女教皇が眼隠しをしたような姿で坐っていたが、そのカードの本物の柱が男たちに見せられることはなく与えられるのは偽の女預言者だけだった。老女は何か言葉を唱えだした。

判事は含み笑いをしていた。体をやや前に傾けて少年の様子を見た。少年はトビンを見、デイヴィッド・ブラウンを見、グラントンを見たが誰も笑っていなかった。老人は少年の前にひざまずき奇妙に張りつめた視線を少年に注いだ。少年の視線をたどって判事を見、また少年を見る。少年が眼を向けてきたとき老人は口の端をゆがめて微笑んだ。

あっちへ行きやがれ、と少年は言った。

老人は耳を少年のほうへ向けた。どんな言葉を話す者にも意味がわかる普通の仕草だった。その耳は色が浅黒く、まるで以前そのように前へ差し出して殴られたことが何度もあるか悪い知らせを聴いて損傷を受けたせいだというように形が崩れていた。少年はまた老人に話しかけたがトビンやほかの何人かと一緒にテキサス騎馬警備隊でベンジャミン・マカロックの部下として戦ったことのあるケンタッキー出身のテイトという男が前に身を乗り出してぼろ服を着た老人に囁きかけ、それで老人は立ちあがり軽くお辞儀をしてそこから立ち去った。老女はもう詠唱をやめていた。老人は風に服をはためかせて立ち焚火は長い熱い尾で地面を打った。誰（キエン）、誰（キエン）、と老人は言う。

隊長（エル・ヘーフェ）だ、と判事が言った。

老人の眼がグラントンを探し出した。グラントンはじっと坐っていた。老人が離れたところに坐っている老女を見ると老女は闇のほうを向いて体を軽く揺らしながらぼろ服姿で夜と戦っていた。老人は人差し指を唇にあてたあと迷いを示す仕草で両腕を広げた。

隊長（エル・ヘーフェ）だ、と判事は声を鋭く絞り出した。

老人は体の向きを変えて焚火のそばにいる男たちの脇を通りグラントンの前に立つとしゃがんでカードを差し出し両手で広げた。何か言葉を口にしたのだとしてもその言葉は誰に聴かれることもなく風に吹き飛ばされた。砂塵を防ぐためにいつも眼を細めているグラントンがにやりと笑った。手を前に出してとめ、老人を見た。それからカードを一枚とった。

　老人はカードを閉じてポケットに入れた。グラントンが持っているカードのほうへ手を伸ばす。その手が触れたか触れないかの一瞬にカードは消えた。今グラントンの手にあったものが次の瞬間にはもうなかった。闇のなかに跳んだカードを老人の眼はさっと追った。おそらくグラントンはカードの絵柄を見ただろう。それが彼にとって何を意味したというのか。老人は焚火の明かりの向こうに広がるむきだしの狂乱のほうへ手を伸ばしたが勢い余って重心を失いグラントンのほうへ倒れかかり老人が痩せた胸に隊長を両腕で抱いて慰めるかのような奇妙な接触が一瞬生じた。

　グラントンが毒づいて老人を突き放すのと同時に老女が詠唱をやめた。

　グラントンは立ちあがった。

　老女は顎をあげ闇に向かって何やら話しだした。

　あの女を黙らせろ、とグラントンは言った。

　戦車(カローサ)、戦車(カローサ)、と老女は言った。逆さまの(インベルティード)。戦争のカード(カルタ・デ・ゲーラ)、報復のカード(デ・ベンガンサ)。暗い川面に車輪のないものが見える(ラ・ビ・シン・ルウエーダス・ソブレ・ウン・リオ・オブスクーロ)……。

　グラントンが老女を呼ぶと老女が黙ったのは呼ばれたのが聴こえたかのようだったが実

際は違った。占いに新たな道筋が見つかったらしかった。

失われた（ペルディーダ）、失われた（ペルディーダ）。カードは夜の闇に失われた（ラ・カルタ・エスタ・ペルディーダ・エン・ラ・ノーチェ）。

この間ずっと咆哮する闇のとば口に立っていた女の子が黙って十字を切った。老人は突き飛ばされた場所にひざまずいて、失われた（ペルディーダ）、失われた（ペルディーダ）、と呟いた。

呪い（ウン・マレフィーシオ）、と老女は叫ぶ。なんという不吉な風（ケ・ビエント・タン・マレアンテ）……。

いい加減に黙らんか、とグラントンが言い拳銃を抜いた。

遺骨でいっぱいの霊柩車（カローサ・デ・ムウエルトス・イエナ・デ・ウエソス）。少年は（エル・ホーベン・ケ）……。

大きな重い霊鬼（ジン）のような判事が焚火をまたぎ越してきたがそのとき判事はまるでもともと火から生まれたものだというように炎のなかから出てきた。判事はグラントンを両腕で抱えた。誰かが老女から眼隠しを引きはがし老人と一緒に殴りとばしたがそのあと焚火の低い炎が強風のなかで生き物のように吠えるなか男たちが寝静まりはじめたときも四人の家族は火明かりのはずれで奇態な荷物のあいだにうずくまりぎざぎざの形をした炎が荒野の虚空のなかの大渦に吸いこまれるかのように風に靡くのを眺めていたがその荒野の大渦のなかでは人の移動も予測も意味を持たない。まるで人間たちとその家畜と荷物が意志や運命を越えてカードの占いにおいても現実においても第三のまったく別の運命に委（ゆだ）ねられて移動していくかのようだった。

翌朝出発したときには灰色の光が射すばかりで陽の出はまだだったが風は夜のうちに衰

え夜の不吉なものたちも消えていた。老人は驢馬を小走りに走らせて先頭のグラントンと並びそのまま一緒に午後も進んでいったがやがて隊列はヤノスの町に入っていった。

もとは壁に囲まれた古い砦だった町は全体が泥でできており丈の高い泥の教会も泥の見張り塔もすべて雨に溶けてずんぐりした塊になり輪郭のまるっこい廃墟となっていた。騎馬隊の到来を察知した疥癬(かいせん)病みの野犬たちは手負い犬のような吠え方をしながら崩れた壁のあいだをこそこそ走った。

一行が前を通り過ぎた教会の二つの低い泥の支石墓(ドルメン)をつなぐ金棒からはスペイン植民地時代の古い青緑色の鐘が吊るされていた。あばら屋から黒い眼の子供たちがこちらを見ていた。空気には炭火から出る煙が濃密に満ちておりあちこちの戸口には頭の禿げた老人が何人か黙って坐っているが民家の多くは崩れて荒れ果てて家畜小屋になっていた。眼に諂い(へつらい)をたたえた老人が一人よろよろと出てきて手を差し出してきた。どうか少しばかり(ウナ・コルタ・カリ)のお慈悲(ダー)を、と老人はかすれ声で言った。お願いです(ポル・ディオース)。

広場では斥候隊のデラウェア族インディアン二人とウェブスターが白土のような膚の色の老女と一緒にしゃがんでいた。乾ききったような老女は半裸で肩掛けのあいだに萎びた茄子のような乳房が垂れていた。老婆は地面を見つめたままで騎馬隊に囲まれても顔をあげなかった。

グラントンは広場を見まわした。そこからは町は空っぽに見えた。少人数のメキシコ軍兵が駐屯していたが姿を見せなかった。どの通りにも土埃が舞っていた。グラントンの馬が鼻面をおろして老女の匂いを嗅ぎ頭をつつき身を震わせるとグラントンは馬の首を軽く叩いて鞍から降りた。

この婆さんは川の上流八マイルほどのところにあるインディアンの食肉処理場にいた、とウェブスターが言った。歩けないんだ。

そこには何人くらいいた。

十五人から二十人かな。馬も騾馬も持ってなかった。婆さんが何をしてたのかは知らないが。

グラントンは手綱を後ろ手に持って自分の馬の前を横切った。

気をつけて隊長。その婆さん咬みつくから。

老女はグラントンの膝の高さに眼をあげた。グラントンは馬を後ろへ押しやり鞍に取りつけた鞘から大型の拳銃を抜いて撃鉄を起こした。

お前らこそ気をつけろ。

男たちは後ろへさがった。

老女が顔をあげた。老いた眼には意気の張りも萎えもなかった。グラントンは左手で老女の視線を誘導して脇を向かせ側頭部に銃口をあてて発砲した。

銃声が狭い貧相な広場に満ちた。何頭かの馬がひるんで足踏みした。老女の頭の反対側に拳大の穴があいて血糊が大量に飛び出し老女は自分の血の溜まりの上に倒れて救いようもなく横たわった。グラントンはすでに撃鉄を半起こしにして使用済みの雷管を親指ではずし弾を装塡し直す準備を整えていた。マギル、とグラントンは呼んだ。

隊でただ一人のメキシコ人が前に出た。

受け取りをもらえ。

マギルはベルトの鞘から皮剝ぎナイフを抜いて老女が横たわっている場所へ歩み寄り髪をつかんで手首に巻きつけ頭の鉢にナイフの刃を入れて頭皮を剝ぎ取った。

グラントンは男たちを見た。老女を見おろしている者もいればすでに馬や装備の支度をしている者もいた。グラントンを見ているのは新入りだけだった。グラントンは拳銃の薬室に弾丸をこめると眼をあげて広場の向こうを見た。芸人の一家四人が証人のように横一列に並んで立ち、その向こうの横に長い泥の家の戸口や硝子のない窓には顔がいくつも覗いていたがグラントンの視線がゆっくりと通るそばから人形劇の人形のように次々と引っこんだ。グラントンはローディング・レバーで弾丸を薬室に押しこみ雷管をはめ重い拳銃を手でくるりと回してから馬の肩口の鞘に戻すとマギルから血のしたたる戦利品を受け取り毛皮の値踏みをするように陽にかざしてからまたマギルに返し地面に落とした手綱を拾いあげ馬を引いて広場を出て川のほうへ向かった。

町の外壁のすぐ外を流れる川の対岸のポプラの林のなかに夜営地をしつらえた一行は暗くなると小集団に分かれて町の煙の漂う通りをぶらついた。芸人一家は埃っぽい広場に小さなテントを張り周囲に何本か杭を立ててそこに篝火の油壺を吊るした。老人はブリキの缶に生皮を張った一種の小太鼓を叩きながら甲高い鼻声で演し物の案内をし老女は華麗な見世物を見せるという身振りで腕を振りながらさあ寄ってらっしゃい見てらっしゃい（パセ・パセ・パセ）と叫んでいた。トードヴァインと少年はそぞろ歩く町の住民を眺めた。バスキャットが身を傾けて話しかけてきた。

あれを見ろい。

二人は指さされたほうを見た。黒人ジャクソンが上半身裸になってテントの後ろに立っていたが老人が腕で宙を刷（は）くような仕草をすると女の子がジャクソンの体をぐいと押しジャクソンはテントの陰から飛び出して篝火の今にも消えそうな明かりのもとで奇妙な動作をしながら歩きまわった。

8

別の酒場の助言者――モンテ――刃傷沙汰――酒場のいちばん暗くて目立つ隅――夜回り――北へ進む――食肉処理場――退役軍人――アニマス山脈の麓で――衝突と殺し――別の夜明けの隠者

男たちは酒場の外で足をとめ金を出し合い扉のかわりに吊るしてある乾いた生皮をトードヴァインが押して店に入るとなかは真っ暗で何も見えなかった。天井の梁からランプが一つだけさがり暗がりのなかで黒い人影がいくつか坐って煙草を吸っていた。部屋を横切って陶器のタイルを張ったカウンターまで行く。店内は木を燃やした煙と汗の臭いがぷんぷんした。痩せた小男が現われてこれが作法だというように両手をカウンターについた。

なんにします（ディガメ）、と男は言った。

トードヴァインは帽子を脱いでカウンターに置き爪を立てて頭を掻いた。

くたばったり眼が潰れたりしない酒てえとお前んとこじゃどんなのがあるんだい。

え（コモ）？

トードヴァインは喉もとで親指をぐいと動かした。酒は何があるんだよ。

バーテンダーは後ろを振り返って品揃えを見た。そこに要望に応えられるものがあるかどうか自信がなさそうだった。

メスカルは。

みんなそれでいいか。

さっさと注げや、とバスキャットが言った。

バーテンダーは陶器の壺から凹みと傷のついた錫のカップ三つに酒を注ぎ賭けのチップをテーブルに出すときのようにそっと押し出した。

いくらだ（クワント）、とトードヴァインが訊いた。

バーテンダーはおどおどしていた。六（セイス）？　と尻あがりに言った。

六（セイス）、何だ。

バーテンダーは指を六本掲げる。

センターボだろ、とバスキャットが言った。

トードヴァインは硬貨をカウンターに出し自分のカップをとって飲みほしまた金を出した。人差し指を振って三人分のお代わりを頼む。少年もカップをとって一気に飲みまたカップを置いた。酒は臭く酸っぱくかすかにクレオソートの味がした。ほかの仲間と同じようにカウンターに背中をつけて立ち店のなかを眺めた。隅のテーブルでは男たちが獣脂蠟燭一本でカードに興じていた。反対側の壁ぎわには光とは無縁といったふうな人影がいくつかしゃがみアメリカ人の一団を無表情に見ていた。

おつなもんだな、とトードヴァインが言った。暗がりで色黒の連中とモンテをやるってのは。カップを持ちあげて酒を飲みほしカップを置いて残った硬貨を数えた。闇のなかから一人の男がのそのそ出てきた。腋に抱えていた一瓶の酒をカップと一緒に注意深くカウンターに置きバーテンダーに何か言うとバーテンダーは陶器の水差しを持ってきた。男は持ち手が右側へ来るように水差しの向きを変えてから少年を見た。年寄りでメキシコでももうあまり見かけない天辺の平らな帽子をかぶり汚れた白い木綿のシャツとズボンを着けていた。サンダルは乾いて黒ずんだ魚を足の裏に紐で縛りつけているように見える。

あんたテキサス？　と老人は訊いた。

少年はトードヴァインを見た。

あんたテキサスだろ、と老人は言った。わしテキサスに三年いた。そう言って掲げた手には人差し指の第一関節から先がなかったがその仕草はテキサスで何が起きたかを示すためか単に親指以外の指で三という数字を形で表わすためのどちらかに違いなかった。老人は手をおろしてカウンターのほうへ向き直ると葡萄酒をカップに注ぎ水差しの水を少し加えた。酒を飲みカップを置いて今度はトードヴァインのほうを向く。顎の先に生やした薄い白髪の鬚を手の甲で拭いてからまた眼をあげた。

あんたら戦争屋（ソシエダー・デ・ゲーラ）だろ。野蛮人とやる（コントラ・ロス・バルバロス）んだろ。

トードヴァインには言葉がわからなかった。妖怪（トロール）に謎をかけられた無骨な騎士のように見えた。

老人は幻のライフル銃を肩づけして口で発射音を立てた。アメリカ人たちを見た。あんたらアパッチ殺す、そうだろ？

トードヴァインはバスキャットを見た。こいつ目当ては何だ。

バスキャットは四本指の手で口もとをぬぐったが指の数は同じでも老人に好意は示さなかった。じじい何か企んでるんだぜ。でなきゃ頭がおかしいか。

トードヴァインは背後のカウンターに両肘をついた。老人を見てから床に唾を吐いた。逃亡した黒んぼより頭がおかしいんだろな。ええ？

部屋の反対側で唸り声がした。男が一人立ちあがり背をかがめてほかの男たちと何か話した。また唸り声が聴こえ老人が手で二度顔を撫でて指先に唇をつけたあと顔をあげた。

あんたらいくらもらう、と老人は訊く。

誰も答えなかった。

ゴメス殺したらうんともらえるだろうな。

反対側の暗い壁ぎわで男がまた呻いた。ああくそったれ（マードレ・デ・ディオス）、と言う。

ゴメス、ゴメス、と老人は言った。さすがのゴメスもな。テキサス人（テハーノス）に勝てるやつがいるか。あれらは兵隊だ。肝っ玉のある兵隊たち（ケ・ソルダードス・タン・バリエンテス）。ゴメスの血（ラ・サングレ・デ・ゴメス）、人民の血（サングレ・デ・ラ・ヘンテ）……。

老人は顔をあげた。血か、と言った。この国は血を流しすぎたよ。このメキシコは。ここは喉の渇いた国だ。千人のキリストの血。そんなものは無だ。

老人はすべての土地が闇のもとにある世界を手で示し血にまみれた祭壇を手で示した。それからカウンターに向き直って葡萄酒を注ぎ、穏やかな年寄りに戻ってまた水を足し葡萄酒を飲んだ。

少年はじっと老人を見ていた。葡萄酒を飲むのを見、口を拭くのを見た。またこちらを向いて口を開いたとき老人は少年にでもトードヴァインにでもなく店のなかの人間全員に話しかけているように見えた。

わしはこの国のことを神に祈る。今あんた方にそう言っておく。わしは祈ると。教会へは行かん。教会にいる木偶（でく）どもに話しかけてなんになる。わしはここで話す。

老人は自分の胸を指さした。それからまたアメリカ人たちのほうを向いて声を和らげた。あんたらは凄腕だ。野蛮人を殺す。やつらはあんたらから隠れられん。だがもう一人凄腕がいてその人からは誰も隠れられない。わしは兵隊だった。まるで夢のようだ。砂漠で骨さえ消えてしまったあとも夢が話しかけてくる、その夢からあんたらは永遠に眼醒めない。

老人はカップの中身を飲みほすと瓶を取りあげサンダル履きの足で店のさらに暗いとこ

ろへ歩み去った。壁ぎわの男がまた呻き神に呼びかけた。バスキャットと話していたバーテンダーは隅の暗がりを手で示して首を振りアメリカ人たちは最後に注いだ酒を喉に流しこむとトードヴァインが銅貨をいくつかバーテンダーのほうへ押しやったのを潮に店を出た。

あれはやつの倅(せがれ)だったんだ、とバスキャットが言った。

誰のことだい。

隅でナイフで切られた若いやつ。

ありゃ切られたのか。

同じテーブルにいたやつに切られた。カードをやってた一人が別の一人をナイフで切ったんだ。

なんであそこにじっとしてたんだ。

俺もそれを訊いた。

そしたら？

逆に訊かれたよ。どこへ行きゃいいんだって。

塀にはさまれた狭い通りを歩いていくとやがて前方に門が現われその向こうに夜営の火明かりが見えていた。声が一つ聴こえた。それはこう言っていた。十時半(ラス・ディエス・イ・メディア)、異常なし(ティエンポ・セレーニョ)。声の主は夜回りでランタンを手に時刻を低い声で唱えながら三人の脇を通り過ぎていった。

暁闇のなかで周囲の音がやがて見えてくるであろう風景を描写する。川沿いの木立で最初に眼醒めた鳥の声に馬具の音に馬の鼻息にやわらかな蹄の音。暗い町で啼きはじめる鶏。空気は馬と炭火の匂いがする。夜営地が活動を始めた。次第に明るむ光のなかで町の子供たちが夜営地の周囲に坐っている。起き出した男たちの誰もどれくらい前から子供たちが闇のなかで黙って坐っていたのかを知らない。

馬を連ねて広場に入っていくと老女の死骸は片づけられ地面が掃かれていた。芸人一家のテントでは杭に吊るされたランプが火の消えた黒い抜殻(ぬけがら)をさらし焚火が冷たくなっていた。薪を割っていた老女が一人顔をあげ両手で斧を持ったまま隊列を見送った。

午前半ばに通り抜けた襲撃されたインディアンの食肉処理場では木の繁みに広げたり杭に吊るされたりした肉が黒焦げになり黒い奇妙な洗濯物が干してあるように見えた。地面に広げた鹿肉が木釘でとめられ白や代赭色の骨が岩陰に散乱して原始的な食肉処理場らしい風情だった。馬は耳を立て足を急がせた。一行は先へ進んだ。午後に黒人ジャクソンが追いついてきたが乗っている馬は足を痛めへたばりかけていた。グラントンが体をひねってジャクソンを調べる眼で見た。それからグラントンが自分の馬を少し前へ駆けさせるとその後ろにジャクソンが入り膚の色の薄い旅の仲間たちと一緒にまた先へ進んだ。

退役軍人がいないとわかったのは夜になってからだった。炊事の煙のなかから判事が現われてトードヴァインと少年の前でしゃがんだ。

チェンバーズはどうした、と判事が訊いた。

辞めたみたいだな。

辞めた。

そうらしい。

今朝は出発したのか。

俺たちのそばにはいなかった。

お前が仲間内の代表だと思ってたが。

トードヴァインは唾を吐いた。あのじじいは自分で自分のことを決めたみたいだな。

最後に見たのはいつだ。

ゆうべだな。

今朝は見なかったと。

今朝は見なかった。

判事は相手をじっと見た。

トードヴァインは言った。じじいがいなくなったのは知ってると思ってたよ。いないのに気づかないほど小柄ってわけじゃなかったもんな。

判事は少年を見た。またトードヴァインを見た。それから腰をあげて戻っていった。

朝になるとデラウェア族インディアンのうち二人がいなかった。一行は先へ進んだ。昼までには峠を目指して山をのぼりはじめていた。野生のラヴェンダーやシャボンノキの生えている山道からはアニマス山脈が見えた。鷲の影が一つその高い峻嶮(しゅんけん)な峰の巣からやってきて乗り手の列を横切ると男たちは鳥影を求めて張りつめた青い無傷の虚空を見あげた。松や低木の楢のあいだを抜け松林のなかを通る峠を越えてさらに山道を進んだ。

夕方には北の土地を見渡せる地卓(メサ)の上に出た。太陽が燔祭(ホロコースト)の火を燃やす西の砂漠からは小さな蝙蝠が一列に途切れることなく飛び立ち北のほうでは世界の震える外周に沿って砂埃が遠い軍隊の硝煙のように虚空のなかに漂っていた。青い黄昏が長くつづく空の下でくしゃくしゃに揉んだ肉屋の油紙のような山並みが襞の影を鋭く刻み中景には乾いた湖の光沢のある底が月面の雨の海のように薄暗く光り暮れ残る夕陽のなかで鹿の群れが砂漠と同じ色をした狼の群れに襲われて北に向かって駆けていた。

グラントンはしばらくのあいだその風景を眺めていた。地卓のまばらな草が風に鞭打たれる音は大昔の記録されなかった合戦で槍と槍の打ち合った音を今も台地が伝えている谺のようだった。空全体が乱れたように見え夜が薄暮の土地に急速に訪れると小さな灰色の鳥の群れがやわらかく啼きながら太陽を追って飛んでいった。グラントンは舌鼓(ぜっこ)で馬に前進を促した。そしてグラントンを先頭に全員が闇の不確実な破壊のなかへ入っていった。

その夜は岩屑がなだれ落ちた崖下で夜営をしたが予言された殺人が起きたのはそこでだった。白人ジャクソンはヤノスでさんざん酒を飲みその後の二日間は赤い眼をして馬に乗り山を越えてきた。ぼさぼさ髪の白人ジャクソンは今ブーツを脱ぎ焚火のそばに坐り狼の声と仲間と夜の神秘に囲まれてフラスクに詰めた砂糖黍の蒸留酒を飲んでいた。すると黒人ジャクソンが焚火に近づいてきて鞍下毛布を地面に敷きそこへ坐ってパイプに火をつけはじめた。

夜営地には焚火が二つあったが誰がどちらにあたるという規則は不文律さえなかった。もう一つの焚火を見るとそちらにはデラウェア族インディアンやメキシコ人のマギルや新入りたちがいて夕餉をとっていたので白人ジャクソンは回らない舌と手振りで黒人ジャクソンに向こうの焚火へ行けと言った。

人間の判断を越えたところではすべての盟約は脆い。黒人ジャクソンはパイプの火皿から顔をあげた。焚火を囲む男たちの眼には頭蓋骨にはめこまれた白熱する石炭のように光を放っているものもあればそうでないのもあったが黒人ジャクソンの眼は混ぜ物のない生粋の夜が後ろに隠れた状態からこれから到来する状態へと移っていく通路となっていた。この隊じゃ誰でも好きなところへ坐っていいはずだ、と黒人ジャクソンは言った。

白人ジャクソンは片眼をつぶり口もとのゆるんだ顔をさっとあげた。ガンベルトが地面でとぐろを巻いていた。手を伸ばして拳銃を抜き撃鉄を起こした。四人の男が腰をあげて離れた。

俺を撃つ気か、と黒人が訊いた。

てめえの黒いケツをこの焚火からよそへ持ってかねえとぶっ殺す。

黒人ジャクソンは坐っているグラントンに眼をやった。グラントンは彼を見ていた。黒人ジャクソンはパイプを口にくわえて立ちあがり鞍下毛布を拾いあげて畳み片腕にかけた。

今のは取り消さないんだな。

神さまが最後の審判を取り消さねえようにな。

黒人ジャクソンはもう一度炎ごしにグラントンを見てから暗闇のなかへ歩み去った。白人ジャクソンは撃鉄をおろして拳銃を自分の前の地面に置いた。二人の男が焚火のそばへ戻ってきて不安げに立つ。白人ジャクソンはあぐらをかいた。片手を膝につき反対側の腕を膝の上で前に伸ばし細身の黒い葉巻を持っていた。いちばん近くにいるのはトビンだったが闇のなかからボウイーナイフを何かの儀式の道具のように両手で持った黒人ジャクソンが出てくるとすばやく立ちあがった。白人ジャクソンが酔眼をあげた瞬間黒人ジャクソンがさっと前に出てナイフの一振りで首を刎ねた。

黒っぽい血の太い綱が二本と細い綱が二本、蛇のように首の切り株から立ちあがり弧を描きながら火に落ちてしゅうっと音を立てた。首は左のほうへ転がり元司祭の足もとで片眼をむいた。元司祭のトビンは片足を引っこめて立ちあがり後ろにさがった。焚火は湯気を出し黒くなり灰色の煙をあげ綱のアーチはゆっくりと勢いを失ってシチューの小さな煮立ちのようになりまもなくそれも収まった。白人ジャクソンは首がなくなり血にまみれているほかは最前と同じように坐り指にはまだ細い葉巻をはさんだままで焚火の炎のなかにできた煙をあげている黒い穴、自分の命が消えてしまったその黒い穴のほうへ上体を傾けていた。

グラントンは腰をあげた。ほかの男たちも移動した。誰も口を開かなかった。明け方に一行が出発するとき首なしの男は灰のそばで殺されたシャツ形の肌着姿の裸足の隠修士のように坐っていた。拳銃は誰かが持っていったがブーツは脱いだ場所に置かれたままだった。隊列は先へ進んだ。そして平原を一時間と進まないうちにアパッチ族に襲撃された。

9

待ち伏せ——死んだアパッチ——空っぽの土地——石膏の湖——塵旋風——雪眼になった馬——戻ってきたデラウェア族インディアン——形見分け——幽霊幌馬車——銅山——無断居住者——蛇に咬まれた馬——地質学的証拠を調べる判事——死んだ男の子——過去の事物の視差と誤誘導について——バッファロー狩猟隊

乾湖の西の端を横切っている途中でグラントンが馬をとめた。後ろを振り返り鞍の木製の後橋に片手を置いて東に横たわる蠅の糞が点々と散ったような丸禿げの山並みの上にのぼった太陽を見やる。乾湖の底は平らで何かが通った痕跡がまったくなく青い島のような山並みは裾野が見えず空中寺院のように虚空に浮かんでいた。

トードヴァインと少年もほかの男たちと同じように荒涼とした風景を眺めた。湖底に冷たい海が現われ千年前に消えたはずの水が朝の風に銀色のさざ波を立てた。

犬の声かな、とトードヴァインが言った。

鵞鳥（がちょう）じゃないのか。

不意にバスキャットとデラウェア族の一人が馬の向きを変え手綱で鞭打って声をあげると隊全体が馬首をめぐらして右往左往しそれからそろって湖底を駆けて岸を縁取る低木の繁みに向かった。馬から飛び降りて予め用意してある輪縄で足枷（あしかせ）をする。馬が逃げないようにしたあと浜菱（はまびし）の繁みの根もとに伏せてライフルを構えるころには湖底の遠いところに騎馬の群れが現われ馬上の弓の射手が陽炎に震えながら躍動する帯状浮彫り装飾（フリーズ）となった。騎馬群は太陽の前を横切るときに一騎ずつ姿を消し一騎ずつ再び現われたが太陽を背にして黒い影絵を描く彼らは消え失せた湖のなかから下半身が馬の姿で出てきて実在しない泡を蹴立てる黒焦げの幽霊のようであり陽光にまぎれ湖底の土にまぎれしながら揺らめき光り不明瞭に触れ合いまた分かれ身の毛もよだつ化身の数を徐々に増やし一つに溶け合いはじめ次いで彼らの上の明け渡った空に騎馬群の巨大な上下逆向きの忌わしい似姿が現われその馬の脚がひどく細長い巻きひげのように伸びその馬からぶらさがって雄叫びをあげる逆戦士たちは巨大で怪物めき平らな不毛の湖底を渡る甲高く荒々しい叫び声は亡者の魂の叫び声のようであり薄靄の層を突き抜けて下の世界に広がっていた。

左へ回ってくるぞ、とグラントンが叫ぶそばからアパッチの騎馬群は弓を射やすい方向へ回りこむ。矢は青い空へ高くあがり羽根に陽を受けるや急激に速さを増して飛び立つ鴨の群れの声のような尻窄みの風切り音とともに降り注いだ。ライフルの最初の銃声がはじける。

　少年は腹這いの姿勢で大きなコルト・ウォーカー・モデルの拳銃を両手で握り夢ですべて経験済みだというようにゆっくりと慎重に撃ちはじめた。戦士群が百フィート以内を通過する、その数四、五十騎、乾湖の縁へのぼったがあまりの暑さに勢いが衰え声も立てず散開して姿を消した。

　グラントンの部隊は浜菱の葉陰で銃に弾をこめ直した。馬の一頭が砂の上に横たわって規則的な呼吸をしほかの馬たちは矢が刺さっても奇妙に忍耐強く立っていた。テイトとドク・アーヴィングが後ろにさがって馬の様子を見た。ほかの者は湖底に眼を走らせる。トードヴァインとグラントンと判事が出ていった。途中で拾いあげたライフル銃は生皮の飾りをつけた銃身の短い古いもので銃床にはさまざまな意匠の真鍮の鋲が打ってあった。判事は異教徒たちが走り去った乾湖の岸から北のほうの白っぽい土地を見やった。ライフルをトードヴァインに渡して先へ進む。

　その死んだ男はくぼんだ砂地に横たわっていた。革のブーツとゆったりしたメキシコのズボンを履いた以外は裸だった。ブーツは編上靴のように爪先が尖り底が生皮で丈が高く天辺を脛まで巻きおろして縛っていた。砂地には血が黒っぽく沁みている。三人は乾湖の縁の風のない熱のなかに立っていたがやがてグラントンが足で押して死体を引っくり返した。戦化粧を施した顔が上向きになった。眼球に砂がつき上体に塗られた悪臭のする油にも砂がついていた。トードヴァインの放った銃弾が肋骨のあいだに入った跡の穴が見えた。長い黒髪は砂埃がまぶされて艶がなく虱が何匹か走った。頬に白い絵の具で数本の線、鼻の上には山型紋、眼の下と顎には赤黒い絵の具で模様が描かれていた。年寄りで腰骨のすぐ上に古い槍傷があり左の頬から眼尻にかけてサーベルの傷跡がついていた。それぞれの傷には端から端まで入墨の図柄がついていたがおそらく歳月とともに薄れたに違いないくいずれにせよ図柄が象っていたものは近隣の砂漠にはないものだった。

判事はナイフを手にしゃがみ男が身につけている小物袋の紐を切り中身を空けた。鳥の羽根製の遮光器が一つ、果物の種の数珠が一連、銃の火打石が数個、鉛の銃弾が一つかみ。それから何かの動物の内臓からとった結石か毛球も入っていたのを判事はちょっと調べてポケットに入れた。ほかのものはそこに何か読むべきものがあるというように掌に載せた。それからナイフで男のズボンを切り裂く。黒ずんだ生殖器のそばの腿には小さな皮袋がくくりつけてあり判事はこれも切り取ってチョッキのポケットに収めた。最後に黒い髪をつかんで頭を砂地から持ちあげ頭皮を剝いだ。三人は立ちあがって仲間のところへ戻り、残された死人は乾いていく眼で災厄をもたらす太陽の前進を見つめた。

一行は浜藜と稗のまばらに生える薄灰色の荒野を一日じゅう進んだ。夕方になると地下が空洞の土地が馬の蹄の下であまりによく響く音を立てるので馬がサーカスの馬のように足踏みしたり横歩きをしたり眼をぎょろつかせたりしたがその夜そんな土地に寝た男たちは世界の内側の怖ろしい闇のなかで岩が遥か下まで落ちていくぶうんという音をめいめいに聴いた。

次の日は馬の足跡が残らないほどさらさらした石膏の土壌が広がる乾湖を突っ切った。男たちは眼のまわりを骨炭で黒くし何人かは馬の眼のまわりも黒くした。地面からの陽の照り返しは顔の下側を灼き人馬は白い微粉の上に真っ青な影を塗りつけた。砂漠の遠い北のほうで塵旋風が立ちあがり揺れながら地面に錐揉み(きりもみ)するのを見て誰かが以前聴いた話として巡礼の群れがああいう情け容赦のない竜巻に巻きあげられてペルシャのイスラム神秘主義の旋舞のようにくるくる回り骨を折られ血を噴き出して砂漠に落ちてきたと話しおそらくそのとき巡礼たちは自分たちの体を破壊したものが酩酊した霊鬼(ジン)のように近づいてきて決心したように自分が生まれてきた土地の土壌へ戻るのを見ただろうと言った。その竜巻はついに一言も言葉を発することはなく骨が折れた巡礼は苦悶のなかで怒りの叫びをあげたかもしれないがしかし一体なんに対して怒ればいいのか。やがて干からび黒ずんで半ば砂に埋もれた死骸が別の旅人に発見されたときにも何が彼に破滅をもたらしたのかはわからないだろう。

その夜男たちは髭や服に砂埃をかぶった幽霊のような姿で拝火教徒のようにうっとりと焚火を囲んだ。やがて火が消えて小さな炭が平原を転がり砂が一晩じゅう移動中の虱の軍隊のように地表をさらさら走った。夜中に何頭かの馬が嘶いたので夜が明けてから調べると雪眼で狂ったとわかり射殺を余儀なくされた。そこを出発したときメキシコ人のマギルが乗った馬はこの三日で三頭目だった。乾湖から乗ってきた馬は犬のように鼻面を撫でさせないので眼のまわりを黒くできなかったのだが今乗っている馬はそれ以上に気が荒く予備の馬はあと三頭しかなかった。

鉱泉で昼餉をとっているとヤノスの町を出た日に姿を消した二人のデラウェア族インディアンが追いついてきた。退役軍人の鞍をつけたままの馬も連れていた。グラントンがその馬のそばへ行って地面に引きずっている手綱を取りあげ焚火のそばまで引いていき鞘からライフルを抜きそれをデイヴィッド・ブラウンに渡してから鞍の後橋に取りつけた鞍袋の中身を検めると退役軍人の乏しい持ち物を火のなかに棄てた。それから馬の腹帯をはずして毛布や鞍を含めた荷物を全部焚火のなかに積みあげると脂じみた毛布や皮革が灰色の臭い煙をあげた。

一行は先へ進んだ。なおも北へ向かう二日間にデラウェア族インディアンたちは遠い山嶺に立ちのぼる狼煙を読んだがやがて煙はぷっつりと絶えた。麓の丘陵地帯に入ったとき砂埃にまみれた古い駅馬車に出くわしたが六頭の馬はまだ繋がれたまま貧弱な木が生えている窪地で乾いた草を食べていた。

偵察のため数人が駅馬車のほうへ向かうと馬たちは脅えて首を振り立てながら歩きまわった。男たちが追うと窪地のなかをぐるぐる回りつむじ風に捉われた紙の馬のようで車輪が一つ壊れた駅馬車があとからがらがらついていく。黒人ジャクソンが帽子を振りながら出ていき声をかけながら引き具につながれた馬たちに近づいて帽子を手に話しかけると馬たちは震えながらも立ちどまったのでジャクソンは地面に引きずった手綱を手にとった。

グラントンがジャクソンの脇をすり抜けて駅馬車の扉を開けた。なかは銃弾に新しい木が裂かれて飛び散っており死んだ男が一人頭を下にして車外へずりさがってきた。車内には男がもう一人と小さな男の子が一人いたが悪臭が立ちこめても武器を持ったまま立て籠ったせいで臓物運搬車のような馬車には一羽の禿鷹も入れなかったようだった。グラントンは銃と弾薬をとって外の仲間に渡した。二人が御者台にあがって綱を切り汚れた防水布をはがして旅行鞄と生皮張りの古い公文書送達箱を蹴り落とすと鞄と箱が壊れて開いた。グラントンは公文書送達箱の革帯をナイフで切り箱を砂地の上で傾ける。ここ以外のどこかを宛先に書かれた文書がばらばらと落ち風に吹かれて峡谷の向こうへ飛んでいった。箱のなかには原鉱の見本を入れて下げ札をつけた袋がいくつか入っていたのでその中身も地面の上に空け周囲を見まわした。もう一度馬車のなかを見てから唾を吐き体の向きを変えて馬を見た。大型のアメリカ馬だが疲労困憊していた。二頭を引き具から切り離し馬たちの前にいるジャクソンに手振りでどけと命じて帽子を振り残った馬たちをけしかけた。四頭の馬は足取りもまちまちに鋸を引くように首を振りながら駅馬車を引きはじめ駅馬車は革の板ばねの上で揺れながらばたばた開閉する扉の内側から男の死体をぶらさげたまま走りだした。駅馬車は西の平原の上で小さくなりまずは音、次いで形が砂地から立ちのぼる陽炎に溶けこみやがてその幻覚めいた揺らめく虚空のなかの一点の染みとなってついには無と化した。一行はまた先へ進んだ。

午後いっぱい山のなかを一列に進んだ。一羽の小さなラナー隼（はやぶさ）がまるで一行の幟旗（のぼりばた）を探すかのように上空を飛びまわったがやがてさっと跳びのくように離れてほっそりした翼で下方の平原へ飛び去った。その日の黄昏時には砂岩でできた町に入り陽射しと影のなか城や牢屋や風に傷んだ見張り塔や石造りの穀物倉のそばを通り過ぎた。泥灰岩と代赭色の土と赤銅色の頁岩の土地を進み木の生えた低湿地を進みやがて陰鬱で不毛なカルデラを見おろす崖の上に出たがそのカルデラにはサンタ・リタ・デル・コブレという町の廃墟があった。

一行は焚火と炊事をしない夜営をした。斥候を出したグラントンは崖の縁へ出ていって暮れ方の光のなかでしゃがみ下方の窪地で闇が深まっていくのを眺めながら何か光が現われないかと見張った。暗くなって斥候隊が戻り朝まだ暗いうちに男たちは馬にまたがって出発した。

まだ陽が白々明けのときに一列縦隊でカルデラへ降りていき町の頁岩の通りに建つ古い日干し煉瓦の廃屋のあいだを進んだが十数年前に町が廃墟となったのはアパッチ族が馬車の道を押さえてチワワ市との交通を遮断し兵糧攻めにしたからだった。飢えたメキシコ人たちは徒歩で南への長旅に出たがほかの町へたどり着いた者はいなかった。アメリカ人の一行は鉱滓と粗石と暗い坑口のあいだを抜け溶鉱炉のある建物の前を通ったがそこにはいくつもの原鉱の山と風雨に傷んだ馬車と原鉱を運ぶ荷車が明け方の光のなかで骨白色に見え放置された鉄の機械類が黒い輪郭を描いていた。水の涸れた石だらけの川を渡り荒廃しきった土地を抜けて小高く隆起した場所へあがるとそこには古い砦があり大きな三角形の日干し煉瓦の建物がそれぞれの角に円塔を配して建っていた。

グラントンは生皮で包んだ棍棒で宿にたどり着いた旅人のように扉を叩いた。青みがかった光が周囲の丘陵地帯を浸し北の高い山の頂だけが陽を浴びてカルデラ全体はまだ闇に沈んでいた。ノックの響きは建物の内側の壁に跳ね返りまた戻ってきた。男たちは馬の背でじっとしている。グラントンは扉を一蹴りした。

白人なら出てこい、と呼ばわった。

誰だ、と声が返ってきた。

グラントンは唾を吐いた。

誰なんだ、とまた声が言った。

開けろ、とグラントンは言った。

一行は待った。鎖が木の扉をがらがらこする音がする。丈の高い扉が軋みながら内側にさがりライフルを構えた男の姿をあらわにした。グラントンが馬の胴体に膝で軽く触れると馬は首をもたげて扉を押し一行はなかへ入った。

敷地内の灰色の薄闇のなかで地上に降りて馬をつないだ。古い貨物用馬車が何台かあったが車輪が盗まれているものもあった。建物の部屋の一つにランプがともりその戸口に男が何人か立っていた。グラントンは三角形の中庭を横切った。男たちが脇へよける。インディアンかと思ったんだ、と一人が言った。

彼らは貴金属の鉱脈を求めて調査に来た七人のうちで生き残った四人だった。南の砂漠で蛮人に追われ三日前にこの古い砦に逃げこんで立て籠ったのだった。一人は胸の下のほうを撃たれ明かりのともった部屋の壁にもたれて坐っていた。ドク・アーヴィングが部屋に入ってきて怪我人に眼を向けた。

どういう手当をした、と訊く。

何もしてない。

俺に何をしてほしいんだ。

何かしてくれと頼んだ覚えはないよ。

そりゃよかった、とドクは言った。できることは何もないからな。

ドクは男たちを見た。不潔で服はぼろぼろで半分気が狂いかけていた。夜に涸れ川へ薪と水をとりにいき中庭の隅で悪臭を放っている臓物を抜いた騾馬を食糧にしていた。彼らがまずねだったのはウィスキーで次が煙草。馬は二頭しかなくそのうち一頭は砂漠で蛇に咬まれたがそれが今中庭にいる馬で頭が大きくグロテスクに腫れあがってギリシャ悲劇の仮面のように荒唐無稽な形象化をした馬といったふうだった。鼻を咬まれてゆがんだ顔をし怖ろしい苦悶に眼をぎょろりと剝いている馬は呻き声を洩らしながら来訪者の馬の群れのほうへよたよたと歩き長い不格好な鼻面を振り涎を垂らし喉の狭まった気管であえぎながら息をした。鼻筋に沿って皮膚が裂け桃色がかった白い色の骨が覗き小さい耳は毛の生えたパン生地の塊にねじこんだ小さな筒状の紙片のように見えた。それが近づいてくると新来の馬たちは動揺し壁沿いに両側へ別れて逃げたが蛇に咬まれた馬は闇雲に追っていく。馬は体をぶつけ合い蹴り合いしながら中庭を回りはじめた。デラウェア族インディアンの一人の小さな斑の牡馬が群れから出て顔の腫れた馬に二度体当たりをしてから体の向きを変え首に咬みついた。咬まれた馬の喉から声が出て男たちが部屋から出てきた。

なんで撃ち殺さない、とドク・アーヴィングが言った。

早く殺したら早く腐る、と一人が答えた。

ドク・アーヴィングは唾を吐いた。蛇に咬まれた馬を食う気か、と訊いた。

男たちは顔を見合わせた。食べても大丈夫かどうかは知らなかった。

ドク・アーヴィングは首を振りながら砦を出た。グラントンと判事が砦の無断居住者たちを見ると彼らは床を見た。部屋は天井の梁がいくつか落ち床は泥や小石でいっぱいだった。この荒れ果てた部屋に朝陽が斜めに射しこみはじめた今グラントンは部屋の隅にメキシコ人かメキシコ人と白人の混血と思われる十二歳くらいの少年がしゃがんでいるのに気づいた。身につけているのは古い下穿きと生皮の手製のサンダルだけだった。少年は脅えとふてぶてしさが半々の眼でグラントンを見た。

あの子供はなんだ、と判事が訊いた。

男たちは肩をすくめ、眼をそらした。

グラントンは唾を吐き首を振った。

ほかの男たちが壁の上に見張りを配置して馬から鞍をおろし草を食べさせるために馬を外に出すあいだに判事は荷馬の一頭の背負い籠を空にして町の溶鉱炉のある工場へ探検に出かけた。午後になると砦の中庭に坐って赤銅鉱を豊富に含んだ長石などの原鉱の見本を金槌で割ったり地球の歴史についての知識が得られる自然金の結晶を観察したりしながら即興で地質学の講義を何人かの男にすると男たちはうなずいたり唾を吐いたりしながら聴いていた。聖書を引用して太古の混沌から数十億年かけて秩序が生まれたただの何だのという判事の背教的な仮説に反論する者もいた。判事はにやりと笑った。

本は嘘をつくからな、と判事は言った。

神さまは嘘をつかないぜ。

そう、と判事は応じた。神は嘘をつかない。そしてこれが神の言葉だ。

判事は石のかけらを掲げた。

神は石や木といった事物の骨を通じて語るんだ。

ぼろを着た砦の無断居住者たちは互いにうなずき合いまもなくこの博識な人物の言うことはすべて正しいと考えるようになり判事もそれを唆(そそのか)してついに新たな背教者が出来上がったがその時点で判事は彼らを馬鹿者と嘲り笑った。

その夜一行のほとんどの者は星空のもと中庭の乾いた粘土の地面に寝た。だが夜が明ける前に雨が降りだして屋内に入り暗い小部屋に入り南側の壁ぎわにうずくまった。広い部屋では床で焚火をし煙が天井の壊れた部分から外に出たがグラントンと判事と彼らの側近は火のまわりに坐ってパイプをふかし少し離れたところに無断居住者たちが立ちもらった煙草を嚙んでは壁に吐き飛ばしていた。混血の少年は黒い瞳で一同をじっと見つめていた。西にある暗い低い丘で一匹の狼が吠えていたが無断居住者たちは狼だとは信じずグラントンたちは互いににやりと笑い合った。コヨーテの甲高い啼き声と梟の叫びに満ちた夜に響くその年老いた牡狼の遠吠えはいかにもそれらしい孤影が発しているのに違いなく鼻面が灰色のその姿は月から糸で吊るされた操り人形の狼のように長い口を動かしているはずだった。

夜は寒くなって激しい吹き降りの雨となりたちまち野生の動物園は静まった。一頭の馬が濡れた長い顔を部屋の扉からなかへ入れてきたのでグラントンが顔をあげてそれに話しかけると馬は首を持ちあげ唇をめくりあげてまた雨の降る夜のなかへ引っこんだ。

無断居住者たちは何を見るときもそうするようにおどおどした眼でそれを見ていたがやがて一人が俺はもう二度と馬を可愛がらないぞと言った。グラントンは焚火に向かって唾を吐き馬を連れずにぼろをまとって坐っている男を見てさまざまな扮装と形態で発揮する愚行の創意に感心して首を振った。雨脚が弱まって静寂が降りたがまもなく頭上で雷鳴が長く轟いて岩のあいだに響き渡り雨が前よりも強く降りはじめ黒く焦げた屋根の穴から注ぎこみ焚火がしゅうっと音を立てて湯気をあげた。一人が立ちあがり古い梁の腐った端を引いてきて火の上に載せた。煙が頭上に垂れさがっている梁に沿って立ちのぼりぐしょ濡れになった屋根から泥が幾筋も細く流れる。部屋の外の中庭は強風に煽られる雨に打たれ扉から洩れる火明かりが浅い海に淡い光の帯を映していたがその海の縁には馬たちが道端で何かの出来事が起きるのを待つ物見高い群衆のように立っていた。ときどき誰かが立ちあがって外に出てその影が水に映ると馬たちは首を持ちあげてはおろして水を滴らせ蹄を地面の上で弾ませそれからまた雨のなかで待ちつづけた。

見張りをしていた男たちが部屋に入ってきて焚火にあたり全身から湯気をあげた。黒人ジャクソンは外でも中でもない戸口に立った。誰かが判事は砦の外壁の上に裸で立ち稲妻の光に青白い巨体を浮かびあがらせながら壁の上を大股に歩き古い叙事詩を朗読するような調子で何か演説をしていたと話した。グラントンは黙って火を見つめほかの男たちは比較的乾いた場所で毛布にくるまってまもなく寝入った。

朝になると雨はあがっていた。中庭には水が溜まったままで蛇に咬まれて頭が変形した馬は泥水に浸かって死んでおりほかの馬は北東の隅の塔の下に集まって壁のほうを向いていた。新たな陽のもとで冠雪した北の山嶺は白くトードヴァインが外に出てみると太陽は砦の外壁のちょうど上に出たところでその壁の上では判事がやわらかく湯気の立つ静けさのなかでまるで食事を終えたところだというように木の棘で歯をせせっていた。

お早う、と判事は言った。

お早う、とトードヴァインは応えた。

きれいに晴れたな。

そうだな、とトードヴァインは言った。

判事は純粋なコバルトブルーの晴れた空を見あげた。谷間を渡る鷲が陽光を受けて頭と尾羽を純白に輝かせた。

そのとおりだ、と判事は言った。そのとおり。

無断居住者たちが中庭に出てきて鳥のように瞬きをした。彼らは仲間内でこの一行に加わると決めており自分の馬を引いてきたグラントンの前に代表が歩み出てその決意を告げた。グラントンはその男に眼もくれず鞍と荷物をとりに小さな部屋の一つに入った。そのあいだに誰かが混血の男の子の死体を発見していた。

男の子は小さな部屋の一つに裸でうつぶせに倒れていた。土の床の上には古い骨がたくさん散らばっていた。何か敵意のあるものが棲んでいる場所へ知らずに入ってしまい自分より前に同じことをした者たちと同じ目に遭ったというふうだった。無断居住者たちが部屋に入ってきて死体のまわりに黙って立った。まもなく死んだ男の子がどれほどいい子だったかを支離滅裂に話しだした。

頭皮狩り隊の面々は中庭で馬にまたがりすでに開かれて旅へといざなっている光に満ちた東側の門のほうへ馬首を向けた。一行が外へ出ていくあいだにこの砦の先客だった不運な男たちが男の子の死体を引きずり出してきてぬかるみの上に横たえた。首の骨が折れているせいで運んできたときは頭が垂直に垂れていたが地面に落とされたときには奇妙な具合に跳ねて引っくり返った。中庭に溜まった水には鉱山の向こうの丘陵地帯が灰色に映り一部を食われた後ろ脚のない騾馬の死骸は怖ろしい戦争の情景を描いた多色石板画から抜け出てきたようだった。扉のない小部屋のなかでは胸の下を撃たれた男が賛美歌を歌うのと神を呪うのを交互に繰り返していた。貧弱な銃を持ち死んだ男の子のそばに休めの姿勢で立っている無断居住者たちはぼろを着た儀仗兵といった趣だった。グラントンは彼らに半ポンドの火薬と数個の雷管と弾丸の鋳型を一つ与えていたが一行が出発するときに振り返ってみると三人の男は無表情に立っていた。別れの挨拶に手をあげる者はいなかった。灰になった焚火のそばで瀕死の男が歌う歌が門を出ていく男たちに聴こえたがそれは子供のころに知っていた賛美歌であり涸れ谷に降り雨でまだ濡れている低い杜松の木のあいだをのぼっていくあいだもまだ聴こえていた。死にゆく男がはっきりと意志をこめて歌う歌を北へ向かう男たちはもっと長く聴くために普通よりもゆっくりと馬を進めたのかもしれないというふうに思えるのはこの男たち自身がまさに賛美歌に歌われているとおりの境遇にあるからだった。

一行は低木の常緑樹がぽつぽつ生えている以外は不毛な低い丘陵地帯を進んだ。至るところで鹿が跳ね散りぢりに逃げるのを馬に乗ったまま銃で撃ち何頭かしとめて臓物を抜き肉を荷馬の背負い籠に積むと夕暮れが近づくころには大きさも毛色もさまざまな五、六頭の狼がお供についてきたが一列になった狼はそれぞれときどき後ろを振り返ってちゃんと仲間がついてきているかを確かめた。

夕闇のなかで一行は停止し焚火をして鹿肉を焼いた。夜の闇は周囲から締めつけてくるような闇で星は出なかった。北のほうの眼に見えない稜線に沿って赤い陰鬱な別の火が見えた。食事をしたあとは火をそのまま残して先へ進んだが山に入っていくあいだその火はあちらこちらと場所を変え遠く後ろへ退いたと思うと不可解にも一行の横手へ来て一緒に動いていくように思えた。まるで何か鬼火のようなものがあとからついてきて誰の眼にも見えるが誰もそれについて語れないといったふうだ。光るものには人を欺こうとする意志があるがその意志は行く手にある光だけでなく過ぎ去った光によっても発現するのでありそのために旅のすでに踏破されて確定した部分が策略を用いて人を偽の運命へと導くこともあるかもしれない。

その夜地卓(メサ)の上を進んでいるとき北で間歇(かんけつ)的に閃く雨を伴わない雷光に照らし出されて自分たちに姿のよく似た騎馬群がこちらへやってくるのが見えた。グラントンが馬をとめ後ろの隊列全体がとまった。沈黙の騎馬群はなおも近づいてくる。距離が百ヤードほどに縮まったところで先方も停止して黙ってこちらの様子を窺った。

あんたらは何者だ、とグラントンが叫んだ。

友達(アミーゴス)だ、われわれは友達だ(ソモス・アミーゴス)。

双方が相手の数を数えた。

あんたらはどこから来た(デ・ドンデ・ビエーネ)、と見知らぬ一隊が訊いてきた。

あんたらはどこへ行く(ア・ドンデ・バ)、と判事が訊き返した。

騎馬群は北からやってきたバッファロー狩猟隊で荷馬に乾燥肉を満載していた。獣の靭帯で縫った生皮の服を着てめったに馬から降りることがない人のような馬の乗り方をしていた。平原でバッファローを狩るために羽根と彩色した布の飾りがついた槍を持った者や弓を持った者や飾り房のついた蓋が銃口についている火打石銃を持った者がいた。乾燥肉は生皮に包まれており銃を除けばこの土地のいちばん野蛮なインディアンと同じくらい文明の利器を知らなかった。

どちらも馬から降りずに話をしたがバッファロー狩猟隊のほうは小さな葉巻に火をつけて自分たちはこれからメシーヤの市場へ行くと言った。頭皮狩り隊は物々交換で肉をいくらか手に入れたかったが交換できるような品物は持ち合わせずまたそもそも人と何かを交換をするような気質の男たちではなかった。こうして二つの集団は真夜中の平原で別れてそれぞれが他方のたどってきた道をたどり、すべての旅人がしなければならないように他人の旅路の上で果てしない反転を行なっていくのだった。

10

トビン――リトル・コロラド川での小戦闘――撤退戦――博識な人物の登場――グラントンと判事――新たな針路――判事と蝙蝠の群れ――蝙蝠の糞――脱走者――硝石と木炭――悪地（マールパイース）――蹄の跡――火山――硫黄――母胎（マトリックス）――先住民大虐殺

それからの数日間にアサバスカ語族のインディアンの残した痕跡がすべて消え一行はさらに山の奥深くへと入っていった。高地の川の骨のように白い流木を燃やす焚火のまわりに黙って坐っていると石の河原を上流に向かって吹く夜風に炎が揺れた。少年があぐらをかき元司祭のトビンから借りた錐で鞍の革帯を修理しているのを元司祭はじっと見ていた。

馴れてるようだな、とトビンは言った。

少年は脂じみたシャツの袖で鼻を拭いてから膝に載せた革帯の向きを変えた。そうでもないよ、と答える。

手先が器用だよ。私なんかよりずっと。神さまが才能を与えるやり方は不公平だ。

少年は顔をあげてトビンを見てからまたうつむいて作業を続けた。

本当だよ。まわりを見てみるといい。判事を見ろ。

あの人のことはよく見てきたよ。

お前さんの気に入る男じゃないかもしれん。それも無理はない。だがなんでもできる男だよ。何かやろうとしてできなかったというのは見たことがない。

少年は油を塗った糸を革帯に通して引っ張った。

オランダ語も話すんだ、とトビンは言った。

オランダ語?

そう。

少年は元司祭を見てからまた修理を続けた。

私はこの耳で聴いた。前にラノー川沿いを下流のほうへ行く頭のおかしな巡礼の連中と行き合ったことがあってその頭分の年寄りがまるでオランダにでもいるみたいにオランダ語を喋ったんだが判事はすぐに受け答えをした。グラントンは馬から転げ落ちそうになったよ。判事がそんな言葉を話すなんて誰も知らなかったからな。それでどこで覚えたのか訊いてみたんだがなんと言ったと思う。

なんて言ったんだい。

オランダ人から教わったとさ。

トビンはそう言って唾を吐いた。私なんぞは十人のオランダ人に教わっても覚えられないよ。お前さんはどうだ。

少年は首を振った。

そうだろう。神は神だけの特別の秤で才能の目方を計って配る。それは公平な配り方じゃない。それをずばり訊いてみたらきっと本人もそのとおりだと認めるはずだよ。

本人って。

全能の神だよ、全能の神。元司祭は首を振った。焚火ごしに判事を見た。あの毛のない男。あれが悪魔も負かすほどのダンスの名手だなんて想像もつかんだろう。ところがまあ達者に踊る踊る、それはもう誰が見ても感心するよ。それにフィドル（民俗音楽で使うヴァイオリン）。あれほどうまくフィドルを弾く男はいないと断言できるね。最高のフィドル弾きだ。道を見つけるのも銃を撃つのも馬に乗るのも鹿のあとを追うのも超一流。それに世界中を旅したことがあるらしい。判事と知事はパリだのロンドンだのの話を五カ国語で朝飯の時間まで夜通し喋るが、そいつは大枚をはたいても聴く値打ちがあるよ。知事も学のある人間だが判事ときた日には……。

トビンは首を振った。あるいは神は頭の良さなんてものをなんとも思ってないことをこういうやり方で示してるのかもしれん。なんでも知っている神に知性がなんだというんだ。神は並みの人間に対して並々ならぬ愛を示されるお方だし神の嘉される知恵は小さな者たちのなかにあるのだから全能の神の声は黙って生きている人間たちのなかでこそ最も深く響くのかもしれん。

元司祭はじっと少年を見た。

どうやってかはともかく、神は最も小さきものにおいて語るんだ。

少年はそれは鳥や地を這う生き物のことだと思ったが軽く首を傾けて少年をじっと見ている元司祭はこう言った。どんな人間もその声から逃れられない。

少年は火のなかへ唾を吐きまたうつむいて作業をした。

俺には声なんて聴こえない。

声がやんだときに一生のあいだずっと聴こえていたのがわかるんだ、とトビンは言った。

そうなのか。

ああ。

少年は膝の上で鞍を引っくり返した。元司祭はずっと見ている。

夜中に馬が草を食べていてみんなが眠ってるとき、とトビンは言った。その馬が草を食べている音は誰に聴こえる？

眠ってるんなら誰にも聴こえないだろ。

そのとおり。それなら馬が草を食う音がやんだら誰が眼を醒ます？

みんなだ。

そう。みんなだ。

少年は顔をあげた。判事はどうなんだ。その声は判事にも話しかけてるのか。

判事か、とトビンは言った。何も答えなかった。

前にも逢ったことあるんだ、と少年は言った。

トビンはにやりと笑った。この隊の人間は一人残らずあの魂が真っ黒な男に別の場所で逢ったことがあると言ってるよ。

トビンは手の甲で顎鬚を撫でた。判事は私たちの命を助けてくれたことがある。それは認めるよ。リトル・コロラド川沿いにくだってきたとき隊には火薬があまり残ってなかった。あまりどころじゃない。ほんのちょっぴりしかなかったんだ。判事はとんでもなく広い砂漠の真ん中の岩に坐ってた。駅馬車が来るのを待ってるみたいにさりげなく。ブラウンのやつは蜃気楼だと思ったくらいだ。火薬がありゃ試しに撃ってただろうよ。

なんで火薬がなくなったんだ。

野蛮人どもを撃つのに使ってしまったんだ。洞穴に九日間立て籠ってほとんどの馬を失くした。チワワ市を出たとき三十八人いたのが十四人になってたがそんなとき判事と出逢ったんだ。私たちは逃げに逃げて死ぬほどへとへとになっていた。神に見棄てられたような土地でいずれ狭い谷に入りこむか行き止まりになるか岩屑の山に行きあたるかして空っぽの銃で最後の対決をすることになるのは一人残らずわかってた。そこへ現われたのが判事だ。まったくあの悪魔には感謝しなきゃならんわけだよ。

　少年は鞍を片手で支え錐を反対側の手に持っていた。元司祭を見た。

　私たちは夜のあいだ平地を歩いて真夜中を過ぎても歩きつづけた。デラウェアのやつらはしょっちゅうとまれと言って地面に伏せて音を聴いた。見通しのいい場所で敵が隠れる場所なんぞない。なんの音を聴こうとしてるのかさっぱりわからん。血に飢えた野蛮人どもが追ってきてるのはわかってるんで自分で充分知ってるからそれ以上教えてもらわなくてもいい。まもなく夜が明けたがそれが最後に見る夜明けになるはずだった。私たちはしょっちゅうもと来たほうを振り返った。あれでどれくらい遠くまで見えたのかな。十五マイルか、二十マイルか。

　そしてその日の正午(メリディアン)ごろに無人の荒野の岩の上にたった一人で坐っている判事と出くわしたんだ。岩もその岩がただ一つあるだけだった。アーヴィングのやつは判事が自分で運んできたんだろうと言ったよ。私はあの岩は判事を無と区別する境界標識だと言ったがね。判事は今持ってるあの洋銀の飾りのあるライフルを持ってた。頬当ての下に銀線でラテン語の言葉を書いてあるやつだ。我アルカディアにもあり(エト・イン・アルカディア・エゴ)。銃が死をもたらすことを言ってるんだろうな。銃に名前をつけるのはよくあることだよ。甘い唇(スウィートリップス)とか墓場からの声(ハーク・フロム・ザ・トゥームズ)を聴けとかいろんな女の名前をつけたやつとかがあったな。ラテン語の言葉をつけたのはあの判事しか知らないが。

とにかく判事は坐ってた。馬はいなかった。あぐらをかいて、近づいていく私たちに笑いかけていた。まるで私たちが来るのを待ってたみたいにな。古いキャンバスの背嚢を持って片方の肩に古い羊毛のコートをかけていた。背嚢のなかには二挺揃いの拳銃といろんな金貨と銀貨が入ってた。水筒も持ってなかったんだ。まるで……。とにかくどこから来たんだかわからん男だった。駅馬車に乗ってたんだが途中一人で降りたと言ってたよ。

デイヴィーはうっちゃっておこうと言った。判事どのとはそりが合わない男でそれは今に至るも変わらない。グラントンは黙ってじっと判事を見ていた。あのとき判事をどう思ったかを推測するだけでまる一日かかるだろうな。それは今に至るもわからんよ。そのうち二人だけで密談を始めた。何か怖ろしい取り決めがあったに違いない。まあ見ていろ。今に私の言ったとおりだとわかるから。判事は二頭残ってた荷馬の一頭を自分用にくれと言って革帯を切って荷物の頭陀袋（ずだぶくろ）を地面に放り出すと馬にまたがってグラントンと並んで出発したがすぐに二人は兄弟みたいに話をしだしたよ。判事はインディアンみたいに鞍なしで馬に乗って背嚢とライフルを鬐甲（きこう）（馬の背中の両肩甲骨間の隆起）に載せて、まるで何もかも計画どおりにいったし天気もこれ以上ないほどいいとでも言いたげにえらくご満悦で周囲を見まわしていた。

それほど進まないうちに判事は東へ九点（百一度十五分）針路を変えさせた。三十マイルほど先にある山を指さしたから私たちは理由も訊かずにその山めざして馬を飛ばした。そのころにはグラントンが私たちの置かれた状況を説明していたが砂漠のなかで武器がなくてアパッチがごまんと追ってくるのを不安がってたとしてもグラントンは全然表に出さなかったな。

　元司祭のトビンは話を中断してパイプに火をつけ直したが、デラウェア族インディアンがやったように焚火のなかへ手を入れて石炭を探し火をつけたあとはそこが本来あるべき場所だというようにまた炎のあいだへ戻した。

　さてその山のなかには一体何があったと思う。それがあることをどうやって判事が知ったと思う。あの男はそれをどうやって見つけたのか。どういうふうに使ったのか。

　トビンは自分で考えるためにそれらの疑問を言葉にしているように思えた。火を見つめながらパイプを吸いつけた。ほんとにどうやってなんだろうな。私たちは陽が暮れかかるころに山の麓に着いて水の涸れた川を遡り確か真夜中までどんどんのぼっていって薪も水もないところで夜営をした。朝になると北のほうの平原の十マイルほど離れたところにやつらがいるのが見えた。四人から六人ぐらいずつ横に並んだのが何列も果てしがないほど続いていて全然急いじゃいなかった。

　歩哨の話では判事は一晩じゅう起きてたそうだ。蝙蝠の群れを眺めたり。山の斜面をのぼって小さな記録簿に何か書きこんでまた降りてきたり。えらく愉しそうだったという。十二人が逃亡して私たちは十二人になって判事を入れると十三人だった。私は判事のことを研究してるんだ。当時も今もうんと考えてきた。いかれてると思えることもあればそうでないこともある。グラントンのほうはいかれたやつだと昔から知ってたが。

私たちは空が明るくなりはじめたころ出発して木の生えた涸れ川の上流のほうへ進んだ。そこは山の北側の斜面で柳や榛（はん）の木や桜が岩のあいだに生えていたがどれも小さな木だった。判事はときどき植物採集をしてからまた追いついてきた。これは神に誓って本当だ。記録簿にはさんで押し花にしたんだ。あんなことをするやつは見たことがない。そのあいだも山の下には野蛮人どもがはっきり見えてる。平地をやってくる。どうしてもそっちから眼が離せないから首の筋を違えそうになった。何しろ百人ほどの人間だ。かりにあれが魂を持った人間だとしてだが。

やがて生えているのは杜松の木ばかりの火打石の土地に出たがそのまま先へ行った。追っ手をまこうとはしなかった。一日じゅう先へ進んだ。野蛮人が見えなくなったのは連中も山をのぼりはじめて下のほうの斜面のどこかにいたからだ。夕方になって蝙蝠が飛びはじめたころ判事はまた針路を変えて帽子を手で押さえながらまわりの蝙蝠を眺めた。そのうちに杜松の木立のなかでみんながばらばらになったから全員が集まるまでとまって馬を休ませた。真っ暗ななかで坐ってみんな一言も喋らない。先頭を行ってた判事が引き返してきてグラントンと何か相談してそれからまた出発した。

私たちは暗闇のなか馬を引いて歩いた。道のない石だらけの急な斜面だった。洞穴に着いたときにはそこに隠れるというのが判事の考えだというんで完全にいかれていると思ったやつもいた。だが目当ては硝石。硝石だったんだよ。私たちは荷物を全部洞穴の入口に置いて頭陀袋と背負い籠と背嚢に洞穴のなかの土を詰めて夜明けに出発した。洞穴を見おろせる小高い場所から振り返るとものすごい数の蝙蝠が洞穴のなかへばあっと吸いこまれていくのが見えたが、その何千匹もの蝙蝠は一時間かそれ以上見えていてしかも一時間ちょっとでそれがやんだわけじゃなくただ遠く離れて見えなくなっただけだった。

判事。判事は峠のきれいな水の流れる小川に残った。デラウェアの一人と一緒にだ。私たちに山をぐるっと回って四十八時間後にここへ戻ってこいと言った。私たちは荷物を全部地面におろして馬を二頭だけ連れて出かけることにしたが判事とデラウェアはその背負い籠や背嚢を小川の上流へ運びはじめた。私は判事の後ろ姿を見てもう二度とあの男を見ることはないだろうと思ったよ。

トビンは少年を見た。もうこの世では二度とないはずだとね。グラントンも判事のことは放っておくだろうと私は思った。私たちは先へ進んだ。次の日に山の反対側で私たちの隊から脱走した二人の若い男を見つけた。木から逆さに吊るされてたんだ。全身の皮を剝がれてたがまあはっきり言ってあれは見場のいいものじゃないよ。ともかく野蛮人どもは前から見当をつけてたことをはっきりと知ったはずだ。私たちには火薬がないってことをね。

私たちは馬には乗らなかった。口を引いて岩にぶつからないよう気をつけ鼻を鳴らそうとしたら手で押さえた。その二日間に判事は蝙蝠の糞に灰を混ぜて小川の水で濾過して結晶させ粘土で窯をつくって木炭を燃やし朝になったら火を消して暗くなったらまた火をつけた。私たちが戻ってくると判事とデラウェアは小川のなかに素っ裸で坐ってて最初は酔っ払ってるみたいに見えたんだが何を飲んで酔っ払ってるのかは見当もつかなかった。山の上はもうアパッチでいっぱいだったがそんななかで坐ってるんだ。私たちを見ると立ちあがって柳の木立へ行き頭陀袋を二つ持ってきたがその一つには硝石の純粋な結晶が八ポンド、もう一つには榛の木の細かい木炭粉が三ポンド入ってた。岩の窪みですり潰した木炭からはインクがつくれそうだった。頭陀袋の口を紐で縛ってグラントンの鞍の前橋に載せると判事とインディアンは服を着たがおかげで私はほっとしたんだ。というのも体に毛が一本もない大人なんて見たことがなかったしやつの場合は当時も今も目方が二十四ストーン（約百五十キロ）もあるんだからな。それはこの私が保証するよ。あの年の同じ月にチワワ市で家畜用の秤でやつが目方をはかったときの数字を素面のこの眼でちゃんと見たんだ。

私たちは斥候も出さずに山を降りた。なんの小細工もなく。みんな眠くて死にそうだったよ。平地に着いたときにはもう暗かったが一旦集まって人数を数えてから馬に乗って出発した。満ちていく十二夜の月のもと私たちはまるでサーカスの馬乗りで馬は慎重に歩いて音を立てなかった。野蛮人どもがどこにいるのかはわからない。この前やつらが近くにいると感じたのは木に吊るされた憐れな二人を見たときだった。私たちは砂漠を真西に進んだ。私の前はドク・アーヴィングだったが月明かりが明るいからやつの髪の毛が数えられそうだった。

夜通し馬を進めて明け方のちょうど月が沈んだとき狼の群れと出くわした。やつらは一旦散ってからまた戻ってきたがまるで煙みたいに音一つ立てない。離れていったりあちこち走ったり私たちのまわりを回ったりした。大胆不敵もいいところだ。馬の足枷の縄を振るとすっと離れるんだが堅い地面の上で足音はしなくて息遣いと呟いたり文句を言ったりするような声とぱくっと空を咬む音だけが聴こえるんだ。グラントンが馬をとめると狼の群れは渦巻くような動きをしてこそこそ逃げだすがじきにまた戻ってきた。デラウェアの二人は私なんぞよりずっと度胸があるよ、ちょいと引き返して左のほうへ行ってみたらそこに仕留められた獲物があった。若い牡の羚羊で前の晩に殺されたようだった。半分ほど食われたそいつから私たちはナイフで残り物の肉をいただいて馬に乗って進みながら生のまま食ったが肉を見たのは六日ぶりだった。そりゃもう肉には飢えてたよ。山の上じゃ熊みたいに松の実ばかり食ってそれもありがたかったがね。ほとんど骨ばかりの体を狼に食われそうになってたんだがそれでも私はやつらを撃つ気になれないしほかの連中もそうなのを知ってるんだ。

この間(かん)判事はほとんど喋らなかった。だが明け方に溶岩に覆われた広い悪地(マールパイース)の端に来たとき判事どのは溶岩の上に陣取って私たちに指示を出しはじめた。まるで牧師や司祭の説教みたいな調子だが中身は誰も聴いたことのないようなものだった。悪地の向こうのほうには火山の山頂が見えていて陽がのぼるとそれが何色にも色づき黒い小さな鳥の群れが風に乗って飛んできてその風が判事の古いコートをはためかす、そんななか判事は一つだけ盛りあがった裸の山を指さして演説をしたんだがなんのための演説だか私には当時も今もわからない、ともかく判事が締めくくりに言ったのはわれらが母なる大地は卵のごとく丸くそのなかにありとあらゆる良いものを含んでいるということだった。それから判事は今まで乗ってきた馬の口を引いて、人間にも馬にも険呑な硝子みたいにきらきら光る黒い色の溶岩の上を進みだし、そのあとから私たちは何かの新しい宗教の信者みたいについていったんだ。

元司祭は言葉を切り煙草が燃え尽きたパイプをブーツの踵に打ちつけた。いつものように上半身裸になって焚火にあたっている判事のほうへ眼をやった。判事がこちらを向いて少年の顔を見た。

悪地。あれは迷路だ。狭い高台を少し行くと急傾斜の裂け目に邪魔される。飛び越える気にはなれないからな。崖の縁は黒い硝子みたいだし裂け目の底は火打石。馬を引いていくのもうんと慎重にやるんだがそれでも蹄から血を出しちまう。ブーツはずたずたになる。ああいう下に洞穴がある皺だらけの古い溶岩の土地へのぼったらああいう場所で何が起きたかがよくわかる。溶けた岩がプディングみたいに皺々になってまた固まる、地面に穴があいてその穴がどろどろに溶けた芯まで届く。よくは知らんがたぶん地獄はそこにあるんだろう。この地面は球の形をしていて何もないところに浮かんでてほんと言うと上も下もないんだ。この隊には私以外にも溶岩の上に二つに裂けた小さな蹄の跡が小鹿の足跡みたいにくっきりついてるのを見たやつがいるが溶けた岩の上を歩く小鹿がいると思うか。私は聖書に書いてないことを勝手に考える気はないがひょっとしたらうんと昔とんでもなく極悪な罪人どもを地獄がつい火と一緒に吐き出しちまったことがあってそうやって間違えて世界の表の側へ吐き出されちまった極悪人どもの魂を取り返しにフォークを持った悪魔めらが溶けた岩の上を歩いたのかもしれん。これは一つの考えにすぎんがね。物事の仕組みからしてこの世界はどこかで別の世界と触れ合ってるに違いないよ。とにかく溶岩の上に何かが小さな蹴爪の跡を残してるのを私はこの眼で見たんだ。

判事は大きな下疳みたいに砂漠から盛りあがったあの草一本ない死んだ円錐から眼を離すまいとしているように見えた。私たちも梟みたいな厳粛な顔つきでそれに倣ったがやがて判事は振り返って私たちの顔を見ると笑いだした。火山の麓でくじを引いて二人が馬と一緒に先へ進んだ。私は二人を見送った。そのうち一人は今夜のこの焚火にあたってるが溶岩の土地を馬を引いていくそいつは運の尽きた男みたいに見えた。

でも私たちは運が尽きたわけじゃなかったようだ。眼をあげると判事は頭陀袋を肩にかつぎライフルを登山杖がわりにせっせと火山の斜面をのぼりはじめていた。私たちもあとに続いた。半分ものぼらないうちに平原の野蛮人どもが見えた。さらにのぼった。私は最悪の場合あの悪鬼どもにつかまるくらいなら火口へ飛び降りたほうがましだと思った。どんどんのぼって天辺に着いたのはたぶん昼ごろだったと思う。万事休すだ。野蛮人どもはもう十マイルも離れてない。まわりの連中を見てみたらご機嫌でないのは一目瞭然。威厳ってものがなくなってる。当時も今も気のいいやつらだ、参ってるところなんぞ見たくない、判事は私たちのところへ送りこまれた呪いだと思った。だが私の考え違いだった。当時はそう思った。今はまた迷ってるが。

あんなでかい図体なのに火口の縁へ最初に着いたのは判事で景色でも眺めにきたみたいにあたりを見渡した。それからしゃがんでナイフで岩を削ぎはじめた。私たちが一人また一人とあがってきたら判事はぽっかり空いた火口に背を向けて岩を削りながら私たちにも同じようにしろと言った。削ってるのは硫黄だ。火口のまわりには硫黄がうんとあって明るい黄色がところどころ光ってるのは石英の薄いかけらだがほとんどは混じりけなしの硫黄華だった。それをナイフで削り取って細かく砕いたのが二ポンドほどになると判事は頭陀袋をとって木炭と硝石を岩の窪みに空けて手で掻きまわしそこへ硫黄の粉を入れた。

何だかフリーメイソンみたいにそこへお前の血を垂らせと言われそうな気がしたがそんなことはなかった。判事は乾いたままの粉を両手で掻き混ぜていたがそのあいだも平地にいる野蛮人どもが近づいてくる。また眼を戻すと図体のでかい毛のないでくのぼうみたいな判事が立ちあがって一物を出して混ぜた粉に小便をしはじめたんだ。ばしゃばしゃとすごい勢いで小便をしながら片手をあげて私たちにも同じようにしろと叫ぶ。

どのみち私たちも半分頭がおかしくなってた。みんなそこへ並んだよ。デラウェア族インディアンの二人も含めてね。ただ一人例外はグラントンであれはほんとに変わった男だ。みんなで一物を出して小便をしだすと判事はしゃがんで素手で粉をこねはじめて小便がびしゃびしゃ飛び散るなかでそら出せ思いきり出せ赤膚どもがそこまで来てるのが見えるだろうと怒鳴るんだ。そして笑いながら大きな臭い黒いものをこねあげるんだがその臭いたるや悪魔がつくったパン生地といったところで黒いパン職人といった感じの判事はナイフを抜いて岩の南向きのところへこねたものを広げちらちら太陽を見ながらナイフの刃で薄く伸ばす。判事は腕先を黒く汚して小便と硫黄の臭いをぷんぷんさせてにやにや笑いながらまるで毎日これをやってるみたいに上手にナイフを使うんだ。作業が終わると後ろにさがって両手を胸で拭いてから私たちと一緒に野蛮人どもを眺めた。

やつらはもう悪地へ来ていて追跡の名人があのむきだしの溶岩の上で私たちの通った場所をたどる、そして先へ進めないところへ来るたびに引き返して後ろから来る連中に声をかけてた。一体何を頼りに跡をたどったのか。ひょっとしたら臭いかな。まもなく話し声が聴こえてきた。それから連中に発見された。

いやはや連中は一体何だと思っただろうな。やつらは溶岩の土地に散らばってたが一人が指さしてみんなが顔をあげた。雷に打たれたみたいにびっくりしただろうよ。十一人の男が間違えて飛んできた鳥の群れみたいに熱い火口の縁に立ってるんだ。やつらは何か相談していたが馬を盾にした突撃隊を送ってくるかと思ってたらそうはしなかった。先に私たちを見つけたやつらが手柄ほしさに円錐形の山をのぼりはじめたんだ。誰が一番乗りするか競争だって感じでな。

こっちの猶予時間は一時間ぐらいだと私は思った。私たちは野蛮人どもを見、判事がこねあげた臭い母胎(マトリックス)が岩の上で乾いていくのを見、一塊の雲が太陽のほうへ近づいていくのを見た。私たちは岩も野蛮人も見るのをやめた。雲が太陽をすっぽり覆ってそれが過ぎ去るまでに一時間近くかかりそうに見えるがそれはまさに私たちに与えられた猶予時間だったからだ。判事はといえば坐って小さな記録簿に何か書きこんでたがそのうち私たちと同じように雲を見あげると記録簿を置いて一緒に雲をじっと見つめた。誰も喋らなかった。呪いの言葉を吐くやつも祈るやつもいない。ただじっと雲を見ていた。雲は太陽の片隅を切り取っただけでそのまま通り過ぎていき私たちの上に影が落ちることはなく判事は記録簿を手にとってまた何か書きはじめた。私は判事をじっと見ていた。それから立っていた岩から降りて乾かしているものを一つかみ手にとってみた。それは熱を持っていた。私は火口の縁に沿って歩いた。野蛮人どもはあちこちからのぼってきたがそれというのも裸の岩と砂利の斜面にいちばんいい経路というのがないからだった。私は上から岩を落としてやろうかと思ったが拳より大きいのはなく細かい砂利や薄い石だけだった。グラントンを見るとグラントンは判事をじっと見ていたが何だか魂を抜かれたような感じだった。

判事は記録簿を閉じて革のシャツをとると岩の窪みの上にかぶせて私たちに例のこねたものを持ってくるように言った。みんなナイフを出してそいつを削ったが判事はナイフの刃を岩にあてて火花を飛ばさないようにしろと注意した。私たちが削ったものをシャツのなかに入れると判事はナイフで細かく切り崩しはじめる。それから、グラントン大尉と呼んだ。

グラントン大尉だと。信じられるかい。グラントン大尉、と判事は言ったんだ。あんたのその銃を持ってきてくれ、これの出来具合を見てみよう、とね。

グラントンは自分のライフルを手にとって火薬装塡器にいっぱいそいつを掬い取り二つの銃口に注ぎこんで弾を二つこめて押しこむと弾倉の尻に雷管をはめて火口の縁に立つ。だが判事が考えてたのはそこから撃つことじゃなかった。

その奈落の底へ撃ちこんでくれ、と判事が言うと、グラントンは素直に従った。火口の内壁を少し降りて怖ろしい口が開いているぎりぎりの縁に立ち銃を構えてまっすぐ下を狙い撃鉄を起こして発砲した。

その音ときたらおよそ聴いたこともないような音だ。私は何だか落ち着かなかったよ。

グラントンは二連銃の両方の弾を撃ってから私たちを見て判事を見た。判事は手を振っただけで火薬を潰す作業を続けたがまもなく私たちに角の入れ物やフラスクを持ってこいと言ったから、私たちは列をつくって聖体拝領をする信者みたいに一人ずつ判事の前に立った。全員の容器を満たすと判事は自分のフラスクにも火薬を詰め二挺の拳銃を出して雷管を取りつけた。先頭の野蛮人はもう斜面の二百ヤードほど下まで迫ってる。こっちは攻撃をかける用意はできたが今度も判事はそうさせなかった。判事は拳銃を火口に向けて撃って二挺で十発の弾をぶちこんだあと弾をこめ直しながら私たちに姿を見られないよう隠れていろと言った。銃の音を聴いて野蛮人どもは首をひねっただろう。こっちには火薬が全然ないと思ってたはずだからな。それから判事は火口の縁へあがって頭陀袋から出した上等な白い亜麻布のシャツを野蛮人どもに向かって振ってスペイン語で何か怒鳴ったんだ。

　聴いてると涙が出てきそうなほどしみじみした演説だったよ。私以外は全員死んだ、とこうだ。命だけは助けてくれ。全員死んだ（トードス・ムエルトス）。全員だ（トードス）。シャツを振りながらな。やつら犬みたいにキャンキャン叫んだ。すると判事は私たちのほうを向いて例のあの笑いを浮かべて言ったよ。さて諸君と。その一言だけ。判事はベルトの背中側に差してた二挺の拳銃を両手で抜いたがあの男は蜘蛛みたいに両手利きで私は前に右手と左手で同時に文字を書くのを見たことがあるんだが、とにかくその二挺の銃でインディアンを殺しはじめた。私たちも号令なんか待っちゃいない。もう殺し放題に殺したよ。最初にこめた弾で十何人か殺したがそれでやめるわきゃない。最後の一人が山の麓にたどり着くころには五十八人の野蛮人が砂利の上で殺された。籾殻がホッパー（粒状のものを貯蔵し必要に応じて下部の口から流し落とす漏斗型の装置）から出てくるみたいに斜面を滑り落ちていくんだが、滑りながらあっちこっち向きを変えて、麓あたりにはそんな死体の鎖ができた。私たちは硫黄をかぶった岩の上にライフルの銃身を載せて溶岩の平地を走って逃げるやつにまた九発弾をおみまいした。もう大はしゃぎだ。賭けをやったりしてな。最後に撃たれたやつは一マイル近く離れたところを思いっきり走ってた。それがあの妙ちくりんな火薬を使うと一人残らず射撃の名手になって一発も弾を無駄にしなかったんだ。

　元司祭トビンは首をめぐらして少年を見た。それが判事と初めて出逢ったときのことだ。

ああ。あの男は研究しがいのある男だよ。

少年はトビンを見た。あいつはなんの判事(ホワッツ・ヒー・ア・ジャッジ・オブ)なんだ？（"あいつはなんの判定者なんだ？"の意味にもなる）

なんの判事かって？

うん。なんの判事だ。

トビンは焚火の向こうをちらりと見た。ああ、もう黙ったほうがいい、と言った。話を聴かれる。あいつは狐みたいに耳聡(みみざと)いんだ。

11

山岳地帯へ――巨大熊――デラウェア族インディアン攫われる――捜索――再び形見分け――峡谷で――廃墟――壊れた土器――鉄靴――表象と事物――判事が一つの話をする――騾馬の喪失――龍舌蘭の料理跡――月と花と判事の夜の情景――村――動物の馴致について語るグラントン――峡谷を出る道

山岳地帯に入り丈の高い松の森を通っていくと風が吹き抜け鳥の寂しい啼き声が響いた。蹄鉄をつけない騾馬が枯草や松葉を踏んでジグザグに進んでいく。北側斜面の青い峡谷には古い雪の幅の狭い帯が残っていた。落莫たるポプラの森を抜ける九十九折りの濡れた黒土の道には金色の小さな丸板のような落葉が散り敷いていた。色淡い樹木の廊下で夥しいスパンコールのように揺らめくポプラの葉の一枚をグラントンはちぎりとり葉柄をつまんで団扇のようにくるくる回してから地面に棄てたが彼はその造化の完璧さをちゃんと意識できる男だった。落葉が氷で綴じ合わされている狭い涸れ川をたどり夕方高い峠を越えたときには野鳩が風に乗って急降下してきて地面から数フィートのところをかすめ馬と馬のあいだを荒々しくくぐり抜けると青い谷へ降りていった。さらに進んで暗い樅（もみ）の森に入っていくとスパニッシュ・ポニーは薄い空気の匂いを嗅いだ。グラントンの馬が倒木を乗り越えようとしたときその倒木の向こう側の窪地で餌を食べていた細身の金色がかった毛の熊が立ちあがり豚のようなどんよりした眼で一行を見おろした。

グラントンの馬が棒立ちになりグラントンはその肩に体を密着させながら拳銃を抜いた。すぐ後ろがデラウェア族インディアンの一人で馬が後ずさりするのを頭を拳で叩いて回れ右させようとしたが熊はひどく驚いてぎくしゃくした動きで鼻面をこちらに振るその口からは悪臭を放つ肉片がぶらさがり顎が血で赤く染まっていた。グラントンが銃を撃った。弾は熊の胸に命中し熊は異様な呻きをあげて前に体を傾けデラウェア族インディアンを捉まえて馬から持ちあげた。グラントンがもう一発を肩の襞襟のような厚い毛のなかに撃ちこむと熊は体の向きを変えその口からぶらさがったインディアンは熊と密着し仲間を裏切って新しい仲間との連帯を誇示するかのように片腕を熊の首に回していた。男たちが怒鳴り馬がいななき馬を御すためその体を打つ声音が森中に響いて騒然とする。グラントンは三たび拳銃の撃鉄を起こしたがそのとき熊はインディアンを人形のように口にくわえたままグラントンの上を跳びその蜂蜜色の毛の海は血で汚れ腐肉の臭いとその生き物自身の臭いを発散させた。銃声がいくつもはじけ小さな金属の核が物質の遠い環のほうへ飛びその物質の環は男たちの頭上を音もなく西のほうへ動いていく。ライフルの銃声が何発か轟くと獣は捕虜をくわえたまま怖ろしい勢いで繁みに飛びこみ暗くなっていく樹海のなかに消えた。

一行が先へ進むあいだほかのデラウェア族インディアンたちは三日間熊を追った。初日に血痕をたどるとやがて傷の出血がとまって途切れ翌日には丈の高い森の地面の粗腐植の上を引きずった跡をたどりその次の日には高い岩の地卓（メサ）を横切るかすかな足跡をたどったがやがてそれも消えた。それから暗くなるまで痕跡を探し夜はむきだしの火打石の上で眠り翌日起きると北に広がる岩ばかりの荒涼たる風景を眺め渡した。童話の本の獣のように仲間を連れ去った熊は大地に呑みこまれてもう仲間を取り戻すことはできなくなった。インディアンたちは自分たちの馬を見つけて引き返した。高地の荒野には風以外に動くものは何もなかった。インディアンたちは言葉を交わさなかった。彼らはキリスト教徒のような名前を持ってはいるが別の時代の人間たちでありり父祖がそうであったようにずっと荒野で生きてきた。戦うことで戦争を学び何世代ものあいだに東海岸から追われて大陸を横断しナーデンハッテン（アメリカ独立戦争時にデラウェア族インディアンが虐殺されたオハイオ州の町）の灰から平原へ平原から血腥（ちなまぐさ）い西部へと移動した。かりに世界の大半が神秘であるとしても世界の限界はそうではない、というのも世界は無限であって境界線を持たずそのなかにはさらに怖ろしい生き物や見たこともないような色と性質を持った人間たちが含まれているがそこにどんな人跡未踏の荒野と獣が含まれているにせよそのどれもが自分の心が自分にとって異質である以上に異質であるわけではないからだ。

デラウェア族インディアンたちは翌日早くに頭皮狩り隊が通った跡を見つけ陽が暮れるまでに追いついた。熊に攫われたインディアンの馬は鞍をつけられたまま予備の馬のあいだに交じっていたがやがて荷物はおろされ持ち物が分配されてそのインディアンの名前は二度と口にされなかった。その夜判事が焚火のそばへ来てインディアンたちと一緒に坐り彼らにいろいろ訊いて地面に地図を描きそれを細かく調べた。それから立ちあがり地図を踏み消して朝になるとまた一行はそれまでと同様に出発した。

矮性樫と常盤樫の生えている土地を通り抜けて斜面の裂け目に黒い木が根づいている石だらけの土地へと進む。強い陽射しのもと丈の高い草のあいだに馬を進め午後遅くに世界の縁であるかのように見える断崖に行きあたった。断崖の下では衰えゆく陽の光のもとで煙るサン・アグスティンの平原が北東のほうへ広がっていたが、長い曲線を描く大地は千年来燃えている地下の石炭層からのおぼろな煙に沈黙のうちに包まれて浮かんでいるように見えた。馬は崖の縁を慎重に歩き乗り手はその古い裸の土地にさまざまな視線を投げた。

続く日々彼らは手を触れれば灼かれそうな岩の土地を行くことになるがそこには岩以外に何もない。ころころした山羊の糞が散らばる道を一列縦隊で進み天火のように熱い空気を放つ岩壁から顔をそむけている馬上の人は斜めに傾いだ黒い影を岩壁にステンシル刷りしていたがその輪郭は情け容赦がないほど厳しくくっきりとしており自らをつくった肉体との盟約を破って太陽も人も神も顧みずに自立して裸の岩の上を進みつづけそうな形をしていた。

　この土地からは青い涼しい影に浸された深い峡谷を通り散らばっている石を踏み鳴らしながら降りていった。涸れ川の乾いた砂の上には古い骨や彩色された陶器のかけらが落ちており崖の高いところには馬やピューマや亀や鉄兜と楯で防護したスペイン人騎兵団の絵文字が石と沈黙と時間を軽侮するかのような風情で彫られていた。崖の百フィートほどの高さの断層や亀裂には藁屑や投げ荷の破片が引っかかってかつてそこまで水が来ていたことを示しており距離の見当がつかない遠くで雷の呟きが聴こえるなか頭上に狭く見えている空に雨を降らせそうな暗い影がないかと気をつけながら両側の迫った峡谷を縫っていくその死んだ川の底の乾いた白い石は神秘の卵のように丸く滑らかだった。

　その夜は石山の奥深くにある古い文化の廃墟で夜営をしたが、その小さな谷間には澄んだ水が流れ馬の餌に適した草が生えていた。泥と石の民家が張り出した崖の下で壁に囲いこまれており谷間には古い灌漑用水路がつくられていた。地面を覆うさらさらの砂にはあちこちに土器のかけらや黒焦げの木片が交じり鹿などの動物の足跡が縦横に走っていた。

　陽が暮れかかるなか判事は民家の廃墟を歩きまわったが古い部屋は今でも薪を燃やした煤で黒く汚れ古い火打石や土器のかけらや小さな乾いた玉蜀黍の穂軸が灰のなかに散らば

っていた。壁に腐りかけた木の梯子を立てかけたままの家もあった。半地下の大広間をぶらつき小さな遺物を拾いあげ高い塀に腰かけて暗くなるまで記録簿に写生をした。

　小さな谷間に満月がのぼり全き静寂があたりを領した。コヨーテは自分の影に脅えて巣から出てこないのかその声はせず風の音も鳥の声もなくただ焚火の下手の闇のなかで砂地を流れる水のせせらぎだけが聴こえた。

　翌日一行が谷間を進むあいだ判事は何度も岩のあいだに寄り道してあれこれの物を採集し夜になると焚火のそばに馬車の幌を小さく広げてそこに集めたものを分類して並べた。それから膝に革表紙の記録簿を広げ火打石や壺のかけらや骨角器などを一つずつ手にとって巧みに素描をした。馴れた手つきでさらさらと描き毛のない頭に皺を寄せることも奇妙に子供じみた唇を引き結ぶこともなかった。壺の破片に刻印された柳の枝の模様を指でなぞりそれを微妙な陰影をつけながら鉛筆を効率よく動かして記録簿に描き取る。彼は線描画の腕前も一人前だ。ときどき顔をあげて火や武装した仲間たちやその向こうの闇を見る。最後に膝に載せたのは三世紀前にスペインのトレドで製造された甲冑の鉄靴で錆に覆われて脆くなっていた。判事はこれを横向きだが立体感を出して写し寸法を丁寧に書きこみ余白に注をつけた。

　グラントンがじっと判事を見ていた。絵を描き終えると判事は鉄靴をまたいろいろな方向に引っくり返して観察しそれからぐしゃりと潰して丸め火のなかへ放りこんだ。ほかのものも集めて火中に投じ幌を振って砂を落としそれを畳むと記録簿と一緒に旅行鞄のなかにしまう。それから両手を膝の上に置いた判事はまるで世界の創造にあたって自分の意見も聴いてもらえたとでもいうように満足げに坐っていた。

ずっと判事を見ていたテネシー州出のウェブスターがそういう書き物や絵をどうするのかと訊いたとき判事は笑みを浮かべて自分はいろんなものを人類の記憶から消そうと思ってやってるんだと言った。ウェブスターがにやりと笑うと判事は笑い声をあげた。ウェブスターは片眼を細めて判事を見て言った。あんたはどっかで製図工をやってたんだろうな。さっきの絵は本物そっくりだったよ。でもこの世界を一冊の記録簿（原語はbook。実体は本のような造りのノート）に書きこむのは無理だろう。この世界にあるもの全部を一冊の記録簿に写生するのもな。

たいしたもんだ、マーカス、と判事は言った。

でも俺の絵は描かないでくれ、とウェブスターは言う。俺はあんたの記録簿に載りたくない。

私の記録簿に載らなくても誰かの記録簿に載る、と判事は言った。どの記録簿に載るかで本質が変わることは絶対にない。なぜそんなことがあり得るんだ。そんな記録簿があるならそれは偽の記録簿であって偽の記録簿は記録簿じゃない。

あんたは謎かけがうまいから俺には言葉じゃとても太刀打ちできないよ。とにかく俺の面は描かないでくれ知らない連中に見られたくないんだ。

判事はにやりと笑った。私の記録簿に載ろうと載るまいとすべての人間はほかの人間のなかに宿るしその宿られた人間もほかの人間のなかに宿るという具合に存在と証言の無限の複雑な連鎖ができてそれが世界の果てまで続くんだ。

俺は自分で自分の証人になるよ、とウェブスターが言うと、ほかの男たちはこの自惚れ野郎そもそもてめえを描いた絵なんか誰が見たがるかと言いまさか絵を見たがる人間がわんさと押し寄せて待ちきれなくて喧嘩を始めるとでも思ってんじゃねえだろうな見たがるやつがいるとしたらそりゃお前をリンチしたいが本人がいないからかわりに絵にタールと鳥の羽根をまぶしてリンチしてやろうって連中だろうぜと混ぜ返した。すると判事は片手をあげてまあまあとなだめウェブスターが絵を描かれたくないというのはそういう虚栄心から出たことではないんだと弁護してあるときウェーコー族インディアンの年寄りの肖像を描いたら思いがけないことに当人がその絵に呪縛されてしまったという話をした。老インディアンは敵がその絵を手に入れて汚すか破るかするのではないかと心配になりその絵があまりにもそっくりなので誰かに折り目をつけられたりただ触られたりするだけでも耐えられない気がして夜も眠れないのでわざわざ砂漠を越えて判事がいると聴いたところへやってきてどうにかその絵を無事に保管する方法はあるまいかと相談してきたので判事は老人を深い山のなかへ連れていってとある洞窟のなかの地面に二人で絵を埋めたがことによると絵はまだそこにあるかもしれないというそんな話だった。

それが一段落するとウェブスターは唾を吐き口を手でぬぐってからまた判事に眼を向けた。そりゃ無知な異教徒の野蛮人の話だろうが。

それはそのとおりだ、と判事は言った。

俺はそんなんじゃない。

すばらしい、と判事は言いながら旅行鞄に手を伸ばす。それなら絵を描かせてくれるな。

そいつはごめんだ、とウェブスターは答えた。けど今あんたが言ったようなことじゃないぜ。

男たちは沈黙に落ちた。一人が立ちあがって火を掻き立てたがその頭上からは高くのぼって小さく見える月が廃墟となった家々を照らし谷間の小川では金属の紐を編み合わせたような小さな流れが砂地の上で輝きその流れの音だけが聴こえてほかにはなんの音もなかった。

ここに住んでたのはどういうインディアンなんだ、判事。

判事は眼をあげた。

死に絶えたインディアンさ、なあ、判事。

完全に死に絶えたわけじゃないな、と判事は言った。

石工としちゃまああの連中だったとは思うよ。今この辺にいる野蛮人どもにゃとても真似できねえ。

完全に死に絶えたわけじゃないんだ、と判事は言った。そしてまた一つ話をしたがそれは次のような話だった。

何年か前のことだがアレガニー山脈の西側のまだ人間の手が入らない荒野が広がっているところに一人の男が住んでいて連邦政府がつくった道路に面したところで馬具をつくったり修理したりする店を開いていた。手につけた職がそれだったからだが旅人が少ないので仕事はほとんどなかった。そこでじきにインディアンの恰好をして自分の店から何マイルか離れたところに陣取って誰かが通りかかったら金をめぐんでくれと頼むようになった。そのときはまだ旅人に危害を加えたりはしなかったんだ。

ある日また一人の男がやってきたから馬具職人は硝子玉や鳥の羽根を飾った格好で木の陰から出ていって小銭をくれないかとねだった。旅人は若い男で相手がインディアンではなく白人だと見抜いて施しを断わったがそうすると馬具職人はひどく恥じ入って道路を何マイルか進んだところにある自分の家へ若い男を招いた。

馬具職人は外壁に樹皮を張った小屋を自分で建てて妻と二人の子を養っていたがこの妻と子供たちは夫であり父親である馬具職人を頭のおかしい人だと思い自分たちが連れてこられたこのとんでもない場所から逃げ出す機会を待っていた。だからこの客人を歓迎して喜んで夕餉を提供した。ところが食事中に馬具職人がまた金の無心をしはじめ自分たちは貧乏なんだと実際そのとおりである事実を訴えると話を聴くうちに旅人が硬貨を二つ取りだしたので馬具職人は見たこともないその硬貨を手にとってじっと眺め息子に見せたが旅人は食事を終えるとその硬貨を進呈してもいいと言った。

　だが恩知らずな輩（やから）は人が思っている以上に世の中にいるものでこの馬具職人はそれで満足せず妻にも一つこういう硬貨をもらえないだろうかと言う。旅人は皿を前に押しやって椅子の上で姿勢を改めると馬具職人に訓話を聴かせはじめたがその話には馬具職人がかつて知っていたのに忘れてしまっていたことのほか耳新しいこともいくつか含まれていた。旅人は締めくくりにあなたは神にも人にも見棄てられている人間だと言いほかの人間のことを我が事のように思いこの世界のどこか不毛な場所で困っている人を助けないかぎりいつまでたってもそのままだろうと言った。

　旅人の話が終わろうとするころ一人の黒人が同じ黒人の亡骸（なきがら）を運ぶ葬儀用の荷車を引いて道をやってきてその荷車は桃色に塗られ黒人はカーニバルの道化師のように色鮮やかな服を着ていたが若い旅人が道を通りかかったその黒人を指さして言うにはああいう黒んぼでさえ……。

　そこで判事は間を置いた。見つめていた焚火から顔をあげて周囲を見まわした。彼の話しぶりは朗読のようだった。話の道筋が見失われることはなかった。判事は周囲の聴衆に笑みを向けた。

　旅人はああいういかれた黒んぼでさえ人間らしいことをするんだと言った。すると馬具職人の息子が立ちあがって道のほうを指さし同じように訓話をするような口調であの人のために席を設けようよと言った。今言ったとおりの言葉で言ったんだ。席を設けようと。もちろんそのころには荷車を引いた黒人は行ってしまってもう姿が見えなかった。

それを聴いた馬具職人はまた自分の行ないを悔いてそうだお前の言うとおりだと息子に言ったから火のそばに坐っていた妻はびっくりしてしまったがそのとき旅人がそろそろ失礼すると言ったので妻は眼に涙をため小さな女の子は寝台の後ろから出てきて旅人の服にすがった。

馬具職人はそこまで一緒に行って見送ろうと申し出てこのあたりは道標がろくにないから次の別れ道でどちらへ行ったらいいか教えようと言った。

道々二人は人と出逢ってもその一度きりしか逢うことはないこういう辺鄙な場所での暮らしはどんなものかという話をしたがやがて別れ道に来ると旅人はもうこの辺で結構と礼を言いそれで馬具職人と旅人はそれぞれの道を歩きだした。だが馬具職人は別れが堪えがたい気がしてまた旅人に声をかけもう少し先まで一緒に歩いた。やがて道は暗い森のなかへ入っていったがそこで馬具職人は旅人を殺した。石で殴り殺して衣服をはぎ時計をとり金を盗むと道端に浅い穴を掘って死体を埋めた。そして家に帰った。

帰る道々馬具職人は自分の服を引き裂き火打石で体を血だらけにして妻に追い剝ぎの待ち伏せにあったと話し若い旅人は殺されて自分だけが逃げてきたと説明した。妻は泣きだしばらくしてその現場へ案内させてそのあたりにたくさん咲いている野生の桜草の花を摘んで旅人が埋められた場所に置き老女になるまで何度もそこへ行って花をたむけた。

馬具職人は長生きして息子も一人前になったがその後人に危害を加えたことは一度もなかった。死の床についた馬具職人は息子を呼んで自分のしたことを話した。息子は俺に赦す資格があるなら親父を赦すよと言い馬具職人はお前にはそうする資格があると言って死んだ。

だが息子は悲しまなかった。というのも死んだ旅人を嫉妬したからで生まれ故郷を去る前にあの石を積んだ場所へ行って旅人の骨を掘り出し森のなかでばらまいてから出発した。息子は西へ行き彼自身が人を殺す人間になった。

老いた母親はまだ当時生きていたが何があったかは全然知らずたぶん森の獣が骨を掘り出してばらまいたのだろうと考えた。たぶん全部は見つからなかっただろうが見つけただけの骨を墓穴に戻して土を埋めて石を積んで以前と同じように花を供えつづけた。年をとったとき彼女は埋められているのは息子だと人に話したがたぶんそのころには本当にそうだったんだろう。

そこで判事は顔をあげてにやりと笑った。沈黙が降りたが、そのあと男たちは声を張りあげてありとあらゆる異論を唱えはじめた。

そいつは馬具職人じゃなく靴職人でちゃんと身の潔白を証明したんだ、と一人が言った。

別の一人は、馬具職人は荒野に住んでたんじゃない、メリーランド州カンバーランドの町のど真ん中に店を構えてたと言った。

その骨が誰の骨かなんて連中にゃわかってなかったよ。あの女房は頭がおかしかった。そりゃ有名な話さ。

葬儀の荷車に積んであったのは俺の兄貴の棺よ、兄貴はオハイオ州シンシナティーで寄席演芸のダンサーをやってたんだが女のことで揉めて撃たれちまってなあ。

ほかにも議論百出するのを判事が両手をあげて静粛を求めた。まあ待て、と判事は言った。この話には後日談があるんだ。例の骨になった旅人には新妻がいておなかに夫の子を身ごもっていた。生まれた息子にとって父親は自分が世界に入ってくる前から歴史的で仮定的な存在だったがそのことが悪く作用した。一生のあいだその息子は眼の前に完璧な男という偶像を持つことになったがそれは自分には絶対に手の届かない完璧さなんだ。死んだ父親はこの息子に本当の意味での相続財産をやらなかったんだ。なぜなら普通の意味での財産以上に父親の死こそが息子が正当な権利によって相続すべきものだからだ。この息子は生前の父親にも小さな欠点がいろいろあったという話に耳を貸さなかった。父親が自分でしでかした愚行のせいで苦労しているところなど想像しようとしなかった。そう。彼が相続した世界は彼に偽証したんだ。この息子は冷やかな神を前にして意気をくじかれ自分の道を見つけることができなかった。

一人の人間にあてはまることは多くの人間にもあてはまる、と判事は言った。大昔このあたりに住んでいた人たちはアナサジ族という。アナサジとは古い人々という意味だ。アナサジ族は旱魃（かんばつ）か病気か襲撃者の群れに負けてこの土地を去ったがそれ以来長い時がたって彼らのことは誰の記憶にも残っていない。だが彼らはこの土地の風評や幽霊となってたいそう敬意を払われている。道具類や芸術遺跡や建物は残っていてあとの世代のインディアンが評価をくだすことができる。だが確かな理解を得る手がかりは何もないんだ。古い人々は幽霊のように姿を消したが今の野蛮人のなかには昔の笑い声を追って峡谷をあちこちさまよう者もいる。素朴な小屋の暗闇のなかでしゃがんで岩のあいだから沁み出てくる怖れの声に耳を傾ける者もいる。高いところあるいは低いところからの移行はすべて廃墟と神秘と言いようのない怒りの名残で記録される。というわけで。ここにも死んだ父親たちがいるわけだ。彼らの霊は石のなかに葬られている。それは大地の上に同じ重み同じ遍在性をもって横たわっている。葦の繁みを避難所にしそこに隠れる者は誰でも自分の霊を生き物の共通の運命に結び合わせるのであり声らしい声もあげずに原始の泥のなかに戻って沈んでいく。だが石で建築をしようとする者は誰でも宇宙の構造を変えようとするのであってわれわれの眼にその仕事がどれだけ原始的なものに映るとしてもこの石工たちも同様だったんだ。

みな無言だった。涼しい夜だが判事は裸の上半身に汗をかいていた。ようやく元司祭のトビンが顔をあげた。

どっちの息子もいい目に遭わなかったというのは参ったな。すると子供ってのはどう育てたらいいんだ。

小さいころは野犬と一緒の囲いに入れておくべきだな、と判事は答えた。それから三つの扉のうち一つだけ内側に野生のライオンがいないのをつくっていろんな手がかりからどれがその扉か判断させるべきだ。それから砂漠を裸で駆けさせて……。

ちょっと待った、とトビンが口をはさむ。今のは真面目に訊いたんだがな。

答えも真面目だよ、と判事は言った。かりに神が人間の堕落した行動をどうにかするつもりならもうとっくに何かしていると思わないか。狼は群れのなかの役に立たないものを選り除ける。ほかにそういうことができるのは誰だ。人間は狼より貪欲でも凶暴でもないというのか。この世界のあり方は花が咲いて散って枯れるというものだが人間に関しては衰えというものがなく生命力の発現が最高潮に達する正午が夜の始まりの合図となる。人間の霊はその達成の頂点で燃え尽きる。人間の絶頂（メリディアン）は同時に黄昏でもあるんだ。人間は遊戯が好きじゃないか。人間には何かを賭けた遊戯をさせてやるがいい。そういうことはここを見ればわかる、この今のインディアンたちが訝ったこの遺跡を見ればわかる、どうだこれがもう一度起こると思わないか。そうだ。また起こるに違いない。ほかの人々、ほかの息子たちとともに。

判事は周囲を見渡した。ズボンだけの姿で火の前で坐り手は掌を下にして膝に置いていた。眼は虚ろな隙間だった。男たちの誰もこの姿勢が何を暗示するかを理解していないが、坐った姿は聖像(イコン)によく似ているので警戒しはじめるまで眠らせておいたほうがいい何かを起こすまいとするように用心深くひそひそ話した。

翌日の夕方西側の崖上へのぼっていくとき騾馬一頭を失った。峡谷の断崖から転落して背負い籠の中身が熱く乾いた空気のなかで音もなくはじけ陽射しのなかを落ちていきやがて影のなかに入ってその寂しい虚空のなかで回転しながらまもなく見えなくなり冷たく青い空間のなかに入ったがその空間は生きているものすべての記憶から騾馬を永遠に解放した。グラントンは馬をとめて眼下の揺るぎない深淵をじっと見おろした。ずっと下の岩棚から一羽の鳥が飛び立って啼きながら旋回していた。切り立った石の壁は鋭角の陽光を受けて不思議な影を刻み断崖の道を行く一行は自分たち自身にもひどく小さく感じられた。グラントンは磁器のような空に何かの確証があるとでもいうようにちらりと上を見てから舌鼓(ぜっこ)で馬を促して先へ進んだ。

続く数日間に高い地卓(メサ)を横切っていくとインディアンが龍舌蘭を料理した黒焦げの炉穴が地面にいくつも現われはじめるなかやがて一行は大きな花茎を荒野の空中に四十フィートほどの高さまで突きあげている青の龍舌蘭やアロエなどの龍舌蘭類の奇怪な森を通り抜

けた。毎朝明け方に馬に鞍を置くときには北や西の色淡い山並みを眺めやって煙があがっている場所を探した。だが見つからなかった。夜明け前の暗いうちに出発し夜にようやく戻ってくる斥候隊はごく淡い星明かりを受けたり完全な闇に沈んでいたりするむらのある荒野に夜営地を見つけるがそこには焚火もパンも仲間意識もなく男たちは単なる猿の一群のようだった。デラウェア族インディアンが平原に降りて弓で仕留めた動物の肉をしゃがんで生のまま黙々と食い骨のあいだで眠った。黒い影絵を横たえている山の上に耳朶形の月がのぼると東空の星の光が薄れ地卓の縁沿いに咲くユッカの白い花が風に揺れているのが見えたが夜中には蝙蝠の群れが世界のどこことも知れない場所からやってきて皮の翼を広げた悪魔の蜂鳥といった姿でユッカの花の口から蜜をむさぼった。その崖の縁の少し高くなった砂岩の岩棚に青白い裸身をさらした判事が坐っていた。判事が片手をあげると蝙蝠は動揺して舞い立ち手をさげるとすぐにまた食事を再開した。

グラントンは引き返そうとしなかった。敵であるインディアンはどんな卑怯な策略でも使うというのが彼の考えだった。自分たちは待ち伏せされているのかもしれないと言った。自惚れの強い男だがさすがにたった十九人に怖れをなして一万平方マイルからインディアンが一人残らず逃げてしまったとは思わなかった。二日後の昼過ぎに斥候隊が戻ってきて無人になったアパッチ族の村を発見したと報告したときも乗りこむことはしなかった。地卓の上で夜営をし人のいないところで偽装の焚火をして低木の繁った石の多い荒れ地でライフルをかたわらに眠った。朝になると馬を集めて草の小屋や古い炊事の跡が残る荒れ果てた谷間に降りた。馬を降りて家のあいだを歩いた。若木を地面に差して草で壁をつくり天辺を曲げて束ねて丸い粗末な小屋をつくりその上にぼろぼろの生皮や古毛布をかけてあった。地面には骨や火打石や珪岩の破片が散らばり土器の破片や古びた籠や割れた石臼やメスキートの豆の乾いた莢や子供の藁の人形や胴体が潰れた素朴な一弦の弦楽器や乾いた瓜の種の首飾りの一部などが見つかった。

草小屋は腰くらいの高さの入口が東向きにつくられなかでまっすぐ立てるくらいのものもあった。グラントンとデイヴィッド・ブラウンが最後に入った小屋は大型の獰猛な犬に護られていた。ブラウンがベルトから拳銃を抜いたがグラントンがとめた。地面に片膝をついて犬に話しかけた。犬は奥の壁ぎわに坐って歯をむき耳を平たく頭に沿わせて首を左右に振った。

咬まれるぜ、とブラウンが言った。

干肉を一切れとってきてくれ。

グラントンはしゃがんだ姿勢で犬に話しかけた。犬はじっと彼を見る。

そんなの人に馴れるわきゃない。

物を食う動物なら何だって馴らしてやる。干肉を持ってこいって。

ブラウンが干肉を手に戻ってくると犬は落ち着かなげにきょろきょろしていた。一行が峡谷を出て西に進みだしたとき犬はグラントンの馬のすぐ後ろを軽く足を引きながら小走りについてきた。

盆地を出て石ころだらけの古い道をたどり高い崖道をのぼった。騾馬は山羊のように岩棚を歩く。馬を引いていくグラントンは後続の者たちに叱咤の声を飛ばしたが闇に追いつかれ峡谷の岩壁の断層に列を連ねたまま行き暮れた。グラントンは毒づきながら深い闇のなかをさらに上へのぼろうとしたが道はいよいよ狭くなり足もとは危険でとまらざるを得なかった。デラウェア族インディアンたちが馬を崖道の頂上に残して徒歩で引き返してきたが、その彼らにグラントンはもしここで襲われたらお前たち全員を撃ち殺して責任をとらせるぞと脅した。

一行は山側も谷側も急峻な崖道で各自の馬の足もとに坐って夜を過ごした。隊列の先頭にいるグラントンは銃を手もとに置いていた。そしてじっと犬を見ていた。朝になるとみな立ちあがってまた崖道をのぼり頂上に着くとほかの斥候と合流して改めて彼らを偵察に出した。その日は一日じゅう山のなかを進んだがグラントンが眠っているところを見た者はいなかった。

デラウェア族インディアンの推測ではヒレーニョス族インディアンは少しずつ逃げ出して村は十日前に無人になっていた。追跡しようにも跡は残っていなかった。頭皮狩り隊は一列縦隊でさらに山岳地帯を進んだ。斥候は二日間偵察に出かけた。三日目に一行はある村に馬を乗り入れたがそこはほぼ完全に荒廃しきっていた。その日の朝には五十マイル南に位置する低い青い地卓（メサ）の上に火を見つけていた。

12

国境を越える――嵐――氷と雷――虐殺された金鉱探索隊――方位角――敵発見――作戦会議――ヒレーニョス族の虐殺――ファン・ミゲルの死――湖岸の死者たち――酋長――アパッチ族の子供――砂漠で――夜の焚火――矢――外科手術――判事が頭皮を剝ぐ――農園主――ガイエーゴ――チワワ市

次の二週間は夜のあいだに進んで焚火をしなかった。馬から蹄鉄をはずし蹄の釘穴に粘土を詰め嚙み煙草をまだ持っている者は嚙んだあとの煙草を袋に吐き睡眠は洞窟のなかの砂や土をかぶっていない石の上でとった。地面に降りたときはあとで足跡を馬に踏ませ糞便には猫のように砂をかけ言葉をほとんど交わさなかった。荒涼たる砂利の土地を夜中に横切っている彼らは遠い実体のない存在のように見えた。大昔の呪いによってさまよいつづける軍隊のように。不気味な革の軋みと金属の音で何かが通っていくと推測されるもののように。

騾馬の喉を切り細長い肉切れをつくってみなで分け険しい山から広いソーダ平原に突き出た尾根の裾を進んでいくと南のほうで乾いた雷鳴がはじけ空がかすかに光った。凸形の月のもとで人馬は雪青色の地上に落ちた自分の影につなぎとめられていたが近づきつつある嵐が雷光を閃かせるたびに後方に投げかける同じ人馬のまったく余計な影はまるで裸の大地の上に黒く荒々しく刻印されたその人馬の第三の様相であるかのようだった。一行は先へ進んだ。自分たちが生まれる前に定められた目的を掲げる者たちのように馬を進める彼らは縁が薄いにも拘わらず有無を言わせず相続させられた遺産受取人に似ていた。それというのも各自は本来別個の人間だが集団になるとそれまでとは違った存在になりその合同の魂のなかには推し量りがたい茫漠たる空間があるからでありその空間には古い地図の空白のまま残されている場所のように怪物が棲んでいて不確かな風以外に既知の世界に属するものは何もないからだった。

一行はエル・パソからリオ・グランデ川を渡って南へくだりさらに危険な土地へ入っていった。日中は貧弱なアカシアの木陰で梟のようにうずくまり炎熱の世界を覗き見ていた。塵旋風が遠火事の煙のように地平線上に立ちあがっていたが生きたものの影は一つもなかった。周回する太陽の位置をときどき眺め夕暮れ時になると一行は西の空が血の色に染まった徐々に冷えていく平原へ乗り出していった。荒野の泉が湧いているところで馬を降り馬も人も顔を並べて水を飲みまた馬に乗って先へ進んだ。闇のなかに荒野の狼の遠吠えが響くとグラントンの犬は馬の腹の下へ入り蹄をうまく避けながら小走りに走った。

その夜には雲一つない空から雹の災いが降りかかり馬は脅えていななき人は下馬して地面に坐り鞍を頭の上に載せたがそのあいだ雹は荒野の闇から錬金術で生成された小さな半透明の卵のように地表を跳ねた。また馬に鞍を置いて出発した一行は何マイルにもわたって氷の丸石を踏みながら進みそのあいだに盲いた猫の眼のような月が世界の縁の上にのぼった。夜には平原にある村の明かりのそばを通ったが針路は変えなかった。

そろそろ朝になるころ地平線上に火が見えた。グラントンはデラウェア族インディアンを偵察に出した。すでに明けの明星が東で青白く燃えていた。戻ってきた斥候がグラントン、判事、ブラウン兄弟と一緒にしゃがみ手振りを交えて協議したあと一行はまた馬にまたがって先へ進んだ。

砂漠で五台の馬車がくすぶっているところへ来ると馬から降りて金鉱探索者たちの死体のあいだを黙って歩いたがそれらのまっとうな旅人たちはひどい傷を負い脇腹から腸をはみ出させ裸の上半身に何本もの矢を生やしていた。顔の鬚から男たちとわかるが奇妙にも股間が経血にまみれたようになり男性器は切り取られて笑っているような口から黒ずんだ奇妙な形で突き出ていた。乾いた血の鬘をかぶった男たちは類人猿の眼で今や東の空にのぼった太陽を見あげていた。

馬車はもはや黒い帯鉄や車輪の輪鉄を鎧った燃えさしにすぎず炭の奥深くで赤く熱した

車軸が震えていた。みなは火の前に坐り湯を沸かしてコーヒーを飲み肉を焼き死人たちのあいだで眠った。

一行は夕方出発しなおも南下を続けた。金鉱探索隊を殺した者たちは西へ向かった痕跡を残していたがこの荒野で旅人を襲うのは白人たちでありそれをインディアンの仕業に見せかける。無謀な事業をなりわいとする者は偶然や運命の観念におおいに関心があるものだ。金鉱探索隊のたどってきた道がこのように灰で終わりいくつもの矢印がこの荒野で一つに収斂してある小集団の熱意と活力がほかの小集団に呑みこまれ消されてしまったことを話題にして元司祭のトビンが仲間たちに問いかけたのはこういうところにもっともらしい顔で驚くふりをしながら自らそのような死をもたらす収斂を主導する冷笑的な神の手が見えはしないかということだった。それに対してある者がそこを確かめるには第三のまったく別の道を行く人間が証人になる必要があると言うと、判事が哲学問答をしている男たちの脇へ馬を進めてきて、そこに証人というものの本質が表われている、そばにいた目撃者は第三者ではなくむしろ主要な関係者だ、なぜなら誰にも目撃されなかったことはそもそも起きたのかどうかもわからないからだと言った。

デラウェア族インディアンたちは夕暮れ時にずっと先へ進みメキシコ人のジョン・マギル（ファン・ミゲルの英語名）が隊列を先導し、ときどき馬を降りて地面に腹這いになっては砂漠の地平線上に斥候隊の姿を確認してからまた馬にまたがりそのあいだ自分の馬も後続の隊列も停止させなかった。漂流する星のもとの移住者のように移動する彼らが土地につける曖昧な通路のような痕跡は地球自身の動きを反映させていた。西の山並みの上に横たわる雲堤は蒼穹（そうきゅう）の薄黒いひずみのようであり隊列の頭上には星をちりばめた銀河が巨大な霊気のように垂れかかっていた。

二日後の朝にデラウェア族インディアンたちが偵察から戻ってきて南へ四時間足らずの浅い湖の岸沿いにヒレーニョス族の村があると報告した。女や子供も一緒で大人数だと言った。協議の場から腰をあげたグラントンは一人で砂漠を歩いて立ちどまり南のほうの暗闇を長いあいだ見ていた。

一行は武器の点検をし銃から弾丸と火薬を取り出して新たに装塡し直した。周囲の砂漠は熱を帯びはじめて小さく揺れている広大な無人の地だがそれでもみな低い声で話をした。昼過ぎに一分隊が馬を水場へ連れていき水を飲ませてまた戻ってき陽が暮れたところでグラントンと側近たちがデラウェア族インディアンたちに案内させて敵陣地の偵察に出かけた。

柄杓星の柄の角度が夜営地の北の小高い土地に予め打ちこんである木の枝と同じになったときトードヴァインとバスキャットは部隊に行動開始の号令をかけこうして彼らは荒々しい運命の糸に縛られて南へ馬を進めた。

部隊は夜明け前の涼しいときに湖の北端に着き湖岸に沿って回りはじめた。水は真っ黒で岸には泡が打ち寄せられ遠い湖面から鴫が啼く声が聴こえていた。行く手には村の焚火の熾が遠い港の灯火のようにゆるやかな弧を描いていた。前方の寂しい岸辺に馬に乗った男が一人いた。それはデラウェア族インディアンの一人で無言のまま馬首をめぐらすと部隊を先導して小さな木立を抜け砂漠に出た。

先遣隊は敵の焚火から半マイル離れた柳の木立でしゃがんでいた。頭に毛布をかけられた馬はその後ろで堅苦しくしゃちほこばっている。新たに到着した男たちが地面に降り馬の頭を覆って坐るとグラントンが指示を与えた。

時間は一時間かもうちょっとある。攻めこんだあとは各自の判断で動くこと。できれば犬は一匹も生かしておくな。

向こうは何人くらいだ、ジョン。

お前は小声の出し方を製材所で練習したのか。

全員にたっぷり行き渡るだけいるよ、と判事が言った。

撃ち返してこない相手に火薬と弾を無駄にするな。それと一人残らず殺さないと鞭で打たれて国へ送り返されるぞ。

打ち合わせはそれだけだった。続く一時間は長い一時間だった。隊員は眼隠しをした馬の口をとって立ちインディアンの村のほうを向いたが眼は東の地平線に向けていた。鳥が一羽啼いた。グラントンが馬のほうを向き朝の鷹匠のように馬の頭から覆いをとった。風が吹くなか馬が首を起こし空気の匂いを嗅いだ。ほかの者も隊長に倣った。どの毛布も地面に落とされた。みな馬にまたがり手に拳銃や革の棍棒を持ち手首には川の玉石でつくった腕輪をはめていたがそれらは何か原始的な騎馬競技の道具のようだった。グラントンは部隊を一度振り返ってから馬の腹を蹴って前に進ませた。

速足でソーダ湖の白い岸へ向かっていくと低木の繁みの陰にしゃがんでいた老人が立ちあがって部隊のほうを見た。老人の糞便を奪い合おうと待ち構えていた犬たちが啼きながら跳びすさった。湖面から鴨が一羽ずつか番いで飛び立つ。一人が老人を棍棒で殴り倒し全員が馬に拍車をあて横一列に並んで犬たちの背後にある村のほうを向き棍棒をぐるぐる回すと犬たちが吠えて凄惨な狩りの情景が現出する、と十九人の頭皮狩り隊が千人あまりの眠る村に向かって突撃を開始した。

グラントンは最初の枝編小屋にまともに突っこんでなかの人間もろとも踏みつぶした。あちこちの低い戸口から人がばらばら這い出してくる。奇襲隊は全速力で村の端から端まで駆け抜けたあと方向転換してまた戻ってきた。戦士が一人立ちはだかり槍を構えたがグラントンが射殺した。さらに出てきた三人のうち最初の二人をやはりグラントンが片づけたが連射の間隔がごく短く二人は同時に倒れ三人目は走りながら五、六発の弾を浴びて体がばらばらになるかと思えた。

最初の一分のうちに殺しが全体に広がった。女たちと裸の子供たちが泣き叫び一人の老人が白いズボンを振りながらよろよろ歩いていた。隊員は彼らのあいだに馬を乗り入れ棍棒かナイフで殺していった。百匹ほどのつながれた犬が吠え猛り自由な犬が小屋のあいだを狂ったように駆けて互いに咬み合いあるいはつながれた犬に咬みつくそんな狂騒が襲撃の開始からずっと続いてやむ気配も弱まる気配もない。すでに多くの小屋に火がつけられ逃げ出す者たちが狂ったように泣き喚きながら湖の岸を北へ走るがそこへ馬に乗った男たちが牧夫のように伴走して後れた者から殴り倒していく。

グラントンと側近たちが再び村に突入すると走っている者は馬の蹄にかけられ馬は突進し何人かの隊員は松明(たいまつ)を手に小屋のあいだを歩いて血にまみれ血を滴らせた犠牲者を引きずり出し瀕死の者を叩き斬りひざまずいて命乞いする者の首を刎ねた。村には何人ものメキシコ人奴隷がいてスペイン語で叫びながら駆け寄ってきたがみな頭を割られるか射殺されるかし煙のなかから出てきたデラウェア族インディアンの一人は左右の手で裸の乳児を一人ずつぶらさげており肥溜めを囲む石の輪のそばにしゃがみ両足首を持った乳児の頭を一人ずつ石に叩きつけると顋門(ひよめき)から脳と血が飛び出し体に火のついた人間が凶暴な戦士のように喚きながら走るのを馬上の隊員が大きなナイフで斬り倒し一人の若い女は駆け寄ってきてグラントンの戦馬の血まみれの前脚にしがみついた。

ようやく少人数の戦士があちこちにつないである馬にまたがり村のほうへ向かいながら燃えている小屋のあいだに矢を次々と放った。グラントンが鞘からライフルを抜いて先頭の二頭の馬を撃ちライフルを鞘に戻すと今度は拳銃を抜いて自分の馬の耳のあいだから撃ちはじめた。インディアンは倒れて脚を蹴り出している馬に交じってもがき駆けまわりはじめたが一人ずつ射殺され生き残った十数人は踵を返し湖岸を北上して呻き声をあげる女子供や年寄りを尻目にソーダ灰を蹴立てながら消えていった。

　グラントンは馬の向きを変えた。湖の浅瀬に海で事故か災害でも起きたかのように夥しい死体が浸かり波打ち際には血と臓物がぐしゃぐしゃになって漂っていた。男たちは血に染まった湖から死体を引きずりあげたが水際に軽く浮いている泡は朝陽を受けて薄桃色だった。みなナイフを手に死体のあいだを歩いて漆黒の長い髪を収穫しあとに血まみれの赤剝けになった頭頂部を残した。解き放たれた村の馬は悪臭を放つ岸辺を駆けてきて煙のなかに姿を消ししばらくしてまた戻ってきた。男たちは赤い水を膝で掻き分けながら漫然と死体を切り刻みあるいは棍棒で殴られて死にまたは死にかけている若い女と浜辺で番っていた。デラウェア族インディアンの一人はこれから市場に出かける変わり種の露天商といった風情でいくつかの生首の髪の毛をまとめて手首に巻きつけぶらさげられた生首は一緒にぐるぐる回っていた。ここでぐずぐずしているとあとで砂漠で遅れを取り戻すのに苦労するのを知っているグラントンは馬で男たちのあいだを回って急げと促した。

　メキシコ人のマギルが爆ぜる火のなかから現われて立ちどまり暗澹とした眼で周囲の情景を見た。槍で貫かれ体の前でその柄を両手で握っている。ユッカの幹と騎兵の古いサーベルでつくった槍でサーベルの刃が背中から出ていた。少年が水からあがって近づくとマギルは慎重に砂の上に坐った。

離れてろ、とグラントンが言った。

マギルが首をめぐらしてグラントンを見たときグラントンは拳銃を持ちあげてマギルの頭を撃ち抜いた。グラントンは拳銃をホルスターに戻し空のライフルを膝の上に立てて鞍にもたせかけ火薬を銃口に注いだ。誰かが彼の名を叫んだ。胴震いして後ずさりをした馬にグラントンは低く話しかけ弾丸を二つ装塡して押しこんだ。北の小高い土地に馬に乗ったアパッチ族インディアンの一団が空を背景に見えた。

距離は四分の一マイルほどで人数は五、六人、雄叫びはかぼそく聴こえるだけだった。グラントンはライフルを脇に抱えて弾倉に雷管をはめ銃をくるりと回転させてもう一方の弾倉にもはめた。アパッチ族の一団から眼を離さない。ウェブスターが馬から降りてライフルをとり槊杖（さくじょう）（先込め式の銃の銃口から火薬と弾丸を押しこむための細い棒）を抜いて地面に片膝をつき槊杖を砂地の地面に差してその先端を握った拳に銃身を載せた。このライフルには引き金が二つあるがその後ろのほうの撃鉄を起こして銃床の頰当てに顔をつける。風を計算に入れ陽射しを受けて銀色に光る照星を見ながら狙いを定め引き金を引いた。グラントンは身じろぎもしなかった。反響のない銃声が虚空にはじけ灰色の煙が流れた。酋長とおぼしき一団の頭分は馬の背でじっとしていた。それからゆっくりと横に傾き地面に落ちた。

グラントンが鬨の声をあげて前に飛び出した。四人があとに続く。小高い場所の戦士たちは馬を降りて倒れた男を抱えあげた。グラントンはインディアンを見据えたまま体を軽くひねってライフルをいちばん近い仲間に差し出した。いちばん近くにいるサム・テイトはライフルを受け取り手綱を急激に引いて転倒しそうになりながら馬をとめた。グラントンとほかの三人が突進を続けるあいだテイトは槊杖を抜いて銃架のかわりにし片膝立ちになって銃を発射した。インディアンの酋長を乗せた馬がびくりとして駆けだした。テイトは狙いを変えて二発目を撃ったが弾は地面に食いこんだ。インディアンたちは甲高い声をあげ手綱さばきで馬の動揺を抑えた。グラントンは前に身を乗り出して馬の耳に何か話しかける。インディアンは酋長を別の馬に乗せその馬に二人乗りして手を振って馬を駆り立てた。グラントンは拳銃を抜きそれを振って後ろにいる男たちに合図すると男たちの一人が馬をとめて地上に飛び降り腹這いになって自分の拳銃の撃鉄を起こしローディング・レバーを引きおろして砂地に差し両手で銃把を握って銃身に視線を添わせ照準を合わせた。敵の馬は二百ヤードほど先でぐんぐんこちらに向かってくる。酋長を乗せた馬が二発目の弾を受けて棒立ちになりその横にいる男が手を伸ばして手綱をつかむ。インディアンたちが酋長を負傷した馬からおろそうとしたときその馬が倒れた。

まずグラントンが瀕死の酋長のところへたどり着き辺境の地の悪臭を放つ看護人といった風情で野蛮な異教徒の頭を両膝のあいだにはさみ拳銃を振って手出しするなとほかのイ

ンディアンたちを脅した。インディアンたちは平原で輪を描きながら弓を振り立てたり何本かの矢をグラントンのいる方向へ射かけたりしたがやがて向きを変えて立ち去った。酋長のインディアンは胸から血を噴き出し上に向けた眼はすでに虚ろに焦点を失い毛細血管が切れはじめていた。その二つの黒い水溜まりのような瞳にはそれぞれ小さな完璧な形の太陽が鎮座していた。

小集団の先頭に立って村に戻ってきたグラントンはインディアンの酋長の生首をベルトに髪をくくりつけてぶらさげていた。男たちは頭皮を革紐で数珠つなぎにしたが死体のいくつかはベルトや馬具に利用するために背中の皮を広く剝ぎ取られていた。メキシコ人のマギルも頭皮を剝がれて血まみれの頭がすでに陽に乾いて黒ずみはじめていた。枝編小屋の大半は焼け崩れていたが金貨がいくつか見つかったので数人がくすぶる灰を蹴りながら探していた。グラントンはその男たちを怒鳴りつけ槍の穂先に取りつけたカーニバルのはりぼての飾り物のように生首を揺らしながら馬を行きつ戻りつさせ早く馬を集めろ出発するぞと急かした。馬首をめぐらしたとき地面に坐っている判事が眼に入った。帽子を脱ぎ革の水筒で水を飲んでいた。グラントンを見あげた。

そいつはやつじゃない。

何が。

判事は顎をしゃくった。そいつだ。

グラントンは槍を回した。黒い長い髪を生やした首がくるりと回って顔が自分のほうを向いた。

やつでなければ誰だと思うんだ。

判事は首を振った。そいつはゴメスじゃない。首のほうへ顎をしゃくる。その御仁は純粋のインディアンだ。ゴメスはメキシコ人だよ。

純粋なメキシコ人じゃない。

純粋なメキシコ人なんていない。みんな混血だ。とにかくそいつはゴメスじゃない私はゴメスを見たことがあるがそれじゃなかった。

やつで通らないか。

無理だ。

グラントンは北のほうを見やった。それから判事を見おろした。俺の犬は見てないだろうな。

判事は首を横に振った。あれをずっと連れていくつもりか。

諦めるしかなくなるまでな。

じきにそうなるかもしれない。

そうかもしれん。

あのヤフー（スウィフトの『ガリヴァー旅行記』に出てくる人間の形をした邪悪な獣）どもが態勢を立て直すのにどれくらいかかる

と思う。

グラントンは唾を吐いた。今のは問いではなかったので答えなかった。あんたの馬はどこだ。

逃げてしまった。

一緒に来る気なら別の馬を見つくろったほうがいいぞ。グラントンは槍からぶらさげた首を見た。きさまはとんでもないインチキ酋長だな。踵で脇腹を軽く蹴って馬を前に進め湖岸沿いに進んだ。デラウェア族インディアンたちが水のなかを歩いて沈んだ死体がないか足で探っていた。グラントンはしばらく馬をとめてから回れ右をして殺戮の場となった村を通り抜けた。拳銃を握った手を膝の上に置いて用心深く進んだ。襲撃にやってきたときの蹄の跡を逆にたどっていった。それからまた戻ってきたときには夜明けに低木の繁みから立ちあがったあの最初の老人の頭皮を手にしていた。

それから一時間以内に一行は馬にまたがり湖岸の血と塩と灰の凄惨な殺戮の場をあとにして五百頭からの馬と騾馬を追いながら南へ向かった。隊列の先頭を行く判事は鞍の自分の前に灰にまみれた浅黒い膚の子供を乗せていた。髪の一部が焼け落ちている子供は無言で禁欲的に前方から自分のほうへ向かってくる風景を大きな黒い眼に映していたがそれはまるで神隠しの取り替え子のようだった。服や顔についた血が陽に乾いて男たちはしだいに黒くなりそれが砂埃をかぶるうちに徐々に白ずんでしまいには彼らが通っていく土地の色に戻っていった。

一日じゅう先へ進んでいく隊列のしんがりはグラントンが務めた。正午近くに犬が追いついてきた。胸を血で黒く染めた犬をグラントンは鞍の上にあげ元気を取り戻すまで運んでやった。昼過ぎからは馬の影のなかを刻み足に歩き夕方に近づくと馬の影が灌木を乗り越えて蜘蛛の脚のように長く伸びる平原のかなり離れたところを進んだ。

北に砂埃の薄い層が見えてきて砂漠が暗くなったときデラウェア族インディアンたちが馬を降りて地面に耳をつけそれからまた馬にまたがって一行は再び先へ進んだ。

やがて隊列はとまりグラントンが焚火を命じ男たちは傷の手当をした。途中砂漠で牝馬が産んだ子をパロベルデ（棘のあるマメ科の植物）の枝で刺して炭火で焼きデラウェア族インディアンたちは瓢箪に詰めた母馬の乳の凝固しかけたものを回し飲みした。虐殺の場となった村の西側に位置するわずかに隆起した土地からは北に十マイルほどのところで敵が焚く火が見えた。乾いた血でごわごわの生皮の服を着た男たちはしゃがんで頭皮を数えその艶を失い血をこびりつかせている青みを帯びた黒い髪を数珠つなぎにしている革紐を二本の木の枝のあいだに張り渡した。デイヴィッド・ブラウンは焚火の前にしゃがんだ窶れ棘立った男たちのあいだを歩いたが外科手術ができそうな者は見当たらなかった。ブラウンは羽根までちゃんとついた矢が腿に刺さっているが誰もそれに触ろうとしない。なかでもドク・アーヴィングがことさら知らん顔をしているのは以前からブラウンに葬儀屋だの床屋医者だのと呼ばれてきたからだった。

なあみんな、とブラウンは言った。自分でやりたいんだが矢を握っても力が入らないんだよ。

判事が顔をあげてにやりと笑った。

あんたやってくれるか、ホールデン。

いや、デイヴィー、よしておこう。だが一つだけやってやってもいいことがある。

何だい。

お前さんの生命保険を引き受けてやろう。ただし縛り首になったときは払わんがな。

てめえ呪われろ。

判事は含み笑いをした。ブラウンが険しい眼でまわりを見まわす。誰か人助けしようってやつはいないのか。

誰も口を開かなかった。

お前らみんな呪われろ。

ブラウンは地面に坐りこみ脚を伸ばして矢を見た。たいていの者より出血が多かった。矢をつかんでさらに深く突き刺そうと力をこめる。額にぶつぶつ汗が噴いた。両手で腿をつかんで低く呻く。見ている者もいれば見ない者もいた。少年が立ちあがった。俺がやってみるよ。

いい子だ、とブラウンは言った。

ブラウンは自分の鞍をとってきてそれにもたれた。脚を火明かりがよく当たるほうへ向けベルトをはずして何重かに折って手に持つとしゃがんだ少年に鋭く絞り出すような声で言った。しっかり握れ、ぼうず。まっすぐ押すんだぞ。それからベルトを口にくわえて鞍にもたれた。

腿の脇にしゃがんだ少年は矢の柄を両手でつかみ上から体重をかけた。ブラウンは両手で地面につかみかかり頭をさっとのけぞらせて濡れた歯を火明かりに光らせた。少年は矢の柄をつかみ直してまたぐっと押す。ブラウンは首の血管を綱のように浮き出させて、このくそ小僧と毒づく。四度目に矢尻が腿の下から出て血が地面に流れた。少年は背中を起こしてシャツの袖で額をぬぐった。

ブラウンは口からベルトを落とした。抜けたか。

抜けた。

矢の先っぽ。先っぽだぞ。どうなんだ。

少年はナイフを抜いて血まみれの矢尻を手際よく切りとり差し出した。ブラウンはそれを火にかざしてにんまりした。銅を打ち延ばした矢尻は縛りつけられた柄の先で傾いていたがはずれずについていていた。

たいしたもんだぼうず、お前野戦軍医になれるぞ。さあ今度は引っ張ってくれ。

矢の柄がするりと抜けるとブラウンは女っぽい気持ちの悪い動作で上体を前に倒して歯を食いしばったまま荒く息をあえがせた。しばらくそうしていたがやがて体を起こし少年から矢を受け取って火のなかに棄てると立ちあがって自分の寝る場所をこしらえにいった。

少年が自分の毛布のところへ戻ると元司祭が耳に口を寄せてきて囁いた。

お前は馬鹿だな。今に神に見棄てられるぞ。

少年は首をめぐらしてトビンを見た。

あいつがお前を道連れにしようとしたのを知らないのか。一緒に連れていこうとしたんだ。花嫁を祭壇まで連れていくみたいに。


一行は真夜中過ぎに起きてまた先へ進んだ。出発する前にグラントンが焚火を盛大に焚くよう命じたので火が周囲をあかあかと照らし荒野の低木の繁みが影を砂の上に引き騎乗の男たちはその揺らめく細長い影を踏んでいきやがて彼らにたいそう似つかわしい闇のなかに入っていった。

馬と騾馬の群れが荒野の遠く何マイルにも広がっているのを駆り集めて南へと追い立てる。源のわからない夏の稲光が夜の闇のなかから世界の縁に横たわる暗い連峰を浮き出させ平原の前方を行く半ば野生の馬たちはこの青みを帯びた光の点滅のなかで深淵から呼び出されて震えながら出てきた馬のように見えた。

煙るような暁の光のなかで血で汚れたぼろぼろの皮服を着た騎馬隊は勝利者の集団というよりも混沌と古い夜の世界（メリディアンズ）を横切って退却する敗軍の苦境に陥った後衛のようであり馬はよろめき乗り手は鞍の上で居眠りをしてふらふら体を揺らしている。口開けの陽射しは相も変わらず荒涼とした周囲の土地と前夜の北の焚火から無風の大気のなかに立つ薄い煙をあかるみに出した。町に逃げこむまで食らいついてくるはずの敵が立てる淡い色の砂埃はいっこうに近づく様子がなく一行は立ちのぼる熱気のなか前を行く興奮した馬の群れを追いながらよたよたと進んでいった。

午前の半ばに澱んだ水場へやってきたがそこはすでに三百頭ほどの家畜が踏み渡ったあとで男たちはまだ残っている馬や騾馬を追いやって馬から降りると帽子で水を汲んで飲み、それからまた馬にまたがって乾いた石や巨礫がごろごろする涸れ川の川床をたどるうちに土地は再び赤い砂に覆われた砂漠になり周囲にはまばらな草が生えオコティーヨと龍舌蘭と多年生のアロエが熱に浮かされて見る夢の国の幻影のような花を咲かせている山がつねに見えていた。陽が暮れかかると平原の西に少し離れたところで囮の焚火をして闇のなかで眠っていると頭上の星のあいだを蝙蝠が音もなく飛び交っていた。朝になってまた出発したときにはあたりはまだ暗く馬は気絶しそうになっていた。陽がのぼるとインディアンがずっと迫ってきているのがわかった。翌日の夜明けに最初の戦闘を行ないそのあと八昼夜戦いながら平原や岩山を駆けて逃げ農園跡の塀や廃屋の陰に隠れたがそのあいだに一人も失わなかった。

三日目の夜には敵の焚火が砂漠の一マイルと離れていないところに見える古い泥の壁が崩れた砦のなかでしゃがんだ。判事はアパッチの小さな男の子と一緒に焚火の前に坐っていたがその男の子は黒い葡萄の実のような眼であらゆるものを見ようとしており男たちのなかにはその子と遊んだり笑わせたりする者がいて干肉をやるとその子は坐ってそれを噛みながら眼の前を行き来する男たちをまじめくさった顔つきで見ていた。寝るときは毛布をかけてやり朝みなが馬に鞍を置いているときには判事がその子を片膝に載せていた。トードヴァインが鞍を持ってそばを通ったとき判事が子供と一緒にいるのを見たが十分後に馬を引いて戻ってきたときには子供は死に判事が頭皮を剝いだあとだった。トードヴァインは拳銃の銃口を判事の大きな円蓋のような頭にぴたりとつけた。

きさま呪われろ、ホールデン。

撃つか銃をしまうかどちらかにしろ。さあ早く。

トードヴァインは拳銃をベルトのホルスターに戻した。判事はにやりと笑い頭皮を自分のズボンでぬぐうと立ちあがって歩きだした。さらに十分たつと一行はまた平原に出てアパッチ族から全力で逃げた。

五日目の午後前方の馬の群れを追いながら乾燥した窪地を並足で横切っているときまだライフルの射程外にいる後ろのインディアンたちがスペイン語で呼びかけてきた。ときどき頭皮狩り隊の一人がライフルと槊杖を持って馬を降りるとインディアンたちは鶉のようにひるみ馬を横向きにしてその陰に隠れた。東のほうに農園の白い細帯状の塀と葉のまばらな木立が陽炎に揺れているのが幻視画の光景のように見えた。一時間後一行は今はおそらく百頭ほどに減っている馬を塀沿いの踏み荒らされた道に追い立て泉へ行かせた。若い男が一人馬に乗ってやってきてスペイン語で丁寧な歓迎の挨拶をした。誰も返事をしなかった。若い男は川沿いに用水路を引いて整えた畑のほうを見やったがそこには土まみれの白い服を着た農作業員たちが鍬を持った手をとめて新しく植えた綿や腰までの高さの玉蜀黍のあいだにじっと立っていた。若い男はまた北西に眼を戻した。七、八十人のアパッチが最初の草葺きの小屋の並びのところまで来て道を一列縦隊で進んできて木立の影のなかに入った。

畑の農作業員たちも同時にそれを見た。道具を放り出して叫んだり両手で頭を抱えたりしながら駆けだした。若い男はアメリカ人たちを見てからまた近づいてくるアパッチ族を見た。スペイン語で何か叫ぶ。アメリカ人たちは馬を泉からヒロハハコヤナギの木立のほうへ追いやった。彼らが最後に若い男を見たのは男がブーツから小型の拳銃を抜いてインディアンのほうを向いたときだった。

その夜アパッチを先導するかたちで通り抜けたガイエーゴの町は土の街路に掘られた排水溝に豚と毛の禿げた貧相な犬が徘徊していた。町は無人のように見えた。道端の畑では若い玉蜀黍が最近の暴風雨になぎ倒されたあと陽射しに色を抜かれて透き通りそうなほどの光沢のある白っぽい姿で枯れていた。ほとんど一晩じゅう馬を進めたが翌日にはまだインディアンが追ってきていた。

エンシニーヤスでまた一戦交えエル・サウスに向かう乾燥した山の峠とその先の低い麓の丘でも戦ったがその丘からはすでに南にある都市のいくつもの教会の尖塔が見えていた。一八四九年七月二十一日チワワ市に入った一行は英雄として迎えられ先に乗りこんできた斑入りの馬の群れは街路の砂埃を巻きあげ歯と白眼をむく百鬼夜行の様相を呈した。小さな男の子たちが馬の蹄のあいだを駆けまわるなか血染めのぼろを着た勝利者たちは垢と砂埃と凝った血のなかで笑みを浮かべながら音楽と花吹雪の幻想界に乾いた頭皮の連なりを張り渡した木の枝を押し立てていった。

13

公衆浴場で——商人たち——戦利品——晩餐会——トリアス——舞踏会——北——コヤメ——国境——ウェーコー族の水飲み場——ティグア族の虐殺——カリサル——荒野の温泉——砂丘——見咎められた金歯——ナコリ——酒場——大乱闘——山のなかへ——殲滅された町——槍騎兵の一隊——小戦闘——生き残りの追跡——チワワ州の平原——兵士たちの虐殺——埋葬——チワワ市——西へ

行進する隊列は騾馬にまたがった少年たちや麦藁帽子をかぶった老人たちや敵から獲得した馬や騾馬を預かり細い路地の奥の家畜を保管できる建物まで追っていく男たちが加わって膨れあがった。汚い風体の隊員たちの何人かは市民から渡された杯を高く掲げバルコニーに出ている婦人たちに腐れかかった帽子を振りすべての表情を倦怠感のなかに溶かして奇妙な半眼になり高くあげた頭(かしら)を揺らしているが、ともかくその全員が市民に取り囲まれているところはあたかも破れかぶれの蜂起の先駆けとなった兵士たちのようで二人の鼓手が先導していたがそのうち一人は知恵の足りない男で二人とも裸足それから喇叭手が一人いて片方の拳を武術のように頭上に差しあげながら喇叭を吹いていた。こうして一行は知事公邸の門をくぐってすり減った石の敷居をまたぎ中庭に入ったがそこでは頭皮狩り隊の馬の蹄鉄をつけない蹄が敷石の上で亀の甲羅同士がぶつかるようなこもった音を立てた。

敷石の上で乾いた頭皮が数えられるときには何百人もが見物に詰めかけた。マスケット銃を持った兵士は群衆を押しとどめ大きな黒い瞳の少女たちはアメリカ人の一団をじっと見つめ少年たちは人垣をそっとすり抜けて陰惨な戦利品に手を触れた。頭皮が百二十八枚、首が八個。知事とその側近とお供の者たちが中庭に降りてきて一行を歓迎しその仕事ぶりを称賛した。知事が今夜リドル・アンド・スティーヴンズ・ホテルで祝宴を開いてそのときに金貨で報酬を支払うと告げると頭皮狩り隊は歓呼の声をあげてまた馬にまたがった。黒い肩掛けに身を包んだ老女が何人か駆け寄ってきて男たちの臭いシャツの裾にキスをし浅黒い小さな手を持ちあげて十字を切り祝福すると男たちは痩せこけた馬の向きを変え騒ぐ群衆のあいだを押し進んで街路に出た。

公衆浴場へ乗りつけて一人また一人と湯に浸かるその体はどれも青白く入墨や焼印や傷の縫跡があり、どこでどんな荒っぽい医者に手術されたのか胸や腹に巨大な百足が這ったあとのような大きく引き攣れた傷跡を持つ者や、奇形、片眼、指欠け、在庫品目録と照合される商品のように額や腕に文字や数字を焼きつけられた者がいた。男女の一般市民は壁ぎわに身を寄せて湯が血と汚れの薄粥に変わるのを見たが誰もが眼を惹きつけられたのは最後に服を脱いだ判事でありその判事は葉巻をくわえて王のように堂々と浴槽の縁を歩き驚くほど小さい足の爪先で湯加減を確かめた。判事は月のように白く巨体のどんな襞のなかにも大きな鼻の穴にも胸にも耳の穴にも眼の上にもそして瞼の縁にさえも一本の毛も見当たらない。ぎらぎら光る大きな裸の頭蓋は陽灼けした顔や首とくっきり差があり入浴用の帽子をかぶったようだった。大きな体軀を沈めると湯の面がほんの少しだけ持ちあがり判事はそのまま眼の下まで浸かってひどく嬉しそうに周囲を見たがその眼尻には小さな笑み皺が寄りまるで沼の白い肥満したマナティーが顔を半分だけ出して水中で微笑んでいるようでありの小ぶりのこりっと固そうな耳の後ろにはさんだ葉巻は水面のすぐ上からゆるゆる煙を立ちのぼらせていた。

素焼のタイルを張った地面に商人たちが並べている売り物はヨーロッパ製の生地でヨーロッパ風に仕立てられたスーツに絹の色物のシャツ、毛足の短いビーバーの帽子に上等のスペイン革のブーツ、銀の握りの杖に乗馬鞭に銀装飾の鞍に彫刻を施したパイプ、隠し拳銃に柄が象牙で刃に装飾模様が刻まれたトレド剣などでありほかには椅子を置いた床屋が常連客の旦那方の名前を呼んでいたがこうした路上の企業家たちはこぞって頭皮狩り隊に有利な掛売りを持ちかけていた。

頭皮狩り隊の男たちが買った服には袖が肘までしかないようなものもあったがそうした

新しい服を着て広場を歩いていくと東屋を囲う透かし模様の鉄柵に数珠つなぎの頭皮が何か野蛮な祝祭の飾りつけのようにかけられていた。切首は街灯柱の上に取りつけられた杭の上から落ちくぼんだ異教徒の眼で同胞の体の乾いた皮が教会の正面に吊るされ風に揺られて石壁にぱさぱさ当たっているのを眺めていた。夕方になり街灯に明かりがともると首は下から柔らかな光を受けて悲劇の仮面のような相貌を帯びたが何日かたつと頭にとまる鳥の糞で白い斑が入り皮膚病に冒されたようになるはずだった。

このアンヘル・トリアス知事は若いころ教育を受けるために外国へ行きギリシャ・ローマの典籍を幅広く読んだほか数多くの言語を学んだ。また男っぽい人物でもあり州の防衛のために雇われている荒くれ者たちも彼を慕っているようだった。知事の側近からグラントンと側近が晩餐に招かれたときグラントンは自分は兵隊たちと別に食事をすることはないと応えた。相手はなるほどと微笑み知事もそれを諒とした。みな散髪をして髭を剃り新しい服とブーツで身なりを整えて行儀よく現われそのなかでもデラウェア族インディアンたちのモーニング・コート姿は厳粛かつ禍々しかったがともかく全員が晩餐の席に連なった。葉巻が勧められシェリー酒が注がれ上座に立った知事が歓迎の言葉を述べて執事に疎漏なくおもてなしするようにと命じた。兵士が給仕をして新しいグラスを持ってきたり葡萄酒を注いだりまさにこうした用途のための銀の燭台で客の葉巻に火をつけた。最後にやってきたのは判事でこの午後にあつらえたばかりの仕立てのいい生成りの亜麻布のシャツを着ていた。何人かの仕立屋がまる一巻きの布でつくったシャツだった。足もとはぴかぴかに磨かれた子山羊革のブーツで手には二つの帽子を丹念な作業で継目をわからないよう継ぎ合わせたパナマ帽を持っていた。

判事が現われたとき知事はすでに席についていたが判事の姿を見るとまた腰をあげて心のこもった握手をし判事を自分の右側に坐らせすぐに話しこみはじめたがその言葉はアメリカから伝わってこの地でも通じるようになったいくつかの悪罵（あくば）の言葉以外はほかの者にはまったく理解できなかった。少年の真向かいに坐った元司祭は眉を吊りあげ眼の動きだけで上座を示した。生まれて初めて襟に糊をきかせたシャツを着てクラバットを結んだ少年は仕立屋の人台のように黙って席についていた。

食事が始まると次々に出されたのが魚や鳥肉や牛肉やこの土地で獲れる野生の動物の肉や大皿に載せた子豚の丸焼きやさまざまな蒸焼鍋やトライフルや果物の砂糖漬けやエル・パソの葡萄園から来た葡萄酒やブランデーだった。愛国的な音頭とともに祝杯があげられたが知事の側近たちがワシントンやフランクリンに乾杯したのに対して礼儀もメキシコの偉人の名も知らないアメリカ人側は自国の英雄の名をさらに挙げて乾杯をした。それからまた食事を再開し晩餐のために用意された料理を食い尽くすとホテルの食糧庫を空にした。使いの者が街で食べ物を調達してきたがそれも消えさらに使いが出されたが知事お抱えの料理人が厨房に立て籠ったため給仕役の兵士たちは焼菓子や揚げた豚皮やチーズなど掻き集められた食糧をそのまま皿に盛ってテーブルに出した。

知事はグラスをナイフで叩いて立ちあがり立派な英語でスピーチを始めたが腹がふくれてげっぷをしている傭兵たちは下品な流し眼で周囲を見まわしながらもっと酒を持ってこいと要求しなかにはまだ乾杯乾杯と怒鳴る者もいてその乾杯の辞は今ではアメリカ南部各地の娼婦への猥褻な讃辞に堕していた。州の出納長が歓呼の声と野次となみなみ注がれたグラスで迎えられた。グラントンは州の紋章を刻印された細長いキャンバスの袋を受け取ると知事のスピーチを断ち切り立ちあがって袋のなかから金貨をテーブルの骨や皮やこぼれた酒のあいだにぶちまけナイフの刃で金貨の山をさっさと大雑把に分けて各自に分け前を与えそれ以上の分配の儀式はしなかった。民俗音楽の楽隊が大広間の隅で物悲しい曲を演奏しはじめると判事がまず立ちあがって楽隊を隣の舞踏室へ導いたがその舞踏室では手配された何人もの女がすでに壁に沿って並べられたベンチに坐って見たところ不安がる様子もなく扇を使っていた。

男たちは椅子を後ろへ押し倒し、倒したままにして一人ずつ二人ずつあるいは数人一緒に舞踏室へ出ていった。四方の壁に並んだブリキの反射板つきのランプに火が入っておりすでに集まっている参加者が影を錯綜させていた。女たちを見てにたにた笑いちーっと歯を吸う頭皮狩り隊の面々はちんちくりんの服を着たいかにもがさつな田舎者という感じでナイフや拳銃を身に帯びたままであり眼もとに狂気を漂わせていた。判事は楽団と何やら話し合っていたがやがてカドリールの曲が始まった。場内で何人もが体を揺らし足を踏み鳴らしはじめ判事が愛想たっぷりの小粋な身のこなしで最初の女と組みそれから次の女と組んで品よく軽やかにステップを踏んだ。午前零時前に知事が辞去すると楽団員も少しずつ抜けていった。街の盲目の竪琴弾きが晩餐のテーブルの骨や皿のあいだに恐怖で固まって立っており毒々しい娼婦の一団が舞踏場に入りこんでいた。まもなく銃をやたらに撃ちだしたのでアメリカ領事の代理を務めるホテル経営者のリドル氏が浮かれ騒ぐ連中を諌めに降りてきたが脅され追い払われた。喧嘩が起きた。家具調度は壊され男たちは椅子の脚や燭台を振りまわした。二人の娼婦がつかみ合いをしてサイドボードに倒れかかりブランデー・グラスもろとも床に転がる。黒人ジャクソンは拳銃を抜いて通りに飛び出しあの脚長白人野郎のイエス・キリストのケツに弾をぶちこんでやると息巻いた。明け方には正体をなくした酔っ払いが飛び散った血が乾きかけている床に寝て鼾をかいていた。バスキャットと竪琴弾きが晩餐のテーブルの上で抱き合って眠りこけている。泥棒の一家が忍び足で狼藉のあとを歩いて睡眠中の人間のポケットを探ったり玄関先でホテルのかなりの数の家具を燃やした焚火のくすぶる燃え残りをあさったりした。

こうした情景が来る夜も来る夜も繰り返された。市民は知事に陳情したが知事は魔法使いの弟子と同じで箒を思いどおりに働かせることはできたがやめさせることができない。

公衆浴場は従業員が追い出されて売春宿と化した。広場の白い石の噴水池は夜になると裸の泥酔者でいっぱいになった。酒場は頭皮狩り隊の男が二人以上で現われると火事でも起きたように空になりアメリカ人たちはテーブルやカウンターに飲みかけの酒のグラスが置かれ素焼の灰皿で葉巻が煙をくゆらせている幽霊酒場に取り残された。男たちは騎乗のまま建物を出入りしたが金貨が残り少なくなると店主たちは肉屋の油紙に外国語で殴り書きされた借用書と引き換えに棚いっぱいの商品を持っていかれるようになった。みな店を閉めはじめる。水漆喰を塗った壁に木炭でこう書かれた。インディアンのほうがましだ。夜の街路はそぞろ歩く人もなく空っぽになり町じゅうの若い娘が家のなかに隠されて姿が見られなくなった。

八月十五日に一行は出発した。その一週間後に牛追いの一行が当局に、北東に八十マイル離れたコヤメの町をグラントンの一団が荒らしていると通報した。

コヤメの町は数年前からゴメスとその軍団から毎年金や物資を徴発されていた。グラントンたちが町に入ると聖者の群れのように迎えられた。女たちが馬の脇を走ってブーツに触りいろいろな贈り物を押しつけたので男たちは瓜や焼菓子や翼を縛った鶏などを持て余すほど鞍の上に載せた。三日後に出ていくときには街路は無人で犬一匹門まで見送りにこなかった。

一行は北東に進み馬で川を渡って国境を越えテキサスの町プレシディオに入り水を滴らせながら通りを進んだ。そこではグラントンに逮捕状が出ていた。グラントンは一人砂漠に出て馬をとめ馬と犬ともども起伏する低木地や短い縮れ毛のような植物が生えた荒涼たる丘や山並みや低木の生えている平地や広い平原を眺めやったがその平原の四百マイル東にはもう二度と逢うつもりのない妻と子供がいた。前方の砂地に落ちた自分と馬の影が長く伸びていく。だがその影を追う気はなかった。帽子を脱いでしばらく夕風で頭を冷やしていたがやがてまた帽子をかぶり馬の向きを変えて引き返した。

頭皮狩り隊はアパッチ族のいる兆候を求めて何週間か国境付近をさまよった。平原を行く一行は絶えずいろいろなものを削除していく、というのも彼らは現に存在するものに仕える者たちであり自分たちの出逢う世界を分類して過去に存在したものや将来にも存在しないであろうものは消滅したものとして背後に残していくからだ。波状の熱のなかで匿名性を帯びた、砂埃をかぶって青白い幽霊のような騎馬隊。何よりも彼らは完全に運任せの原始的で暫定的で秩序を欠いた存在のように見えた。絶対的な岩から呼び出され名前のない状態に置かれ自分自身の蜃気楼と離れていないものが名づけということのまだ行なわれず各自がすべてであったころのゴンドワナ大陸の過酷な荒野をよろめき歩くゴルゴンたちのように貪欲に凶運に定められ無言でさまよっているようだった。

一行は野生の動物を殺して肉を食いそのほか必要なものは途中通り抜ける町や村で調達

した。ある夜もうすぐエル・パソが視界に入るというとき北のほうを見るとヒレーニョス族が冬越えの野営をしていたがそこへ行くわけにはいかなかった。その夜は砂漠のなかに石の窪みの水溜まりがいくつかあるウェーコー族の水飲み場で夜営をした。水の溜まった石の風雨や陽射しの当たらない部分は古代の絵画で覆われており判事はすぐに記録簿にそれを模写しはじめた。それは人間と動物と狩りの情景であり珍しい鳥や不可解な地図それに人間と人間のなかにあるあらゆるものに対する恐怖を正当化するような奇妙な幻想で構成された絵が描かれていた。なかには彩色されたものもある石に刻まれた絵は百ほどあるが判事は確信に満ちた手つきで自分の望む絵を写し取っていく。模写が終わるとまだ太陽があるうちにある石の出っ張りのところへ行き坐ってそこに描かれた絵を子細に調べた。腰をあげチャートのかけらで絵の一つを削って消し絵があった場所には跡形として石の地膚しか残さなかった。それから記録簿を閉じて夜営地に戻ってきた。

朝一行は南に向けて出発した。みな言葉少なで諍い（いさか）はなかった。三日後には川べりで野営している平和な部族ティグア族を皆殺しにする予定だった。

襲撃日の前夜は小糠雨に低く囁く焚火のまわりにしゃがみ鋳型で弾丸をつくり紙パッチを切ったがそれはまるで先住民の死の運命が襲撃者とは関わりのない要因ですでに定まっているかのような淡々とした作業ぶりだった。まるでその運命は予め石に刻まれていて眼識のある者には読み取れるとでもいうような。彼らを救おうと立ちあがる者はいなかった。

トードヴァインと少年はひそひそ話したが翌日の正午に一行が出発したとき二人はバスキャットと馬を並べた。三人とも黙っていた。やつらは誰にも迷惑かけちゃいないんだがな、とトードヴァインは言った。バスキャットがトードヴァインを見た。額の鉛色をした焼印と耳のない頭から長く伸びている脂じみた髪を見た。胸にぶらさげた金歯の首飾りを見た。一行は馬を進めた。

夕方の長い陽射しのなかで川の南岸沿いに風下からみすぼらしい小屋の群れに近づいていくと炊事の煙が臭(にお)ってきた。野営地の犬が吠えはじめたときグラントンが馬に拍車をかけたのをきっかけに一行は林を出て低木がまばらに生える乾いた土地を疾駆し馬は貪欲な猟犬のように長い首を前に伸ばして砂埃を蹴立て乗り手は馬に鞭をくれて夕陽のなかへ突っこんでいくその夕陽を背に家事をしていた女たちが砂煙をあげる地獄の軍団の襲来をまだ信じられないうちにこわばった影絵となって立ちあがった。女たちは生成りの木綿の服を着て裸足で呆けたように立ち尽くす。お玉をしっかり握り裸の子供を胸に抱きしめて。最初の射撃で十数人がばたばた倒れた。

ほかの者は走りだした。大人は両手をあげて振り立て子供は銃声に眼をぱちぱちさせふらつきながら走る。若い男が何人か飛び出してきて弓を引いたが撃ち倒され見るまに騎乗の男たちが村を疾走して草小屋を蹂躙(じゅうりん)し悲鳴をあげる住人を棍棒で殴り殺していく。

すでに月がのぼっている夜更けに川の上流へ魚を干しにいっていた女たちが戻ってきて

泣き喚きながら荒れ果てた野営地をさまよった。地面にはまだくすぶっている燃え残りがあり犬が死体のあいだをこそこそ歩いていた。一人の老女が自分の小屋の入口の前でしゃがみ煤まみれの石の炉を木の枝で掻きまわし息を吹きかけて炭火を生き返らせ引っくり返った鍋をもとに戻した。周囲の死体はみな頭の皮を剝がれて濡れた青黒いイソギンチャクか月の地卓(メサ)で冷えて微光するメロンのように見えた。続く数日間に砂の上の黒く脆(もろ)い血の判じ絵はひび割れ崩れ吹き散らされて何度か陽がめぐればこの人たちの被った破壊の跡は消えてしまう。砂漠の風が廃墟に砂をかけて何もなくなりどんな亡霊も筆記者もここを通る旅人にそれらの人々がどのように生きどのように死んだかを告げることはないだろう。

襲撃の翌々日の午後遅く一行はティグア族の悪臭を放つ頭皮の花綵(はなづな)で飾った馬を連ねてカリサルの町に入った。この町はほとんど朽ちて廃墟になりかけていた。多くの家が空き家で砦は崩れて生まれてきた土に還ろうとしており住民までもが古い恐怖で空っぽになっているように見えた。住民たちは血で汚れた隊列が通りを進んでいくのを黒い厳粛な眼で見つめた。伝説の世界から旅してきたように見える乗り手たちは後ろに奇妙な汚れを残像のように残し掻き乱した空気を変質させ帯電させた。一行がその塀に沿って進む墓地では死体が納骨堂の壁の凹みに横たえられ地面には人骨や土器の破片が散らばってまるで古代の墓場のようだった。隊列の後方にぼろを着た者がさらに何人も出てきて一行を見送った。

その夜は丘の上にある昔のスペイン人の石細工場跡の温泉が湧いているところで夜営を

しみな服を脱いで修道僧のように湯に浸かると大きな白い蛭(ひる)が砂の上をくねくね逃げだした。朝出発したときはまだ暗かった。遠い南の空からはずたずたに切れた鎖のような稲妻が音もなくさがり虚空のなかから山並みがスタッカートで青い不毛な地膚を浮かびあがらせていた。煙ったような砂漠で夜が明けると丸い地球の岸辺にそれぞれ独立した嵐が五つ見えた。ここは純粋な砂の砂漠で馬の歩みは難渋をきわめ人は降りて馬の口を引き急勾配の砂丘をのぼらなければならないが砂丘の頂上からは風が白い軽石の砂を波頭の飛沫(しぶき)のように飛ばしてきて斜面に波型を重ねた儚(はかな)く脆い模様をつくりところどころに砂に研磨された骨があるほかは何もなかった。日中はずっと砂丘の連なりをたどり夕方に最後の丘をくだってアカシアや荊冠草の生えている平原に降りた一行は人も馬も乾ききり憔悴しきっていた。騾馬の死体から数羽の扇鷲が叫びながら飛び立ち西の太陽のほうへ飛んでいくのと入れ替わりに一行は馬を引いて平原を進みはじめた。

二日後の夜に夜営をした山の峠からは眼下の遠くに州都の灯が見えた。風下のほうの頁岩の岩棚で焚く焚火は風で炎が首を振るなか三十マイル離れた夜の青い底でまたたく灯火を眺めた。闇のなかで判事が男たちの前を横切った。焚火の火の粉が風で流れ飛ぶ。判事は男たちの仲間入りをして薄い剝片に覆われた頁岩の上に坐ったが彼らはまるで古い時代の人間たちが遠い明かりを見ているようでありその明かりが一つずつ消えて平原の町が縮み最後には光の小さな核になり一本の木が燃えているか旅人が荒野でぽつんと夜営をしているか鬼火が漂っているかのようになった。

知事公邸の丈の高い木の門扉から出るとき人数を数えていた二人の警備兵が一歩前に出てトードヴァインの馬の頭絡をつかんだ。グラントンはその右側をすり抜けて馬を進める。足止めを食ったトードヴァインが叫んだ。

グラントン！

ほかの仲間も通りにいた。グラントンは門のすぐ外側で振り返った。警備兵たちがトードヴァインにスペイン語で何か言い一人がカービン銃を突きつけた。

俺は歯の首飾りなんぞかけてないからな、とグラントンは言った。

この二人の馬鹿を撃ち殺してやる。

グラントンは唾を吐いた。通りを眺めやってからトードヴァインを見た。馬から降りまた馬を引いて門のなかの中庭に入った。いくぞ(バモノス)。そう言ってトードヴァインを見る。馬から降りろ。

一行は二日後に見送りつきで町を出た。まちまちの服装と武装が居心地悪そうな百人近くの兵士はアメリカ人たちの馬が川で水を飲んだ場所で同じようにとまろうとする自分たちの馬にブーツの踵で蹴りを入れた。川から丘の麓へやってきたところで兵士たちが脇へよけアメリカ人の一行はそこをすり抜けて岩とノパルサボテンにはさまれた九十九折りの道をのぼっていき日陰のあいだに紛れさせて姿を消した。

一行は西に向かい山に入っていった。通り抜ける小さな村々ではその月のうちに皆殺しにするつもりの村人たちに帽子をとって挨拶をした。疫病隔離村のような泥家の集落では畑で作物が腐れインディアンに盗まれずに残った家畜は世話も管理もされず勝手にその辺を歩きまわり多くの村では大人の男がほとんどおらず女子供があばら屋の隅で恐怖にすくみあがって遠ざかっていく最後の蹄の音に耳をすました。

ナコリの町では酒場の前で馬を降りてどやどやなかに入りテーブルについた。トビンが馬の見張り役を買って出た。通りのあちこちへ眼を配る。誰も彼に注意を払わない。住民はアメリカ人を見馴れているからだ。国を出て何カ月もたつ砂埃まみれのうらぶれたアメリカ人たちはたっぷり血を吸った広大な荒野に自分たちの同類があまりにも多いことに憤懣を覚えている連中で村々では肉その他の食糧をむしりとり隙あらば吊りあがった黒い眼の娘たちを手籠めにしようと虎視眈々の構えだった。正午を一時間ほど過ぎると職工や商店員が通りを渡って酒場へやってきた。男たちがグラントンの馬のそばを通ったときグラントンの犬が立ちあがって毛を逆立てた。男たちは犬を少しよけて歩いた。そのとき町の犬の代表団五、六匹がグラントンの犬を睨みながら広場を渡りはじめる。同じときに葬列が角を曲ってきて先頭を行く男が腋にはさんだ花火を一つとって細葉巻で火をつけ広場へ投げたものが爆発した。犬はひるんで後ずさったが二匹だけはそのまま通りを進んできた。

酒場の前につないだメキシコ人の馬の何頭かが後足を蹴り出し残りの馬も神経質に足踏みした。グラントンの犬は酒場の入口に向から男たちから眼を離さない。アメリカ人の馬はどれも耳を立ててさえしなかった。二匹の犬は葬列の前を横切り足を蹴り出す馬をよけて酒場のほうへ向かっていく。通りでさらに二つの花火が炸裂したときには葬列の全体が視界に入ってきたがその前のほうではフィドル弾きとコルネット吹きがテンポの速い活気のある曲を演奏していた。二匹の犬は葬列とアメリカ人の馬たちのあいだにはさまれて足をとめ耳を寝かせ左右に行きつ戻りつした。しまいには葬列の後ろをぱっと駆け抜ける。こうした細部は本来酒場へ入る住民の役に立つべきものだった。彼らは今回れ右をして酒場の扉に背を向け帽子を胸にあてた。板に載せて担がれているのは屍衣をつけた若い女の遺体で灰色の顔は花に囲まれがくがくと揺られていた。その後ろではもうすぐ女が入れられる棺が黒服の男たちに担がれていたがその棺はランプの煤で黒くした生皮でできていて大雑把につくられた生皮の小舟のように見えた。あとに続くのは会葬者で男たちの何人かは酒を飲みながら歩いており砂埃に汚れた黒い肩掛けをかけた女たちは男たちの手を借りて道の穴ぼこをまたぎ越し花束を持った子供たちは通行人に眺められるのを恥ずかしがっているように見えた。

酒場に入ったアメリカ人たちは席につくとすぐ近くのテーブルで呟かれた侮辱の言葉を聴きつけて三、四人が立ちあがった。少年が下手なスペイン語で不機嫌な酔っ払いのうちの誰が今喋ったのかと訊いた。自分だと名乗りをあげる者が出ないうちに表で最初の花火がはじけアメリカ人は全員戸口へ出ていった。近くのテーブルの酔っ払いの一人が腰をあげてナイフを手にしその背後に近づく。仲間が声をかけたがうるさいと手を振った。

ジョン・ドーシーとヘンダーソン・スミスというミズーリ州出身の若い男二人がまず通りに出た。あとに続いたのがチャーリー・ブラウンと判事。ほかの者よりずっと上に頭が出ている判事が手をあげて後ろにいる男たちに合図をした。遺体がちょうど通り過ぎていくところだった。フィドル弾きとコルネット吹きは互いに小さくお辞儀をし合いながら奏でているのが軍楽であることを推測させるステップを踏んでいた。葬式だ、と判事は言った。判事が喋ったとき戸口に忍び寄っていた酔っ払いがグリムリーという男の背中にナイフの刃を深々と沈めた。それを見たのは判事だけだった。グリムリーは荒削りの木の肋柱に手をかけた。やられた、と言った。判事がベルトから拳銃を抜いてほかの男の頭ごしに手を伸ばして酔っ払いの額を撃ち抜いた。

判事が発砲したとき店の外に出ていたほかのアメリカ人が拳銃に眼をとめてほとんどの者が地面に伏せた。ドーシーは体を転がして立ちあがり葬列に敬意を表していた町の住民とぶつかった。銃声が轟いたとき町の住民はちょうど帽子をかぶろうとしているところだった。射殺された男は頭から血を噴きながら後ろ向きに酒場のなかへ倒れた。グリムリーが店のなかを振り返ったときそのシャツの背中からナイフの木の柄が飛び出ているのをみんなは見た。

ほかのナイフもすでに抜かれていた。ドーシーはメキシコ人たちと取っ組み合いをしていたがヘンダーソン・スミスがボウイーナイフで一人の男の腕を深く切り切られたほうの男は立ち尽くして赤黒い動脈血を指先から迸らせながら傷口を懸命に押さえた。判事がドーシーを立たせて一緒に酒場のなかへ入ろうとするところへメキシコ人たちはナイフで何度も切りかかる動作を繰り返した。店のなかで銃声が立て続けに起こり戸口に硝煙が満ちた。判事は戸口で体の向きを変え横たわっている数体の死体をまたぎ越した。店内では大型の拳銃が途切れることなく轟音をあげ二十人ほどのメキシコ人が体がずたずたになるほど撃たれていろいろな姿勢で倒れており引っくり返った椅子とテーブルは銃弾を受けて内側の白っぽい木片を飛散させ泥の壁には大きな椎の実形の弾丸があばたをつくっていた。撃たれなかった者は戸口の陽光のほうへ向かいその先頭の者が入ってくる判事にナイフで切りつけた。だが判事は猫のようであり横にかわしざまその腕をつかんで骨を折り相手の頭をつかんで全身を持ちあげた。その男を壁に押しつけてにやりと笑いかけたが男は両耳から血を流しはじめその血が判事の指をつたって手を濡らし判事が手を離すと男は頭ががどうかなったらしく床にずり落ちたきりもう立たなかった。その男の後ろにいる者たちは激しい銃撃に遭い戸口には死人と死にかけの人間の山ができたがそのとき店のなかに耳鳴りのせいで何も聴こえなくなったような大いなる沈黙がおりた。判事は壁にもたれて立つ。

硝煙が霧のように立ちこめその煙に包まれた人影が身じろぎもせず立ち尽くしていた。店の真ん中でトードヴァインと少年が決闘でもするようにそれぞれ拳銃を胸の前で斜めに持って背中合わせに立っていた。判事は戸口から死体の山ごしに馬のあいだで拳銃を抜いて立っている元司祭に怒鳴った。

逃げ遅れたやつらを始末しろ、司祭。急げ。

こんな大きな町の人眼のある場所で人を射殺するのはいかにもまずかったがもう取り返しがつかなかった。三人の男が通りを走り別の二人が広場を横切って逃げていく。ほかに酒場から出た者はいなかった。トビンが馬のあいだから出て大型の拳銃を両手で握り射撃を始めると拳銃は跳ねあがってはもとに戻り走っている者がぐらつき前につんのめった。そうやって広場を横切っていた二人を倒したあと銃の向きをさっと変えて通りを走っている男たちを撃った。最後の者がある家の玄関先で倒れるとトビンは体の向きを変えながらベルトからもう一挺の拳銃を抜き馬の反対側へ行って通りの左右と広場の先に眼を走らせ動くものがないか確かめた。判事が酒場に戻るとアメリカ人たちは呆然とした様子で互いの顔や死体を見ていた。一同はグラントンを見た。グラントンの視線が煙る室内を鋭く貫いた。彼の帽子はテーブルに載っていた。そちらへ歩み寄って帽子をとり頭に載せてかぶり具合を整えた。それから周囲を見まわした。男たちは拳銃に弾をこめ直していた。みんな、とグラントンは言った。この商売はまだ命運尽きちゃおらんぞ。

十分後に酒場を出たとき街路は無人だった。それまでのあいだは搗(つ)き固めた土が葡萄酒色のぬかるみに変わっている土間を歩きまわって死体から頭の皮を剝いだ。酒場のなかで死んだメキシコ人は二十八人、外は元司祭が射殺した五人を含めて八人だった。一行は馬にまたがった。グリムリーは酒場の泥の壁に斜めにもたれて坐っていた。眼をあげなかった。拳銃を握った手を膝に置き通りに眼を向けていたが一行は馬首をめぐらし広場の北の端を進んでまもなく消えた。

それから三十分たって街に人が現われはじめた。みんなはひそひそ話した。酒場に近づくとなかから血まみれの幽霊のような男が一人出てきた。頭皮を剝がれて血が眼のなかに流れこみ胸にあいた大きな穴を手で押さえていてその指の隙間から薄紅色の泡が呼吸に合わせてぷくっと膨れては引っこんでいた。住民の一人が男の肩に手を置いた。

どこへ行く(ア・ドンデ・バス)？

うちへ帰る(ア・カーサ)。

次に立ち寄った町は山に二日間深く入りこんだ場所にあった。町の名前はわからずじまいだった。裸の台地に泥の小屋が並んでいた。馬を乗り入れると住民が狩られる獲物のように走った。互いに叫び合う声あるいは見るからに弱そうな様子がグラントンのなかの何かを刺激したようだった。ブラウンはグラントンをじっと見ていた。グラントンが馬を駆り立て拳銃を抜いた瞬間にこの眠ったような町は混沌渦巻く殺戮の場と化した。住民の多くが教会に駆けこみひざまずいて祭壇に取りすがったがこの避難所から一人ずつ泣き喚きながら引き離され内陣の床で殺され頭皮を剝がれた。一行が四日後に再びこの町を通り抜けたときには死体はまだ通りに転がったままで禿鷹と豚に食われていた。死肉喰いたちは通り過ぎていく騎馬隊を夢のなかの端役の群衆を見るように黙って見送った。そして最後の一騎が去るとまた食事を始めた。

一行は休むことなく山のなかを進んだ。黒松林のなかの細道を夜も昼もたどり革のきしめきと馬の息以外は声も音も立てなかった。薄い貝殻でできているような三日月が鋸状の稜線の上で引っくり返っていた。夜が明ける少し前に降りていった山の麓の町には灯火がなく番犬もいなかった。灰色の曙光のなかで塀ぎわに並んで坐り陽が出るのを待った。雄鶏が啼き声をあげた。扉が一つ閉じた。一人の老女が天秤棒で桶を二つ運んで豚小屋の泥壁の脇をやってくるのが靄ごしに見えた。男たちは立ちあがった。空気は冷たく羽毛のような息が顔のまわりに噴き出た。柵囲いの閂（かんぬき）をはずして扉を開け馬を出した。馬に乗って通りを進んだ。それから馬をとめた。寒さのなかで馬が横歩きや足踏みをする。グラントンは手綱を締めて馬の動きをとめ拳銃を抜いた。

町の北端の壁の向こうから騎馬の一隊が現われて通りをやってきた。金属板と馬の毛の房飾りを前立にした筒型軍帽をかぶり真紅の縁飾りのある緑色の上着に真紅の飾帯をつけた出で立ちで槍とマスケット銃で武装し馬は上品な飾り衣装を着け跳ねるような歩様で進んでくるそんな馬にまたがった騎手はみな容姿の好ましい若い男だった。頭皮狩り隊の面面はグラントンに眼を向けた。グラントンは拳銃をホルスターに戻してライフルを抜いた。槍騎兵の隊長はサーベルを高く掲げて停止を命じた。次の瞬間狭い通りはライフルの硝煙に包まれ十数人の槍騎兵が死にあるいは瀕死の重傷を負って地面に落ちた。馬は棒立ちになり甲高くいななき互いの体にのしかかる、乗り手は落馬し立ちあがりなんとか馬を抑えようとする。次の連射が隊列を襲った。兵士たちは算を乱して逃げだす。アメリカ人たちは拳銃を抜いて馬に蹴りを入れ通りを走りだした。

メキシコ人兵士の指揮官は胸の弾傷から血を流しながらも鐙に足を踏ん張って立ちサーベルで応戦しようとした。グラントンがその頭を撃ち抜き足で鞍から蹴り落とすとその背後にいた三人を続けざまに射殺した。地面に落ちた兵士の一人が槍を拾いあげて構えグラントンのほうへ突進してきたがアメリカ人の一人が大混乱のなかで走る馬の上から横へ身を傾けて兵士の喉を切りそのまま走りつづけた。朝の湿った空気のなかで硫黄臭い煙が灰色の屍衣となって通りに漂ったがその危険な靄のなかで馬の下敷きになった色彩豊かな槍騎兵たちの惨殺死体は夢のなかに出てくる眼を見開き木のようにこわばった物言わぬ兵士たちのように見えた。

後衛の兵士数人がなんとか馬の向きを変え通りを引き返しはじめるのを見てアメリカ人

たちが乗り手を失った馬を拳銃の銃身で叩くと馬たちは鐙を横腹でばたばた躍らせながら長い鼻面の先で激しく息を噴き地面の死体を踏みつけた。さらに馬たちを叩き通りが狭くなり山に向かう小道に移行するところまで追い立てると小石をはね飛ばしながら慌てて逃げる槍騎兵たちに銃弾を浴びせた。

グラントンは五人の男に追跡させ自分と判事とバスキャットは引き返してきた。やってきたほかの男たちと合流してもとの場所へ戻り通りに転がっている軍楽兵のような服装の死体から物を盗みマスケット銃を家の壁に叩きつけサーベルと槍も壊した。また山に通じる道を進むと戻ってきた五人の追っ手と行き合った。槍騎兵たちは道をはずれて森のなかに散ったという。二日後の夜一行はぽつんと孤立した丘の上で夜営をし周囲の広い平原を見渡したがその荒涼とした土地に見えた一点の光はちょうどまっ黒な湖に星が一つだけ映っているといったふうだった。

一行は協議をした。焚火の炎が渦巻くようにぐるぐる向きを変える赤はだかの丘の頂上から世界の切り削がれた表面のように下降していく斜面のまわりを取り巻く純粋な暗黒を眺めた。

やつらはどのくらい離れてると思う、とグラントンが訊いた。

判事は首を振った。連中はこちらの半日先を行ってる。数は十二、三人、十四人といったところだ。何人かを先に行かせることはしないだろう。

チワワ市まではどれくらいだ。

四日か。三日か。デイヴィーはどこにいる？

グラントンが振り返って訊いた。チワワ市までどれくらいだ、デイヴィッド。

デイヴィッド・ブラウンは焚火に背を向けて立っていた。うなずいて言った。あれがやつらなら三日で着く。

追いつけると思うか。

さあ。向こうが追われてると思ってるかどうかによるんじゃないかな。

グラントンは向き直って焚火のなかへ唾を吐いた。判事は青白いむきだしの片腕を持ちあげ脇の下に指をやって何かを探った。夜明けにここを出発したら追いつけるんじゃないかな、と言った。さもなくばソノーラへ行くかだ。

連中はソノーラから来たのかもしれん。

それなら追いかけたほうがいいな。

頭の皮をウレスへ持っていってもいいが。

炎が地面を刷いてから身を起こした。やつらを叩いたほうがいい、と判事は言った。

一行は判事の言うとおり夜明けに平原に降りその夜には東のほうの湾曲した地平線の向こうで焚くメキシコ人槍騎兵たちの火が空に映っているのを見た。翌日は一日中馬を進め夜のあいだも馬上で居眠りをして痙攣発作を起こす病人の軍団よろしくがくりがくりと上体を揺らしながら進んだ。三日目の朝には平原の前方に陽を背景に影絵になった騎兵たちを視野にとらえ夕方には鉱物質土壌の荒野を苦闘しながら進む者たちの数が数えられた。太陽がのぼると東のほうの二十マイルほど先に朝陽を受けた市の外壁が青白い薄片のような外観で見えはじめた。グラントンたちは馬をとめた。槍騎兵の一行は彼らから南へ数マイル離れた道で列をなしていた。槍騎兵たちに停止すべき理由はなく停止しても希望は見出せずしかもそのまま進みつづけることにも希望がないとは言うものの現に今前進している以上彼らはそれを続けアメリカ人たちも再び馬を前に進めた。

二つの集団はしばらくのあいだほぼ並行して市の門に向かっていたがどちらの集団も服はぼろぼろで血だらけ、馬はよたよたしていた。グラントンが降服しろと怒鳴ったが相手の集団はなおも先へ進みつづけた。グラントンはライフルを抜いた。どちらの集団も自動人形のようにぎくしゃくと道をたどっていた。グラントンが馬をとめると馬は四肢を踏ん張って腹を大きく波打たせその馬上でライフルを構えて発砲した。

槍騎兵のほとんどは武器を持っていなかった。九人いる兵士たちは馬をとめ向きを変えて岩のあいだに低木が生える土地へ乗り出したが一分ほどのあいだに全員が撃ちとめられた。

馬は捕まえられ道まで引き戻されて鞍や装具をとられた。死体は身ぐるみ剝がれ制服と武器が鞍やその他の装具と一緒に道端で焼かれてアメリカ人たちが道に掘った大きめの穴にまとめて埋められたが裸の死体は外科手術の実習の材料にされたような傷だらけの体を穴のなかに横たえて土をかぶせられるあいだ口を小さく開けて荒野の空を見あげていた。アメリカ人たちは埋めた跡が目立たなくなるまで道を馬に踏ませたあと焚火の灰のなかから銃器やサーベルの刃や馬具の金具を引き出し別の場所まで運んでそこに埋め乗り手を失った馬を荒野に追い立てたが夕方になると風が灰を吹き飛ばしその風が夜にはくすぶっている革の燃え残りの火を煽り最後に吹き流れた脆い火の粉が世界を遍く浸す闇のなかで火打石が飛ばす火花のように儚い光をちらつかせた。

一行は契約によって自分たちが護ることになっていたメキシコ市民の血をぷんぷんさせながら痩せ衰え汚れきった姿で州都に入った。殺されたメキシコ人たちの頭皮は知事公邸の窓から窓へ張り渡され頭皮狩り隊は知事の予算がほぼ尽きるほどたっぷり報酬が支払われたあとで解散しインディアンの頭皮の懸賞金制度は廃止された。だが一行がチワワ市を出て一週間とたたないうちにグラントンの首には八千ペソの懸賞金がかかることになる。一行はエル・パソに向かう者が普通そうするように北に向かう道についたが町がまだ見えているうちに悲劇的な選択をして西に針路を変えたのはその一日の真っ赤な終焉と夜の土地と太陽の遠い混沌に夢中になり惚れこんでしまったからだった。

14

山の上の嵐――焼けた土地（ティエーラス・ケマーダス）、無人の土地（ティエーラス・デスポブラーダス）――ヘスス・マリア――ホテル――商店主たち――酒場――フィドル弾き――司祭――霊魂（ラス・アニマス）――パレード――霊魂を狩る（カサンド・ラス・アルマス）――グラントン発作を起こす――売り物の犬――手品をする判事――国旗――銃撃戦――脱出――護送隊（コンドゥクタ）――血と水銀――浅瀬で――ジャクソン奪還――密林――薬草採集家――判事標本を蒐（あつ）める――科学者としての仕事に対する視点――ウレス――烏合の衆――物乞いたち（ロス・ポルディオセーロス）――乱痴気騒ぎ――野良犬たち――グラントンと判事

北の空では広口コップの水のなかに黒い顔料が垂れるように雨が雷雲から黒い巻きひげをおろし夜の闇のなかの平原の何マイルも離れたところで雨が太鼓を叩くように地面を打つ音が聴こえた。一行が岩山の峠道をのぼっていくと稲妻が遠い山並みをびりびり震わせながら浮かびあがらせ雷鳴が石に共鳴し柔らかな青い火が吹きはらわれることのないまばゆく輝く四元素の霊のように馬の口にまつわりついていた。ふわふわした聖エルモの火は

馬具の金属部分を這い進み青い液体のように銃の銃身の表面を流れた。威勢のいい大型の野兎が驚いて青い火に跳びつき音に共鳴している岩の上にうずくまっている鷹は羽根に顔をうずめたり足もとの雷鳴に黄色い眼を見開いたりしていた。

　何日ものあいだ一行は雨のなかを進み雹まじりの雨のなかを進みそれからまた雨のなかを進んだ。灰色の稲光のなかで雲と山と馬の脚が映る水浸しの平原を横切っていく乗り手たちは鞍の上で前かがみになり自分たちが奇蹟のように渡っている湖の岸辺に町の灯がちらついてもそれが本当に町かどうかについてはもっともな疑いを抱いた。起伏のある草地をのぼっていくと小さな鳥が脅えて囀りながら飛び去り禿鷹は子供が糸で吊るして遊ぶ玩具のように翼をわっさわっさと揺らしながら動物の骨のあいだから姿を現わし脚の長い赤い夕陽のもとで眼下の平原の水は原始の血の溜まりのように広がっていた。

　黄金色の野襤褸菊や百日草や深紫色の龍胆や青い朝顔そのほかいろいろな小さな花が咲く野草の絨毯が敷きつめられた高原を横切っていったがその広い草地は格子柄の綿布のようにずっと遠くの高原の縁の靄で煙った青いところまで続いておりその向こうには堅牢な山脈がデヴォン紀の魚類や両生類の背中のように無のなかから持ちあがっていた。また雨が降りだしてみな脂っぽい半鞣し革の雨合羽を着て身をすくめたが灰色の篠突く雨のなかでその素朴な革の頭巾をかぶった姿はどこかの無名の教団から獣の棲む土地へ伝道の旅に派遣された幹部たちといったふうに見えた。行く手の土地は雲が垂れこめて暗い。長い黄昏時を経て陽が沈んでも月は出ず西のほうの山並みは何度も何度も雷でびりびり震えながら照らし出されしまいには焼き切れたように真っ暗になり何も見えなくなった夜の土地に鋭い雨音が響いた。一行は松林や不毛な岩地が続く山並みの麓の丘陵地帯を進み杜松と唐檜（とうひ）と珍しい大きなアロエのあいだを通っていったがその常緑の植物のなかでユッカの丈高い茎の先にこの世のものとは思えない白い花が沈黙のうちに咲いていた。

　夜中には険しい谷間の苔むした岩で狭められた山の急流をたどって馬を進めていくと頭の上のほうに暗い洞窟が並んでいる場所へ差しかかりその洞窟からは水が流れだして鉄の味がする飛沫を飛ばしていてまた遠くの山が滝の銀の細糸に二分されているのが見えたが滝口のあたりが真っ暗なせいで天空で起きている奇蹟のように見えた。森の黒い焼け跡を通り抜けいくつもの巨礫が二つに割れて中心を通らない面を滑らかに晒している土地を進んでいったがその山の鉄分を含んだ斜面には古い山火事が通った道筋や嵐が木々を殺して黒い骨にした跡が残っていた。翌日には柊（ひいらぎ）やポプラなどこの男たちが若いころ飛び出してきた故郷に生えていたのと同じような堅木の森が眼につきだした。北側斜面の窪みには落葉に混じって雹がテクタイト（隕石落下の衝撃でできたとされる天然硝子質の物質）のように残っており夜は膚寒かった。高原を馬で進みさらに山の奥深く入っていくと嵐の巣があり雷が激しく鳴り白い炎が高い山頂を走り地面は割れた火打石の焦臭い臭いがした。夜になり下界の暗い森から狼のまるで仲間を呼ぶような遠吠えが届いてくるとグラントンの犬は果てしなく歩を刻む馬の脚のあいだを呻きながら小走りに駆けた。

チワワ市を出て九日目に山岳地帯のとある峠を越えて雲の上に千フィート出ている堅い石の崖に沿って刻まれた道をくだりはじめた。大きなマンモスの化石が頭上の灰色の断崖から男たちを見おろしていた。一行は一列縦隊で慎重に降りていった。岩を穿ったトンネルをくぐって向こう側に出ると崖下数マイルの谷間に町の家々の屋根が見えた。

岩だらけの九十九折りをくだり川を渡ったがその川では数匹の小さな鱒が色の薄い鰭を使って体を縦にして馬の鼻面を調べにきた。谷間から金臭い靄が立ちのぼってきて一行の上を乗り越え森のなかへ流れていった。馬を駆り立てて川を渡りきりさらに小道を降りていき午後三時に小糠雨が降るなかへスス・マリアという古い石造りの町に入った。

雨に濡れて落葉が張りついた石畳の街路を蹄の音を響かせて進み石橋を渡るとバルコニーのある建物の軒から水が滴り落ちる通りに進んだがその通りは町を貫く山からの急流に沿って走っていた。小さな精錬所が丸石の河原にいくつかあり町を見おろす山は至るところにトンネルが掘られて足場が組まれ樋押坑道と選鉱屑が山膚の傷のように見えていた。家々の戸口にいる数匹の雨に濡れた犬の咆哮に迎えられたぼろ服のむさ苦しい一団は一軒のホテルの前で滴を垂らしながら馬をとめた。

グラントンが扉を叩くと扉が開いて少年が顔を出した。女も現われたが訪れた一団を見てまた引っこんだ。ようやく男が出てきて門を開けた。ほろ酔い加減のあるじは客が一人ずつ水浸しの前庭に乗り入れるあいだ門扉を押さえ最後に門扉を閉ざした。

翌朝雨がやんで外に出てきた男たちはぼろぼろの服から悪臭を放ち食人種のように人間の体の部分を身に飾っていた。大きな拳銃をベルトのホルスターに差し身につけた劣悪な生皮の服は血と硝煙と煤が深く染みついていた。すでに陽はのぼっており商店の玄関先でひざまずいてバケツと雑巾で敷石を洗っている年寄りの女たちが顔をあげて男たちに眼を向け商品を並べている店主たちは警戒しながら会釈をして朝の挨拶をした。男たちはそれらの店の商品とは不釣合いだった。眠そうに瞬きをして立っている店先にはフィンチを入れた小さな柳の細枝の籠が吊るされ緑と真鍮色を取り合わせた鸚鵡が片脚で立って不安げに啼いていた。干果物や唐辛子を紐でつないだものや呼鈴のような錫製品の束や龍舌蘭酒を満たした豚皮の袋が梁から吊りさげられていたが豚皮の袋は廃用家畜処理場に持ちこまれる病気で腹の膨れた豚のようだった。男たちはカップを持ってくるよう命じた。フィドル弾きが現われて石の敷居にしゃがんでムーア人の民俗音楽を奏でるなか朝の用事で道を行く住民はみな臭い大柄な白人たちから眼を離すことができなかった。

昼前にフランク・キャロルという男の経営する安酒場を見つけたがその店はもとは厩（うまや）で明かりは通りに向かって開かれている扉からしか入らなかった。フィドル弾きも何やらひどく悲しげな様子でついてきて扉のすぐ外に陣取り外国人たちが酒を飲みテーブルにダブロン金貨をぴしゃりと置くのを見ていた。戸口で日向ぼっこをしていた老人が喇叭型補聴器で酒場のなかの喧噪に耳を傾けて同意するようにうなずきつづけていたが老人に理解できる言葉は一度も話されていなかった。

判事がフィドル弾きに気づいて声をかけ硬貨を一つ投げると硬貨は石の上でちゃりんと音を立てた。フィドル弾きは硬貨を使えない金かもしれないというようにちょっと陽にかざしてから服のどこかへ滑りこませるとフィドルを顎の下にあて二百年前のスペインでいんちきな大道薬売りがよく使った古い曲を弾きだした。判事は陽のあたっている戸口へ出て石畳の上で異様なまでの正確さでステップを踏んだが判事とフィドル弾きはこの中世風の町で偶然に出逢った異邦の吟遊楽師といったふうだった。判事は帽子を脱いで酒場の前を迂回して通る二人の女にお辞儀をし気取った足さばきで豪快なピルエットをしカップから龍舌蘭酒を老人の喇叭型補聴器に注ぎこんだ。老人はすばやく補聴器のすぼまった口に親指の腹で栓をし補聴器を慎重に顔の前へ持ってきて反対側の手の指を耳にねじこみながら酒を飲んだ。

夕方になると酔っ払って狂乱したアメリカ人たちがよたよた歩き汚い言葉を吐き散らし銃弾で教会の鐘を鳴らしと神を怖れぬ乱痴気騒ぎをしたのでついに司祭が体の前にキリストの磔刑像を抱えて断片的なラテン語聖句の歌うような朗誦で訓戒を垂れはじめた。司祭は通りの真ん中で殴り倒され体を卑猥なやり方でつつかれて金貨を投げつけられる狼藉を磔刑像を抱きしめたまま受けた。立ちあがった司祭は金貨など傲然と無視したが小さな子供たちが駆け寄ってきて拾うと寄越せと命じたので野蛮なアメリカ人たちが大声で揶揄い司祭に向けて乾杯の仕草をして酒を飲んだ。

野次馬が徐々に散って狭い通りは無人になった。アメリカ人の何人かは川に入って冷たい水をはね散らし体からぼたぼた滴を垂らしながらまた通りへ戻りランプの淡い明かりのもとで黒っぽい人の形をもやもや煙らせる世界終末的な光景を示した。冷たい夜気に湯気を立てながらおとぎ話の獣のように石畳の町をよたよた歩いているとまた雨が降りだした。

翌日は霊魂（ラス・アニマス）の祭りでパレードがあり古い汚れた遺体運搬台に造りの粗いキリスト像を寝かせそれを載せた荷車を馬が引いた。平信徒が従者となって後ろに従い司祭は小さな鐘を鳴らしながら行列の先頭を歩く。しんがりは黒衣で裸足の修道士で草を束ねた笏（しゃく）を手にしていた。ぐらぐら揺れながら通り過ぎていくキリスト像は頭と足だけが木彫りであとは藁というみすぼらしいものだった。野茨（のいばら）の冠をかぶせられた額に血の滴、古い木の頬には青い涙が描かれていた。町の住民はひざまずいて胸で十字を切りなかには前に進み出てキリスト像が着ている衣に触れ指先にキスをする者もいた。パレードは物悲しい雰囲気のなかで進んでいき小さな子供たちは家々の戸口で髑髏（どくろ）形の砂糖菓子を食べながらパレードと町に降る雨を眺めていた。

判事は酒場で一人坐っていた。やはり雨を眺めていたがその眼は大きな無毛の顔のなかで小さく見えた。ポケットには髑髏形の砂糖菓子を詰めており庇（ひさし）のある歩道を通る子供たちに差し出したが子供たちは子馬のように飛びのいた。

夕方になると町の住民は丘の中腹にある墓地から降りてきたがしばらくするとまた蠟燭やランプを持って家から出てきて教会へ祈りにいった。汚いなりをしたアメリカ人たちは乱酔して町の住民にからみ帽子を滑稽なふうにかぶって千鳥足で歩きにやにや笑いながら若い娘たちに卑猥な誘いかけをした。キャロルは夕暮れに薄汚い酒場を一旦閉めたがあとで扉を薪にされそうになったのでまた開けた。夜中にカリフォルニアへ向かう騎馬の一団が町に到着した。みなへとへとに疲れていたが小一時間でまた出発した。真夜中を過ぎると死者の魂があたりをうろつくというのが言い伝えだったがアメリカ人たちは再び外に出て雨も人死にも気にせず拳銃を撃ちまくりそんな騒ぎが散発的に明け方まで続いた。

翌日の昼前に泥酔したグラントンは一種の発作に襲われればさぼさ髪の狂気じみた形相で狭い中庭にふらふら出て拳銃を撃ちはじめた。午後には狂人のようにベッドにくくりつけられたがその枕もとに判事が坐って絞った手拭きで額を冷やしてやり低い声で何か話しかけていた。外では丘の急斜面でいくつもの声が互いに呼び合っていた。小さな女の子が行方不明になったので住民が鉱山で捜索を始めたのだった。しばらくするとグラントンは眠り判事は立ちあがって外に出た。

空は灰色で雨が降り木の葉が吹き散らされていた。木の雨樋の脇にある戸口からぼろ服を着た少年が出てきて判事の肘を引っ張った。シャツの懐に売り物の子犬を二匹入れておりそのうち一匹の首ねっこをつかんで引き出した。

判事は通りに眼をやった。それから眼を戻すと少年はもう一匹の子犬も引っ張り出した。二匹ともぐったりしている。犬売るよ（ペーロス・ア・ベンデ）、と言った。

いくらだ（クワント・キエーレス）、と判事は訊く。

少年は一匹を見、それからもう一匹を見た。まるで判事の性格に合う犬を選ぼうとするかのようだがそういう犬もたぶんどこかにいるのだろう。少年は左手の子犬をぐいと突き出して言う。五十センターボ（シンクウエンタ）。

子犬は穴に潜りこむ動物のようにもがきながら少年の手のなかに戻ろうとしたがその薄青色の公平な眼は寒さと雨と判事を同じように怖れていた。

両方くれ（アンボス）、と判事は言った。ポケットに硬貨を探した。

犬売りの少年は両方くれというのは値切る腹だと予想しあらためて犬の値打ちを考えはじめたが判事はその程度の値段の子犬なら何匹も買えるほどの小さな金貨を汚れた服のなかから出した。硬貨を掌に載せて差し出し反対側の手で子犬を受け取ると二匹とも靴下のように片手で持った。金貨を載せたほうの掌を軽く動かす。

さあとれ（アンダレ）。

少年は硬貨をじっと見つめた。

判事はその掌を拳に握ってまた開いた。硬貨は消えていた。指を宙でくねくね動かしながら少年の耳の後ろへ持っていきそこから硬貨をつかみとって少年に渡した。少年はそれをミサのパンを入れる聖体箱のように両手で捧げ持ち判事を見あげた。だが判事は子犬をぶらさげてすでに歩きはじめていた。石橋を渡り増水している水を見おろして子犬を持ちあげ川に投げ棄てた。

橋を渡った先は川沿いの小さな通りだった。その石造りの堤防からファン・ディーメンス・ラント人が川に小便をしていた。判事が子犬を川に棄てるのを見ると拳銃を抜いて何か叫んだ。

子犬は泡のなかに消えた。それから滑らかな板状の石の上を流れる広い緑色の早瀬に一匹が下流の淵のほうへ運ばれ次いでもう一匹も運ばれた。バスキャットが拳銃を持ちあげて撃鉄を起こした。淵の澄んだ水に浸かった柳の枝がウグイのように身をひねっていた。拳銃が手のなかで跳ねて子犬の一匹が水面から跳びあがりまた撃鉄を起こして発砲すると薄紅色の染みがさっと周囲に溶けこんだ。撃鉄を起こして三発目を発射するともう一匹の犬も花開いて沈んだ。

判事は橋を渡りつづけた。少年は川べりへ駆け寄って水面を見おろしたときも金貨を握っていた。反対側の岸にいるバスキャットは片手で陰茎を持ちもう片方の手で拳銃を握っていた。硝煙が下流のほうへ流れ淵にはもう何も見えなかった。

午後遅くにグラントンは眼を醒まして苦闘をし縛めから体を自由にした。人が最初に気づいたのはグラントンが兵舎の旗をあげるポールの綱を切りメキシコの国旗を騾馬の尻尾にくくりつけたときだった。その騾馬にまたがり広場を横切って神聖なる旗を泥まみれにして引きずった。

あちこちの通りを回ってまた広場に現われたグラントンは騾馬の脇腹を思いきり蹴った。向きを変えたとき銃声が一つ轟いてマスケット銃の弾が騾馬の脳に飛びこみ騾馬はグラントンの尻の下ですとんと地面に落ちた。グラントンは体を転がして立ちあがりでたらめに拳銃を撃った。一人の老女が声もなく石畳の上にくずおれた。判事とトビンとドク・アーヴィングがフランク・キャロルの酒場から全速力で駆けてきて壁の陰にしゃがみ付近の建物の二階の窓を狙って銃撃した。ほかの六人のアメリカ人も広場の反対側で角を曲がってきたが一斉射撃を受けて二人が倒れた。鉛玉がぴゅんぴゅん飛んで石に跳ね返り街路の湿った空気のなかに硝煙が漂った。グラントンとジョン・ガンは建物の壁伝いに走ってホテルの裏へ回り自分たちの馬を引き出した。さらに三人の仲間が裏庭へ駆けこんできて馬具を厩から出して鞍を置く。今や広場では銃声がひっきりなしに響きアメリカ人二人が死にほかの者たちは地面に伏せて叫んでいた。三十分後に一行が馬で駆けだしたときには通りの両側から火打石銃の弾丸と石と瓶を浴びせられ六人の仲間を置き去りにした。

一時間後ホテルのあるじのキャロルとサンフォードという町に住んでいたもう一人のアメリカ人が追いついてきた。ホテルの一階の酒場は火をつけられたという。負傷したアメリカ人は司祭から洗礼を受けたあと全員頭を撃ち抜かれた。

陽が暮れる前に山の西側の斜面をのぼっていく途中で水銀を満たした容器を百二十二頭の騾馬に運ばせている一行と出くわした。ずっと下の九十九折りを行く騾馬追いたちの鞭の音と叫び声が聴こえ切り立った崖の断層線に沿う道を山羊のように大儀そうに進む騾馬の行列が見えた。運が悪かった。海岸まで二十六日の行程だが水銀坑を出てまだ二時間足らずしかたっていない。騾馬は息をあえがせながらガレ場を懸命にのぼり色彩豊かだがぼろぼろの服を着た男たちは騾馬を厳しく追い立てた。先頭の男は上手に騎馬群を見つけると鐙に足を踏ん張って後ろを振り返った。騾馬の列は下方の道に半マイルかそれ以上伸びており間隔を詰めて停止している行列の十頭くらいずつが遙か下まで続く九十九折りの道の部分部分にある段のこちら向きにその下の段ではあちら向きにと折り返しながら見えているがそれぞれの騾馬の尻尾は後ろの騾馬に嚙まれて骨だけになったようにきれいに毛が禿げグッタペルカの容器のなかの水銀がたぷたぷ揺れてまるで何かの動物を秘かに入れているかのようで膨らんだ鞄のなかに二個ずつ詰められた容器はごとごと動き落ち着かない息遣いのような音を立てた。先頭の男は首を戻して登り坂の上のほうを見あげる。すでにグラントンがすぐそこまで来ていた。男はグラントンに丁寧な挨拶をした。グラントンは無言で男の脇をすり抜けて道の山側のほうへ進み騾馬の列を頁岩が剝離（はくり）している危険な谷側へ寄らせた。男が顔を曇らせ後続の仲間に何か叫んだ。次々と先頭の男の脇を通っていくアメリカ人たちは細めた眼をし銃火の煤で罐焚きのように顔を黒くしていた。先頭の男は騾馬から降りて鞍の泥除けの下に取りつけた火打石銃を抜く。そのときにはデイヴィッド・ブラウンが脇に来ていて拳銃を抜いて馬の体の右側へ垂らしていた。ブラウンはそれを振りあげざま男の胸に向けて発砲した。どしんと尻餅をつく男をブラウンが再度撃つと男は断崖の下へ落ちていった。

ほかのアメリカ人はそちらを向いて何が起きたかを確かめることをほとんどせず騾馬追いの男たちを至近距離から銃で撃った。男たちは騾馬から落ちて道に横たわるか崖から滑り落ちて消えるかした。下の道にいる騾馬追いたちは方向転換をして逃げようとしたが荷を負わされた騾馬たちは白眼をむいて切り立った岩壁をのぼろうとあがきその姿は巨大なドブ鼠のようだった。アメリカ人たちが岩壁と騾馬のあいだに手順を計算しながら割りこむと騾馬は声もなく殉教者のように転落して虚空のなかでゆっくりと回転し下の岩の上で血が派手な爆発を起こしたように飛び散り背負っていた容器も壊れて水銀が揺れながら布や薬片状に宙に広がりその周囲に小さな衛星が震えながら浮遊しそのすべての形のものが涸れ谷の石の川底で合流して流れたがそれらは地球の中心の秘められた闇から煎じ出す錬金術のある最終段階の産物の破壊であり山の中腹ですばやく逃げる古代の牡鹿でありまばゆくすばやく嵐がつくった水路を走り石の凹みや隙間の形になりながら岩棚から岩棚へ鰻のようにぎらぎら光り急いで這っていった。

騾馬追いの男たちは道からはずれなんとか降りられる崖を伝って下の窪地に降り勢いあまって松と低木の杜松の木立のなかを喚き散らしながら転がり落ちたがそのあいだにアメリカ人たちは遅れた騾馬の群れを尻目に彼ら自身が何か怖ろしいものに意のままにされているかのように荒々しく馬を駆って岩の小道を進んだ。キャロルとサンフォードは本隊から離れてついてきていたがこの九十九折りへやってきたとき騾馬追いはもう全員姿を消していたが馬をとめて道を見た。騾馬追いの男が数人死んでいるほかは無人だった。五十頭ほどの騾馬が断崖から追い落とされて崖の曲り目には損壊した騾馬の体が散らばっており溜まった水銀が夕陽を受けて光っているのが見えた。馬は足踏みをし首を弓型に曲げた。キャロルとサンフォードは悲惨な深淵を見て顔を見合わせたが相談する必要などなく馬の首を前に向け拍車をかけて山を降りさせた。

追いついたのは夕暮れ時だった。一行は川の反対側の岸で馬を降り少年とデラウェア族インディアンの一人は泡汗をかいた馬たちを河岸から追い立てていた。キャロルとサンフォードが浅瀬に馬を乗り入れると水は馬の腹の下までしかなく馬は岩がごろごろする川底の上で針路をよく選びときどきさっと上流を見やったが上流では暗くなっていく森から大きな滝が下の灰色の泡の斑点が渦巻く滝壺へごうごうと落ちていた。川からあがると判事が足を運んできてキャロルの馬の口をとった。

黒んぼはどこだ、と判事は訊いた。

キャロルは判事を見た。馬にまたがっているキャロルと判事は眼の高さがほぼ同じだった。知りません、とキャロルは答える。

判事はグラントンを見た。グラントンは唾を吐いた。

広場で何人くらい見た？

数えてる暇なんかありませんでしたよ。三人か四人撃たれましたがね。

だが黒んぼは見なかったと。

見なかったですね。

サンフォードが馬を前に進めてきた。広場に黒んぼはいませんでしたよ。何人か撃たれるのを見たけどみんなあんたや私と同じ白人だった。

判事はキャロルの馬の手綱を離して自分の馬をとりに戻った。デラウェア族インディアン二人が隊を離れて出発する。かなり暗くなってきたとき河原に見張りを残してまた道をたどり森に入って焚火をせずに夜営した。

道をやってくる者はいなかった。宵のうちは真っ暗だったが最初に見張りの交代をした男たちは河原で闇が薄れて谷間の上に月がのぼるのを見、川の対岸に一頭の熊がやってきて立ちどまり鼻をひくつかせて空気の匂いを嗅ぎまた戻っていった。夜が明けるころ判事とデラウェア族インディアンたちが戻ってきた。黒人ジャクソンが一緒だった。毛布で体を包んでいるほかは裸だった。ブーツすら履いていなかった。騾馬追いの一行の尻尾の禿げた騾馬に乗り寒さに震えていた。失くさなかったのは拳銃だけだった。毛布の下で拳銃を胸にあてていたのはほかにしまうところがないからだった。

山岳地帯から西の海へ降りていく道は蔓草（つるくさ）が鬱蒼（うっそう）と繁る緑の峡谷を通っていくがそこでは鸚鵡や派手な色の金剛鸚哥（いんこ）が啼いた。道は川沿いを進み川は水位が高くて岸がぬかるんでいたが浅瀬が多く一行は対岸に渡りまた戻りを繰り返した。見あげる山の壁に仄白（ほのじろ）い滝がいくつもあり高いところにある滑らかな岩から水飛沫が荒々しい霧となって飛散していた。八日間ほかの人間とは行き合わなかった。九日目に下方の道で一人の老人が驢馬二頭を杖で追い立てながら道からはずれて森に入ろうとしているのを見た。老人が道からはずれた場所へ来ると一行は馬をとめグラントンが森に入り濡れた落葉を馬の足で掻きのけるようにして進んでいくと老人が低木の繁みに醜い地の精のように一人しゃがんでいるのを見つけた。二頭の驢馬が顔をあげて耳をひくつかせてからまた鼻面をおろして草を食べはじめた。老人はグラントンをじっと見た。

なぜ隠れた（ポル・ケ・セ・エスコンデ）、とグラントンが訊く。

老人は返事をしない。

どこから来た（デ・ドンデ・ビエーネ）。

老人はおよそ会話をしようという気がないようだった。繁みの木の葉に包まれるようにしてしゃがみ腕組みをしていた。グラントンは脇へ身を乗り出して唾を吐いた。顎で驢馬を示す。

ここに何があるんだ（ケ・ティエーネ・アヤー）。

老人は肩をすくめた。草（イエルバス）だが。

グラントンは驢馬を見て老人を見た。隊に戻ろうと馬首をめぐらした。

なぜわしを探しにきた（ポル・ケ・メ・ブスカ）、と背後から老人が訊いてきた。

アメリカ人の一行は先へ進んだ。谷間には鷲やその他の鳥がいて鹿も多く野生の蘭や竹藪があった。このあたりへ来ると川幅がかなり広くなり巨礫を洗い高地の密林のあちこちから滝が流れ落ちていた。判事はライフルにノパルサボテンの小さな堅い種を弾丸がわりにこめてデラウェア族インディアンの一人と一緒に隊列のうんと先へ行き夜には仕留めた色鮮やかな鳥を器用にさばいて皮に火薬をすりこみ枯草を小さく丸めたものを肉に詰めて頭陀袋に入れた。草木の葉を押葉にするため記録簿にはさみ脱いだシャツを両手で広げて体の前に出し谷間に棲む蝶々に低い声で話しかけながら忍び足で近づく判事は彼自身が珍しい生物だった。記録簿の頁を焚火の火明かりに向けて何か書きこむ判事をトードヴァインはじっと見つめそういうことをする目的はなんだと訊いた。

判事は羽根ペンで頁を引っ掻くのをとめた。トードヴァインを見る。それからまた書きはじめた。

トードヴァインは火のなかに唾を吐いた。

判事はしばらく書きつづけたあと記録簿を閉じて片側へ置き両手を合わせて鼻をはさみそれを口の上へ滑らせてから掌を下にして膝に置いた。

万物のうちのどんなものであれ、と判事は言った。私の知らないうちに存在しているものは私に無断で存在しているということだ。

判事は夜営している暗い森のなかを見まわした。自分が蒐めた標本のほうへ顎をしゃくる。そこにある匿名の生き物たちはこの世界のなかで取るに足りない存在あるいはまったく無にすぎないと思えるかもしれない、と判事は言った。だがごくちっぽけな屑みたいなやつらがわれわれを滅ぼすかもしれないんだ。岩の下にいる人間の知らないようなちっぽけな生き物がね。自然だけが人間を奴隷にできるのであってありとあらゆるものが掘り出され人間の眼の前で裸にされて初めて人間はこの地球の宗主になれるんだ。

そうしゅってなんだい。

支配者だよ。大君主ともいうな。

じゃ支配者でいいじゃねえか。

特別な種類の支配者なんだ。支配者の上に立つ支配者でね。下位の支配者の決定を取り消すことができる。

トードヴァインは唾を吐いた。

判事は両手を地面についた。根掘り葉掘り訊いてくる質問者を見据えた。これが私の領土だ、と判事は言った。だがここには自治権を行使している地域がある。自律的に行動しているところがね。それもすべて私のものだと言えるためには私の許可なしに何も行なわれないようにしなければならないんだ。

トードヴァインは焚火の前でブーツを履いた足を交差させた。この地上のことを何もかも知るなんて無理だろ。

判事は大きな頭を傾けた。世界の秘密は永遠に解けないと信じる者は神秘と恐怖のもとで生きることになる。いずれ迷信がそういう人間を引きずりおろすだろう。雨がその偉業を侵食するだろう。だがタペストリーから秩序の糸を選り出す仕事を自らに課す人間はその決意だけで世界を引き受けたことになるのであってそういう引き受けによってのみ自らの運命を定めることができるようになる。

それと鳥を捕まえるのがどう関係してるってんだい。

鳥の自由はこの私への侮辱だ。鳥は全部動物園に入れてやりたい。

そりゃどでかい動物園になりそうだな。

判事はにやりと笑った。そうだな。それでもだ。

夜中に隊商が通りかかり頭にサラーペ（原色の模様がある毛布地の肩掛け）をかぶせた馬と騾馬が闇のなかをしずしずと進んでいくなか夜営中の男たちは指を唇にあてて互いに静かにしろと警告し

合った。巨礫の上にあがった判事は隊商が行ってしまうのを見送った。

朝になるとまた先へ進んだ。水が泥で濁ったヤキ川の浅瀬を渡り高さが馬に乗った人間ほどある向日葵の群落を通り抜けたがその死んだ顔は全部西を向いていた。風景が次第に開けてきて丘の斜面には玉蜀黍畑が現われ荒地のなかの空地に草葺小屋が建っていたりオレンジやタマリンドが植えてあったりした。人の姿は見えなかった。一八四九年十二月二日に一行はソノーラ州の州都ウレスに入った。

速足の馬で町の半分も行かないうちに乞食や乞食の親方や娼婦やポン引きや物売りや不潔な子供たちや眼や耳や手や足などが不自由なありとあらゆる障害者など今まで見たことがないほど多種多様なみすぼらしい連中がついてきてどうかお願いです（ポル・ディオース）としつこく叫んだり人におんぶしてもらって追ってきたりそれから単に好奇心から見物にくる年齢も境遇もさまざまな野次馬が大勢いた。一行が通り過ぎていく建物のバルコニーで憩う女たちは顔を藍色と猿の尻のようなけばけばしい赤の化粧をして扇の陰から覗いたがそのはにかみ方は精神病院に入れられている服装倒錯者のそれだった。短い隊列の先頭を行く判事とグラントンは相談をした。馬は神経質な駆足で進みときおり馬の轡に手を伸ばしてくる者がいても乗り手が軽く拍車をかけると黙って手を引っこめた。

その夜は町はずれのドイツ人が経営するホテルに投宿したがその経営者は建物を完全に明け渡してもうまったく姿を見せず宿主としての奉仕も宿泊料の請求もしなかった。グラントンは小枝編みの天井までかなりの高さがある埃っぽい部屋を見て歩き最後にすくみあがっている年寄りの女中を見つけたがその部屋は火鉢といくつかの素焼きの鍋しか料理道具がないものの一応厨房らしかった。女中に風呂の湯を沸かさせ銀貨を一つかみ渡して食事を用意するよう命じた。老女中は固まったまま硬貨をじっと見ていたがグラントンが早くしろと急かすと小鳥でも運ぶように両手を椀の形にして硬貨を捧げ持ち廊下を歩み去った。それから何か叫びながら階段をのぼって姿を消すとまもなくあちこちで女たちが忙しく立ち働きはじめた。

玄関ホールに戻ると馬が四、五頭いた。グラントンは帽子で馬の体を叩いて追い出し玄関へ行って外を見ると黙りこくった野次馬が大勢集まっていた。

馬丁はいないか（モーソス・デ・クワドラ）、とグラントンは怒鳴った。いたら来い早くしろ（ベンガ・プロント）。

二人の若い男が人ごみを掻き分けて玄関のほうへ近づいてきてさらに何人もがあとに続いた。グラントンはいちばん背の高い男を手振りで呼び寄せ頭の上に手を載せてぐるりと前を向かせてからほかの男たちを見た。

この男を頭にする（エステ・オンブレ・エス・エル・ヘーフェ）、とグラントンは叫んだ。頭（かしら）に指名された男は厳粛な面持ちで切りつけるような視線をあちこちに投げた。グラントンは男の頭を回して相手の顔を見た。

お前は全部の監督をやるんだ（テ・エンカルゴ・トード）、わかるか（エンティエンデス）？　馬（カバーヨス）のこと、鞍（シーヤス）のこと、全部（トード）だ。

はい（シ）。わかりました（エンティエンド）。

よし（ブエノ）。行け（アンダレ）。建物のなかに入った馬もいるぞ（アイ・カバーヨス・エン・ラ・カーサ）。

馬丁頭になった男が前を向いて友達の名前を呼ぶと六人の男が進み出て全員でホテルの建物に入った。グラントンが廊下を歩いていくと男たちが馬を引いていく——そのなかには人を殺す癖がある馬もいたが——馬を叱りながら玄関のほうへ連れていく馬丁のうち小柄な者は自分が受け持った馬の脚の長さを超えるか超えないかの背丈しかない。グラントンは建物の裏口を出て女と酒の手配を元司祭にさせると愉快だと思ってトビンを探したが見つからなかった。ちゃんと戻ってくると当てにできるのは誰かを慎重に考えたすえにドク・アーヴィングとシェルビーを選び硬貨を一つかみ渡してから厨房に戻った。

　暗くなるころホテルの裏で六頭の若い山羊が串を通されて丸焼きにされ焦げめのついていく肉が煙る火明かりのなかでぎらぎら光った。判事は亜麻布のスーツ姿で歩きまわり料理係の女たちに葉巻を振って指示を出しその後ろに六人編成の楽団がつき従っていたが六人とも年寄りで真面目くさった顔で演奏をしながら判事が行くところ行くところへ三歩あとからついていった。裏庭の真ん中に立てた木の枝の三脚に龍舌蘭酒入りの皮袋が吊るされアーヴィングが連れてきた年齢も体格もさまざまな娼婦が二十人から三十人いて建物の扉の近くには俄作り（にわかづくり）の従軍商人たちが荷車や手押車を並べてそれぞれに商品を列挙し連呼するその周囲には見物にきた町の住民がひしめき売り物として何十頭も連れてこられた中途半端にしか馴らされていない馬が後足で立ったりいなないたりし貧相な牛や羊や豚も売主と一緒にそこにいるという具合でグラントンと判事が逃げ出してしまえばいいと期待した町の住民の大半がホテルに集まってしまい世界のこの地域で人が集まるときに生じるお祭騒ぎと乱痴気騒ぎの気分が盛りあがってきた。焚火の火勢が煽られ炎がむやみに高くなり表通りからはホテルの裏手全体が燃えているように見えそうなるとさらに商品を携えた新たな商人と新たな野次馬が続々とやってきたがそこには賃仕事にありつこうとする腰布一枚のむっつりと無表情なヤキ族インディアンの一団も交じっていた。

夜中になると街路で火が焚かれみなが酒に酔って踊りホテルのなかは娼婦の甲高い嬌声に満ち今や一部が暗くなり煙がくすぶる裏庭では焦げた山羊の肉の食べ残しをめぐって対立する犬の集団が熾烈な戦闘を繰り広げやがてこの夜の最初の銃声が鳴り響いて傷ついた犬たちが唸りながら這いずりしまいにはグラントンが出ていってナイフで犬を殺しはじめちらつく火明かりのなかで陰惨な光景が現出し負傷した犬は歯をかぷかぷ嚙み合わせる音以外は無言となりアザラシか何かのようにずるずる体を引きずって裏庭を横切り塀のきわでうずくまるとグラントンはそうした犬たちを追いつめ柄が銅製の大きなナイフをベルトの鞘から抜いて頭を叩き切った。だがグラントンがホテルに入るとほとんどすぐにまた焼串のところで唸り声がしはじめた。

夜中の二時三時になるとホテルの部屋のほとんどでランプが消え酔った男が鼾をかきはじめた。物売りの荷車は姿を消し街路に焚火の跡が爆弾孔のような黒い輪になって残りくすぶる薪を集めた最後の一つの焚火だけが維持されて老人や若者がそれを囲み煙草を吸いながら話に興じていた。東の山並みが暁闇のなかで輪郭を浮かびあがらせてくるとそれらの人影も消えた。ホテルの裏庭では生き残った犬たちが骨をあちこちへ引きずっていき死んだ犬たちが横たわった土埃の上で血を固まらせ鶏が啼きはじめた。白いスーツ姿の判事と黒いスーツ姿のグラントンがホテルの正面玄関から出てきたとき付近にいるのは玄関前の階段で寝ている年若い馬丁の一人だけだった。

小僧（ホーベン）、と判事が声をかけた。

若い馬丁は飛び起きた。

お前は馬丁か（エレス・モーソ・デル・カバヤード）。

はい旦那（シ・セニョール）。なんでしょう（ア・ス・セルビーシオ）。

私たちの馬を連れてこい（ヌウェストロス・カバーヨス）、と判事は言った。それから馬の特徴を説明しようとしたがすでに馬丁は走りだしていた。

寒い朝で風が吹いていた。太陽は顔を見せていなかった。判事は階段の上に立ちグラントンは通りを歩いて地面を調べる眼で眺めた。十分後にさっきの馬丁ともう一人の若い馬丁が鞍をつけた二頭の馬を引いて現われたが馬はよく手入れをされて軽快な速足を刻み裸足の馬丁は全速力で駆け馬は白い息を噴き出しながら首をきびきびと左右に振った。

15

新たな契約――スロート――ナコサリ河畔の虐殺――エリアス将軍との遭遇――追われて北へ――籤（くじ）引き――シェルビーと少年――足を傷めた馬――北風――襲撃――逃走――平原での戦闘――下山――燃える木――足跡を追って――戦利品――少年は隊に復帰――判事――砂漠での供犠――斥候戻らず――八柱神（オグドアス）――サンタ・クルス――民兵――雪――休憩所――厩

十二月五日に一行が夜明け前の寒い暗闇のなか北に向かって出発したのはソノーラ州知事とのあいだに交わした新たな契約によりアパッチ族の頭皮を狩るためだった。町の通りは静かで無人だった。キャロルとサンフォードは隊から離脱し代わりにスロートという若い男が加わったがこのスロートは何週間か前に太平洋岸の金鉱へ向かう列車から命の助からない重病人としてウレスでおろされた男だった。グラントンがこの若者にお前はスロート提督（米墨戦争勃発時にカリフォルニアを占領した米海軍軍人）の親類かと訊ねると若者は穏やかに唾を吐いて違うと言い向こうも俺の親類じゃないと言った。隊列の前のほうに位置を占めたスロートはこれでこの国から逃げられると思っていたに違いないが仮にそのことを何らかの神に感謝していたとするならまだ時期尚早、なぜならこの国はまだ彼を用済みにしていないからだった。

一行は北に進んでソノーラ州の広い荒野に出てその焼灼された土地を何週間もあてどなくさまよいながら噂と影を追い求めた。チリカワ族インディアンのいくつかの小規模な襲撃隊が零細な牧場の牧童たちに目撃されたという話があった。下働きの男たちが何人か襲われて殺されたとのことだった。二週間後に一行はナコサリ川沿いの村の住民を虐殺しその二日後に頭皮を携えてウレスに向かう途中バビアコラの西の平原でエリアス将軍麾下のソノーラ州騎兵隊と遭遇した。逃走しながらの戦闘でグラントン側は三人が殺され七人が負傷しそのうち四人が馬に乗れなくなった。

その夜は南に十マイルと離れていないところにエリアス軍の松明の明かりが見えた。闇のなかで一夜を過ごすあいだ傷ついた者は水を飲みたがったが夜明け前の冷たい静寂のなかでもまだその火は燃えていた。陽がのぼるとデラウェア族インディアンの二人が夜営地にやってきてグラントンとブラウンと判事のそばに坐った。東雲の光を受けて平原の火は邪悪な夢のように薄れ風景は空っぽになり澄んだ空気のなかできらきら光った。だがエリアスは五百人を超す軍勢を率いて迫ってきていた。

男たちは起きて馬に鞍を置きはじめた。グラントンはオセロット（中南米産の大山猫）の毛皮でできた矢筒をとり隊の人数分の矢を取り出してそのうち四本の矢尻の近くに赤いフランネルの布を細く切ったものを結びつけ人数分の矢を矢筒に戻した。

グラントンは矢筒を両膝のあいだにはさんで坐りその前を隊員が一人ずつ通り過ぎた。少年は矢を選ぼうとするとき判事が見ているのに気づいて手をとめた。少年はグラントンを見た。一旦つまんだ矢を離して別のを選びそれを抜き取った。矢には赤い布がついていた。また判事を見たが判事はこちらを見ていなかったのでそのまま歩いてテイトとウェブスターのいるところへ行った。あとは最後に籤を引いたハーランというテキサス出身の男が加わって四人は一カ所にかたまって立ちほかの者は馬に鞍を置いて引いていく。

馬に乗れない負傷者のうち二人はデラウェア族インディアンでもう一人はメキシコ人。四人目はディック・シェルビーで彼だけが出発の準備を見ていた。出発できるデラウェア族インディアンたちは彼らだけで何か話し合いそのうちの一人が赤い布の矢を引いた四人のアメリカ人のところへ来て一人ずつ顔を見た。四人の前を通り過ぎてからまた引き返してきてウェブスターから矢をとった。ウェブスターは馬の脇に立っているグラントンを見た。デラウェア族インディアンは次にハーランの矢をとった。グラントンは体の向きを変え馬の脇腹に額をあてて腹帯を締めてから騎乗した。帽子を整えた。誰も喋らない。ハーランとウェブスターは自分たちの馬のところへ行った。グラントンが馬上でじっと坐っているとほかの隊員が一列に馬を進めはじめ最後にグラントンも馬の向きを変えてあとに従い平原に出ていった。

デラウェア族インディアンは自分の馬のところへ行き足枷をつけたまま馬を引いて夜みんなが寝て砂が乱れている場所を通った。負傷したインディアンのうち一人は黙りこみ眼を閉じて荒い息をついていた。もう一人は拍子をつけて何かを詠唱している。デラウェア族インディアンは手綱を離して袋から戦闘用の棍棒をとり負傷した仲間にまたがると棍棒をふるい一撃で頭蓋骨を割った。男は背を丸めて小さな痙攣をしそれから静止した。もう一人も同じように処分するとインディアンは馬の足を持ちあげ縄の足枷の結び目をゆるめて抜き取り立ちあがると足枷と棍棒を袋に入れ馬にまたがり方向転換をした。そこに立っている二人を見た。顔と胸に血が飛んでいた。インディアンは馬の脇腹を軽く蹴って出発した。

テイトは砂地の上にしゃがみ両手を前に垂らしていた。首をめぐらして少年を見た。

メキシコ人はどっちがやる、と訊いた。

少年は答えない。二人はシェルビーを見た。シェルビーも二人を見ていた。

テイトは小石を片手に一つかみ持ち一粒ずつ砂の上に落とした。少年を見る。

先に行きたきゃ行けよ、と少年は言った。

テイトは毛布にくるまった二人の死んだインディアンを見た。お前やらないかもしれないな、と言った。

それはあんたの心配することじゃない。

グラントンが戻ってくるかもしれないぞ。

かもな。

テイトは横たわっているメキシコ人を見てからまた少年を見た。俺はまだ投げ出すわけにはいかない。

少年は返事をしなかった。

やつらが何するかわかるだろう。

少年は唾を吐いた。想像できるよ。

いやできまいよ。

とにかく行っていいと言ってるんだ。好きにするといい。

テイトは腰をあげて南を見たがその方角の砂漠は近づいてくる軍隊も見えずがらんと空いていた。寒さのなかで肩をすくめた。命なんざインディアンにはなんの意味もないんだな、と言った。夜営地を横切って自分の馬を連れてくるとその背にまたがった。唇に薄紅色の泡をつけて穏やかにあえいでいるメキシコ人を見た。それから少年を見ると馬の脇腹を軽く蹴ってまばらなアカシアの木立を通り抜けて行ってしまった。

少年は砂の上に坐ったまま南を見ていた。メキシコ人は肺を撃ち抜かれており放っておいてもそのうち死ぬがシェルビーは腰の骨を弾丸で砕かれたので頭ははっきりしていた。

横たわってじっと少年を見つめている。ケンタッキーの名家の出でトランシルヴェニア大学に通ったが彼のような上流階級の若者の多くがそうであるように西部へやってきた理由は女だった。少年を見、砂漠の縁で沸騰している巨大な太陽を見た。街道の追い剝ぎや賭博師なら誰もが知るとおり最初に口をきいたほうが負けるがシェルビーの場合はすでに完全に負けていた。

なんでさっさとすませないんだ、とシェルビーは訊いた。

少年はシェルビーを見た。

俺に銃があったらお前を撃ってるところだぞ。

少年は返事をしなかった。

それはわかってんだろう。

あんたは銃を持ってない、と少年は言った。

また南を見た。何か動いているのはおそらく今朝の最初の陽炎だった。こんな早い時間に砂埃は立たない。またシェルビーに眼を戻すとシェルビーは泣いていた。

このまま置いてってもあんたは俺に感謝しないだろうな。

さっさとやれよこの野郎。

少年はじっと坐っていた。北から微風が吹き背後の藜の密生した繁みで野鳩が啼きはじめていた。

このまま放っといてほしいんならそうするよ。
シェルビーは答えない。
少年はブーツの踵で砂に畝をつけた。どうしたいか言ってくれよ。
銃を残していってくれるか。
駄目なのはわかってるだろう。
お前もあいつと同じだ。そうだろ。
少年は答えなかった。
もしあいつが戻ってきたらどうなる。
グラントンか。
ああ。
どうなるんだ。
俺を殺す。
それで失くすものは何もないだろ。
この糞野郎。
少年は立ちあがった。
俺を隠してくれるか。
隠す？

ああ。

少年は唾を吐いた。隠れられないよ。どこへ隠れるんだ。

やつは戻ってくるかな。

どうかな。

ここはひどい死に場所だ。

いい場所なんてあるのか。

シェルビーは手首の甲で眼を拭いた。やつらが見えるか。

まだだ。

俺をあの繁みのなかへ入れてくれるか。

少年は首をめぐらしてシェルビーを見た。また南を見てから窪地を横切りシェルビーの背後にしゃがんで両腋の下へ腕を入れて体を持ちあげた。シェルビーは頭をのけぞらせて後ろを見、少年のベルトから突き出ている拳銃の握りにつかみかかった。少年はその腕をつかんだ。シェルビーの体を地面におろして後ろにさがり手を離した。少年が馬を引いて戻ってくるとシェルビーはまた泣いていた。少年は拳銃をベルトから抜いて鞍の後橋にくくりつけた荷物の隙間に差し水筒をとってシェルビーのそばへ行った。

シェルビーは顔をそむけていた。少年は彼のフラスクに自分の水筒の水を満たしてから紐でぶらさがった栓を差して掌の肉厚の部分で叩きこんだ。それから立ちあがって南を眺めやった。

来やがった、と少年は言った。

シェルビーは片肘をついて体を起こした。

少年はシェルビーを見てから南の地平線上にもやもやとかすかに動いているものを見た。シェルビーは上体を地面に戻した。空を見あげた。北から黒い雲が近づきつつあり風が吹きはじめた。砂地のはずれの柳羊歯の繁みから落葉がかさかさ出てまた引っこんだ。少年は待っている馬のところへ行き拳銃をとってベルトに突っこみ水筒を鞍の角に引っかけると馬にまたがり傷ついた男を振り返った。それから出発した。


平原を速足で北へ向かっていくと一マイルほど前方にやはり馬で行く人間がいた。どういう人間かはわからないがこちらよりもゆっくり進んでいた。しばらくするとその人は馬を引いて歩いているのがわかりさらにしばらくすると馬の歩き方がおかしいのがわかった。テイトだった。テイトは道の端に坐って少年が追いつくのを待った。馬は三本の脚だけで歩いていた。テイトは何も言わなかった。帽子を脱いでそのなかを覗きこみそれからまたかぶった。少年は鞍の上で体をひねり南を見た。それからテイトを見る。

馬、歩けるのか。

あんまり歩けない。

　少年は馬から降りてティトの馬の悪い足を持ちあげた。蹄叉（ていさ）が割れて出血しているのを確かめたとき馬の肩が震えた。少年は蹄をおろした。太陽はのぼって二時間ほどでそろそろ地平線に砂埃が立ちはじめていた。少年はティトを見た。

　どうしたい？

　わからん。ちょっと引いて、歩き方を見てくれ。

　歩く気はないらしいな。

　知ってるよ。

　代わりばんこに乗ってもいいんだ。

　お前乗っていけよ。

　どっちみちそうするけど。

　ティトは少年を見た。行きたきゃ行け。

　少年は唾を吐いた。一緒に来いよ、と言った。

　鞍を置いてくのが嫌なんだ。それを言うなら馬もな。

　少年は自分の馬の地面に垂れた手綱を拾いあげた。何を置いてくのが嫌かはあとで気が変わるかもしれないぜ。

　どちらの馬も引いて出発した。怪我をした馬はすぐに止まりたがった。それをティトがなだめた。ほら来いよ。お前だってあの茶色いやつらの軍隊は好きじゃないと思うぞ。

昼前には頭上の太陽は白っぽくぼんやり霞み北から冷たい風が吹いてきた。人も馬も体を風のほうへ傾けた。風に混じった小さな砂粒が膚に痛く帽子のつばを低く引きおろして前に押し進んだ。砂漠の枯れた植物の種がさらさら動く砂の表面を走る。一時間ほどで前を行く本隊が残した跡が見えなくなった。空は見渡すかぎりどの方向も灰色一色で風は弱まらない。しばらくすると雪が降りはじめた。

少年はすでに自分の毛布をおろして身体をくるんでいた。風上に背中を向けて立ちどまると馬が少年の頬に頬をすり寄せてきた。馬の睫毛には雪がついている。ティトも追いついて立ちどまり二人とも雪が風に吹かれて舞っている風下を見た。視界は数フィートしかない。

地獄だな、と少年は言った。

お前の馬は道案内してくれそうか。

駄目だ。ついてくるかどうかも怪しい。

知らないうちにぐるっと回ったらスペイン野郎どもとまともに鉢合わせするかもしれんぞ。

こんな急に寒くなったのは初めてだよ。

お前どうしたい？

とにかく進んだほうがいい。

山のほうへ行ったほうがいいかもな。とにかくのぼってりゃ同じところを回ってないとわかる。

そしたら切り離される。グラントンと合流できないぜ。

もう切り離されてるよ。

テイトは体の向きを変えて雪が渦巻きながら吹きつけてくる北へよく見えない眼を向けた。行こう。ここにいてもしょうがない。

二人は馬を引いて先へ進んだ。すでに地面は白かった。交替でいいほうの馬に乗り怪我をした馬を引いた。岩がごろごろする長い涸れ谷を何時間ものぼりつづけたが雪は一向に弱まらない。やがて松と矮性樫が眼につきはじめ木立のある広い草地まであがってきたがこうした高地の草原はまもなく雪の深さが一フィートほどになり馬が蒸気機関車のように白い息を噴き出しどんどん寒く暗くなってきた。

毛布にくるまって雪の上に寝ているとエリアス軍前衛部隊の放った斥候がやってきた。残っている唯一の足跡を追って一晩じゅう馬を進めて雪に埋もれていく浅い窪みを見失わないよう強行軍でやってきた。総勢五人が暗い常緑樹林を抜けてきてあと少しで寝ている二人につまずくところだったが二つの雪の小山のうち一つがはじけ割れて何かおぞましい卵が孵ったように人影がなかに現われた。

雪はもうやんでいた。少年には歩いている途中で足をとめた人間と冷気のなかに白い息を噴いている馬が仄白い地面にはっきり見えた。片手にブーツを持ちもう片方の手に拳銃を持った少年は毛布をはねのけて拳銃を構えいちばん近い男の胸に銃弾を撃ちこみ身をひるがえして走ろうとする。足が滑って片膝をついた。背後でマスケット銃が発砲された。少年はまた立ちあがり暗い松の枝が散乱している空き地を走り向きを変えて斜面をくだった。後ろでさらに銃声が響き振り返ると一人の男が林から降りてくるのが見えた。男が足をとめて両腕を持ちあげたので少年は前に跳んだ。銃弾は木の枝のなかに飛びこんでばさっと大きな音を立てた。少年は体を転がしながら拳銃の撃鉄を起こした。銃身に雪が詰まっていたらしく発射したとき橙色の光が銃身のまわりに広がり銃声の響きが異様だった。暴発したのかと思ったが違った。もう男の姿は見えなくなったので起きあがって走った。斜面の裾で坐りこみ冷たい空気のなかで息をあえがせブーツを履きながら後ろの林を見た。動くものは何もなかった。立ちあがって拳銃をベルトに差し先へ進んだ。

陽がのぼったとき少年は崖の下に坐って南の風景を眺めていた。一時間かそこらそうしていた。鹿の一群が草を食べながら涸れ谷の向こう側をやってきてさらに草を食べながら移動していった。しばらくして少年は立ちあがり山の尾根伝いに進んだ。

そうやって一日じゅう不毛の高地を歩きながらときどき常緑樹の枝から雪をつかみとって食べた。樅の林のなかの獣の足跡をたどり夕方になって高原を取り巻く断崖のきわを歩くとそこからは南西のほうへ下り勾配をなしている砂漠が見え砂漠には雪が斑に積もっていたがその斑模様はすでに南へ移動しつつある雲の模様を大まかになぞっているように見えた。岩の上の雪は凍り針葉樹から無数にさがっている氷柱（つらら）は西の平原に広がる夕陽を映して血の色に光っていた。少年は岩にもたれて坐り顔に陽の暖かさを感じながら陽射しが溜まり輝きそれから空の薄紅色や薔薇色や深紅色と一緒に退いていくのを眺めた。氷のように冷たい風が立ち杜松の繁みが雪の白地の上で不意に暗くなり静けさと寒さだけがあたりを領した。

少年は立ちあがって頁岩の土地を先へ進んだ。一晩じゅう歩いた。星々は反時計回りにその針路をたどり大熊座は回転し昴は穹窿のまさに頂点で瞬いた。歩きつづけて爪先が無感覚になり固くこわばってブーツのなかでかたかた鳴りそうだった。高原の縁をたどっていくと深い谷間沿いにさらに山の奥深くへ入っていき下へ降りられる場所は見つからなかった。坐って格闘するようにブーツを脱ぎ凍えた足を左右代わる代わる両腕で抱えこんだ。足は温まらず顎は寒さで凍りついたようになりブーツを履こうとすると棍棒を差しこんでいるような感じがした。両足とも履いて立ちあがり無感覚な足を踏みしめたときもう陽がのぼるまではとまれないと悟った。

ますます寒さを増す夜が前方に長く横たわっていた。雪が風で吹き飛ばされて岩がむきだしになっているところを選んで闇のなかを動きつづけた。星は瞼のない眼が視線を凝らすように燃え夜のあいだにどんどん近くなり夜明け前には少年は天界にいちばん近い尾根の暗色の玄武岩の上をよろめき歩いていたが不毛な岩の連なりはこのきらびやかな空間に深く包みこまれていったのでしまいには星々が少年の足もとに満ち燃えながら漂泊する物質のかけらが絶えず少年の周囲を横切って海図のない航海を続けていくようになった。明け方の光を頼りに低地を見おろす崖まで出てそこでのぼる太陽の暖かさをその一帯のどんな生き物よりも早く受け取った。

少年は拳銃を胸にあてて石のあいだで眠った。両足の凍えが解けて焼けるように痛んだが眼が醒めると緑がかった薄青色の空が頭上に広がりその高みで二羽の黒い鷹が太陽のまわりをゆっくりと棒の両端に取りつけた紙の鳥のように正反対の位置で回っていた。

一日じゅう北へ移動して夕方になると脚の長い陽射しのなかで高い崖の上から平原の遠いところで軍隊が二つ音もなくぶつかり合うのを見た。小さな点に見える馬たちが輪を描き陽が薄れていくのにつれて風景が変化しその向こうの山並みが暗くなっていく影に浸されていった。遠くに見える兵士は馬を駆り攻撃をよけそこを薄い煙がよぎるなか平原の濃くなっていく影のなかへ入っていきあとにその場所で命を失った死を免れない人間たちの亡骸を残していった。その沈黙のうちの整然とした無意味な情景が眼下で展開するのを見るうちに戦う騎馬の群れは砂漠に急速におりた闇のなかに消えた。土地は冷たく青く物の区別もつかず横たわり陽射しは少年が立っている高原だけを照らしていた。少年はまた歩きだしすぐに彼自身も闇のなかに入り砂漠から風が吹いてきてほつれた針金の束のような稲妻が何度も世界の西の端に立った。断崖に沿って歩きつづけるうちに平原から山の上まで切れこんでいる峡谷が現われた。少年は足をとめて常緑樹のねじれた梢(こずえ)が風にひゅうひゅう鳴っている谷間をしばらく見おろしてから降りはじめた。

深い窪みに雪が残っている斜面を苦労しながらくだり岩に手をついて体を支えるうちに手が冷たく無感覚になってきた。砂利で滑りやすい斜面を注意深く横切り荒い石と枝のねじくれた小さな木のあいだを降りていく。闇のなかで何度も転びながら必死で手がかりを探り立ちあがってはベルトに拳銃があるのを確かめる。一晩じゅうそんな苦闘を続けた。峡谷の底のすぐ上の段丘にたどり着いたとき下で流れている水の音を聴きつけると狂人の拘束衣を着せられた逃亡患者のように両手を腋の下にはさんだ恰好で下へ降りていった。砂地の川床に降りるとそれを下流にたどりついに砂漠に出た少年は寒さのなかでぐらぐら揺れながら立ち雲が垂れこめた空に馬鹿のように視線を走らせて星を探した。

今立っている平原では雪はほとんど吹き飛ばされるか溶けるかしていた。二つ並んだ嵐が北から南へ風を吹き送り遠くで雷がごろごろ唸り冷たい空気は濡れた石の匂いがした。少年は荒涼たる平原を歩きはじめたがそこにはまばらな草が生え大きく間隔をあけて点在する棕櫚(しゅろ)が低くなってきた空を背景にまったく別のもののような姿を孤独に浮かびあがらせているだけだった。東のほうでは山並みが黒い裾野を砂漠の上に据え前方には巨大な岬のような断崖が黒い影を横たえていた。半ば凍えた少年は無感覚な足で木偶のようにぎくしゃく歩いた。ほぼ二日間何も食べず休息もとっていなかった。ときどき稲妻が閃いたときに土地の様子を頭に銘記してとぼとぼ歩きそうやって右手に黒く張り出している岬を回りこんでから立ちどまり震えながら引っ掻き傷だらけのかじかんだ両手に息を吹きかけた。平原の遠い前方に火が一つ燃えていてぽつんと孤立した炎が風に乱され生き返ったり萎んだりしながらまるで荒野で吠える正体不明の炉から噴き出す熱い頭垢のような火の粉を吹き流していた。少年は坐ったままじっとそれを見ていた。火までの距離は見当がつかなかった。地面に腹這いになって地平線上の人影を見てどんな人間がいるか確かめようとしたが空は真っ黒で光がなくどんな影も浮かびあがらない。かなりのあいだ伏せていたが動くものは何も見えなかった。

再び歩くうちに火が遠のいたように見えた。火と少年のあいだを何かの一群が横切ったのだ。それからまた別の一群が横切る。たぶん狼だろう。少年はさらに先へ進んだ。

砂漠に一本ぽつんと生えた木が燃えていた。嵐が通りすがりに火をつけていった木は何かの紋章のように見えた。長い旅をしてきた孤独な巡礼である少年はその火に惹き寄せられて熱い砂の上にひざまずき感覚のない両手を差し出したが木のまわりにはこの異常な太陽のもとに逃げてきた下等な動物たちがいて小さな梟が足を踏み変えながら静かにうずくまっているほかにもタランチュラや日除虫や蠍モドキや獰猛な大土蜘蛛やチャウチャウ犬のように鼻と口のまわりが黒く嚙まれると人間も命が危ないメキシコ毒蜥蜴や眼から血を噴き出して敵を威嚇する小さな砂漠角蜥蜴やジェッダやバビロンの神のように上品で押し黙っている豚鼻蛇や鎖蛇がいた。光の環の周縁に並ぶ燃える眼の星座は松明の前で不安定ながらも休戦状態を保ちその松明のまぶしさでそれぞれの眼窩のなかの星が奥へ押しこまれていた。

太陽がのぼったとき少年は黒焦げになってくすぶっている木の残骸の下で眠っていた。嵐はとうに南へ去り新しい空は生々しいまでに青く焼けた木から立ちのぼる煙は静かな明け方の空に細長いペンのようにまっすぐに屹立（きつりつ）してのっぺりした空白の地面にかすかに息づく影を落としていた。一緒に夜明かしをした生き物たちはいなくなり少年の周囲にあるのは夜中に球電が鋭い音を立て硫黄の臭いをさせながら走った砂の上に残る焦げた溝のなかの珊瑚のような形をした閃電岩（フルグライト）だけだった。

窪地にあぐらをかいて坐り世界の縁が遠ざかって荒野を取り巻くちらちら揺れるかすかな痕跡になってしまうのを眺めていた。しばらくして立ちあがり窪地の縁へ行って涸れ川の川床にあがり臍猪の悪魔の通ったあとを思わせる小さな足跡をたどっていくと水溜まりで水を飲んでいる臍猪の群れに出くわした。臍猪たちは鼻を鳴らしながら低木の繁みのなかへ駆けこみ少年は彼らが踏み荒らした砂の上に腹這いになって水を飲み一休みしそれからまた水を飲んだ。

昼過ぎに腹のなかの水をざぶざぶさせながら平原を歩きはじめた。三時間後に南からやってきた何頭もの馬の足跡が描く長い弧に行き合ったがその南からの進路はグラントンたちも通ったはずだった。弧の脇を進み馬一頭ずつの足跡を見分けて人数を割り出しこの一行はゆるい駆け足で進んでいったと推測した。数マイル追跡するうちに下の足跡が上になったりその逆になったりと重なり方が交替していることから全員同じときに通った跡だとわかり小さな岩が蹴られて引っくり返ったり蹄が穴ぼこを踏んでいたりすることから夜に通っていったことも突きとめた。眼の上に手をかざして南を眺め砂埃が立っていないかエリアス軍が見えないか確かめた。何も見えなかった。また先へ進んだ。一マイルほど先で何か邪悪な獣の焼けた死骸のようなものが足跡の上に残されていた。少年はそのまわりを回った。狼とコヨーテの足跡が馬やブーツの足跡を踏んでいたがどうやら彼らはその死骸のようなものに突撃しまた離れていったらしかった。

死骸のようなものはナコサリ河畔で収穫した頭皮であり換金されないままこの新しい悪臭を放つ焚火で焼かれ過去に生命だったものが炭となって凝結しているのだった。焼却は土地がやや隆起したところで行なわれており周囲をよく調べてみたが眼につくものは何もなかった。少年はまた出発し暗闇のなかの追跡劇を示唆する足跡をたどってますます深まる黄昏のなかを進んでいった。日没とともに寒くなったが山での寒さに比べればなんでもない。だが空腹で体が弱っており砂の上に坐ったが眼が醒めるとねじれた姿勢で横になっていた。東の黒い紙でできたような山の鞍部に玩具の小舟のような半月がのぼっていた。立ちあがって先へ進んだ。コヨーテが啼くのを聴きながらふらつく足で歩いた。そうして一時間ほどたったとき一頭の馬と出くわした。

ぼうっと立っていた馬は闇のなかを少し移動してからまた立ちどまった。少年は拳銃を抜いて足をとめた。馬の黒い塊が脇を通り過ぎたが人が乗っているかどうかはわからなかった。馬はぐるりと回ってまた戻ってきた。

少年は馬に話しかけた。肺の深い呼吸音が聴こえ馬が動く音が聴こえ馬が戻ってきたときにはその匂いが嗅ぎ取れた。一時間近く馬のあとについて歩きながら話しかけ口笛を吹き両手を差し伸べた。ようやく手で触れるほど近づいた少年が鬣をつかんだときも馬はそのまま速足で進みつづけ少年は脇を伴走してついに体にしがみつき片方の前足に両脚を巻きつけて馬もろとも地面に崩れおちた。

少年が先に立ちあがった。馬が立とうともがくので倒れたとき怪我をしたかと思ったがそうではなかった。腰のベルトで馬の鼻面を縛って背にまたがった少年の下で馬はむくむく起きあがり体を震わせながら四肢を踏ん張った。鬐甲のあたりをぽんぽん叩きながら話しかけると馬は迷いながらも前進を始めた。

これはウレスで買った荷馬の一頭だろうと思った。足をとめたので前進を促したが動かなかった。ブーツの踵で鋭くあばら骨の下を蹴ったが馬は腰を地面に落として前足を横向きに送る。鼻面からベルトをはずし脇腹を蹴りベルトで叩くと馬は勢いよく足を前に送りはじめた。少年は鬣をつかんで握りしめ拳銃をズボンの腰に突っこんでまた先へ進んだが裸馬にまたがっていると皮の下の脊椎骨の動きがはっきり伝わってきた。

しばらくすると別の馬が一頭砂漠をやってきて脇に並び夜が明けたときもまだ一緒にいた。少年がたどっている騎馬群の足跡にも夜のあいだにそれより大人数の集団の足跡が合流しそこから幅の広い踏み跡が北に向かって伸びていた。陽が出ると少年は馬の肩のあたりに顔を持ってきて足跡を検分した。蹄鉄をつけていないインディアンの馬で数はおそらく百頭ほどだった。もともとの乗り手たちに合流したというよりインディアンの集団のほうが合流されたらしかった。少年は先へ進んだ。夜のあいだにやってきた小ぶりな馬はかなり離れたところへ行ってしまい用心深い眼でこちらを窺いながらついてきたが少年の乗っている馬は落ち着かず水分不足で体調が崩れてきた。

正午ごろにはへたばってきた。なんとかなだめてもう一頭の馬のところまで行かせようとしたが今の道をはずれようとしなかった。少年は小石をしゃぶりながら周囲の土地に観察眼を走らせた。前方に何組かの人馬が見えた。今までいなかったのに今はいた。少年は自分の乗り馬ともう一頭の小ぶりな馬が落ち着かないのは近くに乗り手たちがいるからだと気づいて馬たちと地平線を交互に見ながら北へ進んだ。へたりかけている馬が震えながらも前に進みしばらくすると前方の男たちが帽子をかぶっているのがわかった。少年が馬を促して近づいていくと男たちは馬を降りて地面に坐り少年がやってくるのを見た。
一行はひどい様子をしていた。へとへとに疲れ血にまみれ眼の下に隈をつくり血の染みた汚いリネンの布で傷を縛って服には乾いた血と火薬の煤をつけていた。グラントンは暗い眼窩のなかで殺気を燃やしほかの憔悴した男たちと一緒に少年を敵意のある眼で見ていたがそれはまるで自分たちはあまりにも惨めな状態にあって少年はその仲間ではないと言っているかのようだった。少年は馬から滑り降りやつれ渇き狂乱した様子で立った。誰かが水筒を投げてきた。

グラントンたちは四人失っていた。斥候に出ている者もいた。エリアス将軍の部隊が夜を徹して山越えをしてその翌日も一日じゅう行軍し暗くなってからここから南へ四十マイル離れた雪の積もった平原で追いついてきた。グラントンたちは追われる家畜のように北へ逃げたがわざと前を行くアパッチの戦闘部隊が残した足跡をたどったのは追っ手に追跡を諦めさせるためだった。アパッチ族がどのくらい先にいるかもエリアス軍がどれくらいまで迫っているかもわからなかった。

少年は水を飲んでから一同を見渡した。いない男のうち誰が死に誰が斥候に出ているかは知るすべがなかった。トードヴァインからもらった馬はウレスを出るとき新入りのスロートが乗った馬だった。半時間後に出発するとき馬のうち二頭が立ちあがらず置き去りにされた。少年は死んだ男の馬につけた死んだ男の張革のない今にも壊れそうな鞍にまたがり上体をぐったりさせて馬を進めたがやがて脚も腕もだらりと垂れて騎乗の操り人形といった風情で居眠りをしぐらぐら体を揺らしながら進んでいった。眼が醒めると元司祭が横に並んでいた。少年はまた眠った。次に起きたときには判事がいた。判事も帽子をなくし砂漠の低木の枝を編んだ冠をかぶったその風貌は塩原地帯の悪名高い吟遊詩人といったところで少年に向かって以前と変わらない笑みを向けてきたがまるで自分にとっては世界は喜ばしいものだと言わんばかりだった。

一行はその日一日ウチワサボテンや山査子(さんざし)の木の生えている低い起伏のある丘陵地帯を進んだ。ときどき替えの馬が足をとめて道の上で体を揺する姿が後方に小さくなった。寒く青い夕暮れに北向きの長い斜面をくだりオコティーヨとグラーマグラスがまばらに生えているだけの荒涼とした平地を進んでやがて夜営をするその夜じゅう風が吹き北の砂漠で燃えるほかの火がいくつか見えた。判事が馬のところへ歩いていき憐れな群れのなかから生き延びる見込みのいちばんなさそうな馬を選んだ。それを引いてきて焚火のそばを通り抜け誰か押さえていてくれと言った。誰も腰をあげない。元司祭が少年のほうへ身を傾けてきた。

知らんふりしてろよ。

判事がもう一度焚火の向こうの闇から声をあげ元司祭が少年の腕に警告のため手をかけた。だが少年は立ちあがり焚火のなかへ唾を吐いた。首をめぐらして元司祭を見る。

俺がやつを怖がると思うのか。

答えない元司祭を尻目に少年は判事の待つ闇のなかへ出ていった。

判事は馬の首にかけた輪縄をつかんで立っていた。火明かりのなかで歯だけが光る。二人は馬を引いて少し歩いたあと少年が輪縄を握り判事が重さが百ポンド（約四十五キログラム）ほどある丸い石を持ちあげて馬の頭蓋骨を一撃で潰した。両耳から血が迸り体が叩きつけられるように地面に落ちてその重みで片方の前足の骨が鈍い音を立てて折れた。

内臓を抜くことなく腰から後を切り離しほかの男たちもそこから厚めの切肉を取って焚火であぶり残りの肉は細長く切って吊るし燻製にした。斥候は戻ってこないまま見張りを立ててそれぞれ胸に武器を載せて眠った。

翌日の午前半ばにアルカリ平原を横切っていくと人間の首が会議に召集されて集まっている場所があった。一行は停止しグラントンと判事が馬をそこへ近づけた。首の数は八つでそれぞれが帽子をかぶり輪を描いて並べられ全部が外を向いていた。グラントンと判事はそのまわりを歩き判事がとまって馬から降り片方のブーツで首の一つを押し倒した。全身が立った姿勢で砂に埋められているのでないのを確かめるためというように。残りの首は皺に囲まれた見えない眼で沈黙と死の誓いを立てた義の秘教の信徒たちといったふうに睨んでいた。

みんなは北のほうを眺めやった。それから先へ進んだ。冷たい灰のゆるやかな盛りあがりの向こうに二台の馬車の黒焦げになった残骸が横たわり旅の一行の裸の上半身が転がっていた。灰が風で動き車軸が馬車の形を示しているところは海底の内竜骨が船の骨格を示しているのに似ていた。死体は一部食われており一行が近づくと深山烏が飛び立ち二羽の禿鷹が汚い衣装をまとったコーラス・ガールのように翼を広げたまま砂地を跳ねて死体から離れながら茹でられたような頭を猥褻な仕草でぐいぐい突き出した。

さらに先へ進んだ。平らな砂漠の水のない河口湾を横切り山間の隘路(あいろ)をたどって丘陵地帯へ入っていった。松林の火事の臭いがし暗くなる前にサンタ・クルスの町に入った。

国境沿いの要塞町のほとんどと同じくこの町も以前と比べて規模が小さくなり建物の多くが無人だったり荒廃していたりした。一行の到来は前もって町じゅうに知らされ彼らが通っていくのを黒い肩掛けをかけた老女たちや古いマスケット銃やスペイン製の火打石銃や斧で粗く形を整えたポプラの木の銃床に部品を雑に組みこんでつくった子供の玩具のような銃で武装した老人たちなど町の住民が黙って見守った。なかには引金などの発射装置のない銃もあり銃身の切れ目に細葉巻で火薬に点火する仕組みで弾丸は河原で拾ってきた石なのでそれぞれの弾丸は隕石のように思い思いの軌跡を選んで飛んだ。アメリカ人たちは馬をぐんぐん進めた。また雪が降りはじめ冷たい風が通りの前方に向かって吹いた。みじめな恰好をしていてもグラントンの一行は町の住民の呑気でいいかげんな民兵たちをあからさまな侮蔑の眼で鞍の上から見おろした。

狭くむさ苦しい並木道で馬のあいだに立っていると風が木の枝を掻きまわし灰色の暮色のなかでねぐらに戻っている鳥が叫び声をあげながら木の枝をしっかりつかみ小さな広場で雪が風に渦巻いてその向こうの泥の建物の輪郭をぼかし一行についてきた物売りたちの声を弱めた。グラントンは同行させたメキシコ人と一緒に戻ってくると一行は馬にまたがり通りを進んでとある古い木の門扉をくぐり中庭に入った。中庭には薄く雪が積もり庭飼いの家禽や山羊や驢馬などがいて一行が入っていくと壁を引っ掻いたり体でこすったりした。一隅に黒く焦げた木の枝の三脚が立てられ地面に大きな血の染みがあって一部が雪に覆われ暮れ残る光のなかで薄紅色を浮かせていた。家のなかから一人の男が出てきてグラントンと話しメキシコ人と話してから一同を屋内に手招きで導き入れた。

男たちが天井の高い梁が煙で汚れた細長い部屋の床に腰をおろすと女と若い娘が山羊肉の煮込み料理をよそった碗と青玉蜀黍のトルティーヤを盛った陶器の皿を運んできたがほかにも豆にコーヒーに黒砂糖の小さな塊を入れたひき割り玉蜀黍の粥が出された。外は暗く雪が舞い降りていた。部屋に火はなく食べ物は濃い湯気を立てた。食事が終わって葉巻を吸っていると女たちが食器を片づけやがて男の子がランタンを手にやってきて一同を導いた。

馬が鼻を鳴らしている庭を横切ったあと男の子は日干し煉瓦の厩の荒削りの木の扉を開けランタンを高く掲げて立った。男たちは鞍と毛布を厩に運びこんだ。庭では馬たちが寒さに足踏みをしていた。

厩には牝馬と乳離れしていない子馬がいて男の子は外に出そうとしたが男たちはなかに入れておけと言った。馬房から藁を持ってきて床に放り出し男の子にランタンで照らさせておいて毛布を広げた。厩のなかは土と藁と馬糞の臭いがしランタンの濁った黄色い光のなかで冷気に白く曇った息が渦巻いた。みんなが毛布を敷き終えると男の子はランタンをおろし庭に出て扉を閉め男たちを深い絶対的な闇のなかに残した。

誰も動かなかった。その寒い厩のなかで扉が閉まる音を聴いた男たちのなかには自分で選んだのではない別の宿泊場所を思い出した者もいたかもしれなかった。牝馬は落ち着きなく鼻を鳴らし子馬は小さく行きつ戻りつする。一人また一人と生皮の雨合羽や生成り羊毛のサラーペやチョッキなどいちばん上の服を脱ぎ一人また一人と大きな火花を散らして仄白い火の衣を身にまとった。服を脱ぐために高くあげた腕が光り朧(おぼろ)にしか見えないそれぞれの人間がまるで始めからそういうものであるかのようにぱちぱち音を立てて微光する靄に包まれる。厩のはずれにいる牝馬はこのどす黒い男たちの光輝にたじろいで鼻を鳴らし子馬はくるりと体の向きを変えて母馬の脇腹に顔を隠した。

16

サンタ・クルス盆地――サン・ベルナルディーノ――野牛――トゥマカコリ――伝道所――隠者――トゥーバック――行方不明の斥候――サン・ハビエル・デル・バック――トゥーソンの砦――死肉の掃除屋たち――チリカワ族――一触即発――マンガス・コロラド――カウツ中尉――広場での隊員募集――野生の男――オーウェンズの殺害――酒場で――ミスター・ベルへの質問――証拠について語る判事――奇形の犬たち――乱痴気騒ぎ――判事と隕鉄

翌朝出発したときにはいっそう寒くなっていた。街路に人影はなく新しい雪の上に足跡や轍はなかった。町はずれに来ると狼の群れが通りを渡った跡があった。

一行は小さな川に沿って町を出たが川には薄氷が張り凍りついた湿地を鴨が低く呟きながら行き来していた。その午後には広く生い繁った枯草が馬の腹まで届く草原を渡った。作物が全部腐ってしまった畑と実が落ちて乾燥してしまった林檎とマルメロと柘榴(ざくろ)の果樹園からなる空虚な土地があった。草地に鹿の群れが集まり牛の足跡も残っていてその夜男たちが焚火を囲んで若い牝鹿のあばら肉と腰肉を焼いていると闇のなかで牡牛の太い声がした。

翌日はサン・ベルナルディーノの町で廃墟になった古い農園のそばを通った。その放牧場で腰にあるスペイン語の焼印から相当な年寄りとわかる野生化した牡牛が何頭か一行に襲いかかってきたのが射殺され地面に倒れたまま放置されたが窪地のアカシアの木立からさらに一頭出てきてジェイムズ・ミラーの乗り馬のあばらに角を瘤(こぶ)のところまで突き刺した。やられると思った瞬間ミラーはそちら側の鐙から足を離したが衝撃で落馬しそうになった。馬は悲鳴をあげ脚を蹴り出したものの牡牛は四肢を踏ん張り乗り手ごと馬を持ちあげたがミラーが拳銃を抜き銃口を牡牛の額に押しつけて発砲すると牛と馬と人のこの奇怪な集合体は崩れ落ちミラーはその残骸から身を引き離して嫌悪をあらわに煙を出している拳銃をぶらさげて何歩か離れた。馬が立ちあがろうともがくのでミラーはまた引き返し馬を射殺して拳銃をベルトに戻し馬の腹帯をはずしはじめた。馬は牡牛の真上に倒れており鞍をはずすのに何度か強く引っ張らなければならなかった。ほかの隊員は馬をとめてその様子を見、一人が一頭だけ残っている替えの馬をミラーのほうへ追いやったがそれ以外は誰もいっさい手助けをしなかった。

一行はサンタ・クルス川に沿って道行きを続け川床の広いポプラ林を通り抜けた。アパッチの通った跡はもう眼にすることはなく帰ってこない斥候の痕跡も見つからなかった。翌日サン・ホセ・デ・トゥマカコリの古い伝道所のそばを通ったとき判事は道から一マイルほど離れたところに建っている教会を見にいった。そして伝道所の歴史と建築物について短い解説をしたがそれを聴いた者はみな判事は前にもここへ来たことがあると思いこんだ。三人が判事と一緒に見物にいったがグラントンは出かける四人をむっつりと不機嫌そうに見送った。グラントンと残りの者は少しだけ先へ進んでとまり引き返した。

古い教会は廃墟となり敷地を囲む高い塀の切れ目にある門扉は開いていた。グラントンと彼に付き従っている男たちが半ば崩れた門からなかへ入ると乗り手のいない四頭の馬が枯れた果樹と葡萄の木のあいだにいた。グラントンはライフルを腿の上に立てていた。あるじの馬のすぐ後ろからついてくる犬も含めてグラントンたちは用心しながら教会のたわんだ壁に近づいた。そのまま玄関からなかへ馬を乗り入れようとすると不意になかからライフルが発射され鳩の群れが飛び立ちグラントンたちは地面に降りて馬の陰にしゃがみライフルを構えた。グラントンは後ろの男たちを振り返ってから教会のなかが見えるように馬を前に歩かせる。壁の高いところの一部と屋根のほとんどが崩れ落ちた堂内の床に一人の男が倒れていた。グラントンは馬を引いて聖具室に入りほかの男たちと一緒に様子を窺った。

倒れている男は死にかけており身につけているものは羊革の服もブーツも奇妙な形の縁

なし帽もみな手製だった。割れた陶器タイルの上で男の体を引っくり返すと顎が動き下唇に血の混じった唾が飛んだ。眼はどんよりとして脅えが現われさらに別のものも現われていた。ジョン・プルーイットがライフルの床尾を床に突いて弾を装塡し直すために火薬入れをとった。もう一人逃げたやつがいる、と言う。二人いたんだ。

床に倒れている男が身じろぎをしだした。股間に置いている手をほんの少し動かして人差し指を立てる。指し示したのがグラントンたちか自分が落ちてきた場所かこれから自分が行く彼岸かはわからない。それから男は死んだ。

グラントンは廃墟のなかを見まわした。こいつはどこから来たんだ、と言った。

プルーイットは二階バルコニーの崩れた泥の手摺を顎で示した。あの上にいたんだ。どういう人間なのかはわからなかった。今でもわからん。とにかく俺があそこから撃ち落としたんだ。

グラントンは判事を見た。

こいつは薄のろだと思うね、と判事は言った。

グラントンは馬を引いて堂内を通り側面の小さな扉から庭に出た。そこに坐っているともう一人の隠者が連れてこられた。ジャクソンにライフルの銃身でつつかれながらやってきたのは小柄で痩せた男で若くはなかった。射殺されたのはこの男の兄弟だった。二人はずっと昔に船から逃亡してこの伝道所へやってきた。脅えている男は英語を話さずスペイン語もほとんどできなかった。判事がドイツ語で話しかけた。この伝道所にはだいぶ前から住んでいるとのことだった。死んだ男はここで頭がおかしくなり今尋問されている生皮の衣をまとい足首までを包みこんだ子供のブーツのような奇妙な靴を履いた男も完全に正常とは言えなかった。グラントンの一行は男を生かしたまま残していった。伝道所を出発するときには敷地内をうろうろして何度も呼びかけてきた。兄弟が教会のなかで死んでいることは知らないようだった。

判事がグラントンに追いつき二人は並んで道に出ていった。

グラントンが唾を吐いた。あいつも撃ち殺しゃよかったのに。

判事はにやりと笑った。

白人のああいうざまを見るのは嫌なんだ、とグラントンは言った。オランダ人だろうがなんだろうが。俺はああいうのは見たくない。

一行は川の名残をたどって北へ進んだ。森は裸で地面に落ちた葉には氷の小さな鱗がつきポプラの骨のように細い斑入りの枝は雲のつぎはぎ模様がある空に殺風景で重苦しい形を描いていた。夕方通り抜けた廃墟の町トゥーバックでは畑で冬小麦が枯れ通りに草が生えていた。とある建物の玄関前の階段に盲人が一人坐って広場のほうを向いていたが一行が通っていくと顔をあげて音に耳を傾けた。

夜営をするために砂漠に出ていった。無風であたりがしんと静かなのは追われる身にとってありがたく土地が開けていて近くに山がないのも黒い山を背に敵の姿が見えにくくなることがないので都合がよかった。朝は明るくなる前に馬を集め鞍をつけて一斉に騎乗し銃をいつでも撃てる状態にした。めいめいが周囲を精査してどんな小さな生き物の動きも集合的な認識装置に記録されそこから眼に見えない針金を張りめぐらした警戒網ができあがり一行が風景のなかを進んでいくにつれて単一の共鳴音を立てた。一行は廃墟になった農園や道端の墓地の脇を通り過ぎて午前半ばに再びアパッチ族の通った跡をたどりはじめたがアパッチ族は砂漠からはずれて西へ行きさらさらした砂地の涸れた川床を進んでいた。グラントンたちは馬を降りてアパッチ族の通った跡の端に立って踏み乱された砂をつまみあげ指のあいだでこすって湿り気の程度を調べて陽の照り具合と比べてから砂を棄て川の上流の裸木の木立を見やる。それから馬にまたがり先へ進んだ。

一行は行方不明の斥候が黒く焦げたパロベルデの枝から逆さ吊りにされているのを見つけた。両足のアキレス腱に鋭く尖らせた緑色の木の枝を通され灰色の裸の体がぶらさげられて頭の下には冷えた灰が残っていたがあぶられた頭は黒く焦げ頭蓋骨のなかで脳が泡立ち鼻の穴に蒸気が歌いながら噴き出した跡が残っていた。舌が引き出され尖った木片を刺されて引っこまないよう歯止めをされ耳朶が切り取られ腹は火打石で切り裂かれて内臓が胸まで垂れ落ちていた。何人かの男がナイフで死体を木の枝から切り離して灰の上におろした。色の浅黒い二体は最後に残っていたデラウェア族インディアンであとの二つはファン・ディーメンス・ラント人のバスキャットとギルクリストという東部から来た男だった。彼らは野蛮な招待主からいかなる差別も受けることなく平等に苦しみ死んだのだった。

その夜はサン・ハビエル・デル・バックの伝道所を通り抜けたが教会は星明かりのもとで厳粛かつ荒涼としていた。犬一匹吠えなかった。パパゴ族の小屋の群れは無人のようだった。空気は冷たく澄みこの付近の土地とその向こうは梟ですら望まないような闇のなかに横たわっていた。淡い緑色の隕石が背後の平原の上をやってきて頭上を飛び過ぎ音もなく虚空に消えた。

夕暮れ時に要塞の町トゥーソンの手前でいくつかの農園の廃墟とさらに多くの道端の虐殺の跡の脇を通り過ぎた。平原のとある小さな農園では建物がまだ煙をあげサボテンでつくった柵に禿鷹が陽の出が約束されている東を向き肩を押し合うようにしてとまり片足をあげたり反対側をあげたりマントのような翼を広げたりしていた。グラントンたちは泥壁に囲まれた敷地で死んだ何頭もの豚の骨を見、瓜畑で坐っている一匹の痩せた肩の狼が通り過ぎていく自分たちをじっと見送っているのを見た。平原の北にある町の白い細長い帯のような塀が見えてくるころ一行は低い曲がりくねった堤防状の砂利の丘を密集した隊形で進みながら町とその向こうの裸の山並みを眺めた。砂漠に点々とする石の影が黒い鎖のように並び大地の東のはずれに鎮座して脈打つ太陽のほうから風が吹いていた。一行は馬を促して勢いよく平地へ降りたがちょうどその二日前にアパッチ族の総勢百人が同じことをしていた。

一行はライフルを膝に立て横一列になって馬を進めた。砂漠にのぼった太陽が前方の土地に照りつけ数珠掛鳩（じゅずかけ）が一羽あるいは二羽ずつ低木の繁みから飛び立ち細い声をあげた。百ヤードほど先の町の南の壁沿いにアパッチ族が野営しているのが見えた。彼らの馬は町の西の季節によって水が流れる川の柳の木立で草を食べており壁のきわの岩と見えたものは貧相な差掛小屋や枝編小屋で素材は木の枝や生皮や馬車の幌布だった。

一行は馬を進めた。何匹かの犬が吠えはじめた。グラントンの犬は神経質に右往左往し野営地から馬に乗りにいくインディアンの一団が出てきた。

それはアパッチ族のなかのチリカワ族で出てきた男たちは二十人から二十五人いた。陽が出たあとも気温は氷点下だが皮の靴に腰布に鳥の羽根のついた被り物だけの半裸で馬にまたがった石器時代の野蛮人は膚に土の絵の具で不可解な図案を描き脂じみて悪臭を放ち砂埃で薄れてはいるがやはり体に模様が描かれている馬は跳ねながら冷気のなかへ息を噴いた。槍と弓矢のほか数人がマスケット銃を持ち黒い髪は長く白人たちの武器を調べる黒い瞳はどんよりと光がなく強膜は血走って艶消しの白。互いのあいだですら言葉を交わさず馬の肩を押し合うようにして一種の儀式的な動きで練り歩いたがそれはまるで子供の遊びのように必ずある場所をあるやり方で踏まなければ手ひどい罰が科せられるとでもいうようだった。

この下働きの戦士たちの頭分は膚の色の濃い小柄な男でメキシコ軍の着古した軍服に身を包みサーベルを持ち派手な色使いのすり切れた飾帯を肩から腰へ斜めにかけていたがコルト社の拳銃ホイットニーヴィル・ドラグーンはグラントンたちの斥候が持っていたものだった。男はグラントンの正面で馬をとめほかのアメリカ人の位置を頭に入れてから達者なスペイン語でどこへ行くのかと訊いた。それとほぼ同時にグラントンの馬が口を前に突き出し男の馬の耳を咬んだ。血が飛び散った。悲鳴をあげて棒立ちになった馬からアパッチの頭分は落ちまいと苦闘しながら抜刀したが眼の前にはグラントンの二連ライフル銃の銃口の黒い8の字があった。グラントンは自分の馬の鼻面を二度強く叩き馬は片眼をしばたたきながら首を振り口から血を垂らす。アパッチの頭分が馬の首の向きを変えるあいだグラントンが自分の側の男たちを見ると野蛮人たちとのあいだで膠着状態になり互いに向け合った武器がぴんと張り詰めて今にも弾けそうな針金で結び合っているといった具合なのに気づいたがそれはまるで棒崩しの遊びでそれぞれの棒の安定がほかの棒の安定に依存しているためどの一本を取り除いても棒の山全体が崩れるのに似ていた。

まずアパッチ族の頭分が口を切った。自分の馬の血を流している耳を指さしながらアパッチ族の言葉で怒りをぶちまけたが黒い眼はグラントンを見まいとしていた。判事が馬を前に出した。

落ち着いてくれ（バーヤ・トランキーロ）。今のはただの事故だ（ウン・アクシデンテ・ナーダ・マス）。

これを見ろ（ミーレ）、とアパッチ族の頭分は言う。俺の馬の耳を見ろ（ミーレ・ラ・オレーハ・デ・ミ・カバーヨ）。

頭分は耳を見せようと馬の頭を押さえたが馬が首を振って逆らったので血がアメリカ人たちのところへ飛んだ。馬の血であれなんの血であれ危うい緊張状態に刺激を与えたことにはかわりがなく馬たちは赤い朝陽のなかで身をこわばらせて小さく震え足の下の砂漠は響線を張った小太鼓が細かく連打されるように低い唸りをあげた。なんの保障もない休戦状態に加えられた張力が耐えられるぎりぎりまで高まったそのとき判事が鞍の上で軽く腰を浮かせて片腕をあげインディアンたちの向こう側へ挨拶の言葉を送った。

さらに八人から十人ほどの騎乗のインディアン戦士が壁の陰から出てきたのだ。その中心になっている酋長は大きな頭をした大柄な男でつなぎの服を着ているが脚の部分は腿のところで切り落としてその下には革脚絆（きゃはん）を着け上半身には格子柄のシャツを着こみ赤いスカーフを巻いていた。武器は持っていないが両側の男は銃身の短いライフルで武装し鞍にはホルスターに差した拳銃など殺された斥候の武器を自分たちのものにしていた。酋長が近づいてくると先にいた野蛮人たちは恭しく場所を譲った。耳を咬まれた馬の乗り手はその怪我の部分を指し示したが酋長は鷹揚にうなずいただけだった。酋長が馬を判事のほうへ向けると馬は首を弓なりに曲げたが乗り手はそれをうまく御した。こんにちは（ブエノス・ディアス）、とインディアンは言った。どこから来たのかね（デ・ドンデ・ビェーネ）。

判事は微笑むとともに額の上の枝の冠に手を触れたがおそらく帽子をかぶっていないこ

とを忘れていたのだろう。自分たちの首領であるグラントンを折り目正しく紹介した。双方が自己紹介をする。酋長の名はマンガスといい態度は友好的でスペイン語を流暢に話した。最前の男がまた馬の耳のことを訴えるとマンガスは馬を降りて問題の馬の頭を押さえ傷を調べた。長身だががに股で体の各部分の釣合がとれていなかった。アメリカ人の一行を見、自分の側の男たちを見て手を振った。

もう行け（アンダレ）。そう言ってからグラントンのほうを向いた。あの連中にも敵意はないんだ（エーヨス・ソン・アミガーブレス）。ちょっと酔っている（ウン・ポコ・ボラーチョ）、それだけだ（ナーダ・マス）。

アパッチ族の男たちは茨の繁みから後ずさりで離れるようにアメリカ人の一隊から離れようとした。アメリカ人たちはライフルを膝に立てマンガスは怪我をした馬を前に引いてきて頭をあげさせたが両手で顔を押さえるだけで狂ったように眼をぎょろぎょろさせている馬を御していた。内輪で少し話し合ったあと損害の程度の評価はともかく賠償の手段はウィスキー以外にないとの結論に達したようだった。

グラントンは唾を吐いて相手を見た。ウィスキーはない（ノ・アイ・ウイスキー）。

沈黙が流れた。インディアン側は互いの顔を見合わせた。それからアメリカ人たちの鞍袋や水筒や瓢箪を見た。え（コモ）？　とマンガスは言った。

ウィスキーはない（ノ・アイ・ウイスキー）、とグラントンは繰り返す。

マンガスは粗い生皮の頭絡から手を離した。部下たちが彼をじっと見ている。壁に囲まれた町を見て判事を見た。ウィスキーはない？　と訊いた。

　ウィスキーはない。

　曇った顔のなかで酋長だけは平然としているように見えた。アメリカ人たちを見その荷物を見た。実際の話アメリカ人たちはウィスキーを飲まずに残しておくような面々には見えなかった。グラントンも判事も黙っているだけで新たな提案で交渉を進めようとはしなかった。

　トゥーソンにはウィスキーがある（アイ・ウィスキー・エン・トゥーソン）、とマンガスが言った。

　おそらくね（シン・ドゥーダ）、と判事は応じた。それに兵隊もいるだろうな（イ・ソルダードス・タンビエン）。片手でライフルを持ち片手で手綱を握って馬を前に進めた。グラントンも馬を歩かせようとした。後ろの馬が身じろぎをする。グラントンは動きをとめた。

　あんたら金は持ってるのか（ティエーネ・オーロ）、と訊いた。

　ああ（シ）。

　どれくらい（クワント）。

　充分に（バスタンテ）。

　グラントンは判事を見、またマンガスを見た。よし（ブエノ）。三日後だ（トレス・ディアス）。場所はここ（アキ）。ウィスキーを一樽渡す（ウン・バリール・デ・ウィスキー）。

　一樽（ウン・バリール）？

一樽(ウン・バリール)。グラントンが馬を促すとアパッチたちは道を開けグラントンと判事とそのほかのアメリカ人は一列縦隊になり平原の冬の朝陽を受けて燃えている薄汚れた泥の町の門のほうへ進んでいった。

要塞の小規模な守備隊を率いる指揮官はカウツという中尉だった。グレアム少佐の部隊の一員として太平洋岸での戦闘におもむき四日前に帰ってくるとアパッチ族が町を非公式に攻囲していた。部族の伝統的な発酵飲料ティズウィンに酔い二日続けて夜中に発砲を繰り返してしきりにウィスキーを寄越せと騒ぐ。守備隊はマスケット銃の弾丸を詰めた重量十二ポンドの砲弾を撃ち出す半カルヴァリン砲を一門防壁に据えつけており野蛮人たちは手に入る酒がなくなったら退去するだろうとカウツ中尉は考えていた。堅苦しい男でグラントンを大尉と呼んだ。ぼろぼろの隊員は一人も馬から降りなかった。いかにもうらぶれた感じの町のなかを眺めまわした。一頭の眼隠しをした驢馬が煉瓦をつくるための土捏ね機の横棒につながれ果てしなく回って機械を動かし木製の軸を軸受のなかで軋らせていた。鶏や小鳥が台座のまわりで地面の餌をついばんでいる。横棒は地面から四フィートほど上にあるがそれでも鶏たちはそれが頭上を通るたびに頭をさげたりしゃがんだりした。埃っぽい広場には大勢の男が横になりどうやら眠っているようだった。白人、インディアン、メキシコ人。毛布をかぶっている者いない者。広場の向こう端に公開鞭打ち場があり柱の足もとには犬の小便の跡が黒っぽく残っていた。中尉は一行の視線をたどった。グラントンが帽子を押しあげて馬上から見おろした。

この糞溜めみたいな町のどこへ行けば酒が手に入る、と訊いた。

これがグラントンの側から発された初めての言葉だった。カウツ中尉は一同を見た。棘棘しく痩せこけて真っ黒に陽灼けしていた。皮膚の皺や毛穴には銃を洗ったときの煤が垢となって深く食いこんでいた。馬さえもが中尉が今までに見たこともない異様な動物に見えるのは人間の髪や歯や皮膚で飾られているせいだった。銃とベルトの留金と馬具の金具を除けばこの一行に車輪が発明された時代以降の人間であることを示すものは何もなかった。

何カ所かあります、と中尉は答えた。まだどこも開いていませんが。

これから開くところだ、とグラントンは言った。馬に拍車をあてて前に進ませた。もうそれ以上喋らずほかの者は一度も口を開かずじまいだった。広場を横切っていくと何人かの宿無しが毛布から顔をあげて一行を見送った。

入った酒場は正方形の土間の店であるじが下着姿のまま立ち働きだした。男たちは薄暗い部屋のなかで木のテーブルに向かって置かれたベンチに坐り仏頂面で酒を飲んだ。

あんたがたどっから来なすったかね、とあるじが訊く。

グラントンと判事は広場でごろついている男たちのなかから隊員を募りにいった。何人かは眼を細めて日向に坐っていた。ボウイーナイフを持った男が誰かナイフの刃の強さ比べで賭けをしないかと持ちかけていた。判事は彼特有の笑みを浮かべて男たちのあいだを歩いた。

旦那がた鞄のなかにゃ何が入ってんだい。

グラントンが振り返った。彼も判事もそれぞれ肩から斜めに鞄をかけていた。声をかけた男は支柱にもたれて地面に坐り立て膝に肘を載せていた。

鞄？　とグラントンは訊いた。

その旦那がたの鞄。

金と銀がいっぱい詰まってるんだ、とグラントンは答えたが実際に中身は金貨と銀貨だった。

立て膝の男はにやりとして唾を吐いた。

こいつがカリフォーニーへ行きたがってる理由もそれさ、と別の一人が言った。前に金が詰まった鞄を持ってたんだ。

判事は二人のろくでなしに愛想よく笑いかけた。ここにいると風邪をひくかもしれんぞ。今すぐ金鉱へ出かけたいやつはいないか。

一人の男が立ちあがって何歩か歩き通りで小便をした。

野生の男が行きたがるかもな、とさらに別の男が言った。やつとクロイスは役に立つだろうぜ。

やつらはだいぶ前から出かけたがってるんだ。

グラントンと判事はその二人を探した。古い幌布のテントが粗雑に張られていた。看板にはこうあった。野生の男。見物料二十五セント。テントのなかに入るとパロベルデの枝でつくった簡素な檻がありなかに全裸の精神薄弱者が入れられていた。檻の床は糞尿や踏みつぶされた食べ物だらけで蝿がそこらじゅうにたかっていた。坐っている精神薄弱者は小柄で体が不恰好で顔は汚物で汚れており黙々と大便を嚙みながら鈍い敵意をこめた眼でグラントンたちを見つめた。

興行主が裏から入ってきて首を振りながら二人を見た。入ってきちゃ駄目ですよ。まだ時間前だから。

グラントンは悲惨きわまる見世物テントのなかを見まわした。油と煙と排泄物の臭いが鼻をつく。判事はしゃがんで精神薄弱者を見た。

これはお前のか、とグラントンが訊いた。

ああ。そうですけど。

グラントンは唾を吐いた。お前たちがカリフォーニーへ行きたがってると聴いてきたんだが。

うん、そう、そのとおりです。

こいつはどうする気だ。

一緒に連れてきますよ。

どうやって運ぶ。

馬と荷馬車があるんで。それに積んで。

金は持ってるのか。

判事が立ちあがった。この人はグラントン大尉だ、と言った。遠征隊を率いてカリフォルニアまで行く。それなりのものを出せる民間人を何人か保護して連れていってやろうというんだ。

ああ、なるほど。金なら多少あるけど。いくらです。

いくらあるんだ、とグラントンが訊く。

まあそれなりに、ですかね。それなりの金を持ってますよ。

グラントンは相手を眼で吟味した。条件は今言うが、お前は本当にカリフォーニーへ行きたいのかそれともべらべら喋ってるだけか。

そりゃカリフォルニアにね。行きたいですよ。

百ドルで連れてってやる。前払いだ。

男の眼がグラントンから判事に移りましたグラントンに戻った。それだけの金がありゃいいなと思うんですがね。

われわれは二日ほどここにいる、とグラントンは言った。あと何人か連れてきたらその人数に応じて割引をしてやろう。

大尉はお前たちを悪いようにはしない、と判事は言った。

ああ、はい、と興行主は言った。それは安心していいぞ。

檻のそばを通るときグラントンはまた精神薄弱者を見た。こいつは女の客にも見せるのか。

さあどうですかな、と興行主は言った。見たいという人がいないもので。

正午ごろに一行は安食堂へ行った。三、四人いた客は彼らを見ると席を立って出ていった。建物の裏に泥の竈があり壊れた馬車の土台に鍋や薬缶が置いてある。灰色の肩掛けをかけた老女が牛のあばら肉を斧で叩き切るのを二匹の犬が坐って見ていた。血で汚れたエプロンを着けた背の高い痩せた男が裏口から店に入って客たちを眺め渡した。背をかがめて眼の前のテーブルに両手をつく。

お客さんがた、と男は言った。うちは有色人種のお客さんも歓迎する。喜んで食事を出す。ただしこっちのテーブルに来て食べてもらいたい。このテーブルで。

男は一歩さがって片手でおかしな歓迎の手振りをした。男たちは互いに顔を見合わせた。

あいつ何言ってんだ。

ここへ来ていただきたい、と男は繰り返す。

トードヴァインは同じテーブルについているジャクソンを見た。何人かはグラントンを見た。グラントンは両手をテーブルに載せて食前の祈りでもしているように軽くうつむいていた。判事は腕組みをしてにやにやしている。全員微醺（びくん）を帯びていた。

やつあ俺たちを黒んぼと思ってんだよ。

みんなは黙りこんだ。裏庭にいる老女が最前から悲しい調子の歌を歌っているなか男は手でテーブルを指し示して立っている。入口のすぐ内側には一行の鞄やホルスターや武器が積まれていた。

グラントンが顔をあげた。男を見た。

お前名前はなんという、と訊いた。

名前はオーウェンズ。ここは私の店だ。

ミスター・オーウェンズ、お前が馬鹿でないかぎりここにいる連中を一目見ればいったん坐った場所から立ってよそへ移るようなタマは一人もいないことがはっきりわかるはずだ。

じゃあ食事は出せないね。

お前がどうするかはお前の勝手だ。裏の女に食い物は何があるか訊いてくれ、トミー。

テーブルの端に坐っているトミー・ハーランが身を乗り出して戸口から外を覗き調理場にいる老女にスペイン語で料理は何ができるか訊いた。

老女は家のほうを向いた。肉つき骨（ウエソス）、と答える。

肉つき骨（ウエソス）だ、とハーランは言った。

持ってくるように言うんだ、トミー。

私が言わないと婆さんは持ってこないよ。ここは私の店なんだ。

ハーランが開いているドアから外へ叫んだ。

そこにいるのは黒んぼじゃないか、とオーウェンズは言った。

ジャクソンが顔をあげてオーウェンズを見た。

ブラウンもオーウェンズのほうを向いた。

あんた銃は持ってるか、とブラウンが訊く。

銃?

ああ。持ってるかい。

今は持ってない。

ブラウンはベルトからコルトの五連発銃を抜いて放った。オーウェンズはそれを受け止めて怪訝な顔をした。

これであんたは銃を持ってる。黒んぼを撃てよ。

いやちょっと待て。

撃てよ。

ジャクソンがすでに立ちあがりベルトから大型の拳銃を一挺抜いていた。オーウェンズは銃をジャクソンに向けて言った。その銃を置け。

四の五の言ってねえでそいつを撃てったら。

くそ、銃を置けというのに。おいあいつに言ってくれ。

撃てよ。

オーウェンズは撃鉄を起こした。

ジャクソンが銃を撃った。火花が散る速さで銃の上を左手で刷いて撃鉄をはじいただけだった。大型の拳銃が跳ねオーウェンズの手で二つかみ分の脳が頭蓋骨の後ろから飛び出して背後の床にぼたりと落ちた。オーウェンズは声もなくその場にくたっとくずおれて片眼を開いた顔を床につけ破壊された後頭部から血を湧き出させた。ジャクソンは腰をおろした。ブラウンが立っていって拳銃を拾い撃鉄を戻すとベルトに突っこんだ。おっかねえ黒んぼだな、と言った。皿を出せよ、チャーリー。婆さんはもう外にいねえと思うよ。

そのあと食堂から百フィートと離れていない酒場で酒を飲んでいると中尉と六人の武装した兵士が入ってきた。酒場は一部屋だけの店で天井に穴があきそこから陽射しの幹が土の床に降りていたが店のなかを横切る者はそれに触れると熱いかもしれないというように用心深くよけた。ぼろぼろの布や生皮の服を着た荒くれ者のアメリカ人たちは何か得体の知れない取引をしている穴居人のように引きずるような足取りでカウンターと椅子のあいだを往復した。中尉がこの悪臭芬々たる日光浴室のなかを巡り歩きグラントンの前に立った。

大尉、ミスター・オーウェンズの死に責任がある人間を逮捕しなくちゃならんのですが。

グラントンは顔をあげた。ミスター・オーウェンズとは誰だ。

すぐそこの食堂を経営していた男です。射殺されました。

それは気の毒だ、とグラントンは言った。まあ坐りたまえ。

カウツ中尉は誘いを無視した。大尉、まさかあなたの部下の一人が射殺したことを否定されるつもりじゃないでしょうね。

まさにそのつもりだ、とグラントンは答えた。

それは通りませんよ。

判事が闇のなかから現われた。こんばんは、中尉。一緒に来たのは目撃者かな。

中尉は部下の伍長を見た。いや目撃者じゃありません、と言った。しかしね、大尉。あなたがたはあの店に入るのを見られ銃が撃たれたあとに出ていくのを見られてる。あなたがたがあの店で食事をしたことを否定するつもりですか。

絶対に否定する、とグラントンは言った。

あそこで食事をしたことは証明できると思いますよ。

そちらの言い分はすべて私に言っていただこうかな、中尉、と判事が言った。私はグラントン大尉の法律顧問だからね。まず知っておいてもらいたいのは大尉は嘘つき呼ばわりを好まないということで私なら大尉の名誉に関わる発言をするときは慎重に考えてからにするだろうね。第二に私は今日一日大尉と一緒にいたが大尉も彼の部下の諸君も君の言う店に足を踏み入れたことがないと保証できるよ。

中尉はこの厚かましい否認に呆れたようだった。判事を見グラントンを見てまた判事を見た。なんということだ、と吐き棄てて踵を返し男たちを押しのけて酒場を出ていった。

グラントンは坐っている椅子を傾け壁にもたれた。一行は町の人間から二人を仲間に入れたがそれがベンチの端で帽子を両手で持ち間の抜けた顔をしている頼りない男たちだった。グラントンの黒い眼がみんなの上を渡っていき部屋の反対側に一人坐ってこちらを見ている見世物の興行主の上でとまった。

お前は飲めるのか、とグラントンは訊いた。

なんです?

グラントンは鼻の穴からゆっくりと息を出した。

あ、飲めます、と興行主は言った。

テーブルのグラントンの眼の前には柄杓を浸けた木桶が置かれなかに三分の一ほど店の樽から出した安ウィスキーが入れてあった。グラントンは顎で桶を示した。

持っていってはやらんぞ。

興行主は腰をあげて自分のカップをとりテーブルへやってきた。柄杓でカップに酒を注ぎ柄杓を桶に戻す。乾杯の小さな仕草をしてからカップを口へ運び一気に飲みほした。

どうも御馳走さま。

お前の猿はどこにいる。

興行主は判事を見た。それからまたグラントンを見た。

あんまり外へ出しませんので。

あれはどこで手に入れたんだ。

私に残された身内なんで。お袋が死にましてね。私が育てるしかなかったんです。船で私んとこへ送ってきました。ミズーリ州ジョプリンへ。箱に入れて送ってきたんです。五週間かかってましたね。でも全然堪えなかったようで。箱を開けたらおとなしく坐ってました。

もう一杯飲め。

興行主はまた柄杓をとってカップを満たした。

いやほんとの話。全然平気だったみたいです。馬巣織の服をこさえてやったんですが食っちまいました。

この町の連中はみんなあれを見物したのか。

ええ。しましたよ。私カリフォルニアへ行きたいんです。あそこなら見物料五十セントでもいけるかもしれないんで。

タールと羽根でリンチされるかもしれんぞ。

それもうやられました。アーカンソーで。あいつに何かしたんだろうって。何か薬を呑ませたんだろうってね。それで私から引き離して様子を見たんですがもちろん良くなりゃしません。それで特別な説教師が来て祈禱をやりましたけどね。結局私んとこへ戻されて。あいつがいなけりゃ私もひとかどの人間になれたと思うんだけども。

要するにあれは君の弟ということなのか、と判事が訊いた。

ええ、と興行主は答えた。そういうことなんで。

判事が両手を伸ばして男の頭をつかみ輪郭を調べはじめた。興行主は眼をきょときょとさせて判事の両方の手首をつかんだ。両手で男の頭をすっぽり包んだ判事は巨漢の危険な祈禱治療師のようだった。興行主は相手が調べやすいように協力するかのように爪先立ちになったが判事が手を離すと一歩後ろにさがり薄闇のなかで眼を白く浮かせてグラントンを見た。ベンチの端の二人の新入りがぽかんと口を開けて見ているなか判事は眼を細めて興行主を見て今度はその額をつかみ反対側の手の親指で頭蓋骨の後ろを探った。判事が興行主を床におろすと興行主は後ろによろめいてベンチに倒れこみ新入りたちは腰を浮かせたり沈めたり息をあえがせたり嗄れ声で呻いたりした。興行主は犠牲者が自分だけでは不満だと言いたげに安酒場のなかを見まわした。起きあがりベンチの端から歩きだした。店のなかを半ば横切ったところで判事が声をかけた。

彼はずっとあんなふうだったのか、と判事は訊いた。

ええ。生まれたときからああでした。

興行主は行きかけた。グラントンが酒を飲みほしてカップを眼の前に置き顔をあげた。お前はどうだ、と訊いた。だが興行主は扉を押し開けて外のまぶしい陽光のなかへ消えた。

夕方再び中尉がやってきた。判事と一緒に坐り法律上の諸論点を話し合った。中尉は唇を引き結んでうなずいていた。判事はラテン語の法律用語をいちいち訳して説明した。民事法と軍法の判例をいくつも挙げた。クックやブラックストーンといったイギリスの法学者やアナクシマンドロスやタレスなどの古代ギリシャの哲学者を引用した。

朝になると新たな問題が発生した。メキシコ人の女の子が誘拐された。北側の壁のきわに血のついた服の切れ端が見つかったところから娘は壁の向こうへ放り投げられたとしか考えられない。外の砂漠には何かが引きずられた跡があった。靴が片方落ちていた。女の子の父親はひざまずいて血のついた布切れを胸に押しあてたまま誰がなだめても立ちあがろうとせずその場を動かなかった。その夜グラントンの一行は通りで火を焚き牛を一頭屠って町の住民や兵士それに壁の外のインディアンが馬鹿（トント）と呼ぶ恭順したインディアンを招待した。ウィスキーの樽の口が切られまもなく男たちは煙のなかをふらふら歩きまわりはじめた。町の商人が一腹の犬を連れてきたがそのうち一匹は六本脚もう一匹は二本脚もう一匹は眼が四つあった。商人はそれらの犬をグラントンに売ろうとしたがグラントンはさっさと連れていかないと全部撃ち殺すぞと脅して追い払った。

骨になるまで肉を削がれた牛のその骨も運び去られ廃屋から引かれてきた梁が炎のなかに積まれた。今やグラントンの部下たちの多くは裸で千鳥足に歩きまもなく判事がどこかで徴発してきた雑な造りのフィドルを弾いて男たちに踊らせたが男たちが脱いで火にくべた汚い生皮の服は炎のなかで煙をあげ悪臭を放ち黒く焦げてそこから赤い火の粉がそれらの服が宿していた小さな命の魂であるかのように立ちのぼった。

真夜中までに町の住民はみな引きあげてしまい武器を持った裸の男たちが民家の扉を叩いて酒や女を要求した。夜明け前の何時間か火はほぼ燃え尽きて炭の山となり冷たい土の街路にしょぼしょぼと火の粉を走らせ野犬が焚火のまわりをうろついて焦げた肉切れをさっと引き抜き裸の男たちは家々の戸口で寒さのなか自分の肘を抱えて縮こまり鼾をかいていた。

昼前には活動を再開してほとんどの者が新しいシャツやズボンを手に入れ赤い眼をして通りをうろついた。馬医者に預けてあった馬をとりにいくと馬医者が一杯おごると申し出た。馬医者はがっちりした体格の小男で名前はパチェーコといい大臼歯の形をした隕鉄の金床を持っていたが判事はこれを持ちあげられるかで賭けをして勝ちさらに頭の上に持ちあげられるかで賭けて勝った。何人もの男が前へ来て隕鉄を触り揺り動かしてみたが判事もこの天体に含まれる鉄の持つ力を体に通す機会を逃さなかった。次に土の上に二本の線を十フィートの間隔をあけて引き三つ目の賭けを持ちかけると五、六カ国の金貨や銀貨のほかトゥーバックの鉱山が給料として支給した代用紙幣も何枚か賭けられた。判事は宇宙のどこともも知れない場所を長い時間さまよってきたその大きな隕鉄を両手でつかみ頭の上に持ちあげてよろめきながら前へ投げた。隕鉄が二本目の線の一フィート先に落ちたとき判事が馬医者の足もとの鞍下毛布の上に積まれた金を全部自分のものにしたのはさすがのグラントンもこの三つ目の賭けを引き受ける気になれなかったからだった。

17

トゥーソンを発つ——新しい樽職人——交換——柱サボテンの森——焚火の前のグラントン——ガルシアの部隊——幻月（げんげつ）——神の火——元司祭、天体について語る——判事、地球外生命と秩序そして宇宙の目的論について語る——硬貨の手品——グラントンの犬——死んだ動物たち——砂——磔刑——判事、戦争について語る——元司祭は発言せず——割れた土地（ティエーラス・ケブラーダス）、見棄てられた土地（ティエーラス・デサンパラーダス）——ティナーハス山脈——骨の化石（ウン・ウエソ・デ・ピエードラ）——コロラド川——幌馬車隊——ユマ族——渡し船の船長——ユマ族の野営地へ

一行は黄昏時に出発した。門の上手にある衛兵詰所から伍長が出てきてとまれと命じたがとまらなかった。二十一人の男と一匹の犬と一台の小さな荷車の一行だが荷車には精神薄弱者が入れられている檻が載せてあり船の積荷のように縄をかけられていた。檻の後ろには前の夜に飲み尽くしたウィスキーの樽がくくりつけられている。樽は酒盛りのときに壊れたがグラントンが臨時の樽職人に任命した男の手で修理され今はそのなかに三クォー

ト（約三リットル）ほどのウィスキーを詰めた羊の胃袋が入れてあった。胃袋は樽の内側で注ぎ口に取りつけられあとは水が満たされていた。こうした準備を整えた上で門をくぐり壁の向こうの空に縞模様を描く夕焼けのもとで脈打っている平原に出た。小さな荷車は軋りながら揺れつづけ檻の格子をつかんだ精神薄弱者は太陽に向かって嗄れた声をあげていた。

先頭を行くグラントンは交換で手に入れた鉄の補強材つきの新しいリングゴールド鞍にまたがり新しい帽子をかぶっていたが帽子の色は黒で彼によく似合った。最終的に五人になった新入りの隊員は互いににやりと笑い合い砦の衛兵を見返った。しんがりのデイヴィッド・ブラウンは兄弟に結果的に永遠の別れとなる別れを告げてきたばかりで気分がくしゃくしゃしへたをすると理由もなく衛兵を撃ち殺してしまいかねなかった。衛兵がまた呼びかけてきたときブラウンはライフルを手にさっと振り向いたが衛兵は手摺の下に隠れる分別を持っておりもうそれ以上この男の声は聴こえてこなかった。夕闇が長く続くなかアパッチ族の騎馬隊がやってきて地面に広げたサルティーヨ毛布の上でウィスキーの引き渡しが行なわれた。グラントンは一連の手順にほとんど関心を示さなかった。インディアンが金貨と銀貨を出してその額に判事が満足を表明したときグラントンは毛布を踏んでブーツの踵で硬貨を後ろへ蹴りすたすたとその場を離れてブラウンに毛布を拾えと命じた。マンガスと側近たちはむっとした顔を見合わせたがアメリカ人たちは構わず馬にまたがって出発し後ろを見返らなかったが新入りだけは別だった。彼らもこの隊が何をしてきたかをすでに詳しく知っているので一人がブラウンの横に並んでアパッチが追ってくるんじゃないかと訊いてみた。

やつらは夜は馬で出かけない、とブラウンは言った。

新入りは後ろを振り返り刻々と暗さを増していく磨かれたように何もない荒野の樽のまわりに集まっている人影の群れを見た。

なんでだい、と新入りが訊く。

ブラウンは唾を吐いた。暗いからだよ。

トゥーソンを出て西に向かい小さな山の裾野を横切って料理用の竈に古い土器の破片が散らばっている小さな集落を通り抜けた。興行主は檻を積んだ荷車の脇を馬で進んだが精神薄弱者は格子をつかんで風景を黙って眺めていた。

その夜は背の高い柱サボテンの森を通って西の丘陵地帯に入っていった。雲が一面に垂れこめた空のもとで闇のなかに林立する縦溝のある柱の群れは大神殿の廃墟のように整然として厳粛で沈黙に浸っており聴こえるのはサボテン梟の小さな啼き声だけだった。地表にはウチワサボテンが密生し馬の脚に棘でくっついてきたがその棘はブーツの底を突き通してなかの足の骨まで達するほどのものであり丘を吹き抜ける風はその無数の棘のあいだを渡って一晩じゅう蛇のようにしゅうしゅう音を立てていた。さらに進んでいくと植物は徐々にまばらになりやがてこれから何度か続く水なしの砂漠行の最初の一続きが始まるところで夜営をした。その夜グラントンは焚火の熾を長いあいだ見つめていた。周囲では男たちが眠っていたが多くのことが変わっていた。逃げたり死んだりして多くの者がいなくなった。デラウェア族インディアンはみんな殺された。炭火に不吉な予兆が見えていたとしてもグラントンにはどうでもいいことだった。ともかく生きて西の海を見るつもりでいるしそのあと何が起ころうと立ち向かえるつもりでいるのは何時いかなるときでも彼は完璧だからだ。自分の進む道がほかの人間たちや諸国家の進む道と一致していようがいまいが関係ない。こうすればどうなるだろうと思い煩うことはとうの昔に断固やめてしまった男でありどんな人間の宿命も予め定まっていると認めた上でなおこの世界で自分がなり得るものとこの世界が自分にとってとりうる姿はすべて我が身のうちにあると豪語したとえ自分の権限は原初の石に書きこまれたものに限られるとしてもそこに自分の力も働いたのだと主張し公言するそんな男なのでありまるで道などどこにもなく人間もその上で輝く太陽もまだなかった遙か昔に自分自身ですべてを秩序づけたのだとでもいうように悔恨など一切しない太陽を最後の暗黒の死まで駆り立てていくつもりでいるのだった。

グラントンの向かいには判事のおぞましい巨体があった。上半身裸で坐り記録簿に何か書きこんでいた。今まで通り抜けてきた棘の森から小型の狼が啼き声を送ってきたが行く手に広がっている乾燥した平原にも狼がいて応答を返してくるなかで風が熾火を煽った。焚火のなかでウチワサボテンの籠細工のような堅い部分が赤い光を脈打たせるさまはプランクトンが微光する海の深場で海鼠（なまこ）が光っているようだった。檻を焚火のそばへ置いてもらった精神薄弱者は飽きる様子もなく火を見つめていた。グラントンが顔をあげると焚火の反対側で毛布にくるまってしゃがんでいる少年がじっと判事を見ていた。

その二日後に一行はガルシア大佐という男のぼろぼろの部隊と行き合った。ソノーラ州の軍に所属する部隊でパブロという酋長が率いるアパッチ族の一団を追っており兵の数は百騎に近かった。帽子をかぶっていない者やズボンを穿いていない者や上着の下は裸という者がいて銃器も古い火打石銃やロンドン塔で製造されたマスケット銃とお粗末でなかには弓矢を武器にしている者や敵を縛り首にする縄しか持っていない者もいた。

グラントンの一行はこの部隊を呆れながら冷やかに眺めた。メキシコ人たちは煙草をくれと手を出してきたがグラントンはガルシア大佐と形ばかりの挨拶を交わしただけで煩わしい集団の脇をぐんぐん進んでいった。この兵士たちは別の国の人間たちであり彼らの故郷である南の土地もこれから進んでいく東の土地もグラントンにはもう無縁の土地でありその大地とその上にいる人間たちは実体を備えているかどうかも怪しい縁遠い存在だった。この感情はグラントンがメキシコ人部隊から完全に離れてしまう前からほかのアメリカ人たちにも伝わっておりそれぞれの男は馬首をめぐらして隊長のあとを追い判事ですら出逢った集団に声をかけなかった。

闇のなかへ馬を進めていくと眼の前の砂漠は月明かりに冷たく仄白く照らされ頭上の月

は暈のなかに鎮座してその環のなかに幻月が浮かんでいてその偽の月にも真珠母のように光る冷たい灰色の海があった。一行は古い川の跡をなぞる乾いた集成岩の段丘の低い段を夜営地にして火を起こすとそのまわりに黙って坐ったが犬と精神薄弱者と何人かの男は頭のなかで炭が燃えているかのように首を動かすと眼が赤く光った。炎が風に靡き熾の色が淡くなり濃くなりまた淡くなり濃くなりとまるで男たちの眼の前の地面で腸抜きをされた動物の脈搏のように息づく焚火を男たちは見つめているがその火は間違いなく人間の本質的な一部を内に含んでいるのでありその本質的な一部がなければ人間は何かが足りなくなり自らの起源から切り離され追放者になってしまう。というのもそれぞれの火はすべての火であり、最初の火と最後の火も含めて一つのものだからだ。判事はときどき何かよくわからない用のために焚火を離れたがそのうち誰かが元司祭に昔のある時代には空に月が二つあったというのは本当かと訊ね元司祭は偽の月を見あげながらそれは本当かもしれないと答えた。だが高邁にして賢明なる神は地上に狂気がはびこりすぎるのをご覧になって心を痛め（かつては月の満ち欠けが精神異常の原因と考えられていた）指先を唾で濡らし天の深淵から身を乗り出して片方の月をじゅっと摘み消してしまったんだろう。闇夜でも鳥が針路を修正できる目印がほかにあったならもう一つの月も消してしまったかもしれんよ。

　次に虚空に浮かんでいる火星やそのほかの惑星には人間かそれに似た生き物がいるのかという問いが出されたときにはいつのまにか焚火のそばに戻っていた判事が裸の上半身に

汗をかいた姿で宇宙のなかで人間がいるのはこの地球上だけだと答えた。判事のほうへ顔を向けた者も向けようとしない者も全員がその言葉に耳を傾けた。

この世界についての真実とは、と判事は言った、どんなこともあり得るということだ。君らも生まれたときからある種のものを何度も見てきたせいで額面どおりに受け止めれば変だと思うはずのこともそうは思わなくなっているということがあるだろう、たとえば薬売りの客寄せ演芸で見せる手品や、熱に浮かされて見る夢、現実には似たものなど何もないし同じものがかつてあった例(ためし)もない幻想に満ちた恍惚状態、巡回カーニバル、あちこちで何度も何度もテントを張って最後には口に尽くせない悲惨な末路をたどる旅回りの見世物などだが。

宇宙は決して狭くはなくその内部の秩序はある場所に存在するものがほかの場所でも存在しなければならないというような概念の範囲から制約を受けない。この地球上でさえわれわれの知っているものより知らないもののほうが多いのであり人間が見ている被造物のなかにある秩序は人間がそこに置いた秩序であって迷路のなかで迷子にならないように持ちこんだ糸みたいなものだ。というのも存在はそれ自身の秩序を持っていて人間の頭には理解できない、なぜなら人間の頭もいろいろあるものの一つにすぎないからだ。

デイヴィッド・ブラウンが火のなかに唾を吐いた。またたいかれたことを言いだしたぜ。

判事はにやりと笑った。両掌を胸にあてて夜気を吸いこみブラウンのそばへ行ってしゃがむと片方の手を掲げた。その手をひらりと動かすと指が金貨を一つつまんでいた。

金貨は今どこにある、ディヴィー。

どこへ突っこんだらいいかなら教えてやるよ。

判事がさっと手を振ると金貨は焚火の上に飛んできらりと光った。おそらく馬の毛か何か眼に見えないほど細い糸を結びつけてあったのだろう、金貨は焚火のまわりを一周してまた判事のところへ戻り判事はそれをつかまえてにやりと笑った。

回転する物体の描く弧の大きさはそれをつないでいる紐の長さで決まる、と判事は言った。月も、硬貨も、人間もそうだ。判事は片方の手でもう一方の手から何かを引き出すような動きを何度も繰り返した。金貨を見ていろ、ディヴィー、と言った。

判事が投げた金貨は弧を描いて火明かりのなかを飛びその向こうの暗闇に消えた。男たちは金貨が消えた夜の闇を見つめあるいは判事を見つめたがどちらを見つめている者も同じ一つのものの目撃者だった。

さあ金貨だ、ディヴィー、金貨、と判事は囁いた。背筋を伸ばして坐り片手をあげて周囲に笑みを向けた。

金貨が闇のなかから戻ってきてかすかな唸りをあげながら焚火の上を横切ったと思うと判事の掲げた空の手が金貨を持っていた。手に金貨が現われたときぴたっと小さな音がした。それでも男たちのなかに判事は投げたのと同じ種類の別の金貨を手にとって舌で音を立てたのだと言う者があったのは判事がずるいペテン師みたいな男であり判事自身が金貨をしまうときに金には本物と偽物があると言ったからだった。明け方には金貨が飛んでいったあたりへ何人かが行ったが仮に誰かが見つけたのだとしてもその男はそっと自分のものにしたはずであり陽がのぼるとみんな馬にまたがってまた先へ進みはじめた。

精神薄弱者の檻を載せた荷車が最後尾をごろごろ走り今はグラントンの犬が主人のそばから後退してその脇を小走りに駆けていたがおそらくそれは人間の子供がときに動物のなかに呼び起こす保護本能のせいだった。グラントンは犬を呼んでも戻ってこないので後ろにさがって身を乗り出し馬の足枷用の縄で犬を手ひどく叩き前へ追い立てた。

まもなく鎖や荷鞍や遊動棒、死んだ騾馬、馬車が前方に現われた。張ってあった生皮を食われ陽射しや風にさらされて骨のように白くなり木部の角を鼠の歯で面取りされた鞍枠。一行は鉄が錆びず錫が曇らない地域を通り抜けた。死んだ牛の皮が張りついたあばら骨は岸のない虚空で引っくり返った原始的な舟のようでありまた黒く干からびた馬や騾馬の死体が旅人の悪戯で立った姿勢をとっているのはおぞましくかつ厳粛な光景だった。それらのからからに乾いた動物は砂の上に倒れて死んだときは断末魔の苦しみに首を伸ばしていたが今は立たされて盲目の状態で斜めに傾き黒ずんだ皮を透かし彫りのようなあばら骨から垂らして自分たちの頭上を何度も何度も通っていく太陽に向かって長い鼻面を差し出し叫んでいるようだった。人馬の一群は先へ進んだ。その向こうに巨大な昆虫のつくった土の山のような死火山が並んでいる広大な乾湖を横切った。南のほうには鉱滓がぽつりぽつりと積まれている溶岩の土地が眼路のかぎり広がっていた。馬の蹄の下で雪花石膏の砂が磁界のなかの鉄粉のような不思議な左右対称の渦巻きを描いたがそれらの模様は響きのない土地の上で音を立てながら崩れてもとに戻り乾燥平野の上を渦巻き飛び去った。まるで澱(おり)のようなものでも感覚の残滓を含んでいるかのように。この騎馬隊の通行にはとびきり怖ろしいものがあって単なる鉱物の粒子の集まりでさえそれを感じるかのように。

乾燥平野の西のはずれの高台に粗木の十字架が立ちそこにマリコパ族の手でアパッチ族の男が一人磔にされていた。ミイラ化した死体は開いた口がぽっかり丸い穴になり骨に張りついた革のような皮膚は乾湖から風に飛ばされてくる軽石の粉に磨かれ胸の皮膚がめくれて垂れているところに覗くあばら骨は青白い木のようだった。一行は先へ進んだ。馬たちは知らない土地をのろのろ歩き彼らの下で回っている丸い地球は人や馬を包んでいる虚空よりも大きな虚空のなかで回転していた。分け隔てのない厳しさが支配するこの土地ではすべての現象が平等の地位を与えられており一匹の蜘蛛であれ一つの石であれ一枚の草の葉であれどんなものも優先権を主張できない。蜘蛛や石や草の葉といった事物がはっきり見えていてもそれらが親しい事物であることにはならない。というのも眼はある特徴や部分を根拠に全体の判断をするがこの土地ではあるものがつねにほかのものより明るいとか暗いとかいうことがないのだからこのような土地の視覚的な民主主義のもとであらゆる優先順位は不動のものではなくたとえば人間と岩は思いもよらない共通点を持っているのだった。

この時期の白っぽい太陽のもとで男たちは痩せこけており陽に灼かれ落ちくぼんだ眼は不意に陽射しを浴びて眼醒めた夢遊病者のそれのようだった。帽子のつばの下に身をひそめた眼は欲望をぎらつかせた太陽に追われているというような何か壮大な逃亡劇を演じているように見えた。判事までが黙りがちになり物思いにふけった。さっきまで判事が話していたのは人間は自分に対して権利を主張してくるものを排除すべきだということだったがその話を聞いている集団はもう自分たちはどんな権利とも無縁だと考えていた。さらに馬を進めていくと風が前方に灰色の細かな砂埃を舞わせ一行は灰色の馬に乗った灰色の顎鬚の灰色の男たちの軍団となった。北の山並みは陽を受けて山膚に影の畝を刻み昼は涼しく夜は寒く焚火を囲んだ男たちは大きな闇のなかで各自がそれぞれの闇に包まれて坐り火明かりのはずれのあたりに置かれた檻のなかから精神薄弱者がじっと彼らを見つめていた。判事が斧の刃の峰で羚羊の脛骨を叩き割ると熱い骨髄が滴り落ちて石の上で湯気をあげた。みんなは判事を注視していた。話題は戦争だった。

剣をとる者はみな剣で滅びると聖書は言ってる、と黒人のジャクソンが言った。

脂で顔を光らせた判事はにやりと笑った。正しい人間は当然そう言うだろうな。

聖書はたしかに戦争を悪だとしているが、とドク・アーヴィングが言った。血腥い戦争の話がたくさん載ってるんだなこれが。

人間が戦争のことをどう考えようと関係ない、と判事は言った。戦争はなくならないんだ。石のことをどう考えるかというのと同じだ。戦争はいつだってこの地上にあった。人間が登場する前から戦争は人間を待っていた。最高の職業が最高のやり手を待っていたんだ。今までもそうだったしこれからもそうだろう。それ以外にはあり得ない。

ブラウンの異議めいた呟きを聴きつけて判事はそちらを向いた。おいおいディヴィー、と判事は言った。今讃えたのはお前の職業だぞ。軽くお辞儀でもしたらどうだ。みんなでお互いの職業を讃え合おうじゃないか。

俺の職業？

そうだ。

なんだいそりゃ。

戦争だ。戦争がお前の職業だ。違うか。

あんたの職業はそうじゃないのか。

私のもそうだ。紛れもなくそうだ。

じゃあの帳面をつけたり骨やなんかを集めたりしてるのはなんだい。

ほかの仕事もすべて戦争に含まれるんだよ。

だから戦争はなくならないのか。

そうじゃない。戦争がなくならないのは若者も年寄りもみんなそれが好きだからだ。戦った者も戦わなかった者も。

そりゃあんたの考えだろ。

判事は笑みを浮かべた。人間は遊戯をするために生まれてきたんだ。ほかのどんなことのためでもなく。子供は誰でも仕事より遊戯のほうが高貴であることを知っている。遊戯の価値とは遊戯そのものの価値ではなくそこで賭けられるものの価値だということもだ。偶然の勝負を愉しむ遊戯は何かを賭けてこそ意味を持つ。運動競技の場合は力と技の勝負だがそこで問題になるのは競技者の値打ちであり勝負によってその者が何者であるかが決まるのだから敗北の屈辱と勝利の誇りそのものが賭けるに値するものだ。しかし偶然の勝負であれ実力の勝負であれあらゆる遊戯は戦争の域に達することを渇望する。なぜなら戦争においては遊戯そのものや参加者も含めたすべてを呑みこんでしまうものが賭けられるからだ。

カード・ゲームをする二人の男が命以外に賭けるものを持っていないとしよう。こういう話は誰でも聴いたことがあるだろう。カードの一めくり。この遊戯をする人間にとっては自分が死ぬか相手が死ぬかを決定するその一めくりに宇宙全体が収斂する。一人の人間の値打ちを検証する方法としてこれほど確かなものがあるかね。遊戯がこの究極の状態にまで高まれば運命というものが存在することには議論の余地がなくなる。あの人間ではなくこの人間が選ばれるというのは絶対的で取消不可能な選択であってこれほど深遠な決定に何物の作用も働いていないとか意味などないなどと言う人間は鈍いとしか言いようがない。負けたほうが抹殺される遊戯では勝負の結果は明確だ。ある組み合わせのカードを手にしている者は抹殺される。これこそがまさに戦争の本質であってその遊戯の意味も権威も正当性も賭けに勝ったものが手に入れることになるんだ。こういうふうに見れば戦争とはいちばん確かな占いと言えるだろう。それは一方の側の意志を試しもう一方の側の意志を試すがそれらを試すより大きな意志はこの二つの意志を結び合わせるがゆえに選択を強いられる。戦争が究極の遊戯だというのは要するに存在の統合を強いるものだからだ。戦争は神だ。

ブラウンが判事をじっと見つめていた。狂ったなホールデン。とうとう狂いやがったな。

判事はにやりと笑った。

力は正義じゃないぞ、とドク・アーヴィングが言った。何かの戦いで勝ったからといって倫理的に正しいってことにはならない。

倫理というのは強者から権利を奪い弱者を助けるために人類がでっちあげたものだ、と判事は言った。歴史の法則はつねに倫理規範を破る。倫理を重んじる世界観は究極的にはどんな試験によっても正しいとも間違っているとも証明できない。決闘に負けて死んだからといってその人間の世界観が間違っていたとみなされるわけではない。むしろ決闘という試行に参加したこと自体が新たな広い物の見方を彼が採用したことの証拠になる。両当事者がもうそれ以上議論しても無意味だと正しく判断して歴史の絶対性が審判をくだす法廷へじかに訴えを持ちこむ意志を示したということは意見そのものがいかに重要でなく意見の対立のほうがいかに重要であるかを明らかに示している。というのは議論はたしかに無意味だが議論によって鮮明になる意志の対立は無意味ではないからだ。人間の虚栄心は無限大に近づこうとするかもしれないがそれでも彼の知識は不完全なままであってどれだけ自分の判断力を高く評価しようとも最後には上級審の判断をあおぐ必要がある。そこでは独りよがりの陳述は許されない。公平だの公正だの倫理的な正しさだのの主張は問答無用で却下され両当事者の世界観などは無視される。生か死か、何が存在しつづけ何が存在をやめるかという問題の前では正しいかどうかの問題など無力だ。この大きな選択に倫理、精神、自然に関する下位の問題はすべて従属しているんだ。

　判事は反論する者はいないかと一同を見まわした。司祭は何か言うことはないかね、と訊いた。

　トビンは顔をあげた。私は何も言わないよ。

　何も言わないか、と判事は言った。無答弁（ニヒル・ディキット）か。しかし司祭はもう意見を言っているんだ。なぜなら司祭の服を脱いですべての人間が讃えるより高尚な職業の道具を手にとったんだからな。それに司祭というものは神に仕える者ではなく神自身だ。

トビンは首を振った。あんたは冒瀆的なことを言う人だな、ホールデン。本当を言うと私は司祭だったことなど一度もなくて司祭の見習いだっただけだ。

一人前の司祭と見習いの司祭をきちんと区別する、と判事は言った。神に関わる人間と戦争に関わる人間は妙に似ているな。

とにかくあんたの考えに賛成する気はないから、とトビンは言った。そんなことは期待しないでくれ。

ああ司祭どの、と判事は言う。期待も何もあんたはすでに賛成しているだろう。

翌日は悪地を徒歩で横切った。馬を引いて乾いた血のように赤黒い一面にひび割れた溶岩の湖底を進み呪われた国から苦闘しながら抜け出してくるくすんだ姿の軍団のように暗い琥珀色の硝子の荒地を通り抜け地面に亀裂や段差があるときは小さな荷車をかついだが、精神薄弱者は格子を両手でつかんでまるで退化した部族のもとから拉致されてきた奇妙な荒々しい神のように太陽に向かって嗄れ声で呼びかけていた。それから地獄の燃え尽きた床のように踏むとどうなるのかわからない凝固した泥と火山灰の広がる土地を横切り低い不毛な花崗岩の丘陵地帯にのぼったがやがて草一本ない岬のように突き出た丘で判事が風景の既知の地点から三角法でとるべき針路を割り出した。砂利の平地が地平線まで続いていた。黒い溶岩の丘陵地帯の遠く南に砂か石膏の白い山並みが一本孤立して横たわっているのは黒い群島のあいだに浮きあがった白っぽい海獣の背中のようだった。一行は先へ進んだ。一日馬に乗って待望の水が溜まっている石の水槽にたどり着くとまず人間が水を飲み次いで高い水槽から低い水槽へ水を移して馬に飲ませた。

砂漠の水場はどこでも骨が転がっているがこの夜判事が焚火のそばへ持ってきたのは誰も見たことのない骨で遠い昔に絶滅した何かの動物の大腿骨と思われるその骨が風化作用で崖から露出しているのを見つけた判事は今坐って仕立屋の巻尺で寸法をはかり記録簿に絵を描いていた。新入り以外の隊員はみな今までにも判事の古生物学の話を聴いたことがあったが今もそばに坐ってその骨を眺めながら思いつく質問を投げかけた。判事はまるで男たちが学者の見習いであるかのように受けた質問をさらに膨らませながら丁寧に答えた。男たちは腑に落ちなさげにうなずきながら手を伸ばして染みだらけの化石化した骨に触れたがそれは判事が今話題にしている気の遠くなるほど長い時間を指先で感じてみようとしたのかもしれなかった。興行主は精神薄弱者を檻から出し馬の毛を編んだ咬み切れない縄でつないでいたが精神薄弱者はまるで炎に憧れるように焚火のほうへ体を倒し両手を差し伸べていた。グラントンの犬が寝そべった姿勢から起きて坐りその様子を眺めると精神薄弱者は体を揺らし涎を垂らしてどんよりした眼に炎を映して偽の輝きを宿した。判事は周囲の土地によく見られる骨との類似を示すために大腿骨をまっすぐに立てて持っていたがやがてそれを砂の上に落として記録簿を閉じた。

この骨に神秘的なところなど何もない、と判事は言った。

新入りたちは怪訝そうな顔で眼をしばたたいた。

君たちは神秘的な話を聴きたがっている。だが神秘的なのはこの世に神秘などないというそのことだよ。

判事は腰をあげて火明かりの向こうの闇へ出ていった。やれやれ、と冷えたパイプをくわえた元司祭が言った。神秘などないか。しかしあの男こそ神秘じゃないのか、あの糞いまいましい食わせ者め。


その三日後コロラド川にたどり着いた。男たちは川岸に立って土色に濁った水が平坦な砂漠から一定の速さで流れてくるのを眺めた。二羽の鶴が飛び立った岸辺へ馬と騾馬は降りていき水が渦巻く浅瀬へ不安げに入って水を飲み鼻面から水を滴らせながら顔をあげると流れ過ぎていく川とその向こう岸を見やった。

上流のほうではコレラにやられた幌馬車隊の残存者たちの野営地に出くわした。焚火で昼餉の用意をしている生き残りたちは柳の林から出てきたぼろぼろの騎馬隊を虚ろな眼で眺めた。荷物は砂地の上に散らばり死んだ者たちのみすぼらしい所有物は分配するために別の場所に置いてあった。野営地にはユマ族のインディアンが何人もいた。男は長い髪をナイフで切り揃えるか泥で固めて鬘のようにしており手に重い棍棒を持ってふらふら歩きまわっていた。男も女も顔に入墨を施し女は紐状にした柳の樹皮のスカートを穿いているだけで見目好い者も多いが梅毒感染の兆候を示している者はさらに多かった。

グラントンは犬を従えライフルを手にこの悲惨な野営地を見てまわった。ユマ族のインディアンが何頭か残った貧相な騾馬を川で泳がせているのを岸辺に立って眺めた。下流のほうでは溺死させた一頭の騾馬を解体するため岸に引きあげていた。長い外套を着た顎鬚の長い老人が岸辺に坐りブーツを両脇に置いて足を水に浸していた。

あんたらの馬はどうした、とグラントンは訊いた。

食っちまったよ。

グラントンは川を見た。

どうやって川を渡る気だ、と訊いた。

渡し船さ。

グラントンは対岸の老人が指さしたところへ眼をやった。渡し賃はいくらだ、と訊く。

一人一ドル。

グラントンは体の向きを変えて岸辺にいる幌馬車隊の生き残りたちを見た。犬は川の水を飲んでいたがグラントンが呼ぶとやってきて膝のそばへ坐った。

渡し船が対岸を離れ上流へ遡りながらこちら側の岸の流木で係留柱をつくってある船着

場へやってきた。船は古い箱馬車を二台つなぎ合わせてコールタールで水漏れを防いでいた。何人かの乗客がすでに荷物をかついで待っている。グラントンは馬をとりに土手へあがった。

渡し船の船長はリンカーンというニューヨーク州出身の医者だった。乗客は船長の手を借りて乗船すると船の手摺ぎわに荷物を置いてその脇にしゃがみ心もとなげに広い川面を眺めた。マスチフの血が半分入った犬が岸辺に坐って船を見ている。グラントンが近づくと立ちあがって毛を逆立てた。手で犬の眼をふさいだ医者にグラントンは自己紹介をした。二人は握手をした。いいですよグラントン大尉、喜んで、と医者は言った。

グラントンはうなずいた。医者は二人の雇い人に指示を与えてから馬を引くグラントンと一緒に下流に向かう小道をたどりその十歩ほど後ろから医者の犬がついていった。

グラントンの一行は柳の木立が影を落としている砂の段丘で休んでいた。グラントンと医者が近づいていくと檻のなかで精神薄弱者が立ちあがって格子をつかみ医者を追い返そうとするように喚きはじめた。医者は檻から充分な距離をとってグラントンを見たがすぐに側近たちがやってきてそれからほどなく判事と医者はほかの者を無視して二人だけで何やら深く話しこんだ。

夕方になるとグラントンと判事のほか五人の男が下流のほうへ馬で出かけユマ族の野営地に向かった。出水の名残に幹に乾いた泥をつけた柳と鈴懸のくすんだ色の木立を抜け古い用水路や玉蜀黍の乾いた皮が風にかさかさ鳴る冬枯れした小さな畑の脇を通りアルゴドーネス浅瀬に馬を乗り入れて川を渡った。犬の吠える声に迎えられたとき太陽はすでに低く落ち西の大地は赤く煙っており一列に馬を進めていく一行はカメオに彫られた像のように葡萄酒色の光に輪郭を縁取られ影になった側を川に向けていた。野営地の炊事の煙が木々のあいだに漂うなか野蛮人の代表団が馬でやってきた。

　グラントンたちは馬をとめた。近づいてくる一団は盛装した道化師といった服装である上に自信たっぷりな態度なので白人組は噴き出さずにいるのに苦労した。老酋長の名は鞍を置かない馬（カバーヨ・エン・ペーロ）でもっと寒い地方に適したベルトつきの羊毛の外套を着てその下は女物の刺繍の入った絹のブラウスに灰色のカシネットのズボンだった。小柄で引きしまった体の持主でマリコパ族との戦いで片眼を失っておりアメリカ人の一行に男色家が色眼を使うような表情を見せたが本来は微笑みになるはずなのかもしれなかった。右側はパスクワルという副酋長で胸に肋骨状の飾りがついた軍服の上着は肘が抜けており鼻には骨を刺してそこへ小さな飾りをいくつか吊るしていた。三人目のパブロという男は色褪せたモールとくすんだ銀色の肩章のついた緋色の軍服を着こんでいる。この男はズボンも靴もはかず両眼のまわりに緑色の輪を描いていた。こんな服装と化粧で三人は厳かにお辞儀をした。

　ブラウンは厭（いと）わしげに唾を吐きグラントンは首を振った。

　お前たちはいかれた野蛮人どもだな、と言った。

判事だけが冷静に三人の値踏みをしている様子だったがそれはおそらく物事は往々にして見かけどおりではないと考えているからだった。

こんにちは（ブエナス・タルデス）、と判事は挨拶した。

酋長は顎をくいとあげたがこの小さな仕草にはやや曖昧なものが含まれていた。こんにちは（ブエナス・タルデス）。あなたがたはどこから来たのかな（デ・ドンデ・ビエーネ）。

18

野営地に戻る——解放された精神薄弱者——サラ・ボーギニス——詰問——川での沐浴——荷車の焼却——野営地でのジェイムズ・ロバート——新たな洗礼——判事と精神薄弱者

ユマ族の野営地を出たのは夜明けまでまだ間がある闇に包まれた時刻だった。蟹座、乙女座、獅子座が黄道をたどって南の空へ降りていき北ではカシオペア座が天空の黒い面で魔女の署名のように燃えていた。一晩協議した結果グラントンたちとユマ族は一緒に渡し船を奪うことで合意をみた。グラントンたちは出水の跡が残る木立のなかを上流に向かって馬で進みながら結婚式か葬式からの帰り道のように静かな声で話した。

夜が明けるころ渡し場にいる婦人たちが檻に入れられた精神薄弱者を見つけた。檻のまわりに集まった婦人たちは裸体にも不潔さにも動じていないようだった。優しい声で精神薄弱者に話しかけお互いのあいだで話し合ううちにサラ・ボーギニスという婦人が仲間を率いて精神薄弱者の兄を探しにいった。体格がよく大きな赤い顔をしているボーギニスは興行主を厳しく叱りつけた。

あなた名前はなんというの、とボーギニスは訊いた。

クロイス・ベルですが。

弟さんは。

ジェイムズ・ロバートっていうんですが誰もそうは呼びません。

あなたがたのお母さんがあの有様を見たらなんとおっしゃると思うの。

さあ。もう死んじまったんで。

あなた恥ずかしくないの。

いいえ。

何その生意気な返事は。

いえそんなつもりはないんで。欲しいんでしたらあげますよ。あいつを差しあげます。私には今以上のことはできないんで。

ほんとにどうしようもない人ねあなたは。ボーギニスは仲間たちのほうを向いた。

みなさん手伝ってくださいな。体を洗って服を着せてあげましょう。どなたか石鹸をとってきてくださるかしら。

あのう奥さん、と興行主が言った。

さああの人を川まで連れていきましょ。

トードヴァインと少年は引かれてきた檻を載せた荷車と行き合った。二人は道からはずれて荷車を見送った。格子を握った精神薄弱者は川に向かって喚き婦人たちは賛美歌を歌いはじめた。

どこへ連れてく気かな、とトードヴァインが言う。

少年にはわからなかった。婦人たちはさらさらの砂の上で荷車を後ろ向きに水際まで引いていき檻を開いた。サラ・ボーギニスが精神薄弱者の前に立った。

ジェイムズ・ロバートそこから出ていらっしゃい。

檻のなかに手を伸ばして精神薄弱者の手をとる。精神薄弱者はボーギニスの体ごしに川を見てからもう片方の手を彼女のほうへ伸ばした。

婦人たちの一人が溜息をつき何人かがスカートをたくしあげて腰のところでまとめ川に入って精神薄弱者を迎えた。

ボーギニスが片手をつかんだまま荷車からおろそうとすると精神薄弱者は彼女の首にしがみつく。足が地面に着くと精神薄弱者は水のほうを向いた。ボーギニスは糞便で汚れたが気にとめる様子はなかった。岸辺にいる婦人たちを振り返った。

それを燃やしてしまって、と叫んだ。

一人の婦人が焚火のところへ火種をとりに走り精神薄弱者が川に入っているあいだに檻は火をつけられて燃えはじめた。

精神薄弱者は婦人たちのスカートをつかんだり指を鉤爪のように曲げた手を宙に伸ばしたりしながら意味不明の言葉を口走り涎を垂らした。

自分の姿が映ってるのを見たのね、と婦人たちは言った。

まったく。この子を野生の動物か何かみたいに檻に入れておくなんて。

燃える荷車の炎は乾いた大気のなかで弾けその音に注意を惹かれたのか精神薄弱者が死んだような黒い眼を火に向けた。自分でわかってるのよ、と婦人たちは言った。全員がそうだと同意した。ボーギニスは服を風船のように膨らませて川のなかを歩き精神薄弱者を深いところへ連れていきその大人の男の体を力強い腕で抱えて水のなかで揺り動かした。体を支えて低い優しい声で話しかける。ボーギニスの薄い褐色の髪が水面に浮いた。

その夜に旅の仲間である男たちが旅人たちの焚火の前で見た精神薄弱者は粗く編まれた羊毛のスーツを着ていた。細い首は大きすぎるシャツの襟のなかで慎重に動いた。髪は油をつけてぺたりと撫でつけられて絵の具で塗ったようだった。菓子を与えられて坐り涎を垂らしながら火を見つめている精神薄弱者をみんなは感心して眺めた。闇のなかで川は流れつづけ魚の色をした月が砂漠の東の空にのぼり不毛の光を投げかけて人間たちの脇に影を落とした。焚火の炎が低くなり灰色の煙が夜の闇のなかに閉じこめられたように立ちのぼっていた。川の対岸で小型の狼が啼きこちら側の犬が動揺して低く唸った。ボーギニスが精神薄弱者を幌布の下の寝床へ連れていき服を脱がせて新しい下着を着けた体に毛布をかけてやりお休みのキスをすると野営地は静かになった。精神薄弱者は青い光に満ちた煙の漂う円形劇場のような野営地を横切ったときまた裸になって焚火のそばを毛を刈られた地上ナマケモノのような姿でよたよた歩いた。足をとめ空気の匂いを嗅ぎまた歩きだす。船着場は避けて柳の木立のなかをぎこちない足取りで歩き小さく泣くような鼻声を出し闇のなかで体に触れてくるものを細い腕で押した。それから川岸に一人ぽつんと立った。精神薄弱者は低く叫びその声が贈物のように彼から出ていったがその贈物は先方で必要とされ使われてしまったらしく谺となって返ってくることはなかった。精神薄弱者は川に入った。水が腰の高さを越えてすぐ足を滑らせ姿が見えなくなった。

このとき同じく全裸の判事が真夜中の一回りをしているときにちょうどその場所へやってきて――このような偶然は人が思う以上に起きることでありそうでなければ夜にどこかを渡ろうとする人間はみな生きていないだろう――判事は川に入り溺れている精神薄弱者をつかまえて岸にあげ巨大な体軀の産婆のように両足首をつかんで逆さに吊るし背中を叩いて水を吐かせた。誕生あるいは洗礼あるいはまだどんな宗教の教義にも正式に採用されていない儀式の情景。判事は髪の毛を絞って水を切ってやり素っ裸ですすり泣いている精神薄弱者を両腕で抱えて野営地まで運びもとの仲間のあいだに戻してやった。

19

榴弾砲――ユマ族による襲撃――小戦闘――グラントン、渡し船を奪う――吊るされたユダ――箱――沿岸地域への派遣団――サン・ディエゴ――物資調達――鍛冶屋でのブラウン――口論――ウェブスターとトードヴァイン釈放される――海――喧嘩――生きたまま焼かれる男――不衛生な牢獄に収監されたブラウン――財宝の話――脱獄――山中での殺人――グラントン、ユマを発つ――吊るされる市長――人質――ユマに戻る――医者と判事と黒人と精神薄弱者――夜明けの川――車輪のない荷車――ジャクソン殺害――ユマの虐殺

ニューヨーク州の医者がカリフォルニアへ行く途中で渡し船を手に入れたのはおおむね偶然の結果だった。以来医者は金貨と銀貨と宝石でかなりの富を蓄えてきた。医者と二人の雇い人は川の西岸の船着場を見おろす丘の中腹にある泥と岩でできた未完成の砦の部屋に住んでいた。グレアム少佐の部隊から譲り受けた大型の貨物馬車二台のほか榴弾砲――

十二ポンドの真鍮製砲弾を撃ち出す口径が大皿ほどある大砲——も一門持っているがこの大砲は砲弾をこめられることなく所在なげに木製の砲車に載っていた。殺風景な部屋で医者とグラントン、判事、ブラウン、アーヴィングが一緒に紅茶を飲んでいるときグラントンがインディアン討伐の話をいくつかして医者に今の地位はしっかり守ったほうがいいと力をこめて助言をした。医者は反対の意思を表明した。ユマ族とはうまくやっていると言う。グラントンはインディアンを信用する者は馬鹿だと面と向かって言った。医者は顔色を変えたが買言葉は控えた。判事が介入した。医者に対岸にいる旅人たちを保護してやる責任があることを考えているかと尋ねた。医者は考えていると言う。判事が理性的で親身な口調で説いたのでグラントンの一党が丘を降りて自分たちの野営地に向かったときには医者から丘の守備態勢の強化と榴弾砲の管理を任されておりそれを実行するためにさっそく手持ちの最後の鉛から帽子一杯分ほどのライフル弾をつくった。

その夜には一ポンドの火薬とその弾丸全部で砲弾をつくって榴弾砲に装塡し砲を船着場の上手から川を見おろす場所まで移動させた。

その二日後ユマ族が渡し場を襲撃してきた。計画どおり船は西岸で荷下ろし中で乗客が荷物を受け取ろうと待っていた。インディアンの軍団は柳の木立から騎馬や徒歩でなんの警告もなく出てきて開けた場所を突っ切って船のほうへ突進した。丘の上ではブラウンとロング・ウェブスターが榴弾砲をそちらに向けて安定させせブラウンが火のついた葉巻を火門にねじこんで点火した。

着弾したのは開けた場所だが衝撃はすさまじかった。大砲は地面から跳びあがり煙を吐きながら堅い土の地面を後退した。砲弾は氾濫原で怖るべき破壊力を発揮し十数人のユマ族インディアンが即死しあるいは負傷して砂の上で見悶えた。インディアンのあいだで大きな咆哮があがり馬に乗ったグラントンとその配下の男たちが川岸の木立から出ていくとその裏切り行為に怒りの叫びを投げつけた。インディアンは右往左往しはじめる馬を御して接近してくる騎馬群に矢を射かけたが拳銃弾を浴びて倒され船着場の男の乗客は急いで自分の荷物から銃をとってその一郭から膝立ちで攻撃を加え女子供は旅行鞄や荷箱のあいだで地面に伏せた。インディアンの馬は後足で立ちあがり悲鳴をあげさらさらの砂の上で舞うように暴れ鼻の穴をまん丸に開き白眼をむき生き残った戦士は自分たちが出てきた木立のなかへ退却して傷ついた者と瀕死の者と死んだ者をあとに残した。グラントンたちは逃げたインディアンを追わなかった。渡し船の乗客たちが見ているなか馬を降り地面に倒れているインディアンとその馬の脳を銃弾一発ずつで手ぎわよく撃ち抜いていき頭皮を剝いだ。

医者は砦の低い防護壁の上に立って死体が船着場に引きずりおろされ川へ足で落とされるのを見ていた。首をめぐらしてブラウンとウェブスターを見た。二人は榴弾砲をもとの位置に戻しブラウンは温かい砲身にまたがって葉巻を吸いながら下での活動を見物した。

医者は背をひるがえして住居に入っていった。

　そして翌日は姿を見せなかった。グラントンが渡し船の運航を引き継いだ。一人一ドルで川を渡ろうと三日間待った人たちは今度は一人四ドルだと告げられた。だがこの料金すらも適用されたのは数日だけだった。まもなく一種のプロクルステスの寝台方式を採用して旅人の懐具合に応じて料金を変えた（ギリシャ神話に登場する強盗プロクルステスは捕らえた旅人の体を切ったり引き伸ばしたりして寝かせる寝台の長さに合わせた）。そしてしまいには一切の口実を棄てて端的に強盗を働いた。旅人はぶちのめされ武器や財産を取りあげられて裸同然で砂漠に棄てられた。医者が砦から降りてきて抗議したが分け前をつかまされて追い返された。馬は奪われ女の客は犯され死体が川を流れてユマ族の野営地の脇を通り過ぎていくようになった。暴虐が積み重なると医者は住居に立て籠って出てこなくなった。

　翌月にケンタッキー州からやってきたパターソン将軍の部隊はグラントンの要求を歯牙にかけず下流で船をつくって川を渡り行ってしまった。その船をユマ族が自分たちのものにしてキャラハンという白人を雇い渡し船業を始めたが数日後に船が焼かれキャラハンが身元不明の首なし死体となって川を流れ二つの肩骨のあいだにとまった聖職者のような黒衣の禿鷹が静かな旅人として海のほうへ向かっていった。

　その年の復活祭は三月三十一日にあたったがその日の明け方少年はトードヴァインともう一人ビリー・カーという若い男と一緒に川を渡り柳の木を切りにいったがそこは移民の

野営地から少し上流に遡ったところだった。夜がまだすっかり明けきらないうちにこの場所を通っていった三人はソノーラ州のメキシコ人の一団が藁とぼろ切れでつくったユダの人形を絞首台から吊るしているのを見たがそのキャンバス地の顔には途方もない罪を犯した男の顔ならこうだろうと子供が考えるようなしかめ面が稚拙に描いてあった。絞首台を立てたロームの段丘で真夜中から焚火をして酒を飲みながらずっと起きていたメキシコ人たちはアメリカ人たちがそばを通りかかるとスペイン語で声をかけてきた。一人が先端で麻屑が燃えている長い枝を持ってきてユダの人形に火をつけた。人形に着せたぼろ服には爆竹や花火を仕込んであり一つ一つ火がつくたびに燃えているぼろ切れや藁が火の粉を噴いて弾けた。最後にズボンに仕掛けた爆薬が破裂して人形がばらばらに吹き飛び煤と硫黄の臭いを漂わせると男たちは歓声をあげ小さな男の子たちは縄からぶらさがった人形のわずかな黒焦げの残骸に石を投げつけた。最後に空き地を横切った少年にメキシコ人たちは声をかけて山羊革の水筒に詰めた葡萄酒を勧めたが少年はぼろぼろの上着に包まれた肩をすくめて先を急いだ。

今やグラントンは大勢のメキシコ人を奴隷にし丘の砦で仕事をさせていた。またインディアンとメキシコ人の若い娘を十数人監禁していたがそのなかの何人かはまだ子供といってもよかった。グラントンは砦の壁を高くする作業の監督にはある程度の関心を示したがそれ以外のことは部下たちにとんでもなく広い裁量権を与えて任せていた。蓄積されていく財産にはほとんど興味がなさそうではあるものの部屋に保管している木と革でできた旅行鞄の真鍮の鍵は毎日開けて鞄の蓋を開き袋の財貨を移したがそこには金貨や銀貨や宝石や時計や拳銃や革の小袋に入った金の原鉱や銀の延棒やナイフや食器などの銀器や金歯などが数千ドル分収められていた。

四月二日にデイヴィッド・ブラウンとロング・ウェブスターとトードヴァインは物資を調達するため最近までメキシコ領だった沿岸地方にあるサン・ディエゴに旅立った。荷物運搬用の騾馬を数頭連れて夕方出発し木立を抜けたところで川を振り返ったあと馬に横歩きで砂丘の斜面を降りさせて涼しく青い薄暮のなかへ入った。

五日間で何事もなく砂漠を横切り海沿いの山脈にのぼり騾馬の列を引いて雪の峠を越え西側の斜面をくだり雨がそぼそぼと降る目的の町に入った。皮の服は水を吸って重く馬と騾馬の体と装具は泥に汚れていた。アメリカ合衆国の騎兵隊がぬかるんだ道ですれ違っていき少し先の石だらけの灰色の浜からは海鳴りが聴こえてきた。

ブラウンは鞍の角から硬貨の入った飼葉袋をとりほかの二人と一緒に馬を降りて食糧雑貨屋に入りだしぬけにカウンターの上で袋を逆さにした。

スペインとメキシコのグワダラハラで鋳造されたドブロン金貨に半ドブロン金貨、ドル金貨、小さな半ドル金貨、フランスの十フラン硬貨、イーグル金貨、半イーグル金貨、穴あきドル硬貨、ノース・カロライナ州とジョージア州で鋳造された二十二カラットの金貨。

店主は普通の秤で金貨の重さをはかり種類別に分けると樽の栓を抜き目盛のついた小さな錫のカップに酒を注いだ。三人がそれを飲みほしてカップを置くと店主は酒の瓶を水車で製材した荒削りのカウンターの上で押し出してきた。

三人は調達する物資のリストを出し小麦粉やコーヒーのほかいくつかの品物について値段の交渉をしたあと三人はそれぞれ酒の瓶を手に店を出た。板敷きの歩道から降りて泥道を渡り粗末な小屋の並ぶ通りを進んで小さな広場を通り抜けるとその向こうに低くうねっている海とテントの小さな集落が見え織物のほつれを防ぐための縁のような浜黍（はまきび）の繁みに沿って生皮でできた低い家が珍しい形の平底舟のように並び雨に濡れて黒く光っている通りが見えた。

翌日ブラウンが眼を醒ましたのはそういう小屋の一軒でだった。前夜の記憶はほとんどなく小屋には自分一人しかいなかった。金の残りは首にかけた袋に入っていた。木枠に生皮を張った扉を開けて靄の漂う闇のなかに出た。馬を厩に入れたり餌を食べさせたりしていないので馬をつないだ食糧雑貨屋に戻ろうと歩きはじめたが途中で道にしゃがんで町の向こうの丘陵地帯から降りてくる暁の光を眺めた。

正午ごろに赤い眼をし悪臭を放ちながら市長公邸の扉を叩いて仲間の釈放を要求した。市長はこっそり裏口から逃れほどなくアメリカ人の伍長が二人の兵士とともに現われて退去を命じた。一時間後ブラウンは鍛冶屋にいた。用心深く戸口からなかの薄闇を覗くと物の形が見分けられてきた。

ブラウンは店に入り鍛冶屋の眼の前の作業台に真鍮の銘柄札が無頭釘で蓋に打ちつけられた滑らかなマホガニーの箱を置いた。留金をはずして蓋を開きなかから散弾銃の二連の銃身を出しもう片方の手で銃床を取り出した。銃身を尾筒部に取りつけ銃を作業台の上に立てピンを押しこんで先台を固定する。親指で撃鉄を起こしてぱちんと落とす。散弾銃はイギリス製でダマスカス銃身に彫刻を施した発射装置にパール・マホガニーの銃床。ブラウンは顔をあげた。鍛冶屋が彼の顔をじっと見ていた。

銃の細工はやれるか。

多少はやるよ。

銃身を詰めてほしいんだ。

鍛冶屋は銃を手にとった。二つの銃身のあいだに細長い峰がありそこにロンドンの製造元の名前が金象嵌(ぞうがん)で入れてあった。尾筒部にはプラチナの板が二枚張ってあり発射装置と引金には渦巻模様が深く彫られそこに記された製造元名の両側には鶉の図案が刻まれている。青光りする銃身は鋼管と鉄鎚で叩いて成形した軟鉄を溶接したもので鋼鉄の部分に浮いている雲紋は異邦の奇怪な蛇の模様のように珍貴で美しく凶々(まがまが)しかった。木製の銃床は深紅の木目を持ちその後端には蓋が発条(ばね)で開く道具入れがあった。

鍛冶屋は銃をためつすがめつ見てからブラウンに眼を向けた。銃床の道具入れを見おろす。緑色の粗い羅紗が内張りされた内部にはワッドカッター、白目の火薬入れ、槊杖の先に掃除用のぼろ切れを取りつけるための金具、雷管を取りつけるための白目の道具があった。

何をしてほしいって？

銃身を短く詰めるんだよ。だいたいこの辺で。ブラウンは人差し指をあてた。

できないな。

ブラウンは相手を見た。できない？

うん。

ブラウンは仕事場を見まわした。銃身を切るくらい馬鹿でもできると思うがな。

どうも引っかかるんでね。なんでこういう銃を短く切っちまうんだか。

なんだって？

鍛冶屋は落ち着かなげに銃を見る。なんでこういういい銃を台無しにするのかなと思ってね。あんたこれいくらで売る？

そいつは売物じゃない。お前俺が怪しいってのか。

いや。そういう意味じゃないけどね。

切るのか切らないのかどっちだ。

そりゃできないな。

できないのかやらないのか。

好きなほうにとってくれていいよ。

ブラウンは鍛冶屋から銃を受け取って作業台に置いた。

どういう条件ならやる？

だからやりませんて。

かりにやるとしたら相場はどれくらいだ。

さあ。一ドルくらいかな。

ブラウンはポケットから硬貨を一つかみ取り出した。作業台に二ドル半分の金貨を置く。

これでどうだ。二ドル半。

鍛冶屋は気まずそうに金貨を見た。金なんかいらない。その銃を潰す気はないよ。

もう金は払ったぞ。

いやもらってない。

ここに置いてあるだろうが。さあ切るか切らないか。契約違反をしたらケツを鞭でひっぱたくぞ。

鍛冶屋はブラウンから眼を離さない。後ずさりで作業台から離れてぱっと駆けだした。

町の守備隊の軍曹が来たときにブラウンは散弾銃を作業台の万力にはさんで弓のこで銃身を切っている最中だった。軍曹は相手の顔が見える場所へ回りこんだ。なんの用だ、とブラウンが訊いた。

あの男が君に殺すと脅されたと言ってる。

どの男。

あの男だ。軍曹は小屋の戸口へ顎をしゃくった。

ブラウンは鋸を引きつづける。あんたはあれを男っていうのか。

ここで俺の道具を使っていいなんて言った覚えはないんだ、と鍛冶屋は言った。

どうなんだ、と軍曹が言う。

どうって何が。

あの男の訴えにどう応える。

あいつは嘘つきだ。

脅してないというのか。

ああ。

何言ってやがる。

俺は人を脅さない。俺はやつにケツを鞭でひっぱたいてやると言ったんだ。これは正真正銘ほんとのことだ。

それは脅しじゃないというのか。

ブラウンは顔をあげた。脅しじゃない。保証だ。

ブラウンはまた作業を再開したがさらに数度鋸を引くと銃身が土の床に落ちた。弓のこを置いて万力をゆるめ散弾銃を取りあげて銃床をはずしそれぞれの部分を箱に入れて蓋を締め留金をとめた。

いったいなんで揉めたんだ、と軍曹は訊いた。

別に揉めちゃいない。

今鋸で切った銃をどこで手に入れたか訊いたほうがいいよ。どっかで盗んだのに違いないんだ。絶対間違いない。

その散弾銃はどこで手に入れたんだ、と軍曹は訊いた。

ブラウンは背をかがめて床から切られた銃身を拾いあげた。長さ十八インチほどのそれの銃口のほうを持つ。作業台の向こうから出て軍曹のそばをすり抜けた。銃の箱を腋に抱えている。戸口で振り返った。鍛冶屋の姿はどこにもなかった。ブラウンは軍曹を見た。

あの男は訴えを取りさげたみたいだな。たぶん酔っ払ってたんだろう。

広場に入って泥でできた小さな市役所のほうへ歩いていくと釈放されたばかりのトードヴァインとウェブスターと行き合った。二人とも野蛮な風体で臭かった。三人は浜辺に出て坐り灰色のゆったりとしたうねりを眺めながらブラウンの持っている酒を回し飲みした。三人とも海を見るのは今回が初めてだった。ブラウンは歩いて黒い砂の上に走る泡の広がりに手を浸した。手を持ちあげて指についた塩水を味わい左右の海岸線に眼をやりそのあと三人で砂浜の傾斜をのぼり町に戻った。

午後はメキシコ人が経営する汚い酒場で酒を飲んだ。数人の兵士が入ってきた。口論が始まった。トードヴァインがふらふら立ちあがる。兵士の一人が拳銃を出すとみな椅子に腰を戻した。だが数分後ブラウンがカウンターへ行った帰りにピッチャーに入った砂糖黍の強い蒸留酒を若い兵士の一人にかけて葉巻で火をつけた。兵士はぼうっと火が燃えあがる音をさせただけで声を発することなく外に飛び出しその炎は淡い青色で陽射しのある戸外では見えなくなったがそれでも兵士は蜂の群れに襲われたか狂気にとらわれたように暴れまわりまもなく地面に倒れて燃えつづけた。人がバケツに水を汲んで駆けつけたときにはもう黒焦げになって縮み巨大な蜘蛛のようになっていた。

暗く狭い監房で眼を醒ましたブラウンは手枷をかけられ激しい渇きを覚えていた。まず調べたのは硬貨を入れた袋のありかだった。それはシャツのなかにちゃんとあった。藁の寝床から起きあがり覗き穴に片眼をあてた。昼間だった。誰かいないかと叫んだ。腰をおろし鎖でつながれた手で硬貨を数えてまた袋に戻した。

夕方になると兵士が食事を運んできた。ペティットという名の兵士にブラウンは耳の首飾りを見せ硬貨を見せた。ペティットはお前の悪巧みには乗らないと言った。ブラウンは砂漠に三万ドル埋めてあると言った。自分をグラントンの位置に置いて渡し船のことを話した。また硬貨を見せてそれぞれの鋳造された場所についてさもよく知っているかのように語りところどころ判事が何かのときに話した事柄を交ぜた。山分けしようぜ、とブラウンは鋭く囁いた。俺とあんたで。

鉄格子ごしに新兵らしい兵士の様子を窺った。ペティットはシャツの袖で額の汗をぬぐった。ブラウンは硬貨を袋に戻してその袋を差し出した。

信用できないってのか、と言った。

若い兵士は迷うそぶりを見せながらも袋を手にとった。それから格子のあいだへ突き返そうとした。ブラウンは後ろにさがって両手をあげた。

馬鹿な真似をしちゃいけない、と言った。俺があんたの年でこんな機会を与えられたらなんだってやったぜ。

ペティットが立ち去ると藁の上に坐って薄い鉄の皿に載っている豆とトルティーヤを見た。しばらくしてから食べた。外ではまた雨が降りだしぬかるんだ道を行く馬の蹄の音が聴こえてまもなく暗くなった。

そして二日後の夜に出発した。各自まずまずの馬に乗りライフルと毛布を持ち騾馬一頭に乾燥玉蜀黍と牛肉と棗椰子（なつめやし）の実を運ばせた。夜露に濡れた丘をのぼっていき空が白みはじめたころブラウンはライフルを持ちあげてペティットの後頭部を撃ち抜いた。馬が前に飛び出して後ろにのけぞったペティットは前頭骨が完全になくなり脳が露出していた。ブラウンは馬をとめて地面に降り硬貨の袋を取り戻しペティットのナイフをとりライフルをとり火薬入れをとりコートをとり両耳を切り取って首飾りに通してから馬にまたがり先へ進んだ。まもなく騾馬があとに従いペティットの乗っていた馬もついてきた。

ウェブスターとトードヴァインがユマの町に戻ったときには調達した物資も連れていった騾馬もなくしていた。グラントンは判事に渡し船の監督を任せて夕方五人の男を従え馬で出発した。真夜中にサン・ディエゴに着き場所を尋ねて市長の公邸へ行った。戸口に出てきたのはナイトシャツにナイトキャップという姿で蠟燭を持った市長だった。グラントンが市長を客間へ無理やり連れていき男たちを家の奥へ行かせるとまもなく女たちの悲鳴と鈍い平手打ちの音が聴こえて静かになった。

市長は六十代の男で妻を助けにいこうとして拳銃で殴り倒された。それから頭を押さえてまた立ちあがった。グラントンは市長を奥の一室に押しこんだ。市長の体を向こう向きにし予め縛り首用の輪をつくった縄を首にかけてぐっと引っ張った。寝台に坐っている夫人がまた悲鳴をあげる。片方の眼が腫れあがってどんどんふさがっていくが新入りの隊員の一人が口を思いきり殴ると乱れた上掛けの上に突っ伏して両手で頭を抱えた。グラントンが蠟燭を高く掲げ新入りの一人にもう一人を肩車するように命じると上になった男が梁に手を伸ばし天井とのあいだに隙間を見つけてそこへ縄を通し縄を下に垂らしたのをほかの者たちがつかんで引っ張り市長は声を立てる間もなく宙吊りにされてもがいた。手を縛られていない市長は必死で両手を上に伸ばして縄をつかみ首が締まらないよう体を引きあげ蠟燭の明かりのなかで足をばたばた蹴り出しながらゆっくりと回った。

なんてことを(バルガメ・ディオース)、と市長はあえぎ声で言った。何が望みだ(ケ・キエーロ)。

金を返してもらおう、とグラントンは言った。金と騾馬とデイヴィッド・ブラウンを返すんだ。

なんだって(コモ)？　と息も絶え絶えに訊き返す。

ランプがともされた。体を起こした夫人は縄で吊られた夫のまずは影を、次いで本体を眼にして寝台の上を夫のほうへ這っていった。

なんとか言え(ディガメ)、と市長が言う。

一人が夫人を捕まえようとしたがグラントンが放っておけという仕草をし夫人は寝台から降りて夫の膝のあたりを抱えて支えた。泣きじゃくりながらグラントンと神の両方に慈悲を乞う。

グラントンは市長の顔が見える側へ回った。金を返せと言ってるんだ。俺の金と騾馬と俺がここへ使いにやった男を返せと。お前が捕まえてる男だ(エル・オンブレ・ケ・ティエーネ・ウステー)。俺の仲間だ(ミ・コンパニエーロ)。

それは違う(ノ・ノ)、と市長は言った。探すといい(ブスカーレ)。ここには誰もいない。

どこにいる。

この町にはいない。

いやいるはずだ。裁判所(フスガード)に。

いない(ノ・ノ)。ほんとだ(マードレ・デ・ヘスース)。この町にはいない。行ってしまった。七日(シェーテ)か、八日ほど(オーチョ・ディアス)前のことだ。

裁判所(フスガード)はどこだ。

なんだって(コモ)？

裁判所(フスガード)。どこにある(ドンデ・エスタ)。

夫人が顔を夫の脚に押しつけ片腕を少し離して指さした。あっちよ(アヤー)。あっち(アヤー)。

一人の男が短い蠟燭を持って反対側の手で炎を囲いもう一人の男と一緒に客間を出ていく。戻ってきた二人はこの建物の奥にある牢屋は無人だったと報告した。

グラントンは市長をじっと観察した。夫人は足がふらついていた。寝台の脚側の柱にくくりつけてあった縄の結び目を解いて縄をゆるめると市長夫妻は床にくずおれた。

グラントンたちは二人を縛りあげて猿轡をかませ食糧雑貨屋へ馬を走らせた。三日後に市長夫妻と食糧雑貨屋は町の集落から南へ八マイル離れた海辺の小屋で縛られ糞尿にまみれて転がっているのを発見された。三人は鍋一つの水を犬のように飲み人がめったに来ない場所で波の音が轟くなか大声で叫びしまいには石のように声が出なくなった。

グラントンたちは二昼夜町の通りで飲んだくれた。二日目の夜にはアメリカ合衆国軍の小さな砦を護る部隊の軍曹が飲み比べを挑んできたが軍曹と三人の兵士は結局さんざんにぶちのめされ武器を奪われた。明け方兵士たちがホテルの扉を蹴破ったときにはもう誰もいなかった。

グラントンは一人でユマへの帰途につき部下たちは金鉱へ出かけた。あの骨の散らばった荒野ではこちらに呼びかけてくるみじめな姿の徒歩の旅人たちや行き倒れや行き倒れてもうすぐ死ぬ人たちと行き合い最後に残った馬車や荷車のまわりに集まり嗄れた声で騾馬や牛を怒鳴りつけ突き棒で追い立てようとする人たちがまるで契約の箱でも運んでいるように進んでいきその動物たちもやがて死に人間たちも一緒に死ぬだろうと思えたそんな人たちがただ一人道を行く騎馬のグラントンに渡し場は危険だと警告してきたがグラントンはそのまま避難民の波とは逆の方向にあたかも物語の英雄のように進みつづけどんな野獣や戦や疫病や飢饉が待つのか知れないところへ非情な顎を引き締めて向かっていった。

ユマに着いたときには酔っ払っていた。後ろにはウィスキーとビスケットを運ばせている小さな驢馬を一頭ずつ縄で引いていた。馬をとめて川を眺めやりながらこの世界の十字路を管理しているのは誰だろうと考えていると彼の犬がやってきて鐙にかけた足に鼻面をすり寄せてきた。

メキシコ人の素っ裸の若い娘が町の外壁のきわにしゃがんでいた。娘は両手で乳房を隠してグラントンが通り過ぎるのをじっと見つめた。生皮の首輪を巻かれ鎖で杭につながれてそばに黒焦げの肉片を入れた素焼の器が置かれていた。グラントンは騾馬を杭につないで町のなかへ馬を乗り入れた。

あたりには誰もいなかった。船着場へ行ってみた。川を見ていると医者が土手から転げるように降りてきてグラントンの足をつかみ意味不明の言葉で何かを訴えはじめた。何週間かぶりで見る医者は汚く髪がぼさぼさだったがグラントンの脚をつかんで丘の上の砦を指さした。あの男が、と医者は言った。あの男が。

グラントンは鐙から足をはずしてブーツの底で医者を押しのけ馬首をめぐらすと丘をのぼりはじめた。丘の上には判事が夕陽を背に立っていたがその姿はまるで東方教会の頭の禿げた巨漢の大修道院長といったふうだった。風に柔らかく靡くマントの下は裸だった。石の掩蔽壕の一つから同じような衣装を身につけた黒人のジャクソンが出てきて判事の脇に立った。グラントンは丘の上の自分の住居へ馬を進めていった。

夜のあいだじゅう川の対岸からは散発的に銃声と笑いと乱酔しての罵詈雑言が聴こえてきた。夜が明けても誰も現われなかった。渡し船は川のこちら側に舫ってあるが対岸の船着場に一人の男がやってきて角笛を吹きしばらく待ってからまた引き返していった。

渡し船はその日一日じゅう運航しなかった。夕方になるとまた酒宴が始まり若い娘の黄色い声が川を渡って巡礼たちが身を縮めている野営地まで届いていった。誰かが精神薄弱者にサルサ根の汁を混ぜたウィスキーを飲ませるとそれまで歩くのがせいぜいだった精神薄弱者が焚火の前で踊りだし類人猿のような足さばきと厳粛な身振りを見せながら濡れた唇をぴちゃぴちゃ鳴らした。

　明け方黒人のジャクソンが船着場へ出てきて川に小便をした。下流寄りのほうにつないである渡し船は底に数インチの泥水が溜まっていた。ジャクソンはマントを体に引きつけて渡し船の腰掛梁の上に立って釣合をとった。水が船のなかに入り彼のほうへ流れてきた。ジャクソンはじっと立って周囲を眺めていた。太陽はまだのぼらず川面には縺(もつ)れた糸のような靄が低く這っていた。下流のほうでは数羽の鴨が柳の木立から出てきた。渦巻きの上でしばらく回っていたがやがて羽搏きながら広いところに出てぐっと体を持ちあげて向きを変え上流のほうへ泳ぎだす。渡し船の底に小さな硬貨が一枚落ちていた。この船で運ばれた死体の舌の下にはさんであったのかもしれなかった（かつて冥土の川の渡し賃として死体の舌の下に硬貨をはさむ風習があった）。ジャクソンはしゃがんでそれを拾った。立ちあがって硬貨から泥をぬぐいとり眼の前に掲げたとき長い籐の矢が腹を刺し貫いて反対側に抜けかなり離れた川面に落ち一旦沈んでまた浮かびあがり向きを変えて下流のほうへ流れはじめた。

　ジャクソンは体の向きを変えたがマントはずり落ちずに留まった。片手で傷口を押さえもう片方の手で服をまさぐり武器を探したがどこにもなかった。二本目の矢が左側を飛び過ぎさらに二本が飛来して胸と下腹部にしっかりと命中した。矢は長さがたっぷり四フィートありジャクソンが体を動かすにつれて何かの儀式に使われる杖のように小さく揺れるそのジャクソンは刺さった矢の根もとから赤黒い動脈血が流れ落ちる腿を手でつかみ岸のほうへ一歩踏み出したが横ざまに倒れて川に落ちた。

そこは浅い場所でジャクソンは弱々しく立ちあがろうとしたがそのとき一番乗りしたユマ族のインディアンが渡し船に飛び乗った。インディアンは全裸で髪を橙色に染め顔は黒く塗った上に額中央のV字型の生際から顎まで深紅の線が左右を分けていた。腰掛梁の上で二度足を踏み鳴らし先祖返りの劇から抜け出てきた野生の魔術師のように両腕を振りまわすと背をかがめて赤い水に浸かっているジャクソンの衣をつかみ体を引きあげて頭を戦闘用棍棒で叩き割った。

アメリカ人たちがまだ眠っている砦を目指して丘をのぼっていくインディアンの群れは騎兵も歩兵も含めて全員が弓矢と棍棒で武装し顔を黒か薄青に塗り髪を泥で固めていた。最初に入ったのはリンカーン医師の部屋だった。数分後に出てきたときインディアンの一人は血の滴る医者の首を髪をつかんでぶらさげており別の数人は鼻面を縛られてじたばたする医者の犬を乾いた土の通路で引き立てていた。次いで柳の枝とキャンバスでつくった小屋に入りガンとウィルソンとヘンダーソン・スミスを酔いの残る体を起こした順番に殺したあと粗い造りの丈の低い壁のあいだを進んだがあたりはしんと静かで今ようやく地上の高い場所に届きはじめた陽射しを受けて壁の塗料と脂と血がてらてらと光った。

部屋に踏みこまれたグラントンは体を起こして獰猛な眼で周囲を見た。狭い泥壁の部屋はある移民家族から取りあげた真鍮枠の寝台でいっぱいにふさがれグラントンはそこに放蕩者の封建領主のように坐り寝台の柱の頂部装飾には何挺もの銃が吊るしてあった。鞍(カバー)を置かない馬(ヨ・エン・ペーロ)が寝台にあがって立ち右側にいる陪席審判員の一人から斧を渡されたがその斧は戦闘用ではない普通の斧でヒッコリーの柄に異教のモチーフが彫刻され猛禽類の羽根の房飾りがついていた。グラントンは唾を吐いた。

　さっさとやれこの下劣な赤い黒んぼめ、とグラントンが言うと老酋長は斧を振りあげジョン・ジョエル・グラントンの頭を喉まで真っ二つに断ち割った。

　判事の住居に入ると床の上で精神薄弱者と十二歳くらいの女の子が裸ですくみあがっていた。その後ろにはやはり裸の判事が立っている。判事は青銅製の榴弾砲を入口のほうへ向けていた。木製の砲車は床に立てて置かれ架台の軸受から帯金がむしりとられていた。判事は砲身を腋に抱え火のついた葉巻を火門のすぐ上にかざしている。インディアンたちが後ろ向きに将棋倒しになると判事は葉巻を口にくわえ大型の旅行鞄を提げて戸口から外に出て後ずさりしながら河岸まで降りた。判事の腰までの背丈しかない精神薄弱者が脇にぴったり張りつき二人は一緒に丘の麓の木立に入り姿を消した。

　インディアンたちは丘の上で火を焚いて白人の住居から運び出した家具什器をくべグラントンの死体を斃(たお)れた闘士だというように高く担ぎあげて炎のなかに投げこんだ。死体につながれた犬も吠え猛る殉死の火のなかにさっと引っ張りこまれ爆ぜながら燃える緑の木から巻きあがる煙のなかに消えた。医者の死体も足首を持って引きずられ持ちあげられて火葬の薪の上に放り投げられ半分マスチフの犬も火炎に委ねられた。犬はもがきながら反対側に滑り落ちつながれていた紐が焼き切れたらしく黒く焦げ盲いた状態で煙をあげながら這い出したがまた火のなかに戻されて焼き殺された。そのほか八体の死体が焚火のなかに積まれてじゅうじゅう音を立て悪臭を放ち濃い煙が渦巻きながら川の上へ流れた。医者の首は杭の先に刺されてあちこちに運ばれたが最後には火中に投じられた。銃と衣服は地面の上で分配され引き出して叩き割った箱のなかの金貨や銀貨も分けられた。そのほかのものは全部焚火のなかに積まれやがてのぼった太陽に派手な化粧をした顔をぎらつかせながらインディアンたちはめいめい新たに手に入れた品物を前に地面に坐って火を眺めパイプの煙草をふかしたがそれはちょうど町々や脚光ごしに野次を飛ばしてくる観客から遠く離れてこの僻遠の地まで巡業にきた厚化粧のパントマイム劇団員がこれから訪れる町や聴くであろう喇叭と太鼓の拙劣なファンファーレや自分たちの運命がすでに書きこまれている粗削りの木の舞台のことを考えているのに似ている、というのもこのインディアンたちもまた契約に縛られているのであり熾火のあいだで血のように赤々と輝きながら炭化していく敵の頭蓋骨を自分たちの末路を予め見るようにして眺めているからだった。

20

逃亡――砂漠のなかへ――ユマ族に追われて――防戦――アラモ・ムーチョ――もう一人の逃亡者――攻囲――長距離の射撃――篝火――生きていた判事――砂漠での取引――元司祭が殺人を勧めるに至る経緯――出発――別の出逢い――カリーソ川――攻撃――骨のあいだで――本気の遊戯――悪魔祓い――トビン負傷――作戦会議――馬を殺す――損害賠償法について語る判事――再び砂漠の逃避行

トードヴァインと少年が川の上流の羊歯（しだ）が生えている雌竹（めだけ）の林を走りながら応戦しているると飛んでくる矢が周囲の竹に音高く当たった。柳羊歯の繁みを出て砂丘をのぼり反対側に降りてまた姿を現わす、その砂の上で苦闘する二つの黒い影は速足で進んだと思うととまって身をかがめ、拳銃は開けた土地で響きのない気の抜けた音を立てた。砂丘の頂上に姿を見せたユマ族のインディアンは四人いたがそれ以上あとを追ってはこず二人が自らを追いやった場所を確認して引き返していった。

少年の脚には矢が一本刺さり骨まで達していた。少年は坐って矢の柄を傷口から数インチのところで折りまた立ちあがって先へ進んだ。砂丘の頂上で足をとめ振り返る。インディアンたちはすでに砂丘にはおらず川べりの崖沿いに黒い煙が見えた。西は砂丘がずっと連なり横たわれば姿を隠すことができるが陽の当たらない場所がなく足跡を消してくれるのは風だけだった。

歩けるか、とトードヴァインが訊いた。

歩くしかない。

水はどれくらいある。

あんまりないな。

お前はどうしたい。

わからない。

そうっと川へ戻ってそこで待つ手もある、とトードヴァインが言う。

いつまで待つんだ。

トードヴァインはまた砦のほうを見、少年の脚の矢と湧き出る血を見た。そいつを引っこ抜きたいか。

いや。

どうしたい。

先へ進みたい。

針路を修正して幌馬車隊が通った跡をたどり午前から昼過ぎ昼過ぎから夕方へとずっと歩きつづけた。暗くなるころには水が尽きたがゆっくりと回転する星々の下をなおも骨を折りながら進み砂丘のあいだで震えながら眠って夜明けにまた歩きだした。少年はこわばってきた脚を引きずりながら馬車の折れた轅を杖にして歩きトードヴァインに二度先に行ってくれと言ったがトードヴァインはそうしなかった。昼前にインディアンが現われた。

東の地平線のくぼんだところに集まり陽炎に揺れているインディアンたちは凶暴な操り人形の群れのようだった。馬はなく速足で歩いてくるように見えたが一時間とたたないうちに矢を射かけてきた。

二人で先へ進みながら少年は拳銃を手に左右へ体を振り頭をさげして矢をかわしたが太陽から降ってくるような矢は薄青い空を背景に奥行きが縮んだ寸詰まりの柄をぎらぎら光らせ笛のような音を立てたと思うと不意に砂の上で静止してぶるぶる震えた。もう一度使われないよう矢を折りながら蟹のように横歩きをしたが矢が濃い密度で飛来しはじめると二人は防戦した。少年は砂の上に伏せて両肘をつき拳銃の撃鉄を起こして狙いをつけた。インディアンたちは百ヤード強のところで叫び声をあげトードヴァインは少年の横で片膝をつく。拳銃が跳ねあがり硝煙が宙に浮いてしばらく動かず野蛮人の一人が奈落にすっと落ちる役者のように倒れた。少年はまた撃鉄を起こしたがトードヴァインが銃身に手をかけたのでその顔を見あげて撃鉄をおろし坐って今空になった薬室に弾をこめると体を押しあげるようにして立ちあがり杖を手にとってまた先へ進んだ。背後から倒れた仲間のまわりに集まって何かわいわい言っている声がかすかに届いてきた。

その化粧をした男たちは一日じゅう追ってきた。トードヴァインと少年はすでに二十四時間水を飲んでおらず砂と空の不毛な壁が揺れ動きはじめときおり周囲の砂に斜めに突き立つ矢はさながら砂漠の乾いた空気のなかで激しく増殖しようとする穂のついた突然変異体の植物の茎だった。二人はとまらなかった。アラモ・ムーチョの井戸（この井戸は掘った穴から地表まで水が湧き出て水溜まりになっている）にたどり着いたときには陽は前方に低く傾きその井戸がある窪地の縁に坐っている人影が一つあった。その人影が世界の震えるレンズのなかでゆがんだ姿で立ちあがり片手を差しあげたがそれが歓迎の仕草か警告の仕草かはわからない。二人は眼の前に手をかざし足を引きずるようにして歩いていくと井戸のそばの人影が声をかけてきた。それは元司祭のトビンだった。

トビンは一人で武器を持っていなかった。お前たちは何人だ、とトビンは訊いた。

見てのとおりさ、とトードヴァインが答えた。

ほかのやつらはみんなやられたのか。グラントンは。判事は。

二人は答えなかった。窪地へ滑りおり両膝をついて数インチ溜まっている水を飲んだ。

直径十二フィートくらいの窪地の斜面に体を添わせて向こうを見るとインディアンが平

原に散開して遠くをゆっくりと歩いていた。少人数の集団を東西南北に配したインディアンたちが矢を放ちはじめ防御する側のアメリカ人三人は砲兵隊の将校のように矢の飛来を告げ合いながらむきだしの窪地に体を横たえ矢の飛んでくる方角にいる攻撃者に注意を向け両手で体の脇の砂につかみかかり猫のように脚をこわばらせていた。少年はまったく発砲せずにいたがやがて太陽を背負った有利な位置にいる西のインディアンが接近を開始した。

井戸の周囲には昔別の井戸が掘られたときの砂山がいくつかありインディアンはその一つにたどり着こうとしているのかもしれなかった。少年は今いる場所を離れて窪地の西側斜面に移りそちらに立ちあるいは狼のようにしゃがんでいるインディアンを銃で撃ちはじめた。元司祭が少年の脇にひざまずき背後を警戒しながら太陽と少年の拳銃の照星のあいだに帽子をかざし少年は両手で握った拳銃を窪地の縁に置いて安定させ発砲した。二発目に野蛮人の一人が倒れて動かなくなった。次の一発で別の男がくるりと体を回して尻餅をつきまた立ちあがって数歩歩いたがまた坐った。元司祭が脇から囁き声で励まし少年が撃鉄を起こし元司祭が帽子の位置を調節して照星と照門を一つの影で覆うようにすると少年は再び発砲した。負傷して坐りこんでいた男を狙ったのだがその男は地面に倒れて死んだ。

元司祭が低く口笛を吹いた。

お前さん冷静だな、と囁いた。しかしこいつはただの仕事じゃないからそのうち胸に応えてくるかもしれんぞ。

この不幸な出来事にインディアン側はすくみあがって動けなくなったように見えたが少年がまた撃鉄を起こして銃を撃ちさらに一人を倒すとわれに返った様子で死んだ者を運んで後ろにさがりはじめ矢を射ながら石器時代人の言葉で血の復讐の誓いだか戦争の神か幸運の神への訴えかけだかを大声で叫んで退却しやがてごく小さな人影になった。

少年は火薬入れと弾丸入れを肩にかけて窪地の底へ滑りおりそこに放置されている古いシャベルで小さな穴を掘って沁み出して溜まった水で輪胴の薬室を洗い銃身を洗いシャツの切れ端を棒でそれぞれの穴に突っこんで掃除をした。それから拳銃を組み立て直し銃身のピンを叩いて輪胴をしっかり固定すると拳銃を温かい砂の上に置いて乾かした。

トードヴァインが窪地の斜面を移動して元司祭のところへ行き午後遅くの陽射しのもとで陽炎に揺れながら退却していくインディアンを二人で見た。

あいつは射撃の名人だな。

トビンはうなずき水溜まりのそばに坐って拳銃に弾薬を装塡している少年を見おろした。少年は薬室に眼分量で火薬を詰めて弾丸をこめ輪胴を回した。

弾薬の備えはどうなんだ。

全然だめだ。もうあんまり残ってない。

元司祭はうなずいた。夕闇が迫り西の赤い土地では太陽の前でインディアンが影絵を描いていた。

　世界の暗い小さな環の縁で野蛮人たちの篝火が一晩じゅう燃えるなか少年は拳銃からピンを抜いて銃身を望遠鏡がわりにし窪地の温かい砂の斜面を回りながらそれぞれの焚火を覗いて敵の動きを探った。夜に生き物がまったく啼かない荒地はこの世にほとんどないがここではいくら耳をすましても聴こえるのは冷たい闇のなかの自分の呼吸音と胸のなかのルビー色の肉でできた心臓の収縮音だけだった。夜が明けるころには火はどれも燃え尽き平原の三カ所から細い煙が立ちのぼっているだけで敵の姿は消えていた。東のほうから乾いた平原を横切って大きな人影とそれより小さな人影がこちらに近づいてきた。

　あれはなんだと思う。

　元司祭は首を振った。

　トードヴァインが口を手で囲い少年に向かって鋭く口笛を吹いた。少年はこわばった脚を引きずって斜面をのぼった。三人は並んで東のほうを見た。

　近づいてくるのは判事と精神薄弱者だった。二人とも裸で夜明けの砂漠をやってくる姿は普通の世界から逸脱したあり方で存在するもののように見えその姿は暁の光を受けて生気に満ちたりその同じ光のなかで儚げに見えたりした。重大な事柄の前兆であるがゆえに曖昧に見えるものに似て。意味に満ち満ちているがゆえに形がぼやけてしまうものに似て。曙光のなかからやってくるものを黙って見つめる井戸のそばの三人はそれが何であるかはもう明らかなのに誰もその名を口にしなかった。重々しく歩いてくる二人のうち砂埃をまぶされた薄桃色の判事は新たに生まれたばかりの何かのようであり精神薄弱者のほうはもっと色が濃いがその二人が平原をやってくるさまは極端な形での追放刑を受けたかのようであり服を全部脱いだ下品な王がお抱えの道化とともに荒野に追放されこれから死のうとしているといったふうだった。

砂漠を旅する者はたしかに言語に絶する人間や生き物を目撃することがある。三人は到来したものをよく見るために立ちあがった。精神薄弱者は判事についていくため大股に急いで歩いていた。判事は藁や草の葉が飛び出ている川の泥を乾かしてつくった鬘をかぶり精神薄弱者はぼろぼろの毛皮を黒ずんだ血のついた側を表にしてかぶっていた。判事は片手に小さなキャンバスの鞄を持ち中世の悔悛者が着る粗末な服のように何かの動物の肉を肩にかけていた。窪地の縁へやってきて三人にうなずきかけながらお早うと声をかけ精神薄弱者と一緒に斜面を滑りおりて両膝をつき水を飲みはじめた。

食事に人の手を借りなければならない精神薄弱者も自分で飲んだ。判事の横に並んで膝立ちになり鉱物質を含んだ水を派手に音を立ててすすりこみ発達の遅れた黒い眼で斜面の上のほうにいる三人を見あげてからまた背をかがめて水を飲んだ。

判事が弾帯のように肩にかけた陽射しに黒ずんだ肉をおろすと皮膚には肉の形に薄桃色と白の奇妙な斑模様ができていた。判事は泥の鬘を脱ぎ陽灼けして皮がむけた頭や顔を洗いまた水を飲んでから砂の上に坐った。三人のもとの仲間を見あげた。唇はひび割れ舌は腫れあがっていた。

ルイス、と判事は言った。その帽子はいくらで売る。

トードヴァインは唾を吐いた。これは売り物じゃねえ。

どんなものでも売り物になる。いくらならいい。

トードヴァインは落ち着かない眼を元司祭に向けた。それから井戸を見おろした。俺も帽子がいるんだ。

いくらだ。

トードヴァインは肉のほうへ顎をしゃくった。そいつをちょっとばかり切り取って交換しようってんだろう。

とんでもない、と判事は言った。こういうものはみんなのものだ。帽子はいくらで売る。

いくら出す気があるんだ、とトードヴァインは訊き返した。

判事は相手をじっと見た。百ドル出そう。

誰も口を開かなかった。精神薄弱者もしゃがんだ姿勢で事の成り行きを見守るふうだった。トードヴァインは帽子を脱いでそれを見た。頭の側面に黒い艶のない髪が張りついていた。寸法が合わないだろ、と言った。

判事は何かラテン語の章句を唱えた。そしてにやりと笑った。その心配はしなくていい。

トードヴァインは帽子をかぶって位置を調えた。その鞄に金が入ってるんだろうな。

そのとおりだ、と判事は答えた。

トードヴァインは太陽のほうへ眼をやった。

百二十五ドル出してしかも君がそれをどこで手に入れたかは訊かないことにしよう、と判事は続けた。

じゃそれを見せてもらおうか。

判事は留金をはずし鞄を傾けて中身を全部砂の上に出した。ナイフが一挺とかなりの量の各種の金貨だった。ナイフを脇へのけ金貨を掌で広げて眼をあげた。

トードヴァインは帽子を脱いだ。斜面を降りた。判事と彼は金貨をはさんで向き合ってしゃがみ判事が賭場のクルピエのように約束しただけの金貨を手の甲で押しやった。トードヴァインは帽子を渡して金貨を集め判事はナイフをとって帽子の後頭部のリボンを切りつばを切り山の下のほうを切って頭に載せ元司祭と少年を見あげた。

降りてこい、と判事は言った。肉を分けよう。

二人は動かなかった。トードヴァインはすでに一切れ両手でつかみ嚙みはじめていた。窪地の底は涼しく朝陽は上の地表しか照らさなかった。判事は残りの金貨を鞄に戻し鞄を脇に置きまた背をかがめて水を飲んだ。水に映った自分の姿を見ていた精神薄弱者は水を飲む判事を見それから水面がまた静まるのを見た。判事は口を拭き上にいる二人を見た。

武器は何を持ってるんだ、と訊く。

少年は片足を窪地の外に踏み出していたがまた引っこめた。元司祭は動かなかった。判事に眼を据えていた。

拳銃が一挺だけだ、ホールデン。

誰が持ってる。

ぼうずだ。

少年はまた立ちあがっていた。元司祭が脇に立つ。

判事も窪地の底で立ちあがり帽子の位置を調整し鞄を腋にしっかり抱えこんだがその姿はさながら砂漠で狂気に陥った全裸の巨漢弁護士といったところだった。

信者への助言はよく考えてやったほうがいいぞ、司祭どの、と判事は言った。われわれはこうして一緒にいる。あの太陽はいわば神の眼でわれわれはこの大きな珪質岩の焼板で平等に焼かれる立場にあるんだ。

私は司祭じゃないし助言なんぞしない、と元司祭は言った。とにかくこのぼうずは自由なんだ。

判事はにやりと笑った。まったくそのとおりだ、と言った。トードヴァインに眼をやってからまた元司祭に笑いかけた。じゃどうする。敵対する猿の集団みたいに交替で水場を使うのか。

元司祭は少年を見た。二人は太陽のほうに向かって立っていた。元司祭は下にいる判事と話がしやすいようにしゃがんだ。

砂漠の井戸の権利を登記する登記所があると思うか。

ああ司祭どの、そういう役所のことは私より詳しいんだろうな。私はこの井戸についてなんの権利も持っていない。前にも言ったが私は単純な人間だ。君たちはここへ降りてきて水を飲んだり水筒に水を詰めたりしてくれていい。

元司祭は動かない。

水筒をかしてくれ、と少年が言った。拳銃をベルトから抜いて元司祭に渡し革製の水筒を持って斜面を降りた。

判事は少年を眼で追った。少年は窪地の底を回ったがどの場所も判事の手がすぐに届くので精神薄弱者の向かいにしゃがみ水筒の栓を抜き水筒を水に沈めた。少年と精神薄弱者は水筒の口のなかに水が流れこむのを見、水筒の口から泡が出るのを見、それがとまるのを見た。少年は水筒に栓をし背をかがめて水溜まりの水を飲むと背を起こしてトードヴァインを見た。

一緒に来る気はあるか、と少年は訊いた。

トードヴァインは判事を見た。どうするかな。逮捕状が出てんだ。カリフォルニアへ行くと逮捕される。

逮捕？

トードヴァインは返事をしなかった。砂の上に坐った姿勢で眼の前の砂に三本の指を三脚のように突き立てそれを引きあげると向きを変えてまた砂に差し星の形か六角形が描ける六つの穴をつくったあとまた手で掻き消した。顔をあげた。

ここへ逃げてきたからって国から完全に逃げられたなんて思わねえだろう。

少年は立ちあがり水筒の紐を肩にかけた。ズボンの脚は血で黒く染まり腿からは矢の血まみれの切株が道具をかける釘のように突き出ていた。唾を吐いて手の甲で口をぬぐいトードヴァインを見た。あんたが逃げてきたのは国からじゃない。そう言って窪地の底を歩き斜面をのぼった。判事は眼でその動きを追ったが少年が窪地の縁にたどり着いて振り返ると判事は裸の腿のあいだで鞄を開けていた。

五百ドル出そう、と判事は言った。火薬と弾丸こみで。

元司祭が少年の脇へ来た。やつを殺せ、と鋭く囁いた。

少年は拳銃を受け取ったが元司祭が腕をつかんで囁きつづけるとその腕を振り払ったので元司祭は声を高めて言った。それほど恐怖に駆られていた。

今を逃したらもう機会はないぞ、ぼうず。やれ。やつは裸だ。銃を持ってない。これ以外にやつに勝つ方法があると思うのか。やれ。頼むからやってくれ。神にかけて言うがやらないとお前の命は危ないぞ。

判事は笑みを浮かべてこめかみを指で叩いた。どうやら司祭どのは陽に当たりすぎたようだな、と言った。七百五十ドルまで出してもいい。売手に得な取引だ。

少年は拳銃をベルトに差した。脇でなおもせっつく元司祭と一緒に窪地の周囲を回り西に向かって平原を歩きだした。トードヴァインが斜面をのぼってきて二人を見た。しばらくすると見るものなど何もなくなった。

その日二人が進んでいくと碧玉と紅玉髄(こうぎょくずい)と瑪瑙の小さな塊をモザイク状に敷き詰めた広い場所に出た。風が漆喰で埋めていない隙間を通って歌う広さ千エーカーの土地だった。この地所を横切って東に向かううちに馬に乗りもう一頭の馬を引いているデイヴィッド・ブラウンがやってきた。引いている馬にも鞍と馬勒がついているが少年がベルトに両手の親指を突っこんで見ているとブラウンは近づいてきて少年とその年輩の連れを見おろした。

お前さんは牢屋に入ってると聴いたが、とトビンは言った。

入ってたよ、とブラウンは答えた。でも今は入ってない。ブラウンの眼が少年と元司祭のあらゆる部分を精査した。ブラウンは少年の脚から矢の折れ残りが飛び出ているのを見て元司祭の眼を覗きこんだ。仲間はどこだ、と訊いた。

見てのとおりだよ。

グラントンとはぐれたのか。

グラントンは死んだ。

ブラウンは唾を吐き広大なモザイク状の土地に乾いた白い染みをつけた。喉の渇きを忘れるために舐めている小さな石を口のなかで動かし二人を見た。ユマ族か、と言った。

ああ、と元司祭は答えた。

全滅か？

トードヴァインと判事が向こうの井戸にいる。

判事だと。

二頭の馬は細かいひびの入った石の土地をうら悲しげに見ていた。

ほかのやつはやられたのか。スミスは。ドーシーは。黒んぼは。

みんなやられた、と元司祭は言った。

ブラウンは荒野の東のほうを見た。井戸までどれくらいだ。

私らは陽の出から一時間くらいたって出発したんだ。

やつは銃を持ってるのか。

いや。

ブラウンは二人の顔を調べる眼で見た。司祭どのは嘘をつかないよな。

誰も口を開かなかった。ブラウンは耳の首飾りをもてあそんだ。それから馬の向きを変え乗り手のいない馬を引いて先へ進みはじめた。二人を振り返りながらしばらく進んだ。

それからまたとまった。

お前ら見たのか。グラントンの死体。

私は見たよ、と元司祭が言った。実際に見ていた。

ブラウンは鞍の上で軽く体をひねりライフルを膝に載せて馬を進めた。徒歩の二人を見、徒歩の二人から見られていた。ブラウンが平原の上でごく小さくなったとき二人は体の向きを変えて先へ進んだ。


翌日の昼前に二人はまた棄てられた蹄鉄や引具の断片や骨や引具をつけたままの騾馬の乾いた死骸などが散らばる幌馬車隊の残骸に出くわした。大昔に干上がった湖の弧をなす岸のかすかな痕跡をたどると畝模様のついた繊細な陶器の破片のような割れた貝殻が砂に混じり夕方いくつもの砂丘やぼた山のあいだをくだっていくとカリーソ川に行き当たったがこの小川は石のあいだから湧き出て砂漠をしばらく流れてまた消えていた。ここでは何千頭もの羊が死んでおり二人は黄ばんだ骨やぼろぼろの毛をまとった死骸のあいだを進み骨のあいだにひざまずいて水を飲んだ。少年が水を滴らせながら顔をあげたとき水面に映った顔をライフルの弾丸がへこませ銃声の谺が骨の散らばった斜面を騒がせ砂漠へ飛び去り死んだ。

少年はぱっと腹這いになり横ざまに斜面をのぼりながら夕空を背に地上のものが描いている影絵に眼を走らせた。まず見えたのは馬で南の砂丘と砂丘のV字型の谷間で二頭が鼻先を寄せ合っていた。それからもとの仲間二人のものだったと思われる服に切れ目を入れて着やすくしたものを身につけた判事が見えた。判事はまっすぐ立てたライフルの銃身の先を握り銃口に火薬を注いでいた。精神薄弱者は帽子をかぶっただけの姿で判事の足もとの砂の上でしゃがんでいた。

少年は低い場所へすばやく移り拳銃を握ったまま地面に平たくなると肘の脇で小川がちょろちょろ流れていた。首をめぐらして元司祭を探したが姿が見えない。骨の格子ごしに丘の上に夕陽を浴びた判事とその被庇護者を見た少年は拳銃を握った手を何かの動物の骨盤の上に載せ発砲した。判事の後ろの斜面で砂がはじけ判事がライフルを持ちあげて撃ち弾丸が骨をびしりと打って飛び過ぎ銃声が砂丘の向こうへ消えていった。

少年は早鐘を打つ心臓を抱えて砂の上に伏せていた。また親指で撃鉄を起こし頭をもたげる。精神薄弱者は前と同じところに坐り判事は空を背に悠然と歩きまわって下方の風に吹き寄せられたように並んでいる骨を眺めながら降りていくのにいい場所を探していた。少年はまた動きだした。腹這いで小川に入り拳銃と火薬入れを水の上に持ちあげておき水をすすって飲んだ。それから対岸にあがり砂の上の狼が通うらしい踏み荒らされた道筋をたどった。左のほうで元司祭の囁き声がしたような気がしたので川の音を聴きながらじっと耳をすました。撃鉄を半起こしにして輪胴を回し空の薬室に弾薬をこめて雷管をはめ様子を窺うために体を起こした。判事が歩いていた砂丘の谷間には誰もおらず二頭の馬は砂地を踏んで南の少年がいるほうへ向かってきていた。拳銃の撃鉄を起こして地面に伏せ様子を窺った。馬は不毛の斜面をなんの障害もなく降りながら空気をつつくように首を振り尾をひょいひょい動かした。それから馬の背後に精神薄弱者が新石器時代の牧夫といった風情でよろよろやってくるのが見えた。右手の砂丘のあいだから判事が現われあたりに眼を配りながらまた姿を消した。馬がなおも近づいてくるなか後ろで何かをこするような音がするので振り返ると元司祭が囁きかけてきた。

あいつを撃て。

少年はさっと前に向き直って判事の姿を探したが元司祭は嗄れた声で言った。

薄のろだ。薄のろを撃て。

少年は拳銃を持ちあげた。馬が黄ばんだ骨の柵の切れ目を一頭その次の一頭とくぐりそのあとを追ってきた精神薄弱者が姿を消した。振り返ると元司祭もいなかった。道をたどっていくとまた小川の岸に出たが上流で水を飲む馬がすでに流れを少し濁らせていた。最前から出血しはじめている脚を冷たい水に浸し水を飲み掌で首の後ろにかけた。腿から湧いた大理石の斑紋のような血は流れのなかで細長い赤い蛭のようだった。少年は太陽を見た。

やあ、と判事の声が西のほうからした。まるで小川に馬に乗った人間が新たにやってきてその人に挨拶したような声だった。

少年は聴耳を立てた。新たに来た人間などいなかった。しばらくしてまた判事の声がした。さあ出てこい。水はみんなが飲めるだけたっぷりあるぞ。

少年は火薬入れを背中に回して川から遠ざけ拳銃を構えて待った。上流では馬が水を飲むのをやめていた。だがまた飲みはじめた。

小川の対岸にあがると元司祭の残した手と足の跡が山猫や狐や臍猪の足跡と交わっていた。馬鹿馬鹿しいほど糞が溜まっている空地に入って耳をすます。革の服は水を吸って重くこわばり脚がずきずき痛んだ。鼻面から水を垂らしている馬の首が百フィートほど先の骨の上に現われてまた不意に消えた。判事の声が今度は新たな場所から聴こえてきた。われわれは仲間じゃないかという呼びかけだった。少年は蟻の小規模な隊商が羊の湾曲したあばら骨をたどっていくのを見ていた。見ているうちに骨から垂れさがった皮の下でとぐろを巻いている小さな鎖蛇と眼が合う。少年は口を拭いてまた移動を始めた。元司祭の足跡は小道の袋小路で引き返してきた。体を低くして聴耳を立てた。暗くなるまでまだ数時間ある。しばらくすると精神薄弱者がどこか骨のあいだですすり泣く声が聴こえた。

砂漠から吹く風の音が聴こえ自分の息の音が聴こえた。様子を見ようと頭をあげたとき元司祭が羊の脛骨を組み生皮の紐でくくり合わせてつくった十字架を高く掲げて骨のあいだをよろめき歩いているのが見えたがその姿は薄暗い砂漠で占い棒を掲げて外国のすでに死んだ言葉を唱える鉱脈占師のようだった。

少年は拳銃を両手で握って立ちあがった。すばやく体を回す。判事の姿が少し離れたところに見えたがすでにライフルを肩づけしていた。少年が発砲すると元司祭は自分がもと来たほうを向いて十字架を持ったまま坐った。判事はライフルを置き別のライフルをとる。少年は懸命に拳銃を安定させ発砲してさっと砂の上に伏せた。重いライフル銃弾が小惑星のように頭上を飛び過ぎ背後の昇り斜面に散乱している骨に当たり音を響かせた。膝立ちになり判事の姿を探したがどこにもいなかった。空になった薬室に弾薬をこめ匍匐(ほふく)して元司祭が伏せた場所に向かい太陽の位置で方角を確かめながらときどき耳をすました。地面には平原から死肉を求めてやってきた動物の足跡が残り川岸の草の繁みを渡ってくる風は雑巾のような臭いがしその風の音以外は何も聴こえなかった。

元司祭は小川で膝立ちになりシャツから切り取った布切れで傷を洗っていた。銃弾は首を貫通していた。頸動脈はかろうじてはずれたが血がとまらなかった。元司祭は頭蓋骨や引っくり返ったあばら骨のあいだにしゃがんでいる少年に眼をとめた。

馬を殺せ、と元司祭は言った。でないと逃げられない。やつはすぐに追いついてくる。

馬を盗んだほうがいいんじゃないか。

馬鹿を言うなぼうず。やつには恰好の罠だ。

暗くなったらすぐ出発しよう。

明日はもう明るくならないと思うのか。

少年は相手をじっと見た。それとまりそうか。

とまりそうにない。

どうする気だ。

とめなきゃならん。

血は元司祭の指のあいだから流れつづけた。

判事はどこにいる、と少年は訊いた。

まったくどこにいるのやら。

やつを殺したら馬はいただきだな。

お前はやつを殺しそうにない。馬鹿なことは考えるな。馬を撃て。

少年は浅い砂地の小川の上流に眼をやった。

やるんだぼうず。

少年は元司祭を見、ぽたりぽたりと落ちる血が水のなかで薔薇の花のように咲きそれから色褪せていくのを見た。少年は小川を遡った。

二頭の馬が川に入った場所へ来たが馬はいなかった。馬があがった岸はまだ濡れていた。拳銃を前に向けて構えながら両手を地面について四つん這いで進んだ。神経を張り詰めて注意していたにも拘わらず精神薄弱者を見つけたときにはすでに向こうがこちらを注視していた。

精神薄弱者は骨の木立のなかに坐り虚ろな顔に斑な陽をステンシル書きされて森のなかの野生動物のようにこちらを見ていた。少年は相手をしばらく見てから馬の足跡をさらにたどった。精神薄弱者のぐらぐらする首はゆっくりと回り締まりのない口から涎が垂れる。少年が振り返るとまだこちらを見ていた。砂地に両手をついた精神薄弱者は無表情だが何か大きな悲哀にとらわれた生き物というふうに見えた。

馬は小川を見おろす小高い場所から西を見ていた。少年は静かに地面に伏せたまま周囲の様子を窺った。それから川岸に沿って移動し外側に湾曲した肋骨にもたれて坐ると拳銃の撃鉄を起こし両膝に肘をついて狙いを安定させた。

馬のほうでもすでに少年に気づき眼を向けていた。撃鉄の音が聴こえると耳を立て少年のほうへ歩きはじめた。前の馬の胸を撃つと馬は倒れ重い息をつきながら鼻から血を流した。もう一頭は足をとめて迷うそぶりを見せたが少年がまた撃鉄を起こして発砲したときくるりと体の向きを変えた。砂丘のあいだを速足で駆ける馬をもう一度撃つと両の前脚ががくりと折れて前にのめりながら横向きに倒れた。そして一度だけ首をもたげたあとは動かなくなった。

少年は耳をすました。動くものはなかった。一頭目の馬は倒れた場所にじっと横たわり頭のまわりの砂を血で黒く染めていた。硝煙は下流に漂って薄まり消えた。少年は小道へ戻って死んだ騾馬のあばら骨にもたれて坐り拳銃に弾薬をこめ直してからまた小川へ戻った。前と同じ道はたどらず精神薄弱者も見かけなかった。川べりへ来ると水を飲み脚を水に浸して伏せさっきと同じように聴耳を立てた。

銃を棄てろ、と判事が言った。

少年はぴたりと動きをとめた。

声は五十フィートと離れていなかった。

お前が何をしたかは知っている。だが司祭に唆されたのだから行為と意思の両面で軽減事由としてやろう。誰の非行を裁くときも私はそうするからな。しかし物的損害の問題がある。だから拳銃をよこすんだ。

少年は伏せたまま動かなかった。上流のほうで判事が川に入る音が聴こえた。口のなかでゆっくりと数を数えた。水の濁りが流れてきたとき数えるのをやめ乾いた草をむしって川に流した。さっきと同じだけ数を数えたとき草は骨のあいだにかろうじて見えるか見えないかのところに流れていた。少年は川からあがり太陽を見てさっき元司祭がいた場所まで移動しはじめた。

元司祭が小川からあがった痕跡はまだ濡れておりそのあと通った道筋には血が落ちていた。足跡をたどり例の袋小路まで来ると鋭い囁き声で元司祭を呼んだ。

やったかぼうず。

少年は片手をあげた。

よし。銃の音は三つ聴こえた。薄のろもだな？

少年は答えない。

よくやった、と元司祭は囁いた。首にシャツを縛りつけた上半身裸の姿で悪臭を放つ骨の杭垣のあいだにしゃがみ太陽を見た。影は砂地の上に長く伸びその影のなかでそこを死に場所にした動物たちの骨がとりどりの鎧の奇妙な寄せ集めといった風情で斜めに傾いていた。暗くなるまであと二時間ほどだと元司祭は言った。二人は木の板のような牛の皮の下に身を潜めて判事の呼声を聴いた。判事は法的問題の論点をあげ判例を引いた。人に馴れている動物に対する財産上の権利について詳述し今ほかの動物の骨のあいだで死んだ二頭の馬の前所有者が重罪を犯した者であった場合に私権剝奪の効果として生じる血統汚損の効果について事例を引用した。それからほかにもいろいろ話した。元司祭は少年のほうへ首を伸ばした。あれを聴くんじゃないぞ。

聴いちゃいない。

耳をふさげ。

あんたがやれよ。

元司祭は両手を耳にあてて少年を見た。失血のせいで眼がきらきら光りひどく真剣だった。早く耳をふさげ。やつは私に話しかけてるとでも思ってるのか。

少年は顔をよそへ向けた。荒野の西の縁にうずくまった太陽を見、それ以上二人とも何も喋らず暗くなってから立ちあがって出発した。

　二人はそっと低地からあがりなだらかな砂丘を横切りながら最後にもう一度小川の流域の谷間を見返ると土手の上に判事の焚く火が風に瞬きながらもはっきり見えていた。何を燃やしているのかなどは考えてみることはせず月が出るまでにかなりの距離を稼いだ。

　その地域には狼やジャッカルがいて宵の口に啼きつづけ月がのぼるとまるでそれに驚いたように声がやんだ。それからまた啼きだした。巡礼のような二人は怪我で体が弱っていた。横になって休みはしても長い時間はそうせず東の地平線を絶えず見て人影がやってこないか警戒を怠らなかったが荒涼たる砂漠の風はどの方角から吹いても冷たく不毛でなんの知らせももたらさず二人ともぶるぶる震えた。空が白みはじめると果てしなく広がる平らな土地のわずかに隆起している部分まで行き表面が剝離した頁岩の地面にしゃがんで陽の出を見た。ひどく寒くぼろを着て首に血染めの首巻きをした元司祭は両腕で自分の体を抱いていた。二人はその小さな隆起の上で眠り眼が醒めるとすでに午前半ばで太陽は中空にのぼっていた。体を起こして周囲を見た。平原の中景に見えたのはこちらに向かってくる判事と精神薄弱者の姿だった。

21

砂漠の漂流者――引き返す――隠れ場所――風が味方する――戻ってくる判事――演説――ディエゲーニョス族――サン・フェリペ――野蛮人の歓待――山のなかへ――熊の群れ――サン・ディエゴ――海

少年はトビンを見たが元司祭は無表情に坐っていた。やつれたみじめな有様で近づいてくる二人の人間が何者かわかっていないかのように見えた。わずかに顔をあげて少年を見ることもなく言った。行け。お前だけは助かれ。

少年は地面から水筒をとりあげ栓を抜いて水を飲み水筒を差し出した。元司祭も水を飲み二人で坐って向こうを眺めそれから二人とも立ちあがってまた出発した。

二人とも怪我と飢えでかなり体力を消耗しいかにも憐れな風情でよろよろ歩いた。昼には水がなくなり坐って周囲の荒涼を眺めた。北から風が吹いてくる。口が乾いていた。二人が行く砂漠は絶対的な砂漠で特徴がまるでなく前に進んでいることを示す徴がなかった。

大地はあらゆる方向に同じように離れていって曲線を描く限界に達しているがこの限界線に囲まれた二人はその円の中心だった。二人は立ちあがって先へ進んだ。空は光っていた。道標になるものは何もなかったがときどき旅人が棄てた衣類が落ちていたり帆立貝の表面のような襞模様がある砂のなかに埋葬されていた人の骨が表に出てきていることがあった。午後には前方の土地が昇り勾配を示しはじめ砂と小石のなだらかな丘の頂点で足をとめて振り返ると判事が前と同じように平原の二マイルほど離れたところにいた。二人は先へ進んだ。

その砂漠では今まさにそうであるように動物の死骸が増えてくることで水場が近いとわかるがそのせいでまるで水場が生き物にとって致命的な何かの危険に囲まれているかのように見えた。二人は後ろを振り返った。判事は低い丘の向こうにいて姿が見えなかった。前方には白く色が抜けた馬車の残骸が横たわりさらにその向こうには絶えず砂にこすられて毛が落ちて皮がキャンバスのようになった騾馬と牛の死骸があった。

少年は立ちどまってこの場所の様子をよく見てから百ヤードほど引き返し砂の上の浅い足跡を見おろした。今降りてきた砂と小石の斜面を見、膝立ちになって地面に手をつき風が地表の珪石粉を漂わせるかすかな音に耳をすました。

手を持ちあげると砂の小さな峰ができて手形をつくっていたが峰はまもなくゆっくりと消えていった。

もとの場所へ戻ると元司祭はひどく具合が悪そうだった。少年はしゃがんで様子を窺った。

隠れよう、と少年は言った。

隠れる？

ああ。

どこへ隠れる気だ。

ここだ。ここで隠れるんだ。

そりゃ無理だぼうず。

いやできる。

足跡をたどられるじゃないか。

風で消えてるんだ。あっちの斜面にはもうない。

ない？

あとかたもない。

元司祭は首を振った。

さあ。早く。

無理だよ。

立つんだ。

元司祭は首を振った。やれやれ。

さあ立てよ。

お前さん一人で行け。元司祭は促す手振りをした。

少年は言った。あんなやつはなんでもない。あんたがそう言ったんだ。人間はみんな地の塵でできてるって。たえ……たえ……。

譬えか。

そう譬えじゃないって。判事もただの人間だってのは紛れもない事実だ。

じゃ対決してみろ。ただの人間なら対決してみろ。

向こうはライフルでこっちは拳銃だぜ。しかもライフルは二挺だ。さあ立つんだ。

元司祭は腰をあげた。よろよろと立ち少年に寄りかかった。二人は消えつつある足跡が向かっていた方向からそれて馬車の残骸の脇を歩いていった。

最初の骨のそばを通り過ぎて二頭の騾馬が引綱をつけられたまま死んでいるところへ来ると少年は膝立ちになり東のほうをちらちら見ながら木の板で退避壕を掘った。それから饐えた臭いのする死骸の陰で満腹した腐食動物よろしく窪みにうつ伏せに寝て予想どおり判事がやってきたとき通り過ぎていってしまうのを待った。

長く待つ必要はなかった。低い丘の頂上に現われた判事はほんの一瞬立ちどまっただけで涎を垂らすお供の者と一緒に斜面をくだりはじめた。砂埃が漂い渦巻く土地を前にした判事は丘の頂上から広い範囲をじっくり見渡せたのにそうはせず視界のなかに二人の逃亡者がいないことに反応を示す様子もなかった。丘を降りきると前を行く精神薄弱者の革紐を持って平地を歩きだした。ブラウンのものだったライフルを二挺持ち二つの水筒の紐を胸で交差させ火薬入れと旅行鞄とキャンバスのリュックサックを持っていたがそのリュックサックもブラウンのものだったに違いなかった。奇妙なのはパラソルをさしていることでそのパラソルはあばら骨に動物の腐った皮を張り革紐でくくりつけたものだった。持ち手は何かの動物の前足でだんだん近づいてくる判事の服は体格に合わせるために切れ目をあちこちに入れているため紙吹雪を身にまとっているように見えた。不気味なパラソルをさし精神薄弱者を生皮の紐でつないでいる判事は客寄せの芸をしていたインチキな薬売りが怒った客たちに追われて逃げてきたといったふうだった。

砂地に掘った窪みに腹這いになった少年は平地を歩きだした判事と精神薄弱者を二頭の死んだ騾馬のあばら骨の隙間から窺い見た。自分と元司祭の足跡は丸っこく曖昧になっていたがちゃんと見えていて少年は判事を見、その足跡を見、砂漠の地表を動く砂の音に耳を傾けた。判事は百ヤードほど離れたところで足をとめ地面を見た。精神薄弱者が四つん這いでうずくまり引紐を引っ張られている方向へ体を傾けているところはさながら狐猿だった。臭いを頼りに追跡する役目を負っているかのように首を振り鼻をくんくんうごめかす。もう帽子をかぶっていないのは判事が取りあげたせいかもしれないが、その判事は生皮の切れ端を足の裏にあてそれを馬車の残骸から拾った麻の布で足にくくりつけた粗い造りの奇妙なサンダルを履いていた。精神薄弱者は頭を動かして首輪に喉を絞められ呻き声をあげ両方の腕先を胸の前に掲げていた。二人が馬車の脇を通り過ぎて歩きつづけるのを見た少年は自分と元司祭が脇へそれた地点を判事たちがもう越えたのを知った。少年は自分たちの足跡を見た。砂の上を横切っている痕跡はやがて消えた。脇にいる元司祭が少年の腕をつかんで囁きかけ通っていく判事を手で示したが騾馬の死骸の皮が風にがさごそ鳴るあいだに判事と精神薄弱者はどんどん砂の上を歩いていきまもなく見えなくなった。

少年と元司祭は無言で横たわっていた。それから元司祭がわずかに身を起こして砂漠を見やり少年を見た。少年は拳銃の撃鉄をおろした。

今みたいな機会はもう二度とないぞ。

少年は拳銃をベルトに戻し膝立ちになって遠くを眺めやった。

で、どうする。

少年は答えなかった。

やつは次の井戸で待ってるぞ。

待たせておくさ。

小川に戻る手もあるな。

戻ってどうする。

旅をしてる連中が来るのを待つんだ。

どっから来るんだ。あの川に船は通ってないぞ。

水を飲みにくる動物を食えるし。

元司祭は骨と皮のあいだから向こうを見た。返事がないので少年の顔を見あげた。それがいいんじゃないか。

弾はあと四発ある、と少年は言った。

立ちあがって骨の転がる土地の向こうを見ると元司祭も立ってそちらを見た。二人の眼に映ったのは引き返してくる判事の姿だった。

少年は毒づいて地面に伏せた。元司祭はしゃがんだ。体を押しこむようにして窪みに横たわり蜥蜴のように顎を砂の上に載せて判事がまた眼の前を横切るのを見た。

紐でつないだ精神薄弱者と荷物と風に吹かれている大きな黒い花のようなパラソルとともに判事は馬車の残骸の向こうを通ってまた小石と砂の丘の斜面をのぼりはじめた。丘の頂上でこちらに向き直った判事は膝の脇に精神薄弱者をうずくまらせパラソルをおろして体の前に立てると眼の前の風景に向かって演説を始めた。

お前は司祭に唆されてそういうことをしているんだ、小僧。お前が本来逃げ隠れするような人間でないことを私は知っている。ありきたりの殺し屋の心など持っていないこともだ。この一時間ほどで私は二度お前の銃口の前を横切ったがこれから三度目もやるつもりでいる。もう出てきたらどうだ。

お前は殺し屋じゃなかった。非正規軍兵士でもなかった。お前の心の織物の一部には欠陥がある。それを私が知らないとでも思っているのか。お前だけが反抗的だった。お前だけが魂の片隅に異教徒への同情心を持っていた。

精神薄弱者は立ちあがり両手を持ちあげて顔にあて奇妙な泣き声のようなものを出してからまた坐った。

私がブラウンとトードヴァインを殺したと思っているのか。あの二人はお前や私と同じように生きているよ。ちゃんと生きていて彼らが選んだ果実を手にしている。わかるか。司祭に訊いてみろ。司祭は知っている。司祭は嘘をつかない。

判事はパラソルを掲げて荷物を持ち直した。ひょっとしたらお前は、と判事は言った。この場所を夢で見たかもしれない。ここで死ぬ夢を。それから判事はもう一度丘を降りてきて紐をつけた精神薄弱者を先立て動物の骨の散乱する場所のそばを通り過ぎやがて二人とも熱波のなかでゆらめく幻のようになって完全に消えてしまった。

インディアンに発見されなければ二人は死んでいたはずだった。夜の早い時間には南西の地平線の上にあるシリウスをつねに左手に置き鯨座が虚空を渡りオリオン座のベテルギウスが頭上をめぐるのを見て歩いたがそのあと真っ暗な平原で身を縮めて震えながら眠り眼を醒ますと天の様相が一変し目印だった星は見つからずまるで睡眠中に季節が巡ってしまったかのようだった。赤茶色の曙光のなか二人は北側の低い砂丘の上で一列に並んで立ったりしゃがんだりしている上半身裸の野蛮人たちを見た。二人は起きて先へ進んだが彼らの影はひどく細長く二人の細い脚が関節を折り曲げて動くさまを誇張した。西の山並みは朝陽に白く輝いていた。インディアンは砂丘の峰伝いに移動した。しばらくして元司祭が坐りこみ少年がその脇で拳銃を手に立つとインディアンたちが砂丘から降りてきて平地の上で色鮮やかな幽霊といった風情で前進と停止を繰り返しながら近づいてきた。

それはディエゲーニョス族だった。短い弓で武装した男たちは二人の旅人を取り囲み膝をついて瓢箪に詰めた水を与えた。彼らは前にも似たような旅人がもっと悲惨な状態でいるのを見たことがあった。この土地で必死に生きている彼らはよほど凶暴なものに追いかけられたのでなければ旅人がそんなひどい苦境に陥るはずがないと知っておりその凶暴なものが太陽の国で育ち東の世界の縁に結集して襲ってこないかと毎日気をつけていてそれが敵の軍隊であろうと天災であろうと疫病であろうと何か言葉ではまったく言い表わしようのないものであろうと不思議な落ち着きをもって待ち受ける態勢をとっているのだった。

二人はこの部族のサン・フェリペの野営地に案内されたがそこには葦の茎でつくった粗末な小屋が並び不潔でみすぼらしい人たちが住んでいてたいていは通りかかった隊商から譲り受けた木綿のシャツだけを身につけていた。土器の碗によそった蜥蜴とポケット鼠の熱い煮物と乾かして潰した飛蝗(ばった)でできた一種のピニョーレを持ってきてくれそばにしゃがんで二人が食べるのを厳粛な面持ちで見つめた。

一人が手を伸ばして少年のベルトの拳銃の握りに触れてすぐにその手を引っこめた。拳銃(ピストーラ)、と男は言った。

少年は食べつづける。

野蛮人たちはうなずいた。

あんたの拳銃を見たい(キエーロ・ミラール・ス・ピストーラ)、と男は言った。

少年は返事をしなかった。男が手を伸ばしてくるとその手をつかんで遠ざけた。離すとまたその手が伸びてきたので今度は押しのけた。

男はにやりと笑った。三たび手を伸ばしてきた。少年は碗を両脚のあいだに置いて拳銃を抜き撃鉄を起こし銃口を男の額につけた。

少年と男はぴくりとも動かなかった。ほかの者はじっと見守っている。しばらくして少年は拳銃をおろし撃鉄を戻して拳銃をベルトに差し碗を取りあげてまた食べはじめた。男は拳銃を指さして何か言いみんなでうなずいてさらにそのままじっと坐っていた。

あんたらどうしたんだ(ケ・パーソ・コン・ウステーデス)。

少年は碗を口もとに掲げたまま落ちくぼんだ黒い眼で男を見つめた。

男は元司祭に顔を向けた。

あんたらどうしたんだ。（ケ・パーソ・コン・ウステーデス）

赤黒くごわついた布を喉に巻いた元司祭は上半身全体を回して男のほうを向いた。それから少年を見る。手で食べていた元司祭は指を舐めその指を汚れたズボンの脚で拭いた。

ユマ族だ。（ラス・ユマ）

男たちは息を呑み舌打ちをした。

とても悪いやつらだ（ソン・ムイ・マーロス）、と問いを発した男が言った。

ああ。（クラーロ）

あんたら仲間はいないのか。（ノ・ティエーネ・コンパニエーロス）

少年と元司祭は顔を見合わせた。

いるさ（シ）、と少年が答えた。大勢いる（ムーチョス）。東のほうへ手を振った。もうすぐ来る（イエガラン）。大勢仲間が来るんだ（ムーチョス・コンパニエーロス）。

インディアンたちはそれを無表情に受け止めた。女がピニョーレの追加を持ってきたが少年も元司祭も長く絶食しすぎて食欲があまりないので手振りで女を追い払った。

午後は小川で水浴びをして地べたで眠った。眼が醒めると裸の子供たちと何匹かの犬に見つめられていた。野営地のなかを歩いていくとインディアンたちが岩棚に坐って何が来るというのか東のほうを飽きることなく眺めていた。二人に判事のことを話す者はおらず二人のほうでも尋ねなかった。犬と子供たちに野営地の外で見送られて二人は西の低い丘陵地帯に向かう道をたどったがその西の空ではすでに太陽が沈みかけていた。

　翌日遅くにウォーナーズ・ランチと呼ばれる地域にたどり着きそこにある硫黄泉で湯治をした。人は誰もいなかった。それから先へ進んだ。西に広がるのは起伏のある緑の土地でその向こうには海岸に沿って山脈が走っていた。その夜は小ぶりの針葉樹の林で眠り朝になると草が凍っており凍った草に風の音が聴こえまた鳥の声も聴こえたがその声は二人が出てきたばかりの土地の陰鬱な空無に抗う魔法の呪文のようだった。

　二人は花崗岩がむきだしの高い峰々に縁取られたヨシュアの木が生えている高原を終日歩きつづけた。夕方には眼の前の峠を鷲の一群が越えていくのを見、草の生い繁る段丘で数頭の大きな熊が家畜のように高山性ヒースの草を食べているのを見た。岩棚の陰には少量の雪が溜まり夜には軽く雪が降った。明け方に震えながら出発したときには山の斜面に靄の帯がたなびいており新雪の上には夜明け前に新鮮な空気を吸いに降りてきた熊の足跡が残っていた。

　その日は太陽が顔を出さず靄のなかに薄明るい部分が認められるだけで地面は霜で白く低木の繁みは本来の形の異性体のように見えた。野生の羊が岩がちの峡谷を幽霊のような姿でのぼっていき雪の積もった高所からは灰色の冷気が風に吹きおろされてまるで山頂全体が火災に見舞われているかのように激しく渦巻き煙る蒸気が峠を吹き抜けた。終わりの近い旅の道連れによくあるように二人とも徐々に寡黙になりしまいには完全に黙りこんでしまった。渓流で冷たい水を飲み傷口を洗い水場で若い牝鹿を撃って食べられるだけ食べ残りは薄切りの燻製にして携帯した。熊の姿はもう眼にしないが痕跡はところどころで見かけるため鹿を解体した場所から斜面をたっぷり一マイルほど降りたところでその夜は寝た。朝になると原始的な地上性の鳥の骨化した卵といったふうな雷石が多く転がっている荒れ野を横切った。暖をとるため山の影のすぐ外を歩いていき午後になって初めて遙か下の雲の下に青い穏やかな海が見えた。

　山道が低い丘陵地帯に降りていくうちに馬車の通った跡が現われさらに道をくだると鉄の車輪が固着し横滑りして岩に傷をつけている場所に至りその下の海は黒くなっていたがやがて陽が沈み周囲の土地の全体が青く冷たくなった。二人は木の生えた岩瘤の下で眠ったがまわりでは梟が啼き杜松の香りが漂い無底の夜に星が群れあふれた。

　翌日の夕方に二人はサン・ディエゴの町に入った。元司祭は医者を探しにいったが少年はそのまま泥を固めただけの通りを歩きつづけ生皮でできた家の並びを通り過ぎ砂利の浜を渡って波打ち際に向かった。

　波打ち際には琥珀色の護謨（ゴム）のような海藻がゆるく縺れ合って打ちあげられていた。それと海豹（あざらし）の死体が一つ。内側の湾を取り巻く環礁の細い線は海底に沈んでいる何かから歯が生えているかのように途切れ途切れになっている。少年は浜に坐って鉄鎚で叩かれている海面に降りていく太陽を眺めた。雲の群島が鮭肉色の架空の海面に浮かんでいた。海鳥が影絵となって飛んでいた。海岸では波が鈍い音で砕けていた。一頭の馬が水際に立って暗くなっていく海を眺めその脇から子馬が跳ねながら離れていきまた戻っていった。

少年は太陽が鋭い音を立てて波に浸っていくのを見つめた。馬が空を背に黒い形を浮かせていた。薄闇のなかで波が轟き海の黒い皮が玉石を撒いたような星の明かりのもとでうねり仄白い長い寄波が夜の闇のなかから駆け出してきて浜で砕けた。

少年は立ちあがって町の灯のほうを向いた。黒い岩に囲まれた潮溜まりが溶鉱炉のように明るく輝きそのなかに燐光を放つ蟹が戻っていった。塩生植物の草地を歩きながら後ろを見返った。馬はさっきから動かない。船の灯火がうねりの表面で瞬いた。子馬は親馬に寄り添って頭を垂れ親馬は星々が溺れていき鯨が自分たちの巨大な魂を運んでいく人知の及ばない継ぎ目のない黒い海を眺めていた。

22

逮捕——判事の面会——罪状認否——兵士、司祭、市長——保釈——外科医を訪ねる——脚から矢を抜く——譫妄(せんもう)——ロサンゼルスへの旅——公開絞首刑——絞首刑にされた男たち(ロス・アオルカードス)——元司祭を探す——もう一人の精神薄弱者——首飾り——サクラメントへ——西部の旅人——輸送隊と別れる——懺悔の修行団——骸骨の乗った荷車——またしても虐殺——石のあいだの老女

窓に黄色い明かりがともり犬が吠える通りを歩いていると兵士の一団と行き合ったが暗いせいで実際よりも年嵩と見られたらしく何事もなくすれ違っていった。酒場に入って暗い片隅に坐りあちこちのテーブルにいる男たちを眺めた。なんの用でここにいるのかと訊いてくる者はいなかった。誰かを待っているというふうに見えたがしばらくすると兵士が四人入ってきて少年を逮捕した。少年に名前すら尋ねなかった。

監房のなかで少年は奇妙に切迫した口調で人が生涯にあまり経験しないような事柄につ

いて喋りだし看守たちはきっと血腥いことに加わったせいで頭の箍がはずれたんだろうと言い合った。ある朝眼が醒めると監房の前に判事が帽子を手に立ち微笑みながらこちらを見おろしていた。灰色の亜麻布のスーツを着て新品のよく磨かれたブーツを履いていた。上着のボタンは留めずチョッキに飾りピンや懐中時計の鎖を覗かせベルトの革製のホルスターに紫檀の握りのついた銀めっき仕上げの小型拳銃デリンジャーを差していた。判事は泥でできた建物の廊下の左右を見てから帽子をかぶりまたにやりと笑いかけてきた。

どうだ元気か。

少年は答えなかった。

あの小僧はもともと頭がおかしいやつだったのかと訊かれたよ、と判事は言った。連中は国のせいだろうと言ってはいるがね。国がその種の人間をつくりだすんだと。

トビンはどこだ。

あの阿呆のことはこの三月までハーヴァード大学の立派な神学博士だったと言ってやった。理性がアクエリアス山脈より西へ行ってしまったとね。理性を奪ったのはその国というやつだ。国が服も奪っていったんだと説明してやった。

トードヴァインとブラウンはどうした。どこにいるんだ。

砂漠のお前が置き去りにしていった場所にいるよ。むごい話だ。二人ともお前の戦友なのに。判事は首を振った。

俺をどうしようってんだ。

ここの連中はお前を吊るすつもりらしい。

あんたは連中に何を話したんだ。

真実を話したよ。責められるべき人間はお前だとね。細かい事実関係を全部話したわけじゃない。しかし連中はほかの誰でもないお前のせいであんな悲惨な成り行きになったことを理解した。川の渡し場で野蛮人が殺戮を行なったのもお前が野蛮人どもと共謀したせいだ。手段と目的の詳細は重要なことじゃない。憶測しても仕方のないことだ。だがたとえお前が凶悪な犯罪計画を秘密にして墓まで持っていっても神にはお前の悪行がすべてお見通しであありそうである以上は有象無象も含めたすべての人間の知るところとなるだろう。いずれその時が来ればな。

頭がおかしいのはお前だ、と少年は言った。

判事はにやりと笑った。いや私じゃない。がそれはともかくなぜそんな影のなかにいる。こっちへ出てこい。お前と私で話をしよう。

少年は奥の壁ぎわに立っていた。彼自身が影のようだった。

さあ来い。こっちへ来い。まだ話すことがあるんだ。

判事は廊下の左右に眼をやった。怖がらなくてもいい。小声で話すからな。ほかの人間には聴こえずお前だけに聴こえるように。さあ顔を見せてくれ。私がお前を実の息子のように思っているのがわからないのか。

鉄格子のあいだから手を差し入れてきた。さあ来い。体に触らせてくれ。

少年は壁に背中をつけた。

私が怖くないならこちらに来い、と判事は囁いた。

お前なんか怖くないさ。

判事はほくそ笑んだ。暗い泥の小部屋に小声で囁きこんだ。お前は自分から進んである仕事に加わった。だがお前は自分自身にとって不利な証人になった。自分自身の行為を裁いた。歴史の裁きに許可を与え自分が誓いを立てて加入した集団と手を切りその集団のすべての企てに害をなした。さあいいか。私は砂漠でお前のためだけに話したがお前は耳を貸さなかった。もし戦争が神聖なものでないなら人間はつまらない土くれにすぎない。あの阿呆ですらそれなりの役割をきちんと果たしたんだ。なぜなら人は自分が持っている以上のものを与えることも自分の負担分を他人のそれと比較されることも要求されないからだ。ただ各自が自分の心のすべてを共通の心のなかへ空けてしまうことだけが求められるんだが一人だけそれをしなかった者がいる。それが誰だかわかるかね。

お前だ、と少年は小声で言った。それはお前だ。

判事は鉄格子ごしに少年を見て首を振った。人間を結束させるのはパンの共有ではなく敵の共有だ、と言った。もし私がお前の敵だとしたらお前は私を誰と共有するつもりだ。

いったい誰とだ。司祭とか。あの男は今どこにいる。私を見ろ。あの男と私の敵対関係はわれわれが出逢う以前から存在して出逢いを待っていた。だがお前にはそれをすべて変えてしまうことができたんだ。

お前だ、と少年は言った。お前なんだ。

私じゃない。よく聴け。グラントンを間抜けなやつだったと思うのか。あの男はお前を殺したかもしれないことを知らないのか。

嘘だ、と少年は言った。そんなことは嘘っぱちだ。

よく考えてみろ。

あのおやじはお前のいかれた考えの仲間にはならなかった。

判事は笑みを浮かべた。チョッキから懐中時計を出して蓋を開け文字盤を衰えていく光にかざした。

お前は自分の立場を守りたかったのかもしれないが、と判事は言った。それはどういう立場なんだ。

判事は顔をあげた。蓋を閉じて時計をポケットにしまった。そろそろ行くよ。いろいろ用事があるんだ。

少年は眼を閉じた。また開いたときには判事はいなかった。その夜少年は伍長を呼び鉄格子をはさんで対坐してここからそう遠くない山に隠されている金貨と銀貨のことを話した。時間をかけて話をした。伍長は二人のあいだの床に蠟燭を立てて口のうまい嘘つきの子供を見るような眼で少年を見た。話が終わると伍長は腰をあげ蠟燭を取りあげて少年を闇のなかに残した。

少年は二日後に釈放された。釈放される前にはスペイン人の司祭がやってきて悪魔祓いをするように鉄格子ごしに少年に水をかけ洗礼を施した。その一時間後にまた看守が自分のところへ来たときには恐怖でめまいがした。だが連れていかれたのは市長のところでこの人物はスペイン語で父親のような優しい口調で話しかけてきてそのあと解放されたのだった。

医者を探してアメリカ東部の上流家庭に生まれた若い男を見つけた。鋏でズボンを切り黒くなった矢の柄を見てそれを動かした。柄のまわりの肉に瘻管ができてぐじゅぐじゅしていた。

痛いかな、と医者は訊いた。

少年は答えなかった。

医者は親指で傷のまわりを押さえた。手術できるが百ドルかかると言った。

少年は診察台から降りると足を引きながら診察室を出た。

翌日広場に坐っているとやってきた小さな男の子にホテルの裏のあの診療所へ連れていかれ医者から午前中に手術しようと言われた。

少年は拳銃をあるイギリス人に四十ドルで売り翌朝の明け方に前の晩に潜りこんだ空地の木の板の下で眼を醒ました。雨の降るなか人気のないぬかるんだ通りを歩いて食糧雑貨屋の扉を叩き店のあるじになかへ入れてもらった。診療所に現われたとき少年はひどく酔っていて戸口の脇柱を片手でつかみもう片方の手に中身が半分しかないウィスキーの一クォート瓶を持っていた。

医者の助手はシナローア州の大学生でここで研修をしているのだった。戸口で揉めているると奥から医者が出てきた。

また明日来なさい、と医者は言った。

明日も酔っ払ってくるよ。

医者は少年をじっと見た。わかった。でもとにかくそのウィスキーを寄越しなさい。

少年が診療所に入ると助手が扉を閉めた。

ウィスキーなんていらないんだ、と医者は言った。さあこっちへ寄越しなさい。

なんでいらないんだい。

エーテルというアルコールがあるからね。ウィスキーは必要ないんだよ。

そのほうが強いのかい。

ずっと強い。どのみち酔っ払った患者に手術はできないしね。

少年は助手を見、医者を見た。瓶をテーブルに置く。

よし、と医者は言った。じゃマルセロについていってくれ。風呂に入らせてきれいな下着を渡して寝台に案内するからね。

医者はチョッキから懐中時計を引き出し掌に載せて時刻を見た。

今は八時十五分。手術は一時からにしよう。少し休むといい。何かいるものがあったら言いたまえ。

助手のあとについて中庭を横切り白い漆喰を塗った日干し煉瓦の建物に入った。部屋には鉄製の寝台が四つあったがみな空だった。前は船のボイラーだったらしいリベットを打った大きな銅製の浴槽で風呂を浴び粗い布を張ったマットレスに寝て壁の向こうのどこかで遊んでいる子供たちの声に耳を傾けた。少年は眠らなかった。迎えがきたときはまだ酔いが残っていた。寝台のある部屋の隣の空っぽの部屋で架台に載せた厚板の上に寝ると助手が冷たい布を鼻にあてて深く息を吸いこむように言った。

この眠りとそれに続くいくつかの眠りのなかに判事が現われた。もちろん現われるなら彼以外にないだろう。のしのし歩く巨大な突然変異体が黙って悠然と構えていた。彼にどんな先行者がいたにせよ彼はその総和とはまったく別の存在であり彼を分割していろいろな起源に還元するための方法はない、というのも彼は自身を分割させないからだ。血統や記録から彼の歴史を探ろうとする者は起点も終点もない虚空の岸辺で結局のところ暗愚の状態に留まることになるのでありまた悠久の過去から吹ききたる塵状の原初の物質の性質を突きとめるためにどんな科学的方法を用いようとも彼の起源を知る手がかりとなる究極の隔世遺伝的な卵の痕跡すら見つけることはできないだろう。白い空っぽの部屋で注文仕立てのスーツに身を包み帽子を手にした判事は豚を連想させる小さな睫毛のない眼で少年を見おろしたが地上に存在してまだ十六年のこの子供にもその眼のなかに人間が裁く法廷には説明できないありとあらゆる決定を読み取ることができたのであり判事はほかの場所では判読できなかったであろう自分自身の名前がすでに確立されたものとして、ある種の年金受給者の要求や古い地図にしか存在しない管轄地において知られている旅人として、記録のなかに書きこまれているのを見た。

　この譫妄状態のなかで少年は寝台の敷布をまさぐり拳銃を探したがどこにもなかった。判事はにやりと笑った。精神薄弱者はもういなかったが別の男がいてこの別の男は全体を見ることができないが何か金属を扱う職人らしかった。判事の仕事場でしゃがんでいる姿は判事の陰になってよく見えないが火を使わず鉄鎚と金型で作業をする鍛造職人でおそらく何かの罪状で人間が使う火から遠ざけられており一晩じゅう鉄鎚をふるうその作業は明け方には貨幣をつくりおおせているという自分の推定上の運命を成型しようとしているかのようだがその夜明けはやってこないのだ。この金属彫刻刀を使う貨幣製造人もどきの男が判事の好意を得ようとしているのであり坩堝のなかの冷たい未加工の鉱滓から通用する顔をつくろうとし、この残り滓を交易市場で流通させる図柄を彫ろうとしている。判事（ジャッジ）はこのことの判定者(ジャッジ)なのであり夜は終わらないのだ。

部屋の明かりの具合が変わり扉が閉じた。少年は眼を開けた。脚が布で包まれ葦の莫蓙を巻いたものの上に載せられていた。喉が激しく渇き頭ががんがんし脚が邪悪な霊でも取り憑いているかのように猛烈に痛んだ。まもなく助手が水を持ってきた。このあとも少年は眠らなかった。飲んだ水が皮膚から流れ出て寝具をぐっしょり濡らす寝床で痛みをやりすごすために身動き一つせず顔はやつれて灰色で長く伸びた髪は縺れてじっとり湿っていた。

一週間たつと医者から借りた松葉杖で町を歩くようになった。誰彼なしに元司祭の消息を訊ねてみたが誰も元司祭を知らなかった。

その年の六月にはロサンゼルスのごく平凡な安宿に四十人ほどのさまざまな国籍の男と一緒に泊まっていた。十一日の朝には全員がまだ暗いうちに起き出して刑務所での公開絞首刑を見にいった。刑務所に着いたときには空が白みはじめ門前には大勢の見物人が詰めかけて何がどうなっているのかよく見えなかった。人ごみの端に立っているとやがて陽がのぼり前口上があった。それからだしぬけに二人の縛られた男が人ごみの向こうで垂直に吊りあげられていき守衛詰所の上で宙吊りになってそのまま死んだ。見物人のあいだで酒の瓶が回され沈黙が破られてざわざわしはじめた。

夕方同じ場所に戻ってみるともう見物人は一人もいなかった。守衛が一人詰所のある正門で嚙み煙草を嚙み処刑された男たちが鳥を威すかかしのようにぶらさがっていた。近づいてよく見るとそれはトードヴァインとブラウンだった。

少年はほとんど金がなくその金もなくなったがあらゆる酒場や賭博場や闘鶏場に出かけた。大きすぎるスーツを着て砂漠からやってきたときと同じぼろぼろのブーツを履いた寡黙な若者だった。汚い酒場の入口のすぐ内側に立ちかぶっている帽子の下で眼をすばやく動かし壁掛け灯の明かりを片頰に受けていると男娼と間違われ酒をおごられ店の裏へ誘われた。少年はそこにある明かりのない小屋のなかで男をぶちのめして気絶させた。だが別の男たちの卑しい欲望の餌食になることもあり別の男たちには財布と時計をとられた。さらにしばらくしてブーツを奪った男もいた。

元司祭の消息はまるでつかめずそのうち人に訊いてまわるのはやめた。灰色の雨が降るある日の明け方に宿へ戻る途中である家の二階の窓に口から涎を垂らしている男の顔を見た少年は階段をのぼってその部屋の扉を叩いた。絹の化粧着を着た女が扉を開けて少年を見た。女の背後ではテーブルに蠟燭が一本ともされその淡い光で窓辺の柵囲いのなかに精神薄弱者と一匹の猫がいるのが見えた。こちらを向いた男は判事の連れではなかったが同じような障害者だった。女がなんの用かと訊いてくると無言で踵を返し階段を降りて雨の降るぬかるんだ通りへ出ていった。

少年は最後に残った二ドルでブラウンが絞首台でも着けていた異教徒の耳の首飾りをある兵士から買い取った。翌朝ミズーリ州の独立経営の輸送業者に雇われたときにはそれを着けていたしサクラメント川に面した町フレモントへ幌馬車と騾馬を連ねて出発したときにも着けていた。輸送業者が好奇心を起こして首飾りのことを訊いてきても来歴は明かさなかった。

この業者には何カ月か雇われたあと予告なしにやめた。あちこちを旅して歩いた。ほかの男たちとの交わりを避けることはなかった。年が行かないわりには世間を見ているというので一定の敬意を払われた。今や馬一頭と拳銃一挺のほか最低限の服装や持ち物をそろえていた。そしていろいろな仕事をした。鉱山の宿舎で聖書を見つけ一字も読めないのにずっと持ち歩いた。黒っぽい質素な服装からある種の説教師だと思われることもあったが眼先のことであれ未来のことであれ人に何かを語るということが普通の人以上になかった。彼が旅をするところは世の中の動向が伝わりにくい僻地でありそういう土地ではこのように不安定な時代だとすでに失脚した権力者のために乾杯したり殺されて墓に入っている国王の戴冠が言祝（ことほ）がれたりした。だがその種の具体的な歴史上の出来事でさえ彼は把握しておらず荒野で行き合う旅人は世の中についてのさまざまな新しい話を教え合うのが普通であるのに彼はまるで世間のことなどは自分にはあまりにも浅ましいあるいはくだらない事柄で追いかける気になれないとでもいうように語るべき知らせを何も持たずに旅をしているようだった。

彼は男たちが銃やナイフや縄で殺されたり当人たちが二ドル程度の値打ちしかないと思っている女のために命がけで争うのを見た。小さな港に鎖で係留されている中国から来た船の茶や絹や香辛料の荷箱が膚の黄色い猫のような声で話す小柄な男たちの剣によって断ち割られるのを見た。その港がある寂しい海岸では囁くような波音を立てる暗い色の海の上に崖が切り立っていたがそこで彼は禿鷹が広げる翼があまりにも大きいためほかの鳥が矮小に見え禿鷹の下を啼き声をあげながら飛ぶ隼ですら鯵刺か千鳥に見まがうという光景を見た。ある男が帽子で覆いきれないほどの金貨の山をカードの一めくりに賭けて負けるのを見、熊とピューマがそれぞれ闘技場に放されて野牛と死闘を繰り広げるのを見、サンフランシスコに二度出かけその二度とも町が燃えるのを見てその後はもう出かけなかったが、馬で町を出て南に向かう道をたどっているとき夜空のもとに町の形を浮きあがらせて一晩じゅう火が燃え、海の黒い水が燃えて海豚が炎のあいだでのたうちまわり、湖の火事で木が燃えて倒れ煙に巻かれた人たちの悲鳴が響いた。元司祭には二度と逢わなかった。判事のほうはあちこちで噂を聴いた。

二十八歳の年の春に彼はほかの者たちと一緒に砂漠を東に向かって出発したがそれはある集団が荒野を通って大陸の半分くらいの距離を旅して故郷に帰るのに同伴する五人の雇い人の一人としてだった。沿岸部を出発して七日目に砂漠の井戸で彼は一行と別れた。故郷に帰るのはただの巡礼の一団で男も女もすでに砂埃にまみれ旅窶れをしていた。

彼は馬の首を北の空の下に薄く横たわる石山の連なりに向けて出発しそのうちに星が消えて太陽がのぼった。前に来たことのある土地ではなく目指す山脈までたどっていける人や馬や馬車の痕跡はなく山脈から戻ってくるための目印になる痕跡もなかった。にも拘わらずその石の山脈の奥深くで彼は世界の沈黙に耐えられずにいるらしい一行と出逢ったのだった。

最初に見たのはこの一行が夕暮れ時の平原を苦労しながら進んでいるときで周囲の花をつけたオコティーヨが最後の陽を受けて枝つき燭台のように燃えていた。蘆笛を吹く男が先頭で次にタンバリンやマトラーカを鳴らす行列が続きそのあとから裸の上半身に黒い頭巾つきのマントをはおった男たちが自分の胸や腹をユッカの枝を編んだ鞭で叩きながら歩いてその後ろには大量のウチワサボテンを裸の背中に背負った男たちのほかに縄でつながれて仲間の男たちにあちらこちらと引っ張られている男が一人と頭巾と白い衣を身につけ肩に重い木製の十字架を担いでいる男が一人いた。全員が裸足で通ったあとの地面に血痕を残し粗末な二輪の荷車を引いて木彫りの骸骨像を坐らせていたが骸骨は弓と矢をこわばった腕で持ちがたがた揺られていた。荷車には骸骨のほかにかなりの量の石が積まれていてそれを荷担ぎの男たちが額や足首にかけた綱でごろごろ引きまたこの一行には両手で砂漠の花を持ったりユッカモドキの木の松明を掲げたりブリキ缶に穴を空けただけの簡素なランタンを提げたりしている女たちも同行していた。

　この苦悩に満ちた教団はじっと見ている男が立つ崖の下をゆっくりと進んでいき涸れ谷から扇状に崩れ落ちたガレ場を越えむせび泣きを洩らし笛を吹き打楽器を鳴らしながら花崗岩の岩壁のあいだを通ってさらに高い谷間に出て何か言語に絶する災厄を先触れする人人のように石の上に血痕だけを残して迫りくる闇のなかへ消えていった。

　不毛の窪地を夜営地にして馬と一緒に地面に寝ると一晩じゅう乾いた風が砂漠を吹き渡ったが岩のあいだに音を立てるものが何もなく風はほとんど沈黙していた。明け方彼は馬と一緒に立ち明るみはじめた東をしばらく眺めてから馬に鞍を置き手綱を引いて峡谷の地表がこすれた小道をたどり積み重なった大石の下に水が溜まっている場所へやってきた。冷たい石のあいだの暗闇のなかの水を飲み帽子に汲んで馬に持っていってやる。それから馬を引いて尾根まであがり道行を続けて彼は南の地卓（メサ）と北の山脈を眺め馬は蹄の音を響かせながらついてきた。

　そのうちに馬は首をぐいぐい振るようになりまもなく歩こうとしなくなった。彼は手綱を握ったまま周囲の風景を見た。そのとき例の巡礼たちが眼に入った。眼下の峡谷の石床に散らばり血にまみれて死んでいた。彼はライフルを手にとってしゃがみ耳をすました。馬を石壁の凹みのなかへ引き入れて足枷をしその石壁をしばらくたどってから斜面を降りた。

懺悔の修行団は石のあいだでさまざまな姿勢をとって刃物で切られ惨殺されていた。多くの者は倒れた十字架のまわりに横たわり手足をばらばらにされた者や首のない者もいた。おそらく十字架に保護を求めたのだろうが十字架は穴から抜かれまわりの石積みを崩され て押し倒され頭巾をかぶって十字架を担いでいたキリスト役の男はめった切りにされ臓物を抜かれて手首と足首にくくりつけられた縄だけは残されていた。

立ちあがってこの陰惨な現場を見まわした彼は巨礫と巨礫の隙間に色褪せた肩掛けを頭からかぶった老女がひざまずいて顔を伏せているのに気づいた。

死体のあいだを歩いて老女の前に立った。老女は相当年をとっていて顔は灰色の革のようで服の襞に砂が溜まっていた。老女は顔をあげなかった。頭からかぶった肩掛けはほとんど色が抜けてしまっていたが星や十三夜月などの彼には来歴のわからない図柄が縫いこまれていた。彼は小声で話しかけた。自分はアメリカ人で生まれ故郷を遠く離れてここに来ていると言い家族はなくたくさん旅をしていろいろなものを見て戦争にも行き苦労をしてきたと話した。お婆さんを安全な場所まで連れていってあげるから同じ故郷の人たちを探して仲間に入れてもらったらいい、ここへ残していくわけにはいかない、だってこんなところにいたら絶対に死んでしまうからと言った。

彼は将軍の前に出た幕僚のように片膝をつきライフルを自分の前に置いた。お婆さん(アブウェリータ)、聴こえないのかい(ノ・プエーデス・エスクチャールメ)。

石のあいだの狭い入り込みに手を伸ばして老女の腕に触れた。老女はかすかに、体全体で、こわばった動きをした。その体には重みがなかった。もうずいぶん昔にそこで死んで干からびているのだった。

23

テキサス北部の平原――年老いた野牛狩りの猟師――野牛の大群――骨を拾う人たち――平原の夜――訪問者――アパッチの耳――エルロッドの挑発――殺人――死人の運び出し――フォート・グリフィン――人ごみ――見世物――判事――熊を殺す――判事、昔の話をする――ダンスの準備――戦争、運命、人間の至高性について語る判事――ダンスホール――娼婦――屋外便所とそこで発見されたもの――君は眠らねばならないが私は踊らねばならない（ジー・ミユッセン・シユラーフエン・アーバー・イッヒ・ムス・タンツェン）

一八七八年の晩冬に彼はテキサス北部の平原にいた。ある朝ブラゾス川に注ぐ支流ダブル・マウンテン・フォーク川を砂地の岸辺に張った薄氷を踏んで渡り黒いねじれたメスキートの暗い丈の低い林を馬で通り抜けた。その夜は土地が軽く隆起した部分の雷で倒れた木が風よけになっている場所で夜営をした。火を起こしてすぐに平原の向こうの闇のなかに別の火があるのに気づいた。彼の火と同じように風に炎が揺れ彼と同じように男が一人だけで暖をとっていた。

　それは年をとった猟師で彼に煙草をくれ野牛の話をし野牛との幾多の対決の話をしてくれたが、その話というのは土地が隆起した場所に動物の死骸が散らばっている窪地があってそこに体を横たえていると野牛の群れが動きはじめるとかライフルの銃身がひどく熱くなりなかに突っこんだ掃除用の布がしゅうと音を立てるとか野牛が何千頭何万頭と撃ち殺されて剝いだ皮を留釘でとめて干している場所が何マイル四方にも広がり大勢の皮剝ぎ職人が何交替かで一日じゅう作業をするというものでありそうやって何週間も何カ月も撃っていると銃身の内側の腔線がつるつるになり銃床がゆるくなり肩から肘あたりまで青痣や黄痣ができるとか縦並びの牛が引く大型の荷車を二十台ほど連ねて石のように硬くなった日干しの皮を何百トンも運んでいき肉は地上で腐って蠅がわんわんと空中を満たし禿鷹や烏が集まってきて夜になると狼が現われ半ば錯乱して死肉のあいだを跳びまわったというそんな話だった。

　スチュードベイカーの六頭立てや八頭立ての荷牛車が鉛だけを運んでいくのを見たことがあるよ。質のいい方鉛鉱を何トンも運んでいくんだ。アーカンザス川とコンチョ川のあいだに八百万頭ほどの死骸が転がった。というのは鉄道で運ばれた皮の数がそれだけあったからだがね。わしが最後に狩りをやったのは二年前でグリフィンから出かけた。とことん探して回ったんだ。六週間。最後に見つけたのは八頭の群れでそれを殺して帰ってきた。

もうなくなっちまったんだ。神さまがお創りになった野牛はまるで初めからいなかったみたいに一頭残らず消えちまった。

風に煽られて火の粉が荒く飛び散った。周囲の平原は静まり返っていた。火の向こうは寒く夜空は澄み渡り星が降った。年老いた猟師は毛布を体に引きつけた。こういう世界がほかにもあるんだろか。それともここだけなのかねえ。

骨を拾う男たちに出くわしたのは一度も見たことのない土地を三日間馬で旅をしてきたあとのことだった。平原は干からびて焼跡のように見え黒い不格好な小さな木々が生え烏が多く毛がぼさぼさの狼の群れが至るところにいてそこに消滅してしまった野牛の長く陽にさらされて白亜のようになり細かいひび割れが入った骨が転がっていた。彼は馬を降り手綱を引いて歩いた。湾曲したあばら骨のところどころにめりこんだ黒ずんだ鉛のひしゃげた円盤は古い勲章のようだった。遠くで牛が引く大きな幌馬車が何台か乾いた軋り音を立ててゆっくりと進んでいた。男たちは陽にさらされて脆くなった骨格を蹴り崩しあるいは大きなところは斧で叩き割って骨を手押し車に放りこんでいった。馬車は積みこんだ骨をかたかた鳴らし車輪で残した骨を踏んで白っぽい埃を立てた。牛が苛立って凶暴な眼をしているこのぼろぼろの汚い一行を彼は見送った。誰も彼に声をかけてこなかった。やがて遠景に退いた馬車の一団は骨を満載してゆさゆさ揺れながら北東に向かっていき北のほうでは別の一団も骨を拾っていた。

彼は馬に乗って先へ進んだ。骨は高さ十フィート長さ百フィートほどの畝や巨大な円錐の形に積まれてそこに所有者の名前や商標を記した札が差されていた。彼は製材所の荷車を一台追い抜いた。若い男が御者台に坐り手綱と操縦棒を操っている。牛の頭蓋骨と骨盤の小山の上にしゃがんでいる二人の若い男が意地の悪い視線を流してきた。

その夜は骨を拾う男たちの焚火が平原に点々とともり彼は風に背中を向けて坐り軍隊用の水筒の水を飲み夕餉に炒り玉蜀黍を一つかみ食べた。飢えた狼があちらからこちらへと啼き声を引き継いでいき北のほうでは音のない雷が世界の暗い縁へ竪琴の切れた糸を垂らした。空気は雨の匂いがしたが雨は降らず骨を積んだ荷車が灯を消した船のように闇のなかを軋りながら通っていきそのうちに牛の臭いがして息の音が聴こえた。骨の饐えたような臭いはそこらじゅうでした。真夜中近くに一団の男たちが炭火の前にしゃがんでいる彼に声をかけてきた。

来なよ、と彼は応じた。

闇のなかから出てきたのは皮の服を着たみすぼらしい無表情な男たちだった。ほとんどの男が古い軍用拳銃を持っているのに対して一人だけ野牛を撃つライフルを持ち上着を着ている者はおらず一人は何かの動物の飛節（ひせつ）のところの皮を剝いで爪先を鞣し革で閉じた生皮のブーツを履いていた。

こんばんは、といちばん年嵩の男が言った。

彼は男たちを見た。若い男が四人と少年から若者になりかけている子が一人で火明かりのはずれのところに横一列に並んで立っていた。

火にあたりなよ、と彼は言った。

男たちは近づいてきた。三人がしゃがみ二人は立ったままだった。

あんたほかの仲間は、と一人が言った。

この人は骨のあれじゃないんだ。

その服のどっかに煙草が入ってたりしないかな。

彼はかぶりを振った。

ウィスキーなんてなものもないんだろうな。

ウィスキーも持ってないな。

あんたどこへ行くんだい。

グリフィンのほうかね。

彼は二人を見た。そうなんだ、と言った。

女買いにだよな。

そうじゃないだろこの人は。

グリフィンにゃいっぱいいるぜ。

お前よりずっとおなじみかもよ。

あんたグリフィンへ行ったことは。

まだない。

娼婦(おんな)がいっぱいいるよ。ぽちゃぽちゃしたのが。

一回行っただけで変なものもらってくることもあるっていうよな。

前の木に女が坐っててひょっと見あげたらブルマーが見えるなんて店もあるんだぜ。宵の口に八つほどブルマーを見たこともあるよ。黒んぼみたいに木にのぼって煙草吸いながらねえお兄さんとか言ってくるんだよ。

テキサス一罪深い町だなあれは。

人殺しもいっぱい起きるしな。

ナイフで喧嘩とかな。悪いことっていやだいたいなんでもあるな。

彼は二人の男を交互に見た。木の棒を拾って火を搔き立てその棒を火にくべた。あんたら悪いことが好きなのか、と訊いた。

悪いことはよくないやな。

酒は好きなのか。

こいつはただ口だけよ。酒飲みでもないし。

一時間ほど前に飲んでたじゃねえか。

そんで吐いてただろ。あんたその首にかけてるのはなんだい。

彼は胸の前に垂らした古い首飾りを見た。耳だよ、と答えた。

なに？

耳。

なんの耳。

首飾りを胸の前でちょっと持ちあげてそれを見た。耳は真っ黒で硬く乾いていて耳の形はしていなかった。

人間のだよ。人間の耳。

そんな馬鹿な、とライフルを持った男が言った。

おい嘘つき呼ばわりはまずいぜ、エルロッド。撃たれるかもしれねえぜ。よかったらそれちょっと見せてくんないかな。

彼は首飾りを頭から抜いて見せてくれと言った若い男に渡した。ほかの男たちも集まって奇妙な乾いた首飾りの感触を確かめた。

こりゃ黒んぼのだろ、と一人が訊いた。

逃げた黒んぼにお仕置きするんだよな。

いくつくらいあんのこれ。

さあ。前は百近くあったけど。

男たちは耳をつまんで火明かりにかざして眺めた。
はあ黒んぼの耳ねえ。
黒んぼじゃない。
違うのかい。
違う。
じゃなに。
インジン。
そんな馬鹿な。
よせってばよエルロッド。
黒んぼでなくてこう黒いのはどういうのかね。
そういう色になったんだ。もうその先の黒はないほど黒くなった。
こういうのどこで買ったの。
そりゃあ殺したんだよ。そうだろ。
あんた征伐隊に入ってたんだろ。
カリフォルニアの酒場で飲む金がない兵隊から買ったんだ。
手を伸ばして首飾りを受け取った。
すげえな。俺はきっとこの人が征伐隊に入ってやつらを殺したんだと思うよ。

さっきエルロッドと呼ばれた男が首飾りのほうへ顎をしゃくりくすんと鼻で息を吸った。そんなもの持ってどうすんだろうな。俺なら買わないな。

ほかの男たちがちょっと気まずそうにエルロッドを見た。

だいたいなんの耳だかもわかったもんじゃない。その兵隊がインジンの耳って言ったからってほんとにそうとは限らないからな。

もう少年ではない男は答えなかった。

人喰い人種とかそういうよその国の黒んぼの耳かもしれないもんな。ニューオーリンズじゃ首を買えるって言うぜ。船乗りが持って帰ってきたやつを五ドルくらいで売ってるらしいや。

もういいよエルロッド。

男は首飾りを両手でじっと持っていた。人喰い人種じゃないんだ、と言った。アパッチなんだ。俺はインジンどもを殺したやつを知ってた。俺はそいつの知り合いで一緒に旅をしてそいつが吊るされるのを見たんだ。

エルロッドは仲間たちを見て薄笑いを浮かべた。アパッチか。そのアパッチどもは西瓜畑を荒らす悪いやつらだったんだろうな。ええどう思うよ？

男は疲れたような感じで顔をあげた。俺を嘘つきだと言ってるんじゃないだろうな、ぼうず。

俺はぼうずじゃない。
年はいくつだ。
あんたにゃ関係ねえよ。
いくつなんだ。
こいつは十五だ。
お前は黙ってろ。
エルロッドは男のほうを向いた。こいつは今俺のことを言ったんじゃないぜ。
いや今のはほんとだろう。俺は最初に銃で撃たれたのが十五のときだった。
俺は撃たれたことなんかねえや。
まだ十六にもなってないだろう。
俺を撃つ気か。
我慢するつもりだよ。
もうよせよエルロッド。
あんたは撃たねえさ。撃つときゃ背中からか寝てるときだろうよ。
エルロッドもう行くぞ。
最初に見たときからあんたのことなんかお見通しだったよ。
もう行ったほうがいい。

こんなとこに坐って人を撃つ話なんかしやがって。誰も撃ったことないくせに。

ほかの四人は火明かりのはずれに立っていた。いちばん年の若い少年は平原の夜の暗い聖域にちらちら眼をやった。

もう行け、と男は言った。みんな待ってるぞ。

エルロッドは焚火に唾を吐いて口をぬぐった。北の平原では軛をつけられた牛が引く荷車の列が通っていったが声を立てない牛たちは星明かりの下で青白く荷車は遠くでかすかに軋み列の後ろから赤い硝子をはめたランタンが一つ得体の知れない動物の眼のようについていった。この国には戦争で孤児になった粗暴な若者が大勢いた。仲間がエルロッドを連れてこようと動きかけたときエルロッドはいっそう気が大きくなってさらに何か言ったのかもしれない、というのは仲間たちが焚火のそばまで戻ったとき男が立ちあがったからだ。そいつを俺に近づけないようにしろ、と彼は言った。またここへ来たら殺すからな。

骨拾いの作業員たちが行ってしまうと男は火を大きくしてから馬をつかまえて縄の足枷を脚につけ鞍を置きそれから火から離れたところへ行って毛布を広げて闇のなかで体を横たえた。

眼を醒ましたときには東の空にまだ光はなかった。エルロッドがライフルを手に灰になった焚火のそばに立っていた。さっき鼻を鳴らした馬が今また鼻を鳴らした。

お前が隠れるのはわかってたよ、とエルロッドが声をあげた。

男は毛布をめくり体を転がして腹這いになり拳銃の撃鉄を起こすと密集した星々が永遠に燃えつづけている空に銃口を向けた。眼の高さで銃身の先の照星と銃本体上部の溝を重ねて銃を両手で握り銃口の向きを暗い木々からもっと暗い人影へと移す。

俺はここだ。

エルロッドがライフルの向きをさっと変えて発砲した。

お前はどのみち長生きできなかったろうよ、と男は言った。

灰色の夜明けが訪れたとき仲間たちがやってきた。馬は持っていなかった。まだ半分子供の少年を死んで仰向けに寝て両手を胸に載せたエルロッドのところへ連れてきた。

俺たち面倒はごめんだ。ただ仲間を連れていきたいだけでね。

連れていけ。

こいつはこの草原のどこかに埋めることになると思ってたよ。

死んだ男はケンタッキーの出でね。この小僧は弟なんだ。二親とももう死んでるし祖父さんは頭のいかれたやつに殺されて犬みたいに森に埋められた。この小僧は生まれてきてあんまりいい目は見てないがいよいよ孤児（みなしご）になっちまった。

ランダルお前を孤児にした人をよく見ておけよ。

ぶかぶかの服を着た孤児は銃床に修理の跡がある古いマスケット銃を手に無表情に男を見た。年は十二くらいでぼんやりしているというより端的に精神を病んでいるように見えた。二人の男が死んだ男のポケットを調べていた。

この男のライフルはどこかな。

男は片手の指をベルトに引っかけた姿勢で立っていた。木に立てかけたライフルを顎で示した。

死んだ男の仲間たちはライフルをとって少年に渡した。そのシャープス五〇口径銃を渡された少年はマスケット銃と合わせた無意味な重武装に眼を泳がせた。

仲間の一人がエルロッドの帽子を少年に渡すと男のほうへ向き直った。このライフルはリトルロックで四十ドルも出して買ったらしいんだ。グリフィンじゃ十ドルで買えるどうしようもない銃だがね。さあランダル用意はいいか。

少年は背が低すぎるので死体の担ぎ手にはならなかった。男たちが肩にエルロッドを担いで平原を歩きだすと少年はマスケット銃と死んだ兄のライフルと帽子を持ってあとに従った。男は彼らを見送った。平原には何もなかった。骨が散らばる荒野を死体を担いで進み裸の地平線に向かっていくだけだった。孤児は一度だけ振り返って男を見たがあとは遅れないよう足を急がせた。

その日の午後に彼はブラゾス川の上流の支流であるクリア・フォーク川沿いのマッケンジー十字路を通り馬と並んで薄暮のなかを町に向かって歩いていったがその長く続く赤い

薄闇とあとに続く闇のなかで乱雑な灯火の集まりが前方の低い平原に偽の歓待の幻影をゆっくりとつくりあげていった。彼と馬は角のついた牛の頭蓋骨や伝説的な戦闘のあとに残された古い象牙の弓のような三日月形のあばら骨を積みあげた山のそばを通ったがその山がつくる大きな土手は曲線を描きながら平原の上を夜の闇のなかへ消えていた。

彼は小雨の降るなか町へ入っていった。ランプの明かりがともった売春宿の前を通るとき馬はいななきほかの馬の飛節の匂いをおずおずと嗅いだ。人気のない土の通りにフィドルの音楽が流れ出し前方で痩せた犬が影から影へと横切った。町のはずれで馬をほかの馬のいる横木につなぎ低い木の階段をのぼって入口から洩れ出ている薄暗い明かりのなかへ足を踏み入れた。最後にもう一度通りを振り返り暗闇のなかに雑然と浮かんでいる灯火を見、西空の最後の残照を見、低い黒い山並みを見た。それから扉を押し開けてなかに入った。

人がごちゃごちゃと不明瞭にうごめいていた。それを封じこめておくために建てられたこの粗木の建物に周囲の平地から沈澱してきた人間たちが最後に溜められているといったふうだった。チロル地方の衣装を着た老人が帽子を差し出して荒削りのテーブルのあいだをのそのそ回りスモック姿の小さな女の子が手回しオルガンを奏でペチコート姿の熊が舞台の上でくるくる回りながら奇妙な踊りを踊りその舞台の縁に並べて立てられた獣脂蠟燭から脂がじりじり音を立てながら溶けて滴り床に溜まっていた。

人ごみを掻き分けてカウンターへ行くと何人かの男がシャツに腕バンドの姿でビールやウィスキーをグラスに注いでいた。その後ろでは年の若い雇人が荷箱から酒の瓶を出したり奥の厨房から湯気の立つグラスを運んできたりしている。彼は亜鉛張りのカウンターに両肘を載せ銀貨をくるくる回してそこへ掌を叩きつけた。

注文あらば申し立つべし、しからざれば後日何事も言うべからず、とバーテンダーが言った。

ウィスキー。

ウィスキーね。バーテンダーはタンブラーを置き瓶のコルクを抜いて半ジル（約六十ミリリットル）ほど注ぎ硬貨をとった。

彼はじっとタンブラーのウィスキーを見た。それから帽子を脱いでカウンターに置きグラスをとってひどくゆっくりと飲み空のタンブラーを置いた。口を拭き体の向きを変えてカウンターに両肘を載せ酒場のなかを見まわした。

黄色い明かりのなかで何層もの煙草の煙を通して判事がこちらを見ていた。

判事はテーブルの一つについていた。つばの狭い丸い帽子をかぶり牧畜業者や幌馬車の御者や牛追いや輸送業者や鉱夫や猟師や兵士や行商人や賭博師や渡り者や酔っ払いや泥棒などありとあらゆる種類の人間のあいだにいてそこには地上の芥（あくた）のような極貧の人々もいれば東部の名門一族のごくつぶしもいるがその種々雑多な集まりと一緒にいながら同時にただ一人だけという彼自身はまったく別種類の人間であるかのようでありしかも長い年月を経てもほとんど変わっていないように見えた。

彼はカウンターのほうへ向き直って両手のあいだの空のタンブラーを見おろした。顔をあげるとバーテンダーがこちらを見ている。人差し指を立ててお代わりを注がせた。

金を払いタンブラーをとって酒を飲んだ。カウンターの後ろには鏡が張ってあったが煙と幽霊しか映っていなかった。手回しオルガンが軋りながら唸り舞台では熊が舌をだらりと垂らして重々しく体を回転させていた。

またそちらを向くと判事は立ちあがりほかの男たちと話していた。見世物師は帽子のなかの硬貨をじゃらつかせながら客たちのあいだを歩いた。けばけばしい服装の娼婦たちが店の奥の扉から出ていくのを彼は見、熊を見、また眼を戻すと判事はもういなかった。見世物師がテーブルのそばに立って客たちと口論しているようだった。また一人客が立つ。見世物師が帽子を手で示した。一人の客がカウンターのほうを指さす。見世物師はかぶりを振る。何を言っているのかはざわめきに紛れて聴こえない。舞台では熊が精いっぱい心をこめて踊り女の子はオルガンのクランクを回しつづけたがその演物が壁に投げかけている影はそれだけ見ればなんの影なのか正気の人間にはまるで見当もつかないはずだった。視線をもとに戻すと見世物師は帽子をかぶり両手を腰にあてて立っていた。客の一人が銃身の長い騎兵隊の拳銃をベルトから抜いた。体の向きを変えて銃を舞台のほうに向けた。

床に伏せる者もいれば自分の銃に手を伸ばす者もいた。見世物師は射的屋のあるじのようにただ突っ立っていた。すさまじい銃声とその反響でほかの声と音がぴたりとやんだ。熊は腹を撃たれた。低い唸りを洩らしてさらに速く踊りはじめ大きな足で舞台を踏みつける音以外は沈黙のうちに踊った。血が股間に伝い落ちる。革帯でオルガンに縛りつけられている女の子はクランクを上に振りあげたところで手をとめて固まってしまった。拳銃を持った男が再び発砲し拳銃が跳ねあがって轟音を立て煙が渦巻き熊は唸り声をあげて酔っ払ったようによろめきだす。胸を押さえ口から薄く血の混じった涎を垂らしてぶらぶら揺らし足をふらつかせ人間の子供のような啼き声をあげ最後に何歩か踊りのステップを踏んだあと体が舞台に激突した。

誰かが発砲した男の腕をつかみ上に差しあげられた拳銃が揺れた。熊の所有者である見世物師は旧世界の帽子のつばを握りしめたまま呆然と立ち尽くしていた。

熊を撃ちやがった、とバーテンダーが言った。

女の子は自分で革帯の留金をはずしてオルガンから自分を解放しオルガンは床に倒れてあえぎ声を出した。女の子はぱっと駆けだしてすぐ両膝をつき毛むくじゃらの大きな頭を両腕で抱えあげて体を前後に揺らしながらすすり泣いた。ほとんどの男は黄色く煙った空間のなかで立ちあがり自分の拳銃に手をかけていた。娼婦はみな裏口へ殺到したが一人の女が舞台にあがって熊の脇に立ち両手を突き出した。

はいお終い、と女は言った。これでお終い。

本当にもうお終いだと思うかね。

彼は振り向いた。判事がカウンターの前に立ちこちらを見おろしていた。判事はにやりと笑い帽子を脱いだ。ランプの明かりを受けた大きな青白い円蓋形の頭は燐光を発する巨大な卵のように光った。

最後に本物が残った。最後に本物が残った。みんな破滅して私とお前だけが残ったということだ。そう思わんかね。

彼は判事の背後を見通そうとした。判事に影を投げかけているあの大きなものを。フロアでのダンスの開始を宣言する女の声が聴こえた。

そして王太子（ドーファン）（かつてのフランス皇太子の称号）を呪う理由のある者のなかにはまだ生まれていない者もいる、と判事は言った。軽く体の向きを変えた。ダンスをやる時間はたっぷりあるよ。

俺はダンスなんか習う気はない。

判事はにやりと笑った。

チロル地方の衣装を着た見世物師ともう一人別の男が熊の上に屈みこんでいた。すすり泣いている女の子はドレスの前が血で黒っぽく汚れていた。判事は体を乗り出してカウンターの後ろから酒を一瓶とり親指でコルクを抜いた。コルクはランプの上の暗闇のなかに弾丸のように飛んでいった。判事はその酒をぐびぐびとたっぷり飲んでからまたカウンターに背中をもたせかけた。お前はここへ踊りにきたんだろう、と言った。

俺はもう行くよ。

判事は感情を傷つけられたような顔をした。もう行く？

彼はうなずいた。カウンターの上の帽子に手をかけたがそれを取りあげず身動きもしなかった。

踊れるのに踊ろうとしない人間がいるかね、と判事は言った。ダンスはすばらしいものだよ。

女が膝をついて女の子を抱いていた。蠟燭はじりじり音を立てペチコートを穿いた熊の大きな毛むくじゃらの死体は自然に反する行為の途中で殺された怪物といったふうだった。

判事は帽子の脇に置かれた空のタンブラーに酒を注ぎそれを押しやった。

さあ飲め。ぐっと飲め。お前の魂は今夜のうちにも取り去られるかもしれないからな。

彼はタンブラーを見た。判事はにやりと笑い瓶でそれを指し示す。彼はグラスを取りあげて飲んだ。

判事は彼をじっと見つめた。喋らずにいれば気づかれないというのは昔からお前の考え方なのか。

あんたは俺を見たんじゃないか。

判事は今の返事を無視した。私は初めてお前を見たとき見所のあるやつだと気づいたがお前は私を失望させた。以前もそうだったし今もそうだ。だがそうは言ってもやっとここでこうしてお前と一緒にいるわけだがな。

俺はあんたと一緒にいるわけじゃない。

判事は毛のない眼の上をくっとあげた。そうなのか？　わざとらしい怪訝な顔で周囲を見たがなかなかの役者ぶりだった。

俺はあんたに逢いにここへ来たんじゃない。

じゃ何をしにきた。

あんたになんの用があるってんだ。ここへ来た理由は誰の理由とも同じだよ。

それはどういう理由だね。

どういう理由って何が。

ここにいる連中はどういう理由でいるんだ。

愉しくやるためだ。

判事は彼をじっと見た。酒場にいる男を一人一人指さしてあの男も愉しくやりにきたのか、ひょっとしたら理由など自分でわかっていないんじゃないのかと訊いた。

誰も彼もがどこかにいる理由を持ってなくちゃいけないわけじゃない。

それはそうだ、と判事は応じた。理由を持っている必要はない。しかし人間が無関心だからといって秩序が無視されるわけではない。

彼は警戒の眼で判事を見た。

こんなふうに言ってみようか、と判事は言った。自分で理由を持っていないのに彼らがここにいるということは誰かが持っている理由でここにいるということではないのか。仮にそうだとしてそれが誰の理由だかわかるかね。

いいや。あんたにはわかるのか。

私はその誰かをよく知っているからね。

判事はまたタンブラーを満たしてから自分は瓶から直接飲み口を拭いて酒場のなかを見た。ここではある催しのために総合的な演出がなされる。正確に言えばダンスのためにね。参加者はしかるべきときにそれぞれの役割を通知される。だがとりあえず今はここへやってきたということだけで充分だ。われわれの関心事はダンスでありダンスはそれ自身のうちに手順と歴史と最終場面を持っているのだから踊り手が自分のなかにそれらを持っている必要はない。いずれにせよすべての歴史はそれぞれの歴史とは違うしそれぞれの歴史の総和でもない以上ここにいる人間の誰も自分がいる理由を理解することは最後までできない、というのもこの催しの本質がなんなのかすら知り得ないからだ。もし知っていたらここへは来ないかもしれないわけで仮に計画があるとすればそういう事態は計画の一部に組みこまれているはずがない。

彼は笑みを浮かべ大粒の歯を光らせた。酒を飲んだ。

ある催しが、式典が、行なわれる。そしてそのための総合的な演出がなされる。序曲は力強くばんと打ち出さなければならない。ゆえに大きな熊が殺される。今夜の式典はその式典の公正さに疑問を持つ者にとってさえ奇妙に見えたり不自然に見えたりはしないはずだ。

というわけでこれは式典なんだ。式典が行なわれないという事態はあり得ずどの程度すばらしい式典かの違いがあるだけだという議論は充分成り立つと思うがこの議論に沿って言うならここで行なわれる式典はある程度の重みを持っていると言えるはずでもう少し普通の呼び方をするなら儀式と呼んでいいだろう。儀式では血が流れることが不可欠だ。この要素を欠く儀式は儀式もどきにすぎない。偽物はすぐ見破られるものだよ。それは間違いない。子供時代を振り返ると家族がみんな出かけて一人で遊ぶしかないという寂しい思い出が誰にもあるだろう。対戦相手のいない一人だけの競技。その規則は自分の考えでどうにでも決められる。さあ眼をそらすんじゃない。これは謎めいた話じゃないんだ。ほかの人間はいざ知らずお前はこの寂しさや虚しさや絶望感と無縁ではないはずだ。われわれはそれと戦っているんじゃないのか。血こそは人間同士の絆を固める漆喰の練り具合を最適のものにする材料じゃないのか。判事は身を傾けてきた。死とはなんだと思うかな、君（マン）。前はいたが今はいない人間とはいったいどういう存在なんだ。これは考えても仕方のない謎なのかそれとも誰の管轄事項にも含まれる事柄なのか。死とはある力の作用ではないのか。その力は誰に向かって作用しているのか。さあ私を見ろ。

俺はいかれた話は嫌いだ。

私もだ。私もだよ。少し辛抱して聴いてくれ。あの連中を見てみろ。誰でもいいから一人選んでみろ。たとえばあの男だ。わかるか。あの帽子をかぶってない男。あの男の世界観はわかるだろう。顔や姿勢から読み取れるからな。だが人生はままならないというあの男の不満は本当の不満を隠している。実際にはほかの人間たちが自分の願うとおりにしてくれないという不満なんだ。今までもそうだったしこれからもそうだろうという。あの男はそうなのであって人生が困難に見舞われ意図していた形とは違ったものになったせいで歩くあばら屋にすぎなくなりおよそ人間の精神が住まうところではなくなってしまった。こういう男が、自分に害をなしているものなど存在しないと言うだろうか。自分の不幸にはどんな力も作用も原因も働いていないと言うだろうか。作用も請求者も疑えるというのはどんな異端者なんだ。あの男は自分の人生の破滅が強いられたものでないことを信じられるだろうか。そこに抵当権はついておらず債権者もいないことを。復讐の神と慈悲の神がともに穴倉で眠っていてわれわれの叫びが経理のためであれ帳簿の廃棄のためであれ同じ沈黙を生じさせるしかなくその沈黙だけが残るのだということを。彼は誰に話しているんだ。彼の姿がお前には見えるか。

その男はたしかに何かぶつぶつ呟き友達が一人もいないらしい酒場のなかを悪意ある眼

で見まわしていた。

人は自らの運命を探し求める、と判事は言った。意志がなければ無だ。自分の運命を知った者がそれとは反対の道を選んだとしても結局は同じ指定の時間に同じ清算をすることになる、というのも各自の運命はその者が住んでいる世界と同じだけの大きさを持っていてそのなかにすべての可能性を含んでいるからだ。多くの人間が破滅した砂漠は広大でそれを受け入れるには大きな心が必要だがしかし砂漠は結局のところ空っぽでもある。それは硬くて不毛だ。その本質は石なんだ。

判事はタンブラーを満たした。さあ飲め。世界は続いていく。われわれは夜ごと踊るが今夜も例外じゃない。まっすぐな道も曲がりくねった道も同じ道でありこうしてお前が今ここにいるならばわれわれが最後に別れたとき以来の歳月などどうなんだというんだ。人間の記憶など不確かなもので実際にあった過去となかった過去にたいした違いはない。

彼は判事が満たしたタンブラーをとって酒を飲みまたタンブラーを置いた。判事を見た。

俺はいろんなところへ行ってきた。ここもその一つにすぎない。

判事は眼の上の肉を吊りあげた。証人はいるかね。お前が行った場所が今も存在しつづけていると報告してくれる人間はいるかね。

またいかれたことを。

そうかな。昨日という日は今どこにある。グラントンやブラウンや司祭は今どこにいる。

判事はさらに近くへ身を傾けてきた。お前が砂漠でエリアス軍の手に委ねてきたシェルビーはどこにいる。山のなかに置き去りにしてきたテイトはどこにいる。お前がメキシコを守ろうと決意して敵の血で英雄として祝福され知事主催の舞踏会で踊ったあの麗しくも優しいご婦人がたは今どこにいる。あのときのフィドル奏者はどこにいる。あのときのダンスはその後どうなった。

あんたなら知ってるんだろうな。

私に言えるのはこうだ。戦争が栄光を失いその高貴さが疑われるようになり血の神聖さを知る名誉ある者たちが戦士の権利であるダンスから排除されるようになればダンスは偽物になり踊り手は偽の踊り手ばかりになる。もっともそのときにも一人だけ本物の踊り手がいるんだがそれが誰だかわかるかね。

お前なんか何ものでもない。

今のは意図せぬ真実というやつだよ。だがともかく今の答えはこうだ。血みどろの戦争に自らのすべてを捧げた者、闘技場に立って恐怖を体験しその体験が自分の心の最も深いところに語りかけてくると知った者だけが、踊ることができるんだ。

馬鹿な動物でも踊れるぜ。

判事は酒の瓶をカウンターに置いた。よく聴け、君（マン）。舞台には一頭の獣だけが踊れる広さしかない。ほかの獣には名前のない永遠の夜が運命づけられている。一頭ずつ獣は脚光の向こうの闇のなかへ降りていく。踊る熊もいれば踊らない熊もいるわけだ。

彼は人波と一緒に裏口のほうへ流れた。奥の間では煙草の煙のなかで男たちがカード・ゲームをしていた。彼は先へ進んだ。一人の女が店の裏にある建物へ行く男たちから札を受け取っていた。女が彼を見た。彼は札を持っていない。あそこへ行けと言われたテーブルでは別の女が札を売り鉄の金庫の狭い隙間から木切れを使って紙幣を押しこんでいた。彼は一ドル払って番号のついた真鍮の札を受け取りそれを裏口で渡して外に出た。

彼が入ったところは広いホールで片側に楽団の席がありの壁ぎわには鉄板でこしらえた手製の大型ストーヴが据えてあった。娼婦が総出で立ち働いている。染みのある化粧着に緑色の長靴下にメロン色の下穿きという恰好で煤の多いランプの明かりのもと子供っぽくしかも淫らに尻軽女を演じていた。膚の浅黒いこびとの娼婦が彼の腕をとり微笑みながら見あげてきた。

すぐあんたに眼をつけたの、と娼婦は言った。あたしは好みの人しか選ばないのよ。

女が先に立って扉をくぐりメキシコ人の老女からタオルと蠟燭を受け取りまるで何かの災害から避難してきたかのように二人で暗い木の階段をのぼって二階にあがった。

狭い仕切部屋で彼はズボンを膝までさげた格好で寝たまま女を見ていた。女は服をとって着こみ蠟燭を手に鏡に向かうと顔の点検をした。それから振り返って彼を見た。

行きましょ、と女は言った。もう行かなくちゃ。

行ってくれていいよ。

あんたここにいられないのよ。さあ。行きましょ。

彼は体を起こして両足を小さな鉄製の寝台から下におろすと立ちあがってズボンを引きあげ前ボタンをはめてベルトの留金をとめた。床に放り出してあった帽子を拾いあげ腿に軽く叩きつけてからかぶった。

下へ降りて一杯飲んでいって、と女は言った。あとは一人で大丈夫だから。

俺は大丈夫だよ。

彼は部屋を出た。廊下のはずれまで行って振り返った。それから階段を降りはじめた。女が部屋から出てきていた。蠟燭を手に廊下に立って片手で髪を整えながら彼が暗い階段吹き抜けに降りていくのを見届けそれから扉を引いて閉めた。

彼はダンスフロアのはずれに立った。踊り手が輪になって手をつなぎにやにや笑いながら互いに呼びかけ合っていた。楽団席の丸椅子にフィドル奏者が坐りもう一人の男が行きつ戻りつしながらこれからやるダンスの要領を身振りとステップの実演つきで説明した。建物の外の暗い空地ではみすぼらしい姿のトンカワ族インディアンの一団がぬかるみに立っていてその顔の群れが明かりをともした窓枠のなかで奇妙な肖像画をつくりあげていた。フィドル奏者が腰をあげフィドルを顎の下にはさんだ。号令がかかり音楽が始まって踊り手の輪がすり足でのそのそと回りだした。彼は裏口から外に出た。

雨はやみ空気が冷たかった。彼は裏庭に佇んだ。空から夥しい星が乱雑に降り闇の起点から塵と無の運命のほうへ短い曲線をすばやく描いた。ホールではフィドルが金切り声をあげ踊り手たちが足を擦りあるいは踏み鳴らした。熊に死なれた小さな女の子が行方不明らしく通りで名前を呼ぶ声が響いていた。人々はランタンや松明を手に暗い空地で声をあげて女の子を探していた。

彼は渡り板をつたって屋外便所に向かった。立ちどまって遠ざかっていく呼声に耳をすましたあともう一度暗い丘陵地帯の上で死んでいく星々の沈黙した軌跡を眺めあげた。それから便所の荒削りの扉を開けてなかに入った。

便座の蓋に判事が坐っていた。全裸の判事は笑みを浮かべながら立ちあがり両腕で彼を抱えこんで自分の巨大な怖るべき肉体に押しつけ扉の閂をかけた。

酒場では熊の毛皮を買いたい男二人が見世物師を探していた。熊は舞台の上で大きな血溜まりをつくっていた。蠟燭は一本を残して全部消されその一本は聖像に奉納する蠟燭のように獣脂をいびつに溶かしていた。ダンスホールでは若い男がフィドル奏者の仲間入りをして坐り膝のあいだで二つのスプーンを打ち合わせて拍子をとった。娼婦たちは衣装をしどけなく寛げてシャッセの足さばきをし乳房をむきだしにしている者もいた。ぬかるんだ裏庭では二人の男が便所へ行こうと渡り板を歩いていた。別の一人は庭で立ち小便をしていた。

誰か入ってんのか、と一人が訊いた。

立ち小便の男が顔をあげずに答えた。俺ならなかへ入らねえな。

誰かいるのか。

俺なら入らねえ。

男はズボンを引きあげ前ボタンをとめて二人の脇を通り抜け明かりのあるほうへ渡り板を歩いていった。先頭の男は立ち小便男の背中を見送ってから便所の扉を開けた。

あっこりゃひでえ、と男は言った。

なんだ。

男は答えなかった。連れの脇をすり抜けると渡り板を引き返していった。連れの男はその背中を見送った。それから扉を開けてなかを覗いた。

酒場では死んだ熊が幌布の上に横たえられみんな手伝ってくれという声があがった。奥の部屋では煙草の煙が猛毒の霧のようにランプを取り巻き男たちが低い声でビッドを宣言しカードを配っていた。

ダンスホールは休憩中で二人目のフィドル奏者が来ていた。二人はひとしきり弦を弾いたり小さな堅木の糸巻を回したりしたあと満足した。踊り手の多くは酔ってふらつき息が白くなるほど寒いのに上着とシャツを脱いで裸の胸に汗をかいている男もいた。ずどんと体の大きい娼婦が楽団席の脇に立って手を叩き酔った声でさあさあ音楽音楽と叫んだ。身につけているのは男物のズボンだけでほかにも似たような恰好の女がいるのは賭けの戦利品ということらしく帽子やズボンや騎兵隊の青い綾織の上着が女たちの身を飾っていた。鋸を引くような音楽が始まると踊り手たちが歓声をあげ楽団席のそばにいる女がダンスの再開を宣言しみんなで足を踏み鳴らし掛け声をかけ体をぶつけ合った。

こうして人々は踊りまくり床板に長い軍靴の底を叩きつけフィドル奏者たちは醜悪な笑みに顔をゆがめて激しい曲を掻き鳴らす。それらの踊り手のあいだで聳(そび)え立つようにして踊るのは裸の判事でありその小さな足は活き活きとすばやくステップを刻み今やダブルテンポとなって女たちに会釈をしながら青白く一本の毛もない巨大な幼児のような体軀を躍らせる。私は眠らない、私は死なない、と判事は言う。フィドル奏者たちにお辞儀をしてシャッセで後ずさりをし頭をのけぞらせ深い声で笑い声をあげる、それは大の人気者の判事だ。帽子を振りランプの下を通るとき月球のような頭を白く光らせ体を揺らして片方のフィドルを借りパッセを一度二度と繰り返してピルエットを披露し踊りながらフィドルを弾く。足は軽く敏捷そのもの。彼は眠らない。私は絶対に死なないと判事は言う。光のなかで踊り影のなかで踊る、彼は大の人気者だ。判事は決して眠らない。彼は踊る、踊る。私は絶対に死なない、と判事は言う。

終

エピローグ

明け方に一人の人間が地面に穴を一つまた一つと掘りながら平原を進んでいく。取手が二つある道具を穴の底に叩きつけると鉄が石に当たって火花が散り彼は穴から穴へと石から火を叩き出すがその火は神が仕込んでおいたものだ。平原の彼の背後には骨を探す放浪者たちと探さない放浪者たちがいてちょうど脱進機で時計の歯車が断続的に回るように暁の光のなかで進んでは止まり進んでは止まりしてまるで慎重に考えながら前進しているかのように見えるが実はそれは彼らの内面の現実とは一致せず彼らが眼に見える土地の外縁までずっと続く穴を一つ一つたどりながら前進するのは何かを続けてやり通そうとしているというよりはある原則を証明するためあるいはそれぞれの丸い完璧な穴が存在するのは骨が転がり骨を集める者たちと集めない者たちがいる平原の上のその一つ前の穴のおかげだからその連続性と因果関係を確認するためだというふうに思える。彼は穴のなかで火花を飛ばして鉄の道具を引きあげる。そしてみんなはまたその先へ動いていく。

訳者あとがき

本書の舞台は十九世紀半ばのアメリカ南西部とメキシコ北部。〝少年（the kid）〟と呼ばれるテネシー州生まれの名なしの主人公が、十四歳で家出をして放浪し、荒くれ者の世界で生きていく。この悪漢（ピカレスク）小説で中心的に描かれるのは、〝頭皮狩り隊（スカルプ・ハンターズ）〟に加わってアメリカ先住民を虐殺し、髪の毛のついた頭皮を剝いで売る悪逆無道の日々だ。

アメリカでは、本書は〝修正主義西部劇（リヴィジョニスト・ウエスタン）〟として説明されることがある。男気のあるガンマンや、野蛮な先住民から市民を救う正義の騎兵隊が活躍するようなロマンあふれる西部劇ではなく、人間の弱さや悪から目をそらさず、社会的矛盾や理不尽な先住民駆逐・虐殺の現実も直視する西部小説や西部劇映画のことで、題材的に本書に近いものを例に挙げれば、アメリカ合衆国陸軍騎兵隊が約五百人の女性と子供中心のシャイアン族を殺したサンドクリークの虐殺を赤裸々に描いた映画《ソルジャー・ブルー》ということになるだろう。

こうしたリアルな西部劇では歴史的事実が尊重されるが、本書の頭皮狩り隊にもモデルがある。〝グラントン団（Glanton Gang）〟と呼ばれる悪党集団がそれで、当時の新聞報道や公的記録のほか、サミュエル・E・チェンバレン（Samuel E. Chamberlain 一八二九〜一九〇八年）という人物の自伝『わが告白』*My Confession*（死後に刊行された本には〝ある悪党の回想〟*(The) Recollections of a Rogue* という副題がつけられているが、チェンバレンの手稿にはない）にその実態が記されている。

チェンバレンはニューハンプシャー州に生まれてマサチューセッツ州ボストンで育ったが、一八四四年、十五歳のときに家出をして、西部に流れ、一八四六年に義勇兵として米墨戦争（一八四六〜一八四八年）に出征。終戦後まもなく脱走兵となり、グラントン団に入った。

このグラントン団での体験談は、自伝の最後の一部分を占めるにすぎず、それ以前の部分は自分がいかに女にもてたか、いかに無鉄砲で冒険好きの快男児だったかを自慢するかのような逸話に満ちている。チェンバレンは絵が得意で、兵士の時代もスケッチブックを携えていたが、『わが告白』の刊本には色彩鮮やかに描かれた絵が多数収録されている。興味のある方はネットで検索してみていただきたいが、『ブラッド・メリディアン』を映画にするときタイトルバックに使えそうな絵ばかりである。

北米における頭皮剝ぎ（スカルピング）は、先住民の一部の部族が白人到来前から儀式的に行なっていたり、植民地戦争、独立戦争、インディアン戦争の際に白人（アメリカ人だけでなくイギリス人、フランス人なども含む）や先住民が敵に恐怖を与えるために行なうことがあったが、アパッチ族の戦士の頭皮に賞金を出すことは、十九世紀前半に、メキシコのソノーラ州とチワワ州の政府が始めたという。土地を奪われていく先住民のなかでも正面きった武力抵抗を展開したアパッチ族に対しては、アメリカだけでなくメキシコも殲滅戦を行ない、殺した証拠に頭皮を持ってこさせたのだ。したがってアパッチ族の戦士を殺して頭皮を剝ぐこと自体は〝合法〟だったわけだが、さすがにチェンバレンもそんなことはまともな人間のやることではないという意識があったようで、グラントン団に入るときに躊躇して、こんなものの仲間になって自分は故郷の東部に戻れるのだろうかと悩んでいる。それならなぜ入団したのか、という点はいささか説明が曖昧だ。

しかも実際に入団してみると、グラントン団は無抵抗で無防備な先住民や膚の色が先住民と似ているメキシコ人も殺すので、まもなくメキシコの州政府から追われるお尋ね者集団になるし、コロラド川の渡し船の一件でも無法の限りを尽くしてアメリカ政府からも犯罪者集団と認定される。チェンバレンは途中で二人の仲間と一緒に逃げだすが、彼自身がどのように残虐行為に関わったのかについては言及を避けている。大半が快活な調子の『わが告白』も、さすがにグラントン団のくだりは重苦しく、何かを隠しているような歯切れの悪さで、最後も追ってくるホールデン判事を振り切ったところで唐突に終わるのである。

首領のグラントンをはじめ、ホールデン判事、トビン、ドク・アーヴィングといった団員や、シュパイアー、サラ・ボーギニスといった本書の登場人物は、みなそのとおりの名前の実在の人物である。コロラド川の渡し船をめぐるユマ族との抗争なども史実に基づいている。

もう少し広い視野で歴史的背景を見るなら、本書で描かれるのは米墨戦争の前後の時期であり、アメリカ合衆国が領土と支配権の拡張を神の定めた〝明白な運命(マニフェスト・デスティニー)〟であるとする帝国主義的理念を確立した時期だ。そしてその一方で、先住民との約束を次々に破って土地を奪っていき、抵抗する者、あるいは無抵抗でも邪魔になる者を大量に虐殺していった時代でもある。

そうした歴史的背景を踏まえて、本書の酸鼻をきわめる残虐行為の数々を見るとき、これをアメリカ史の暗黒面を告発する小説と捉えることも可能だろうが、読めばわかるとおり、むしろそれはこの小説の出発点にすぎない。本書で白人の帝国主義的悪を体現しているのはホワイト大尉だろうが、実在の人物が数多く登場するなかで、彼には具体的なモデルがいない。英語で読めば〝キャプテン・ホワイト〟で、何か白人極右の愛国漫画(コミック)ヒーローといったイメージを狙っているかのような戯画的なネーミングだ。この男はいわば前座で、とっとと〝生首ピクルス〟にされて、主人公に馬鹿呼ばわりされる。アメリカが以上のようなひどいことをしてきたのは常識だが、さて、ここからが本題だというように、この小説は帝国主義イデオロギーや人種差別主義すらも超越しているかに見えるグラントン団、とりわけホールデン判事を、真打の悪役として登場させるのだ。

〝明白な運命〟論は〝強欲〟にくっつけた美名にすぎないと言えるだろうが、ホールデン判事の殺人・戦争肯定論はそれとは次元が違っている。

判事は言う――人間は戦争をこよなく愛しているから戦争はなくならない、人間は戦争によって文明や科学を発達させてきただけでなく、純粋至高の遊戯である戦争をするからこそ高貴なのだ、戦争こそは神である、云々。

言うまでもなく、判事のこの危険きわまりない思想にはさまざまな源泉がある。みずから平然と子供を殺しておそらくはレイプする殺人鬼であると同時に殺人の正当性を理路整然と説くところなどはサド侯爵の小説の登場人物を連想させる。キリスト教に敵対的で、倫理とは強者を犠牲にした弱者の保護にすぎないと説いたり、ダンスの名手であったりするところなどは明らかにニーチェを踏まえている。ダーウィニズムやフロイトやコンラート・ローレンツなどの、暴力・殺人・戦争は人間の本能に基づいているとする考え方も入っているだろう。

〝ブラッド・メリディアン〟というタイトルも、ニーチェがらみと見てよさそうだ。meridianは〝子午線〟のことだが、天文学では太陽などの天体が天球上の子午線を通過するときがその天体の一番高くのぼる〝最高点〟となる。太陽ならそれは正午だ。そこから meridian には〝正午〟や〝絶頂〟という派生的な意味が生じるが、ニーチェの『ツァラトストラかく語りき』では正午は世界が完成するときとされている。これを踏まえて、本書の〝生命力の発現が最高潮に達する正午〟すなわち〝人間の絶頂（メリディアン）〟であるという箇所を読むなら、〝血の絶頂（ブラッド・メリディアン）〟というタイトルの怖ろしい含意が明らかになるだろう。流血こそが人間の生命力の最高度の発現であるという意味に受け取れるからだ。（なお本書には〝混沌と古い夜の世界（メリディアンズ）〟という箇所があるが、これは複数の子午線が通る場所ということから meridians が〝世界〟を表わしていて、この用法はハーマン・メルヴィルの『白鯨』にも見られる。）

　小説のホールデン判事は、驚くべきことに、チェンバレンの『わが告白』に記されている実在のホールデン判事をかなり忠実に反映している。実在の判事は身長が六フィート六インチ（約百九十八センチ）で肉づきのいい体格、髪の毛はあるが顔にひげが一本もない。数カ国語に堪能で、植物学、地質学、鉱物学に詳しく、荒野で団員たちに講義をしたりする。そんな高度な知性と教養を持ちながら、何よりも血と女が好きで、十歳の少女をレイプして殺すなどのサディストぶりなのだ。

　しかしそれとは別に、ホールデン判事の人物造形には、おそらくジョゼフ・コンラッドの『闇の奥』のクルツも源泉の一つになっているのではないかと思われる。クルツは身長七フィート（約二百十三センチ）で禿頭（本書の判事が身長七フィート近くで禿頭なのはおそらくクルッ譲りだろう）、高いヨーロッパ的知性と教養の持ち主でありながら、未開社会の文明化に関する論文の末尾に野蛮人は皆殺しにせよと書きこむ。そのクルツが、「怖ろしい、怖ろしい！」と言わずにわが道を突き進めば本書のホールデン判事になるのではないだろうか。

ホールデン判事という人物は、前述のサド侯爵、ニーチェ、フロイトなど、西洋のヒューマニズムに対する懐疑の思想をくみ、二十世紀に入ってからの『闇の奥』（一八九九年に雑誌連載、一九〇二年に出版）やゴールディングの『蠅の王』（一九五四年）など人間の根源的な暴力性を直視する文学の流れを受けているが、さらには本書が執筆された時期の時代背景も関係していると思われる。ヴェトナム戦争の影響もあって、一九六〇年代末から八〇年代初頭にかけて、攻撃本能説が広く流布され（たとえば映画の《二〇〇一年宇宙の旅》や《時計じかけのオレンジ》などもその表われ）、奇しくも本書が発表された一九八五年の翌年には、二十人の科学者が、そうした趨勢に堪りかねてか、戦争は生物学的必然ではないとする〝暴力についてのセビリア声明〟を発表するほどだったのだ（声明は一九八九年にユネスコ総会で採択）。

ホールデン判事の思想がすなわち作者の思想ではなく、この小説の〝言わんとするところ〟でもないだろう——と思いたいところだが、そう単純には言い切れない不穏な面がマッカーシー文学にはある。一九九二年に《ニューヨーク・タイムズ・マガジン》に掲載されたインタビューではこんな発言がなされているのだ。

「流血のない生などない。人類はある種の進歩をとげて、みんなで仲良く暮らせるようになり得るという考えは本当に危険だと思う。そんな考えに取り憑かれた人たちはさっさと自分の魂と自由を捨ててしまう連中だ。そういうことを望む人間は奴隷になり、命を空虚なものにしてしまうだろう」

いったいこれは〝流血〟の賛美なのだろうか。マッカーシー作品の登場人物では、ホールデン判事と対極にあって高い好感度を誇るのが、『すべての美しい馬』と『平原の町』のジョン・グレイディ・コールだが、彼もまた〝熱い血〟ゆえに馬を愛する少年であり、山犬狩りでは鮮血を迸(ほとばし)らせて狂喜する。この問題は訳者もいまだにどう考えていいかわからないところで、ぜひ読者のみなさんも実際にいろいろな作品にあたって頭を悩ませていただきたいと思う。

ともあれ、本書がアメリカ先住民虐殺に対して、これが人間のすることかというヒューマニスティックな怒りで告発していないことは明らかで、むしろこれこそが人間なのだという冷徹な認識、名も知れない数多くの人間が暴虐によって殺されてまるで最初から存在すらしなかったかのように跡形もなく消えてしまうのが〝世界〟の実相なのだという世界観をぶつけてくる。マッカーシーはその世界観で小説を組み立てたらどうなるかという思考実験をしている、とも言えるのではないだろうか。

言うまでもなく小説家が行なう思考実験は、言葉による実験である。マッカーシーはあのホールデン判事の言説をも内包して大きく深く〝世界〟をつかみとり、その謎に満ちた闇のなかに分け入るために、言語表現において途方もない膂力(りょりょく)を示すのだ。

台詞を引用符で地の文と区別しないとか、コンマをできるだけ使わずに、たとえば風景描写も人間の描写も動植物の描写もぎゅっと凝縮した長い一文に収めるとか、心理描写を排するといった文体は、要するに〝人間〟を特権化しないということだと言えるかもしれない。〝世界〟は人間のために存在するわけではなく、人間は〝世界〟の主人公ではない。引用符をつけないことで、人間の声・言葉は風や雷の音と同等のものになる。心理描写をせずに態様と動きを描いていくことで人間と動物の振る舞いが接近する。克明なリアリズム描写と誰がそのように見ているのか不明な隠喩表現を接続することで、隠喩表現によって現出する幻想的イメージが具体的な事物と同じようなリアリティを持つに至る。ついでに言うと、マッカーシーは映画監督のコーエン兄弟との対談で、魔術的リアリズムは好きではないと言っている。ガルシア＝マルケスの『百年の孤独』やドノソの『夜のみだらな鳥』のようにあからさまに非現実的なことを描くのではなく、あくまで現実の出来事を描きながら、同時にそれが現実とは別の世界を示す幻想になるように描くところに腕の見せ所があると考えているのだろう。ともあれマッカーシーの文体は、ほかの作品でもそうだが、人間と人間の関係の機微を描くのではなく、人間と〝世界〟の関係の機微を描き、この謎に満ちた〝世界〟そのものについて語るための、独特の超絶技巧的文体なのだ。謎に満ちた〝世界〟そのものを現出させる、ということで言えば、本書はメルヴィルの『白鯨』を引き継ぐ作品だと評されていることも紹介しておくべきだろう。『白鯨』はマッカーシーが偏愛する小説で、その影響はいろいろな面に表われている。

まず主人公の少年が家出をして荒野に飛び出していくというのは、イシュメールが陸の世界（俗臭芬々たる人間の世界）に倦んで海に出ていくのと同じ構図だ。また『白鯨』ではエイハブ船長率いるピークォド号が悪の象徴とも言われる白鯨を追うわけだが、本書ではグラントン率いる頭皮狩り隊が自身のうちに悪を抱えつつ、やはり何かを探求する人類の象徴であるかのように思えてくる。

そして『白鯨』の海が〝世界〟の神秘をあらわにする特別な幻想的・哲学的空間であるのと同じで、本書の砂漠・荒野も〝世界〟の本質を暗示する空間となっており、たとえば何もない荒野でぽつんと火を焚く人間たちという構図や、それを取り巻く闇がまるで意志ある存在のようにテントを呑みこんでしまう場面が、現実の出来事でありながら神話的・象徴的意味を帯びている。

『白鯨』は白鯨との対決をストレートに追わず、航海の過程でのさまざまな状況を使って世界の神秘を探るが、本書も物語の起承転結は史実に委ねて、むしろ各場面で哲学劇のようなものを創りあげて上演するのを目的としている。

そのほか、主人公に凶事を予言する男がいたり、グラントン団が人種混成隊で奇妙に平等主義的だったりする点（人種差別をする白人ジャクソンがどんな目に遭うかを見よ。余談だが、タランティーノ監督の『キル・ビル Vol.1』で〝田中の親分〟が斬首されるシーンはこれが元ネタのように思えてならないのだがどうだろう？）など、いろいろ類似点が指摘されている。

マッカーシー作品は、長篇小説十作のうちの七作（『チャイルド・オブ・ゴッド』、本書、『すべての美しい馬』、『越境』、『平原の町』、『血と暴力の国』、『ザ・ロード』）と、映画脚本一本（『悪の法則』）がすでに邦訳されている。新しい長篇小説 *The Passenger* は、一部を朗読するイベントも開かれ、刊行が近いとされている。未訳の三作、とくに代表作を一作挙げよと言われればこれを挙げる人もいる自伝的小説 *Suttree* (1979) は、ぜひとも紹介されなければならない作品だろう。毎年ノーベル文学賞候補として名前が挙がるマッカーシーに、これからもご注目いただきたいと思う。

二〇一八年七月

（本稿は単行本『ブラッド・メリディアン』の訳者あとがきを修正・加筆したものです）

解説

書評家
豊﨑由美

コーマック・マッカーシーの日本で訳された作品を発表年順に並べると、『チャイルド・オブ・ゴッド』（一九七三年）、『ブラッド・メリディアン』（一九八五年）、『すべての美しい馬』（一九九二年）、『越境』（一九九四年）、『平原の町』（一九九八年）、『血と暴力の国』（二〇〇五年）、『ザ・ロード』（二〇〇六年）。これを訳された順に並べ替えてみると、『すべての美しい馬』、『越境』、『平原の町』、『血と暴力の国』、『ザ・ロード』、『ブラッド・メリディアン』、『チャイルド・オブ・ゴッド』となる。

こうして振り返ってみると、紹介する順番というのは実に重要だと思わざるをえない。もし、発表年順に訳されていたら、マッカーシーは日本の海外文学ファンにこれほどまでに愛される作家にはなっていなかったのではないか。『チャイルド・オブ・ゴッド』や本書が小説として不出来だから、ではない。二作とも大変な傑作だ。でも、あまりにも刺激が強すぎるのである。

十六歳のジョン・グレイディが、愛馬レッドボウを連れて国境を越え、メキシコで牧童になり、牧場主の美しい娘と恋に落ちる。その初恋にして悲恋が、主人公を荒々しい暴力の渦へと巻き込んでいくまでを、内に熱い詩情を秘めながらも醒めたタッチで描き出す『すべての美しい馬』と、そのシリーズ『越境』『平原の町』。

酸素ボンベの圧縮空気で撃ち出すボルトという奇天烈な殺害方法で、強烈な印象を残す殺し屋シュガー。麻薬密売人の殺害現場を目撃し、その場にあった金を持ち出してしまったがゆえに、シュガーに命を狙われることになるモス。二人の行方を追う老保安官ベル。この三人の行動を、ベルの短いモノローグをはさみつつ三人称視点で描いた『血と暴力の国』。

核戦争でも起こったのか、太陽の光も通さないほど厚い灰燼が空を覆う寒々しい不毛の大地を、南を目指してひたすら歩く父親と幼い息子。生存者たちはわずかな食糧をめぐって殺し合いをし、赤ん坊が食べられてしまうようなこの終わりの世界にあって、息子には人の心を失わないでほしいと願いながらも、生き延びるためには他人を押しのけてでもというエゴも教えなくてはならない矛盾に苦しむ父親の姿が、キリストを運びし者として知られる聖クリストフォルスの面影と重なる。そんな黙示録的世界を描きながら、その道、創世記の輝きを放つ『ザ・ロード』。

映画化もされたこの三作は、残虐なシーンを内包しながらも、それぞれ鮮烈な青春小説、クライム・ノヴェル、SFの骨格を持った、マッカーシー作品の中では人口に膾炙しやすい小説になっているのだ。しかし、全米批評家協会賞と全米図書賞を受賞しベストセラーとなった『すべての美しい馬』を発表する前、貧困生活の中で書かれたという、デビューから三作目にあたる『チャイルド・オブ・ゴッド』はちがう。

〈小柄で不潔で無精髭を生やした男。（略）おそらくあなたによく似た神の子〉であるレスター・バラードが、競売で家を失う場面から、この物語は滑り出す。九歳か十歳の頃、妻に男と駆け落ちされた父親が首つり自殺してからずっと天涯孤独。〈場違いなところにいる誰にも愛されない猿〉として成長したレッド・ネック（貧乏白人）。第Ⅰ部は、そんなバラードが山の中にある廃屋で寝起きし、射的場でとった熊と虎のぬいぐるみ、子供の頃から側においている一丁のライフルだけを友に、孤独を深めていくさまを、第三者の証言をはさみながら、感情を一切交えない乾いた筆致で淡々とあぶり出していく。

物語が一気にアブノーマルな側に傾いていくのは第Ⅱ部から。ある寒い朝、バラードはエンジンをかけっぱなしの車の中に半裸のまま死んでいる男女を発見するのだ。そして、娘の屍体を犯し、家に連れ帰る。しかし、火の不始末から小屋が全焼。ライフルとぬいぐるみと毛布と鍋とわずかばかりの食糧を抱え、バラードはさらに山の奥深くに分け入り、洞窟に居を定める。次から次へと娘を求め、そのコレクションを洞窟内に保管し、女の犠牲者たちの下着のみならず服も着て外を出歩き、有名な猟奇殺人者エド・ゲインのごとく犠牲者の頭皮で鬘（かつら）を作るようになるバラード。彼は果たしてどんな最期を迎えるのか。それは第Ⅲ部に描かれていくわけだが、それにしてもこんな異常な男のどこが〈おそらくあなたによく似た神の子〉なのか——という疑問は、誰もが抱くにちがいない。答は、ある老人が「昔のほうが悪い奴が多かったと思いますか」という保安官補の疑問に応じる言葉の中にある。
〈人間てのは神様がつくった日からずっと同じだと思うよ〉
『チャイルド・オブ・ゴッド』はアンチヒーロー（英雄）小説というべき、卑小な神の子のための叙事詩なのだ。そして、本書『ブラッド・メリディアン』はその非情な世界観をより強靭な思索で突きつめた、暗黒の傑作と呼ぶべき小説なのである。

　主人公は十四歳で家出をし、物乞いや盗みで生き延びている〈顔は傷跡だらけだが不思議と傷に損なわれない何かが残っており眼は奇妙なくらい無垢〉な少年。いよいよ食い詰めた挙げ句、米墨戦争（一八四六～四八年）の講和条約の内容に納得がいかず、カリフォルニア州知事の暗黙の支持を受けてメキシコ人討伐をしている非正規軍に入隊することに。ところが、隊はコマンチ族の襲撃を受けてあっけなく壊滅。なんとか生き延びた少年は、今度は、メキシコのチワワ州の知事と契約し、インディアンを狩る仕事を請け負っているグラントン率いる頭皮狩り隊に加わり、〝血の正午（最高点）〟ともいうべき戦いの日々に身を投じていく。

　インディアンの戦士のみならず、女子供老人まで容赦なく屠る。挙げ句、頭皮ならなんでもいいとばかりに、白人やメキシコ人と共生している平和な部族や、移動の途中で出会った一般人まで殺しまくる。開いたページがぐっしょり血を吸っているかのような錯覚に陥るほど凄惨なシーンや、頭皮をはぎとるといった残酷な場面が頻出。少年がメキシコ人討伐へ向かう前に出会った老人が放つ〈神の怒りは眠っている〉〈それは人間が現われる百万年前に隠されたが人間だけがそれを眼醒めさせる力を持ってるんじゃ。地獄はまだ半分も埋まっていない〉という言葉がリアリティを持って迫ってくる。それほど狂った、身の毛もよだつ展開が読者を待ち受けているのだ。

　先に主人公は少年と記したが、正確を期すれば、タブラ・ラサ（白紙）の状態で陰惨な世界と対峙させられる少年は、ある人物を映す鏡のような存在として、この物語の中に存在している。そのある人物とは、グラントンと共に頭皮狩り隊を率いる、禿頭というばかりか全身に一本の毛も生えていない巨漢の判事。哲学、歴史、科学、外国語に精通し、討伐行のさなかにあって、革表紙の記録簿に見聞したことや物を書き記し、達者な線描画で活写。その理由は、〈万物のうちのどんなものであれ〉〈私の知らないうちに存在しているものは私に無断で存在しているということ〉で、それが許せないから。

〈全能の神だよ、全能の神〉〈あの毛のない男。あれが悪魔も負かすほどのダンスの名手だなんて想像もつかんだろう。ところがまあ達者に踊る踊る（中略）それにフィドル。あれほどうまくフィドルを弾く男はいないと断言できるね。（中略）道を見つけるのも銃を撃つのも馬に乗るのも鹿のあとを追うのも超一流。それに世界中を旅したことがあるらしい〉

　隊の一員である元司祭から判事のマルチタレントぶりや、火薬がなくなって危機的状況にあった隊を、彼がいかに救ったかという逸話を聞かされた少年は訊く。〈あいつはなんの判事なんだ？〉と。

　もしかしたら神に成り代わって人類を裁く役目を自認しているがゆえに判事を名乗ってい

るのかもしれない。そう思わせるほどの天才にして、人を惹きつけずにはおかないカリスマ的な魅力を放ち、その一方で何の躊躇もなく女子供老人動物を殺せてしまうような、元司祭曰く〈魂が真っ黒な男〉なのだ。

実際、この男が作中で滔々と語る（演説する）世界観や哲学は、危険だけれど怖ろしいまでの魅力を放つ。判事の言葉を引用列挙するだけで、多くの人はこの小説を読みたくなるにちがいないので、駄文を重ねるくらいなら、いっそそうしてしまおうかとも考えたのだけれど、それでは原稿料がもらえないので断念。一端だけ紹介しようと思う。

〈人間が戦争のことをどう考えようと関係ない、と判事は言った。戦争はなくならないんだ。石のことをどう考えるかというのと同じだ。戦争はいつだってこの地上にあった。人間が登場する前から戦争は人間を待っていた。最高の職業が最高のやり手を待っていたんだ。今まででもそうだったしこれからもそうだろう〉

〈人間は遊戯をするために生まれてきたんだ。ほかのどんなことのためでもなく。子供は誰でも仕事より遊戯のほうが高貴であることを知っている。遊戯の価値とは遊戯そのものの価値ではなくそこで賭けられるものの価値だということもだ〉

〈ある組み合わせのカードを手にしている者は抹殺される。これこそがまさに戦争の本質であってその遊戯の意味も権威も正当性も賭けに勝ったものが手に入れることになるんだ。

（中略）戦争が究極の遊戯だというのは要するに存在の統合を強いるものだからだ。戦争は神だ〉

日差しを避けるためなら生き物の皮で造った不気味な日傘すらさすのをためらわない、禿頭ゆえの弱点くらいしか見当たらない、この善悪の彼岸に生きるスーパーマンは、自分に関心を持たず、常にまっさらな心の鏡として判事の精神を正確に映し出してしまう存在である少年を、折に触れては折伏しようとする。その最後の対決を描いた二十三章が悲しい。少年は三十五歳。もう作者から〈少年〉とは呼ばれない。〈彼〉だ。〈最後に本物が残った。みんな破滅して私とお前だけが残ったということだ〉〈血こそは人間同士の絆を固める漆喰の練り具合を最適のものにする材料じゃないのか〉と語りかける判事。彼の無垢は、判事の黒くて強固な意志に、果たして勝てるのか。ラストで見せる、判事の冴え冴えとした狂気に震撼必至。こんな小説は、一貫してこの世の悪と暴力を凝視し、そのからくりについての思索を作品の中で重ねてきた作家コーマック・マッカーシーにしか書けない。決して、書けない。

会話をカギ括弧ではくくらず、カンマはほとんど使わず、接続詞のandで文章を切れ目なくつなげていく息の長い原文を、クールな日本語に置き換えてくれている訳者・黒原敏行。氏による「訳者あとがき」にはタイトルの意味や、メルヴィルの『白鯨』からの影響など、示唆に富んだ読解のための補助線が提示されている。そんな素晴らしい読解は、長年にわたり、マッカーシーの作品と向きあってきた黒原さんにしかできない。決して、できない。

本書では、一部差別的ともとれる表現が使われていますが、これは本書の歴史的、文学的価値に鑑み、原文に忠実な翻訳を心がけた結果であることをご了承ください。

本書は、二〇〇九年十二月に早川書房より刊行された単行本『ブラッド・メリディアン』に副題を付け、文庫化したものです。

ハヤカワ epi 文庫は、すぐれた文芸の発信源（epicentre）です。

訳者略歴　1957年生，東京大学法学部卒，英米文学翻訳家　訳書『ザ・ロード』マッカーシー，『サトリ』ウィンズロウ，『エンジェルメイカー』ハーカウェイ，『怒りの葡萄〔新訳版〕』スタインベック，『蠅の王〔新訳版〕』ゴールディング（以上早川書房刊）他多数

ブラッド・メリディアン
あるいは西部の夕陽の赤

〈epi 94〉

二〇一八年八月二十日　印刷
二〇一八年八月二十五日　発行

（定価はカバーに表示してあります）

著者　コーマック・マッカーシー
訳者　黒原敏行
発行者　早川浩
発行所　株式会社　早川書房

郵便番号　一〇一 - 〇〇四六
東京都千代田区神田多町二ノ二
電話　〇三 - 三二五二 - 三一一一（大代表）
振替　〇〇一六〇 - 三 - 四七七九九
http://www.hayakawa-online.co.jp

乱丁・落丁本は小社制作部宛お送り下さい。
送料小社負担にてお取りかえいたします。

印刷・株式会社精興社　製本・株式会社川島製本所
Printed and bound in Japan
ISBN978-4-15-120094-6 C0197

本書は活字が大きく読みやすい〈トールサイズ〉です。